GOLDMA

Buch

Alles hat sich geändert für die Geheimdienste in Ost und West: In den Zeiten der neuen Entwicklungen haben beide Lager ihre alten Feindbilder verloren – und damit auch viel von ihrer Existenzberechtigung. In dieser schwierigen Situation wird Adrian Haag, ausgewiesener Ostexperte in Pullacher Diensten, mit einem Spezialauftrag betraut: Er soll für das streng geheime Projekt mit dem Codenamen »Schafspelz« hochexplosives Material aus dem innersten Machtzentrum des Kremls auf seine Echtheit und Bedeutung prüfen. Schon bald allerdings bemerkt er, daß er von entscheidenden Informationen, die den wahren Stellenwert der Aktion erkennen ließen, ausgeschlossen bleibt. Liegt es an seinem mangelnden beruflichen Ehrgeiz, daß er als unsicherer Kantonist gilt, dem zentrale Hintergründe vorenthalten werden? Haag macht sich aus verletztem Selbstwertgefühl und der aufkeimenden Erkenntnis, unwissende Marionette eines unsauberen Spiels zu werden, daran, ganz entgegen den ehernen Gesetzen des Geschäfts auf eigene Faust zu recherchieren. Mit Hilfe einiger befreundeter, aber bereits geschaßter Geheimdienstkollegen kommt er einem gigantischen Komplott auf die Spur, einem Komplott, das das Gesicht der Welt verändern könnte. Doch für seine Erkenntnisse muß er einen hohen Preis bezahlen …

Autor

Peter Schmidt, 1944 in Gescher (Westfalen) geboren, arbeitete zunächst in verschiedenen Berufen, studierte dann Philosophie und Literaturwissenschaft, ehe er nach dem Erfolg seines Erstlings »Mehnerts Fall« freier Schriftsteller wurde. Für seine Romane erhielt er zweimal den Deutschen Krimipreis.

»Peter Schmidt nimmt die Wirklichkeit als Anlaß, als Spielmaterial. Und er spielt damit, wie nur Kinder, Narren oder Dichter damit spielen können: konsequent bis ins Detail, unerbittlich bis zur Grausamkeit.«

Rudi Kost in »Schwarze Beute«

Peter Schmidt

SCHAFSPELZ

Roman

GOLDMANN VERLAG

Umwelthinweis:
Alle bedruckten Materialien dieses Taschenbuches sind chlorfrei und umweltfreundlich.
Das Papier enthält bereits Recycling-Anteile.

Der Goldmann Verlag
ist ein Unternehmen der Verlagsgruppe Bertelsmann

Made in Germany · 1. Auflage · 3/93
Genehmigte Taschenbuchausgabe

Umschlaggestaltung: Design Team München
Umschlagfoto: Design Team München
Druck: Elsnerdruck, Berlin
Verlagsnummer: 41298
Ge · Herstellung: Heidrun Nawrot
ISBN 3-442-41298-6

ERSTER TEIL

Wir verlassen eine Epoche des
kalten Krieges
und betreten eine neue.

Michail Gorbatschow
Malta, Dezember 1989

ERSTES KAPITEL

1 Er frißt kleine Mädchen. Er geht manchmal auf Pirsch, um seiner alten Leidenschaft als Killer zu frönen. Die Natur ist brutal, die Erschaffung der Welt ist eine Brutalität ersten Ranges. Nur ein Teufel kann sich den Kampf ums Überleben ausgedacht haben. Also sieht auch Sehlen keinen Anlaß, in Mildtätigkeit und Verständigung zu machen. Sehlen ist eine Bestie, ein Würfelspiel der Gene oder das Ergebnis eines abgrundtief verderbten Planes, die Welt ins Unglück zu stürzen – ich glaube, so oder ähnlich lauteten damals die Meinungen über ihn, als er die Abteilung übernahm.
Er war in den besten Geheimdiensten der Welt geschult worden. *Er* und nicht etwa Forum, wie manche Gerüchte wissen wollten, war als »Beauftragter für die Koordinierung neuer Methoden« nach London und Langley gegangen. Per Beschluß und Dekret einiger vom Geist des neuen Denkens erleuchteten Eierköpfe, die plötzlich auf die naheliegende Idee verfallen waren, es gäbe immer Details in der Methode, bei denen man von der Konkurrenz lernen könne. Die Geheimhaltungsstufe war top-secret (oder noch ein wenig mehr, falls es das gab) – was bedeutete, daß Strafen für Indiskretionen schmerzlicher als der Tod sein würden.
Ich traf Sehlen in einem verfallenen Hotel hinter den Stranddünen von Zandvoort. Ein dreistöckiger Bau mit Holzfenstern und Erkertürmchen, der viel vom Ambiente eines wilhelminischen Bordells hatte. Es schien, als sei er per Zauberspruch oder fliegendem Teppich in den weißen Sand mit seinem spärlichen Bewuchs geraten, und jedenfalls, ohne vom Zoll oder

von der niederländischen Luftaufklärung entdeckt zu werden. Rechts oben an der Dachrinne hing ein verwittertes Brett, das einmal das Hotelschild gewesen sein mußte. Gedrungene Strandkiefern mit weit ausladenden Ästen rahmten das Portal hinter dem versandeten Fahrweg ein.

Als ich mich dem Haus näherte, kam Sehlen mir über die Treppe entgegen und streckte seine Hand aus. Er war einen Kopf kleiner als ich, ein breitschultriger Faun mit einer unmerklichen blauroten Narbe unter dem linken Wangenknochen.

»Sie sind Haag, der Dichter und Intellektuelle in unseren Reihen, hab' ich recht?«

Seine südländisch wirkenden braunen Augen ruhten in jener charakteristischen Weise auf mir – besser gesagt: folgten dem *Umriß* meines Gesichts, um irgendeine Schwäche zu finden –, die jeden verunsichern mußte, der zum erstenmal damit konfrontiert wurde. Aber damals glaubte ich, es sei nur eine persönliche Marotte von mir. Eine Art Unterlegenheitsgefühl, wenn man einem Fremden mit ausgeprägtem Charisma begegnet. Ich kam mir vor, als hockte ich auf einer umgedrehten Apfelsinenkiste, während er von einem thronähnlichen Sitzgebilde Audienz gewährte. Der billige Eloxalring mit amethystfarbenem Glasstein am kleinen Finger seiner linken Hand, den er manchmal nachdenklich am Hosenbein rieb, unterstrich noch das Bild eines Potentaten ohne Fürstentum, wenn man auch nicht recht zu sagen wußte, auf welche adlige Abstammung sich der Eindruck stützen sollte.

»Intellektueller« – diesen Ausdruck gebrauchte er, weil ich mich mit den Folgen von Gorbatschows Verständigungspolitik beschäftigte – ein anrüchiges Thema, ein heißes Eisen bei den altgedienten Hasen. Sie ahnten, welche brisanten Folgen der frische Wind aus dem Osten haben würde. Die Riege der Betonköpfe fürchtete um ihre Pfründe. Solange der kalte Krieg auf Hochtouren gelaufen war, und auch später noch, in der

entschärften Phase, hatte das Gewerbe der Informationsbeschaffung – eine vornehme Untertreibung, denn wie jeder weiß, handelt es sich dabei hauptsächlich um Erpressung und Irreführung – genug für alle abgeworfen. Aber was passierte mit uns, wenn Glasnost auch die Geheimdienste erreichte?
»Sie machen kein erfreutes Gesicht, Haag«, sagte er, während er mich ins Haus brachte.
»Ich mag's nicht, wenn man mich als Spinner bezeichnet.«
Die Räume hinter dem Flur waren leer und dunkel. Er schaltete die Deckenbeleuchtung ein, und ich sah, daß auf dem Kamin und den Holzfußböden dicke Staubschichten lagen. Zwei einander wie Mondgesichter anblickende Tischuhren, deren Zeiger auf Viertel nach zwölf und Viertel nach eins standen, bildeten den kümmerlichen Rest des Mobiliars. Ihren goldfarbigen Gipsrosetten sah man an, daß der Inhaber des Hotels einem etwas barocken Geschmack gehuldigt hatte. Aber was ich viel bemerkenswerter fand: Im Staub gab es Fußspuren; sie führten vom Salon durch ein Nebenzimmer in die zweite Diele, die einen Ausgang zu den Dünen besaß. Sehlen folgte den Abdrücken wie ein Jagdhund, der seine Witterung verloren hatte. Als wir die Küche passierten, blieb er stehen und musterte das Loch in der Decke. Es war etwa so groß, daß ein Mann mit normalem Körperumfang bequem hindurchsteigen konnte, vorausgesetzt, er besaß eine Leiter. Die Decken in diesen alten holländischen Häusern sind manchmal mehr als vier Meter hoch.
»Meteoriteneinschlag?« fragte ich.
»Nein, einer von unseren Leuten hat unsachgemäß mit einer Eierhandgranate hantiert«, sagte er ganz ernst, ohne auf meinen ironischen Tonfall einzugehen.
Sein Kopf folgte witternd den Fußabdrücken; ich bemerkte, daß es ein grobes Continental-Profil war, die dicke Gummisohle eines Männerschuhs. Nummer 46 oder größer.
»War Ihr Riesenbaby da der Glücksritter?«

»Mein Riesenbaby?«
»Die Fußspur...«
»Oh, Kompliment, Haag – Sie haben eine gute Beobachtungsgabe. Riesenbaby, ha, ha. Nein, der Mann, der mit der Handgranate hantierte, kam dabei um. Einer von diesen englischen Schwachköpfen, die MI5 uns für Sonderaufgaben zugeteilt hatte. Er nahm das Ding aus einem Verschlag im Fußboden – und blieb am Abzug hängen.«
»Sie war mit einem dünnen Perlonfaden an der Ringöse zwischen den Bodenbrettern befestigt, als Sicherung gegen Unbefugte? Es war ein geheimes Waffenlager?«
»Sie sind ein Schlaukopf, Haag. Er hatte die Regeln vernachlässigt. Die Regeln zu vernachlässigen heißt in unserem Gewerbe nun mal, sein Leben zu riskieren.«

Der Rest unserer Begegnung in Holland war eine merkwürdig ungreifbare Farce. Später habe ich mich oft gefragt, ob er mich bewußt ins Leere laufen ließ – um mich zu disziplinieren und mir schon in dieser frühen Phase zu zeigen, wer der Herr im Hause war – oder ob sich alles ganz zufällig so entwickelte. Er hätte mir abgegriffene, schmierige Schwarzweißfotos von kleinen Mädchen in winzigen Negligés zeigen können – oder ein ebenso schmuddeliges Foto mit seiner Freundin, er war unverheiratet, das sie beide in eindeutiger Pose zeigte. Bilder von seinen Jahren in Kambodscha, wo er als Söldner und militärischer Berater Pol Pots gearbeitet hatte (tatsächlich aber als Agent der Gegenseite), den Fallschirmspringerstiefel auf einem Haufen bleicher Totenschädel und seine israelische Maschinenpistole mit soviel Selbstgefälligkeit und Arroganz auf dem Unterarm, als posiere er für ein Safarifoto im Busch von Kenia. Es hätte mich, nach allem, was ich über ihn wußte, weniger verblüfft als das winzige Erkerzimmerchen mit Blick auf die Dünen, in das er mich an jenem Sonntagnachmittag führte. Eine komplett eingerichtete Idylle: englische Mahago-

nimöbel, niederländische Variante, Standuhr, grüne Hartblattgewächse, die wie beim Wettbewerb der Floristen in ihren porzellanenen Übertöpfen prunkten, lindgrün gestrichener Dielenboden, ein gemütliches Dreisitzer-Sofa, Rüschenkissen, Nippfiguren. Und inmitten dieser anheimelnden Puppenstube eine echte holländische Kaffeetafel. Gedeck für zwei Personen.
»Wo sind die anderen?« fragte ich. »Wir arbeiten doch nicht allein?«
»Hier hat früher der alte van der Haaren gehaust«, sagte er. »Das Erkerzimmer war sein Refugium, sein Fluchtpunkt, wenn ihm der Hotelbetrieb auf die Nerven ging. Verschlang Unmengen Sahnehörnchen und Cremeschnitten, der arme Kerl. In seinen besten Zeiten ließ er sich Schwarzwälder Kirsch aus Deutschland einfliegen. Sie sind doch auch kein Kostverächter, Haag?«
»So, wie kommen Sie darauf?«
»Ihre Frau, mein Bester, traf sie mal auf Forums Geburtstag. Sein zweiundvierzigster. Sie kamen damals etwas später, Ihr Taxi hatte eine Reifenpanne. Unter uns gesagt, glauben Sie nicht auch, daß er vom anderen Ufer des Flusses herübergesetzt hat?« fragte er und blinzelte arglos.
»Soviel ich weiß, ist Forum glücklich verheiratet.«
»Das beweist gar nichts.«
Ich verspürte wenig Lust, mich über seine sexuellen Gewohnheiten auszulassen. Außerdem hielt ich Sehlens Bemerkung für ein Ablenkungsmanöver. Er hatte sich zu weit vorgewagt, er hatte zu erkennen gegeben, daß er sich vor unserem Treffen gründlicher als nötig über mich informiert hatte, und das gab mir zu denken.
»Meine Frau hat Ihnen das anvertraut?«
»Sie sind zwar ein magerer Hering, wegen der Drüsen, oder was weiß ich, aber für die letzte Cremeschnitte schubsen Sie doch 'ne alte Frau von der Rolltreppe, Haag.«

»Ich frage mich bloß, wie Sie auf diesen Mist kommen, Sehlen?«
»Margrit und ich sind so gut wie befreundet miteinander – seit damals.« Seine braunen Augen mit dem südländischen Flair versuchten ein einnehmendes oder beifallheischendes Lächeln. Aber irgendwie kam ihm dabei seine blaurote Narbe unter dem Wangenknochen in die Quere. Es wurde eine Grimasse von unbestimmter Bedeutung, weder Fleisch noch Knochen.
»Warum nicht gleich verheiratet?«
»Sie sollten mir gegenüber keine so krasse Abwehr an den Tag legen, schließlich habe ich Ihnen nichts getan. Daß Sie ausgerechnet *mir* zugeteilt wurden, ist nicht auf meinem Mist gewachsen. Es gibt noch genügend andere, weniger halsbrecherische Kommandos momentan. Forum brauchte einen Experten für Ostpolitik, und dabei ist er wohl auf Sie verfallen.« Einen Augenblick verfinsterten sich seine Züge, man sah seinem Gesicht an, daß er bei dem Gedanken auch nicht glücklicher war als ich. Und merkwürdigerweise versöhnte mich diese Beobachtung wieder etwas. Ich dachte: Jemand, der so offenkundig sein Mißfallen zu erkennen gibt, ist kaum der gewiefte Taktiker, für den man ihn hält.
»Ihr Ruf ist nicht der beste.«
»Was man in den Diensten über mich erzählt, sind Ammenmärchen, Haag.«
»Warum sollte man Sie zum Buhmann machen?«
»Keine Ahnung.« Er kaute nachdenklich an seiner Unterlippe. »Jemand wirft irgendeine Bemerkung in den Raum, bei einer Party oder Geburtstagsfeier. Alle sind angesäuselt, die Stimmung ist auf dem Höhepunkt, und schon macht der Mist die Runde. Nichts entwickelt so viel Eigendynamik wie ein Gerücht. Und wie entstehen solche Hirngespinste? Vielleicht hat er's sich ja aus den Fingern gesogen, als er morgens im Bett seinen Kater auskurierte, zwischen Traum und Wachen – mit

'nem Eisbeutel auf dem Kopf! Gott, sicher war ich in Kambodscha. Und wir waren nicht gerade nett zu den Eingeborenen. Aber die Gegenseite war auch nicht nett zu uns.«

»Sie sind das Opfer falscher Verdächtigungen, was?«

»Ich bin ein Dreckskerl, um es klar herauszusagen. Ich bin einer dieser miesen kleinen Geheimdiensttypen, die ihre eigenen Eier – und die ihrer Freunde dazu – als türkische Delikatesse verhökern würden, wenn es nur genug Silberlinge dafür gäbe. Das wollen Sie doch hören?« Er setzte sich an den Tisch und goß uns aus der Porzellankanne Kaffee ein, dabei zeigte er auf den gegenüberliegenden Stuhl.

»Ich mag Ihre vulgären Bemerkungen nicht, Sehlen.«

»Also gut, nun setzen Sie sich schon. Ist auch nicht mein Stil – Sie haben mich herausgefordert. Wir sollten kooperieren, das wäre für beide Seiten ersprießlicher.« Er streckte seine sonnengebräunte Hand aus. »Nennen Sie mich Ronald. Ihr Vorname ist, glaube ich ...?«

»Den kennen Sie doch genausogut wie ich.«

»Sie spielen darauf an, daß man sie in Ihrer Jugend immer damit gehänselt hat?«

»Mein Vater war ein religiöser Eiferer«, sagte ich ohne sonderliche Neigung, das Thema zu vertiefen.

»Er verehrte Ambrosius als Kirchenlehrer. Das gab den Ausschlag.«

»Er setzte gegen den Willen meiner Mutter durch, daß ich diesen Namen bekam. Auf dem Amt riet man ihnen dringend davon ab. Es wurde die Hölle für mich, wie erwartet. In der Schule und auch später.«

Sehlen nickte, als sei er bestens darüber informiert. Mir kam der Gedanke gar nicht mehr so abwegig vor, die Panne des Taxis damals könnte von ihm inszeniert worden sein, um in Ruhe meine Frau auszuhorchen. Er schien keine Ahnung davon zu haben, daß ich später den Vornamen Adrian angenommen hatte. Selbst einige meiner engsten Freunde ahnten nicht, daß ich Ambrosius hieß. Ich war mir sogar nie zu schade gewesen, meinen Paß eilig verschwinden zu lassen, zum Beispiel nach der Paßkontrolle, wenn jemand sagte: »Laß doch mal einen Blick auf dein altes Foto werfen, Adrian.« Oder wenn ich ihn an der Hotelrezeption vorlegen mußte: »Hübscher alter Paß. Bestimmt tausend Stempel drin, bei deinem Pensum an Fernreisen, Addi? Darf ich …?« Es mag seltsam klingen, aber vielleicht war dieser – in den Augen mancher Leute nichtige – Grund auch der Anlaß dafür gewesen, daß ich später soviel Gefallen an jenem Spiel mit falschen Pässen fand, das man in unseren Kreisen zu höchster Vollkommenheit perfektioniert hat.

»Ronald ist auch nicht viel besser. Hat mir irgendein dummdreister Stiefvater angehängt, der gleich nach meiner Geburt zur Stelle war. Seines Zeichens in die Briten vernarrter Handlungsreisender zwischen Ostende und Dover. Das Anglophile saß ihm in den … na ja, reden wir nicht mehr darüber. Er vertrieb eine sensationelle neue Art von Korkenzieher, die seine Großeltern vor etwas mehr als dreißig Jahren im Riesengebirge erfunden hatten.«

»Ronald hat 'nen unangenehmen Beigeschmack«, bestätigte ich. »Erinnert zu sehr an die konservativen Zeiten der amerikanischen Außenpolitik.«

»Ich weiß, daß Sie Gorbatschows Politik aus heimlicher Seelen- und Geistesverwandtschaft studieren, Ambrosius. Da sollten Sie mir nichts vormachen – ich bin nicht Forum. Dem können Sie weismachen, Sie seien eigentlich ein waschechter Hardliner. Ihre Tochter ist doch mit 'nem ehemaligen Bürgerrechtler liiert, oder? Neunundachtzig, noch zu Zeiten des starrköpfigen alten Stamm-Saarländers mit Schimpf und Schande aus der Republik geflogen, hab' ich recht? Hat sich in Leipzig an seinen Protestkerzen gründlich die Finger verbrannt.«

»Sie machen Ihrem Ruf alle Ehre, Sehlen.«

»Ich bin nun mal ein unbestechlicher Zeitzeuge, und da

nehme ich uns selbst nicht aus. Sie liegen ganz gut im Rennen, Amb. Sie gehen still und beharrlich Ihrer Arbeit nach, Sie machen kein Trallala, aber alle nehmen Ihre Meinung ernst. Sie sind so was wie die unauffälligste graue Eminenz in Forums Laden, die es je gegeben hat.«

»Unsinn, da unterschätzen Sie meinen Einfluß gewaltig.«

»Und dahinter steckt – wenn ich mal raten darf – Ihre Frau, oder?«

»Margrit kümmert sich nicht um meine Arbeit.«

»Ich meine natürlich *indirekt*. Sie hält Sie der höchsten Weihen für würdig. Sie möchte liebend gern aus Ihnen den König machen. Ihre eigene Unzufriedenheit, Kochtopf, Haushalt, treibt sie dazu, Ihnen diese Flausen in den Kopf zu setzen, Amb. Sie ist 'n bißchen autoritär, und Sie sind eher der stille Typ. Gibt 'n gutes Gespann ab. Auf die Weise ist schon Weltgeschichte gemacht worden.«

»Nennen Sie mich nicht Amb.«

»Schlagen Sie sich erst mal den Bauch mit dem köstlichen Zeug da voll – hebt die Seelenlage! Wäre ich Mediziner, würde ich sagen: Alles Chemie, mein Lieber. Der Mensch ist ein Chemismus, hab' ich mal irgendwo gelesen. Der Einfluß der Cremeschnitte auf die hintersten Gehirnwindungen – *den* sollte mal einer untersuchen, nicht immer diesen Schmand von frühkindlichem Liebesentzug.«

Manchmal hatte ich den Eindruck, er gebärde sich bloß als Ungeheuer, um mich nachher damit überraschen zu können, daß er ganz harmlos war.

Wir aßen schweigend. Er beobachtete mich aus zusammengekniffenen Augen und ließ seinen Blick über den Umriß meines Gesichts wandern, als sei es eine Landkarte. Er machte sich ein Bild von mir. Daß ich ihm Paroli bot, schien ihn nicht sonderlich zu beeindrucken. Sehlen war sich seiner Überlegenheit bewußt, das spürte man bei jeder Geste.

Er wollte klare Verhältnisse schaffen. Forum höchstpersönlich hatte mich zu diesem unerquicklichen Treffen abkommandiert, also würde ich mich wohl fürs erste damit abfinden müssen. Er schätzte es nicht, wenn man sich vor einer Aufgabe zu drücken versuchte. Dann witterte er sofort irgendeine Schwäche oder Allergie. Und Allergien, ob politischer oder persönlicher Art, behandelt man am besten mit einer *Überdosis* des Allergens.

»Sie wirken plötzlich so nachdenklich, Amb?«

»Sollten wir jetzt nicht endlich mal zur Sache kommen, Ronald? Sie tischen mir Sahnetorte auf, ich schütte den Kaffee wie russischen Wodka in mich hinein. Mein Magen und meine Eingeweide kommen langsam in Wallung, von meinen Hirnwindungen ganz zu schweigen...«

»Forum hat Ihnen doch das Schlüsselwort genannt, oder?« Er drehte interessiert den Kopf. Er sah irgendwie raubäugig aus dabei, wie eine Katze, die, eher aus Jagdinstinkt als aus Appetit, zum tödlichen Nackenbiß ansetzte. Oder wie ein englischer Pointer, der sein Karnickel foppte, bevor er sich dafür entschied, dem ungleichen Spiel ein grausames Ende zu bereiten.

»*Schafspelz*, ja.«

»Sprechen Sie das Wort um Gottes willen nie in der Öffentlichkeit aus. Schafspelz ist so geheim, daß es darüber nicht einmal Aufzeichnungen gibt.«

»Also gut, fangen wir ganz von vorn an.« Ich deutete durch das Fenster in die Dünen. »Da draußen stehen doch jetzt ein paar von unseren Leuten und sichern die Kommandozentrale, oder? Wie viele sind wir?«

»Hauptsächlich Sie und ich«, sagte er. »Wir haben ein paar Zuarbeiter. Fahrer, Boten, Hauspersonal. An den Fäden ziehen nur wir beide.« Er lachte, als bekomme er einen Erstikkungsanfall. Der Gedanke (oder das, was er wirklich dachte) schien überaus amüsant für ihn zu sein. Ich versuchte der Vorstellung genausoviel Komik abzugewinnen, aber es mißlang.

»Riesenbaby ist also nur unser Zuarbeiter?«

»Riesenbaby, ha, ha – nimmt uns die Muskelarbeit ab«, bestätigte er. »Kopf freihalten von allen Nebensachen. Ich rate Ihnen: Stellen Sie sich gut mit *Rie-sen-ba-by*. Und nicht bloß, weil er den Fahrer macht oder die Sahneschnittchen besorgt. Seine alte Mutter hat mir anvertraut, er sei manchmal 'n bißchen verwirrt. Drückt sich so aus, daß er Freund und Feind verwechselt.«

2 Als wir draußen am Strand waren, heulten hinter den Deichen Atomsirenen auf – ein Geräusch, das mir auf den Magen schlug (ich habe manchmal Probleme mit der Verdauung, und der Gedanke, jetzt sei es doch noch passiert, ist wohl nicht mehr aus unseren Köpfen zu vertreiben).
Die Luxusausgabe eines offenen japanischen Geländewagens jagte auf uns zu. Eines dieser chromblitzenden Ungetüme mit Allradantrieb, dicken Rohren, die zu wer weiß was taugen, und schwarzer Metalliclackierung. Staubfahnen wirbelten hinter seinen Reifen hoch. Er kam über den gepflasterten Weg, der schräg vom Deich zwischen ein paar geschlossenen Fischbuden im Sand endete, und sah aus wie ein aufgemotzter Kampfpanzer ohne Kanone. Ich versuchte mich instinktiv zu ducken oder sonstwie zu verkrümeln. Aber über uns war nur der freie Himmel, und um uns her, so weit das Auge reichte, erstreckten sich ein paar tausend Quadratmeter gelben Sands. Die Pünktchen in roten und gelben Anoraks waren alle weit weg.
»Keine Gefahr«, brummte Sehlen. Seine schönen Augen, diese dunkelbraunen Spiegel der Seele, weiteten sich belustigt. Er hatte mich in einem Moment der Schwäche erwischt, und das bereitete ihm offensichtlich Vergnügen.
Der Mann am Steuer schien Riesenbaby zu sein, seiner lässigen Art nach zu urteilen.

Er hing am Lenkrad wie zweihundert Pfund Lebendgewicht, die sich möglichst schnell zur Ruhe betten wollten. Seine rosigen Wangen leuchteten noch greller als seine Schuhspitzen, und die mußten mit dem glänzendsten Eierweiß poliert worden sein, das die chemische Industrie jemals hergestellt hatte. Sehlen beugte sich in den Wagen und ließ sich berichten. Ich bemerkte, daß er seine Stimme dämpfte, als die Präludien vorüber waren.
Einmal wandte er sich nach mir um und nickte mir so aufmunternd zu, daß jeder, der ihn kannte, sofort irgendeine Hinterfotzigkeit vermuten mußte, falls er nicht von allen guten Instinkten verlassen war. Die blaurote Narbe unter seinem linken Wangenknochen phosphoreszierte im versinkenden Licht – oder die untergehende Sonne und die Wellen spiegelten sich darin. Er hatte etwas von einer metaphysischen Erscheinung bei dieser Beleuchtung, mit seinem altmodischen Hut auf dem Kopf, der aus der untersten Kleiderkiste eines Secondhandshops zu stammen schien.
»Bin in zwei Stunden wieder zurück. Machen Sie's sich schon mal im Haus bequem«, sagte er und schwang sich aufs Trittbrett, während Riesenbaby mir einen ebenso abschätzigen Blick zuwarf wie sein Herr und Meister, den Fuß aufs Gaspedals fallen ließ – den linken Mittelfinger lässig zwischen den Lenkradspeichen, die Rechte außen am Ring – und mit durchdrehenden Reifen startete.
Ich stand da auf dem weit und breit verlassenen Strand, wischte mir den hochgewirbelten Sand von der Jacke und dachte darüber nach, warum ich hergekommen war.
Dann ging ich langsam zum Haus zurück.

Er kam weder an diesem Abend noch am folgenden Morgen. Ich hatte genügend Gelegenheit zum Nachdenken. Aber wenn man nicht ganz sicher sein kann, daß man Zeit hat, nutzt man sie auch nicht. Man glaubt, man könnte überrascht werden bei seinen Gedanken, und dann stünden sie einem so verräterisch auf der Stirn, daß man sich eine Anklage wegen Ketzerei oder Gotteslästerung einhandelte. Angesichts von soviel sinnlosem Leerlauf fragte ich mich natürlich, ob ich nicht schon bald meinem frischgeweißten, aufgeräumten Büro im Allerheiligsten am Südrand von München nachtrauern würde. Dem Blick durch die Bäume mit den Wagen des Außendienstes, die wie Fahrzeuge auf der Geisterbahn in der Tiefgarage verschwanden und irgendwann wieder auftauchten. In anderen Farben oder mit anderen Nummernschildern, je nachdem, von welchem Standpunkt aus man die Sache betrachten wollte. Klarissa, meine Lieblingssekretärin, verstand es meisterhaft, mich von allem abzuschirmen, was nicht zu meiner Arbeit gehörte. »Um ein Feld wie die Ostpolitik zu beackern«, pflegte sie zu sagen, »brauchen Sie Ruhe und noch einmal Ruhe, Adrian. Und viel schwarzen Kaffee.« Sie kochte vorzüglichen Kaffee. Sie beherrschte das Geheimnis, ihn weder nach Entkalker noch wie Spülmittel schmecken zu lassen.

Gegen Mittag läutete ein Kurier an der Pforte und warf zwei Briefe durch den Schlitz. Als ich die Tür öffnete, hatte er schon sein Mofa bestiegen und machte sich über den Sandweg durch die Dünen davon.

Der eine war eine Aufforderung Sehlens, mich noch ein wenig zu gedulden – bis zum Abend, wo wir in den Zandvoorter Kneipen kräftig einen draufmachen und »ein paar strohblonde holländische Meisjes« aufreißen würden. Er sei nach Belgien gerufen worden, Konferenz der Eierköpfe. Unter seinem Namen leicht verschmiert, als wäre die Kugelschreibermine ausgelaufen: »PS: Holen Sie sich was zu futtern in den Büdchen am Strand. Matjes ist am besten bei ›De Windroos‹.«

Im anderen befand sich ein leeres, weißes Blatt Papier.

Ich hielt den Umschlag gegen das Licht, roch daran und prüfte, ob er mit einer chemischen Flüssigkeit getränkt war, um Nachrichten unsichtbar zu machen. Oder ob es winzige Zeichen gab, die sich nur mit einer starken Lupe entziffern ließen. Aber weder auf dem Blatt noch am Umschlag fanden sich irgendwelche Spuren. Vielleicht war man ja endgültig über das Stadium solcher Albernheiten hinausgelangt – oder jemand erlaubte sich einen Scherz mit mir.

Sehlen mußte längst wissen, was ich über unsere Methode, den Stein des Sisyphus auf den Berggipfel zu rollen, dachte. Er machte sich keine Illusionen darüber. Er hörte die Greise husten und sah, wieviel Grabesschleim sie von sich gaben, um einen Ausdruck aus der Literatur zu gebrauchen. Ich verkörperte für ihn den neuen Aufbruch, einen Typ von Kanalarbeitern, die nicht mehr in den alten Kategorien dachten.

Spionage und politische Beeinflussung – Desinformation und Diffamierung – sind zwar ursprüngliche menschliche Verhaltensweisen. Ein Kind lenkt man gern von seinem Schmerz ab, indem man seine Aufmerksamkeit auf etwas anderes richtet, den Schnuller, die Rassel: das Grundmuster der *Desinformation*, nämlich einen glauben zu machen, man habe keinen wundgelegenen Hintern, sondern fühle sich ausgezeichnet. Aber seitdem Gorbatschows frischer, neuer Wind durch die Politik wehte, waren die alten Methoden in Verruf geraten. Man praktizierte sie weiter, wenn auch in dem Gefühl, nicht mehr ganz auf der Höhe der Zeit zu sein. Man argwöhnte, die Entwicklung könnte leicht über einen hinweggehen, und dann stände man genauso belämmert da wie die alte Garde im Ostberliner Politbüro, nachdem sie in die Verbannung geschickt worden war. Also lieber Flexibilität demonstrieren, nachgeben, wo es nicht viel kostet. Ein paar liberale Sprüche klopfen; düstere Kommentare zum kalten Krieg; Einsichten über die Schwächen der menschlichen Psychologie. Verführbarkeit, Rücksichtnahme. Dumpfes Unbehagen schon immer gehabt und so weiter.

Forum hatte *mich* dazu auserkoren, die Fahne des neuen Den-

kens vor uns herzutragen. Aber Rücksichtnahme auf die Gefühle der Veteranen. Man kann durchaus darauf verzichten, bei der Parade immer in vorderster Reihe zu laufen, manchmal genügt auch das vierte oder fünfte Glied.
Nicht einmal Michail Sergejewitsch Gorbatschow gehörte zu den Unsterblichen, bei aller Gottähnlichkeit. Um einen Platz im marxistischen Olymp zu erlangen und wie die anderen Klassiker in den Himmel gehoben (und später geköpft) zu werden, mußte er erst einmal das Zeitliche segnen. Nach seinem Tode oder politischen Knockout konnte die Windstille leicht die westlichen Zentren erreichen. Dann würde man wieder süffisant Veränderungen im Osten fordern, die den Gegner moralisch ins Hintertreffen brachten. Daß Reformen nicht rückgängig zu machen seien, ist ein Satz, den die Geschichte gründlicher widerlegt hat als jeden anderen. Was Forum selber dachte, war sein Geheimnis. Mag sein, daß er überhaupt nichts dachte. Wozu denken, wenn man die Probleme auch intuitiv bewältigen kann? Mag ebensogut sein, daß ich ihm damit bitteres Unrecht tat. Jeder, der sich mit dem Winde dreht, ist verdächtig. Obwohl auch ein Mitläufer guten Glaubens sein kann.

ZWEITES KAPITEL

1 Als ich nach München zurückkehrte, war ich so klug wie am Anfang. Ich tappte weiter im dunkeln. Vielleicht glaubte Sehlen ja, Orientierungslosigkeit sei kein Beinbruch, und ich hätte Gott sogar dafür zu danken, daß ich nicht alles wußte? Es gibt diese Weltenturner, die sich auf allen möglichen Drahtseilen bewegen, ohne etwas von der Tiefe und den Abgründen unter sich zu ahnen, und bei ihren dumpfen Spie-

len auch noch Spaß empfinden. Ich für meinen Teil habe immer danach getrachtet, mich zu orientieren, und ziehe eine Straßenkarte dem Umhertappen in der Finsternis vor.
Er sagte, unsere Operationsbasis sei wie gewöhnlich die bayerische Landeshauptstadt. Zandvoort, Brüssel und Amsterdam nur ausnahmsweise. Weshalb und warum, darüber schwieg er sich aus. Er hatte mich beauftragt, eine Sammlung aller Artikel über Gorbatschows neue Politik zusammenzustellen, die mir in die Finger kämen. »Authentisches Material, Amb, keine Schmierereien aus zweiter Hand. Ich komme Sie und Ihre Frau in München besuchen, sobald ich ein paar Stunden erübrigen kann. Richten Sie ihr meine besten Grüße aus.«
Der Gedanke, er könnte mir und Slava ein ganzes Wochenende auf die Nerven gehen, versetzte mich in düstere Stimmung. Daß er Margrit auf die Nerven ging, hielt ich für ausgeschlossen. Besuch ging ihr so gut wie niemals auf die Nerven, am wenigsten, wenn sie einen aufmerksamen Zuhörer erwartete. Sehlen würde der aufmerksamste Zuhörer des Jahrhunderts sein. Ich konnte ihm seinen Besuch nicht gut abschlagen. Es wäre unhöflich gewesen, eine offene Kampfansage, die weit über unsere Wortgeplänkel hinausging. Außerdem wußte er von Forum, daß ich den größten Teil des politischen Materials in meiner Wohnung aufbewahrte. Es war weder brisant, noch unterlag es irgendeiner Geheimhaltung.
Er würde sich ein paar Mappen Zeitungsausschnitte zeigen lassen und dann mit Margrit über die qietschende Wendeltreppe im Eßzimmer verschwinden. Keine Gefahr, Margrits sexueller Appetit könnte auf dem geblümten Sofa am Fenster unerwartet ins Kraut schießen! Da fürchtete ich schon eher ihren unverhohlenen Drang nach Aufstieg und Beförderung. Wenn sie erst einmal beim Thema angelangt war, brachte sie selbst einen ausgetrockneten Flußkiesel dazu, ein paar Tränen des Mitleids abzusondern. Sie konnte hysterisch und autoritär sein, ganz wie es die Situation erforderte.

Und danach, wenn das Tête-à-tête beendet war und Sehlen zum x-ten Male beteuert hatte, daß er sich bei Forum für meine Beförderung zum Großmogul der vereinigten westlichen Dienste verwenden wollte, würde er sich auf der Stelle in Slava verlieben. Schon aus taktischen Gründen. Weil es nützlich war, sich die Tochter eines wichtigen Mitarbeiters gefügig zu machen. Nach dem Motto »Abhängigkeit und Rücksichtnahme«. Unser Gewerbe ist nun mal ein Geschäft von Beziehungen. Darin unterscheidet es sich kaum vom übrigen Leben, sieht man einmal davon ab, daß unsere Stärken und Schwächen noch ein wenig deutlicher hervortreten. Wenn man zwischen Wölfen und Schafen unterscheiden will, würde ich mich immer auf die Seite der Wölfe schlagen, und nicht etwa bloß aus Opportunismus. Forum hätte sicher den Ausdruck *Loreleigesinnung* vorgezogen. Von Wölfen redete er lieber, wenn es um die Gegenseite ging. Die Schöne, die ihr güldenes Haar kämmte und alles ins Verderben stürzte – nur daß sich keiner unserer Wölfe wie sie selbst zum guten Ende hinterherstürzen würde, weil er so dem Fluch entkam. Ich habe keine Skrupel, einen Doppelagenten ans Messer zu liefern, das gehört zum Geschäft, aber in der Praxis ziehe ich es vor, die Sache aus sicherer Entfernung zu beobachten und mir meine Gedanken zu machen. Die Analyse liegt mir mehr als blutige Zweikämpfe.

Das Wohnzimmer war dunkel, so dunkel wie meine Einblicke in Sehlens Pläne; nur über der Wendeltreppe schimmerte noch Licht. Ich versuchte auf den Treppenstufen kein Geräusch zu machen, aber das war so gut wie ausgeschlossen. Sie quietschten bei jedem Schritt und versetzten das eiserne Gestell mitsamt der Zimmerdecke in Schwingungen ...
»Bist *du* es, Adrian?«
Ich mochte ihre Stimme nicht, sie klang immer ein wenig zu laut und schrill, jedem Zweck unangemessen.

»Wer sonst, Liebling? Der böse Wolf wird dich nicht holen, und Slava ist auf dem Wohltätigkeitsball.«
»Das dumme Kind sollte sich lieber in der Schickeria umsehen, anstatt Pakete zu packen und Rotznasen zu putzen.«
Ihre Stimme hatte jetzt jenes klagende Timbre in den Obertönen, das die Schakale am Wüstenrand anstimmen, um es bis zum markerschütternden Geheul zu steigern, bevor sie beim Mondschein auf Aassuche gehen. (Ich weiß, ich bin ihr gegenüber nicht gerecht; wir haben uns in den zweiundzwanzig Jahren unserer Ehe nie wirklich gestritten, und sie hat mich nie ernstlich verletzt. Es sind die Kleinigkeiten, die einen zermürben: der kaum merkliche Mißklang, die falsche Oktave.)
»Auch Mildtätigkeit kann Vergnügen bereiten, Liebes. Außerdem hat sie schon einen Boxkurs belegt.« Ich steckte meinen Kopf durch die Öffnung der Wendeltreppe und sah Margrit unter der Dachschräge am Tisch sitzen. Sie saß in jener charakteristischen Weise da, bei der die Beine gestreckt sind und der Körper vorgebeugt ist, aber dabei kerzengerade angewinkelt, als sei er ein halbgeöffnetes Taschenmesser.
»Es geht nicht um ihr Vergnügen, Adrian. Es geht um ihre Zukunft.«
»Ihr Vergnügen *und* die Zukunft.«
»Die Zukunft ist hauptsächlich in unseren Köpfen, sie will geplant werden.« Ihr Bleistift bohrte sich wie eine Waffe in das Zahlenfeld, das unsere Haushaltsabrechnungen waren – undurchschaubare Listen, so lang und hieroglyphisch wie Gas- oder Stromabrechnungen. Die aufgearbeiteten Blätter lagen links von ihr, der Stein des Anstoßes rechts. Er bestand aus einem Stapel engbekritzelter Seiten. Mindestens drei davon galten dem Kostenfaktor »Herbert«. Sein Name geisterte durch den Raum wie eine Aura, die plötzlich von der Schwerkraft erfaßt worden war und sich träge auf das Mobiliar herabsenkte. Es würde ein langer Abend werden.
»Weißt du, daß wir fast bankrott sind, Adrian?«

»Nein.«
»Dann solltest du mal einen Blick auf unsere Kontoauszüge werfen.«
»Hab' ich bei der Abfahrt nach Holland getan.«
»Und? Wie war dein Eindruck?«
»Wir liegen ganz gut im Rennen. Keine Schulden, solider Kontostand. Wir könnten einen Zweitwagen anschaffen, wenn wir wollten.«
»Doch nicht etwa für Herbert?« Jetzt klang ihre Stimme wieder so, als habe ihr jemand einen unsittlichen Antrag gemacht. Ich sah ihre strengen Augen und die tiefen Falten, die einmal Krähenfüße gewesen waren, und dachte daran, daß Slava weder auf Margrit noch auf mich herauskam. Vielleicht war sie gar nicht unser Kind. Die einzige Schönheit in der Familie.
»Das würde ihn etwas vom *Hitchhiking* abhalten.«
»Ihr und euer Hitchhiking.«
»Sei bitte nicht ungerecht«, sagte ich beschwörend. »Wir haben oft genug darüber gesprochen, daß ich seine Ausflüge verurteile.«
»Sie sind unnütz und teuer.«
»Man kann ihn nicht einsperren.«
»Aber er *ist* eingesperrt.«
»Weil er selbst darum gebeten hat. Das ändert sich alle drei Tage.«
»Du stehst nur auf seiner Seite, weil es dein Zwillingsbruder ist. Du bist zu nachsichtig mit ihm, Adrian. Er starrt den ganzen Tag lang die Decke an. Nicht mal sein Psychiater behauptet, daß Depressionen unheilbar sind.«
»Er ist seit seinem zwanzigsten Lebensjahr depressiv. Wenn es zu ändern wäre, hätte man ihn längst geheilt.«
»Ich glaube, er ist nur *autistisch*.«
Sie wollte sagen: willentlich autistisch, falls es das gab. Aus Bequemlichkeit und weil es billig und unproblematisch war für jemanden, der wie er die Menschen verachtete, weil sie ihre

Schönfärbereien sich und anderen gegenüber als Wahrheit ausgaben.
»Darüber möchte ich mir kein Urteil anmaßen«, sagte ich bedächtig. Ich wußte, daß sie Bedächtigkeit verabscheute.
»Meiner Überzeugung nach läßt er sich einfach bloß hängen, Adrian. Er lebt hier auf unsere Kosten, wird von hinten bis vorn bedient und macht Ausflüge, wenn ihm wieder mal die Sicherungen durchbrennen.«
»Anhalterei kostet nicht viel.«
»Aber sein Rücktransport. Vor drei Wochen hat Slava vierundachtzig Piepen fürs Taxi bezahlt. Es ist das Zigeunerblut in euren Adern«, meinte sie nachdenklich und warf mir einen abschätzigen Blick zu. »Deine Familie muß sich irgendwann einen genetischen Defekt eingefangen haben.«
»Laß uns noch ein Gläschen Wein trinken, Margrit, das wird unsere Laune heben.«
»Nehmen wir nur deine *Arbeit.*«
Wir waren beim Thema angelangt. Sie schaffte es immer wieder mit schlafwandlerischer Sicherheit, das Gespräch auf den Sinn von Geheimdienstarbeit zu bringen. Ich bewegte mich unauffällig die Wendeltreppe hinunter (soweit eine derartige Treppe das überhaupt zuläßt).
»Ach, übrigens, hatte ich schon erwähnt, daß Sehlen uns besuchen wird?« fragte ich, als ich unten im Salon stand.
Sie kam an die oberste Stufe und sah neugierig zu mir hinunter.
»Was denn, das *Ungeheuer*?«
»Er ist gar nicht so schlimm, wie man behauptet. Er wird mir immer sympathischer.«
»Du hast dich noch mit jedem arrangieren können, Adrian.«
»Ich versuche nur, objektiv zu sein.«
»Und wann?«
Damit wollte sie in ihrem unaustreibbaren Hang zur Kurzform sagen, *wann* ich das jemals ernsthaft versucht hätte. Es

war eindeutig als Provokation gemeint. Sie versuchte eine Verbindung herzustellen zwischen meinem Faible für das, was man »Fakten« oder »Tatsachen« nannte, und dem, was sie selbst so gern als meinen »mangelnden Ehrgeiz« bezeichnete, mein angebliches Verlangen, mich mit einer untergeordneten Stellung zu begnügen. Aber um des lieben Friedens willen beschloß ich, es auf etwas andere Weise zu verstehen:
»Am Wochenende, Schatz. Sehlen bleibt bis Sonntagabend, und wir sehen gemeinsam das Material aus meiner Sammlung durch.«
»Ihr und eure Kriegsspiele...«
Als ich Herberts Tür passierte, hob ich meine Hand, um die Klinke zu drücken – aber vermutlich saß er wieder in zwei oder drei Metern Entfernung davor und starrte die Türfüllung an. Nicht, weil er ein Geräusch gehört hatte, sondern weil es seine »Passion« war. Wenn ich öffnete, würde er mir zwangsläufig in die Pupillen sehen. Der Anblick seiner melancholischen Augen versetzte mir immer einen Stich. Bis auf seinen Trübsinn glichen wir uns wie ein Ei dem anderen. Wahrscheinlich war es genau diese Ähnlichkeit – das Gefühl, in den Spiegel zu blikken –, die mir dabei zu schaffen machte.

2 Ich empfand es als Erleichterung, nicht mit Herbert reden zu müssen. Der Gedanke, ihm gegenüber Verpflichtungen zu haben, ihn als »Gestrandeten der Familie« zu betrachten, war immer auf etwas zu nachdrückliche Weise mit der Vorstellung verbunden, daß es an seiner Stelle auch mich hätte treffen können. Wie schmal ist der Grad, der uns vom Wahnsinn trennt? Er kämpfte mit einem unsichtbaren Gott – oder einem ganzen Universum verborgener Dämonen und Götter –, und offensichtlich war es ihm nicht mehr möglich, seine Niederlage einzusehen.

Ich telefonierte den Vormittag über in der Stadt herum, um mit Forum zu sprechen. Seine Sekretärinnen versicherten mir, er sei eben aus dem Haus gegangen; seine Frau behauptete, er befinde sich auf dem Weg ins Büro; der Pförtner im Glaskasten schwor, er habe ihn weder herein- noch herausgehen sehen, obwohl er als so unbestechlich galt wie die Kameraaugen im Foyer. Sie alle mußten es schließlich wissen.
Ich probierte eine der Zigaretten, die Margrit gehörten und nach Stroh schmeckten, das Patentrezept gegen ihre Nervosität. Sie verstreute sie überall im Haus, um immer welche griffbereit zu haben. Man fand sie in Blumenschüsseln, Briefablagen, Bonbonnieren, unter dem Klavierdeckel, den Papieren auf meinem Schreibtisch und zwischen der Wäsche. Einmal hatte eine in der Regenrinne gelegen. Vielleicht war sie dort beim Fensterputzen vergessen worden. Aber da ich Nichtraucher bin, war sie für meinen Solarplexus Gift, sie erzeugte das Gegenteil von dem, was sie bezwecken sollte. Vor dem Mittagessen entschloß ich mich, Forums Geheimnummer anzurufen, seine Durchwahl für Notfälle. Ich war sicher, daß er mein Anliegen nicht als Notfall betrachten würde, aber *was* einen in Not bringt, ist schließlich Ermessenssache. Es gibt Vietnamveteranen, die sich im Regenwald zwischen Schlangen und Fallgruben wie zu Hause fühlten und bei der ungewollten Schwangerschaft ihrer jüngsten Tochter den Verstand verlieren.
Eine Frauenstimme erkundigte sich: »Dringlichkeitsstufe?«
»Keine Ahnung, es *ist* dringend – aber wenn Sie mich fragen, welchen Maßstab ich daran anlege . . .«
»Identifikationsnummer?«
Ich nannte ihr meine Nummer. Da sie überflüssiger als der Blinddarm war und ich mich nur noch vage daran erinnern konnte, hatte sie genügend Zeit, sich die nächste Schikane auszudenken: »Bedauere, Ihr Adressat ist nicht im Büro.«
»Mein Adressat, aha. Sie meinen, Forum wäre mal eben kurz für kleine Jungen?«

»Bitte keine Namen.«
»Ja, natürlich.«
»Er wird mit Ihnen Kontakt aufnehmen, sobald es möglich ist.«
»Danke, Gnädigste, herzlichen Dank. Ich habe nichts anderes erwartet.«
Als ich das Haus verließ, vergrub Herbert im Garten den Blätterabfall. Er würdigte mich keines Blickes. Sein Tornister sah so prall gefüllt aus, als sei er jederzeit abreisebereit, und sein Zimmerschlüssel lag hinter ihm auf der Fensterbank. Wenn er abgeschlossen hatte und Ruhe vor uns haben wollte, schob er ihn manchmal durch den Türschlitz – um uns Gelegenheit zu geben, seinen Leichnam zu finden, ohne daß wir dafür die Tür eintreten mußten. Ich hielt überrascht inne, denn daß er auch nur den kleinen Finger rührte, war eine neue Entwicklung. So umwälzend wie die Entstehung des Lebens in der Ursuppe.
»Er hat gehört, was wir über ihn gesagt haben«, raunte Margrit mir zu. Sie stand mit einem Korb an der Pforte, um den Lieferwagen des Eiermanns abzufangen. »Das Erkerfenster war offen. Er ist zutiefst beleidigt.«
»Immer noch besser als Selbstmord.« Ich stellte das Garagentor hoch, um ins Zentrum zu fahren. Aber der Teufel der Zündkerzen und Verteiler, der verstopften Düsen und lahmen Batterien wollte an diesem Mittag, daß ich zu Fuß ging – also tat ich ihm den Gefallen.

Als Zugereister fällt es mir immer schwer, dem bayerischen Leben, der Weißwürstl-Mentalität, den Krautorgien, den griffigen Riesenbiertöpfen, mit jener beiläufigen Lässigkeit zu begegnen, die dem Einheimischen in die Wiege gelegt ist. Meine Miene verklärt sich dabei, als versuchte ich mich auf peinlichste Weise anzubiedern. Deshalb nahm ich mein Mittagessen in einem gut abgedunkelten Stehimbiß ein, einer Turnhalle mit Säulen, altdeutschen Kronleuchtern und dem Ambiente süddeutscher Parteitage. Man aß im Stehen an kleinen runden Tischen. Die Portionen langten fürs Frühstück, Mittag- und Abendessen. Allerdings galt das Mitbringen von Abfüllbehältern als verpönt.

Vielleicht war es das gute Essen, das meinen Entschluß bestärkte. Vielleicht hatte Sehlen recht mit seiner Meinung, daß alles Chemie sei. Die Gedanken als chemische Anhängsel. Kein Geheimdienst der Welt kann einen verpflichten, seine Seele zu verkaufen. Schon möglich, daß es von übergeordneter Stelle versucht wird. Mag sein, daß Hunderte, ja Tausende sich im Laufe ihres schäbigen Lebens verraten haben, ohne es selber zu bemerken. Die Sache hat viel mit den Verführungskünsten in rotbeleuchteten Bars und schummrigen Bordellen gemein. Ich zog es vor, mir mein Stück private Freiheit zu bewahren. Dieser Widerstand oder Entzug schloß Forum, Sehlen und selbst Margrit ein, von jener abstrakten Größe, die meine Arbeit war, ganz zu schweigen. Für Slava allerdings war ich bereit, auf der Stelle meinen Hals zu riskieren.

Ich glaube, wir empfanden es beide als eine jener engen Vater-Tochter-Beziehungen, die dauerhafter als manche Ehen sind. Da ihr die Kerle nachliefen, als sei ein amerikanischer Filmstar eingeflogen, fühlte ich mich durchaus wohl in der großen Gemeinschaft ihrer Bewunderer. Man hat den Eindruck, etwas Bleibendes geleistet zu haben, und der Stolz wächst mit jeder Minute und Stunde ihrer stürmischen Blüte. Ich war bereit, mich für sie zu verleugnen, aber ich lehnte es ab, von Sehlen wie einer seiner unwissenden Zuarbeiter behandelt zu werden. Es war, als verkaufte ich dabei einen Teil von mir selbst – und meinethalben konnte man das auch Seele nennen – zu einem Preis, der in kümmerlichem Verhältnis zu dem stand, was ich aufgab.

Um diese Zeit stand die Sonne wie eine stumpf glänzende Apfelsine über dem Isarufer. Vom Wasser wehten Fetzen kalten

Dunstes herauf, in dem einzelne gelbe Blätter trieben. Die Silhouette der Häuser am gegenüberliegenden Ufer sah aus wie die steinerne Kulisse eines Kulttempels. Fragte sich nur, für welche Götzen.

Ich versuchte die Tram zu besteigen, als neben mir ein Wagen hielt, eine jener gepanzerten Limousinen, die immer wirken, als zögen sie das Unheil an, den Schuß aus einem Granatwerfer oder den Kugelhagel einer Maschinenpistole.

Forum sah aus dem Seitenfenster und winkte mir mit halb erhobener Hand zu, ganz Kardinal, der einem Priester Audienz gewährt. Sein sorgfältig onduliertes Haar kollidierte dabei mit dem Fensterrahmen; er schob es mit jener charakteristischen Geste zurecht, die ihm den respektlosen Kommentar eingetragen hatte, sein »Make-up« sei ihm wichtiger als jeder arme Agent, der für unsere Sache in den sibirischen Wäldern erfror.

»Steigen Sie ein...«

Die Wagentür wurde aufgeschoben, und ich kam zum erstenmal in den Genuß, eine seiner rollenden Gefechtsstationen von innen zu besichtigen. Palisanderholz, Messinggriffe, ein kleiner Farbfernseher, zwei Funktelefone, davon eines rot, die übliche Bar, um zwischen zwei Straßenecken nicht verdursten zu müssen, und Polstersessel im Farbton des Teppichbodens.

»Zahlt alles der Steuerzahler«, murmelte ich, während ich mich neben ihn in den weichgepolsterten Sitz sinken ließ.

»Was sagten Sie?«

»Donnerwetter, ich wußte gar nicht, daß wir solche Schlachtschiffe unterhalten?«

»Die zusätzlichen Einrichtungen stammen von mir, Adrian. Der Steuerzahler hat keinen Pfennig dazugetan.« Er ließ das Barfach auf einer Schiene aus der Konsole fahren. Seine Hand glitt über die Flaschenhälse. »Likör?«

Ich schüttelte den Kopf.

»Mein Mittagessen, wegen der Diät.« Er goß sich einen ein,

sparsam, als sei jeder Tropfen Gift für seine schlanke Linie. Es war einer jener übersüßten »Damenliköre«, die er aus einem Dorf in den Abruzzen bezog. »Wie war Ihre Kontaktaufnahme?«

»Sehlen scheint das Ganze als Ein-Mann-Unternehmen anzusehen. Er weigert sich, mich einzuweihen.«

»Er ist nur *vorsichtig*, Adrian.«

»Ich bin schließlich nicht erst seit gestern im Geschäft. Ich war schon in München Experte auf meinem Gebiet, als Sie aus Köln herüberkamen, wenn ich Sie daran erinnern darf? Ich führte Sie in die Geheimnisse der Abteilung ein. Und nun behandelt man mich wie einen blutigen Anfänger.«

»Geben Sie ihm noch ein paar Tage Zeit. Er muß erst Vertrauen schöpfen. Die Sache ist heikel.«

»Wie kann ich Ihnen von Nutzen sein, wenn ich nicht einmal weiß, worum es geht?«

»Aber sagte ich das denn nicht, Adrian?«

»Nein.«

»Oh.« Er strich sich betroffen mit dem Zeigefinger über die Stirn. »Dann allerdings.«

»Sie erwähnten den Codenamen ›Schafspelz‹, nicht viel mehr. Sie sagten, es sei eine gemeinschaftliche Operation. Langley, London, Paris, wenn ich das richtig verstanden habe?«

»Gemeinschaftlich, ja.«

»Aber nicht so gemeinschaftlich, daß man mich ausreichend darüber informieren würde, oder?«

»Jeder arbeitet an seinem Platz. Jeder ist Experte, Spezialist für einen bestimmten Arbeitsbereich. Sie sind für Ostpolitik zuständig. Andere befördern die Post oder bringen Politiker um – falls Sie mir diese sarkastische Übertreibung verzeihen wollen?« Er lächelte. »Keiner sollte zuviel vom anderen wissen. Es könnte die ganze Operation in Gefahr bringen. Eherne Regel, oder? Das müßten Sie doch selbst am besten wissen, Adrian?«

»Die Post, ja.« Ich zog den Umschlag mit dem leeren Blatt Papier aus der Innentasche meines Jacketts. »Gehört das hier dazu?«
Forum nahm beides, den Umschlag und das Blatt, drehte und wendete sie auf dem Schoß und befühlte die Struktur des Papiers mit den Fingerspitzen.
»Woher haben Sie das?«
»Aus Sehlens Briefkasten.«
»In Zandvoort, ah, ja. Es ist das Briefpapier unseres Mannes im Kreml, Adrian. Ich vertraue Ihnen ein großes Geheimnis an – dieser Umschlag«, sagte er theatralisch, »ist eine Botschaft, auch wenn keine einzige Zeile darin zu finden ist. Er bedeutet nichts Geringeres, als daß wir erfolgreich sind.«
»Erfolgreich worin?«
»Unser Mann im Kreml *arbeitet* bereits.«
»Er arbeitet, aha.«
»Seien Sie doch nicht so entsetzlich bockbeinig, Adrian. Ich überschreite meine Kompetenzen, indem ich Ihnen Einzelheiten der höchsten Geheimhaltungsstufe anvertraue, und Sie behandeln mich, als beginge ich den schlimmsten Vertrauensbruch.«
»Ehrlich gesagt, habe ich immer geglaubt, unser Verhältnis sei etwas persönlicherer Art?«
»Ist es ja auch, Adrian, *ist* es.«
»Mit anderen Worten: Sie können oder *wollen* mir jetzt noch nicht mehr sagen?«
»Von wollen kann gar keine Rede sein. Warten wir ab, bis Washington grünes Licht gegeben hat. Sehlen wird Sie rechtzeitig über alle Einzelheiten informieren. Sie sind für die höchsten Weihen vorgesehen – Sie sind absolut *unentbehrlich* bei dem Projekt. Ohne Sie wäre Sehlen blind, er würde mit seinem Stock die *Black box* zertrümmern, weil es drinnen keine Orientierungsmöglichkeiten gäbe.« Forum lachte überdreht, offenbar versuchte er, die Angelegenheit ins Lächerliche zu ziehen.

Aber mein Humor in solchen Fällen schrumpft mit jedem falschen Ton.
»Nun machen Sie nicht so ein trauriges Gesicht.«
»Eigentlich habe ich Sie angerufen, weil ich Ihnen sagen wollte, daß ich unter diesen Umständen ...«
»Ja?«
»Daß ich nicht bereit bin, weiterzuarbeiten.«
»Sie wollen den Dienst quittieren?«
»Ich werde mich nach einer Arbeit umsehen, bei der man mir mehr Vertrauen entgegenbringt.«
»In unserem Gewerbe? Das dürfte nicht ganz einfach sein. Jetzt, wo es uns allen an den Kragen geht, meine ich. Wir kämpfen um unser Überleben. Der eiserne Besen der Rationalisierung fegt durch die Abteilungen. Anscheinend glaubt man im Kabinett, unser Apparat habe sich während des kalten Krieges zu stark aufgebläht. Drüben hinter dem großen Teich ist es nicht viel anders. Wasserköpfe vor dem Platzen. Nun sei es an der Zeit, sie auf ein bekömmlicheres Maß zurückzuschrauben. Und bekömmlich heißt: auf die Hutgröße derer da oben. *Kindergrößen*, Mützengrößen unter uns gesagt. Wie denken Sie darüber?«
»Ich finde den Gedanken gar nicht so abwegig.«
»Die politische Situation ist deutlich entspannt«, bestätigte er.
»Was sich überlebt hat, sollte niemals mit Gewalt festgehalten werden.«
Forum blinzelte amüsiert. »Damit wollen Sie doch wohl sagen: Sie machen sich keine Sorgen? Fähige Leute wie Sie finden immer einen Job?«
Wir hielten vor einem weißen Villenbau. Die Innenstadt mit ihrem Getrampel und Einkaufsgedränge war nur ein oder zwei Steinwurfweiten entfernt, aber hier herrschte beinahe gespenstische Ruhe. Forum gab dem Fahrer ein Zeichen, unter der überhängenden Trauerweide zu parken.

Als Privatbesitz war das Gelände bemerkenswert gut ausgestattet, fast wie eine öffentliche Anlage: Ententeich, Kinderschaukeln, zwei von steinernen Löwen bewachte Springbrunnen. Fehlte nur noch der Sandkasten, in dem ein kratzbürstiger kleiner Villenerbe mit Sand um sich warf. Zwischen den Pappeln verlief ein öffentlicher Weg, und jenseits des zerrissenen Drahtzauns, von gelbbelaubten Baumkronen eingerahmt, sah man die schäbige braungraue Backsteinfront eines einstöckigen Wohnhauses aus der Vorkriegszeit. Seine Fenster waren hell erleuchtet.

»Kommen Sie, Adrian.« Forum stieg aus, den etwas zu langen Mantel gerafft. »Sie wollen doch nicht die Abschiedsfeier unseres verdienstvollsten Mitarbeiters versäumen?«

»Abschiedsfeier?«

»Der gute alte Quand, er wird vorzeitig pensioniert.«

»Und warum, wenn ich fragen darf?«

»Vorzeitiger Ruhestand«, sagte er mißbilligend, als sei das eine angemessene Antwort auf meine Frage. Er lief ein paar Schritte voraus, offenbar steuerte er nicht auf die Villa, sondern auf das Backsteinhaus zu.

»Ich habe zu diesem Verrückten nie ein sonderlich gutes Verhältnis gehabt«, sagte ich und blieb stehen. »Wenn Sie mich fragen, hat er genausowenig alle Tassen im Schrank wie Sehlen.«

»Verrückt oder nicht, was bedeutet das in unseren Kreisen, Adrian? Verrücktheit ist wie ein Werkzeug, eine Begabung, ein Uhrmacher muß gute Augen und ruhige Hände haben. Ein Pianist Gespür für Akkorde. Etwas überdreht zu sein wie Quand ist in unseren Reihen schon der halbe Sieg, das liegt in der Natur der Sache.«

»Sonderlich erfolgreich scheint Quand ja nicht zu sein?«

»Nun kommen Sie schon, wir sind eingeladen.«

»So? Hab' nie besonders gut mit ihm gekonnt.«

»*Adrian* ... verdammt noch mal.«

Es mochte übertrieben klingen, Sehlen als Monstrum zu bezeichnen, er hatte sicher seine Bewunderer, aber die Meinung, Quand sei übergeschnappt, konnte man nur als grandiose Untertreibung ansehen.
Für mich verkörperte er den dunklen Bereich, die Schatten des Gewerbes. Spionage, das Geheimdienstgeschäft überhaupt, so, wie es von Staaten überall in der Welt betrieben wird, ist nun einmal institutionalisierte Unmoral – und *kann* auch gar nichts anderes sein. Es hat wenig Sinn, sich darüber zu beklagen, wenn man nicht gewillt ist, das Übel mit der Wurzel auszureißen. Ich finde, man sollte ruhig zur Diskussion stellen können, daß sich Regierungen gegenseitig ihre Geheimnisse entreißen. Daß sie Desinformationen ausstreuen, Politiker zu Fall bringen und den Parlamentarismus hintergehen. Aber dann muß man auch bereit sein, die Konsequenzen zu tragen und die Begehrlichkeiten hintanzustellen. Gegenwärtig sind Recht und Moral nur für die eigene Seite definiert, mit der anderen kann man umspringen, wie es einem beliebt. Was wir das Ende des kalten Krieges nennen, ist lediglich eine etwas verstecktere Form des Totschlags. Und diese Politik braucht nun einmal ihre Protagonisten.
Quand gehörte zu jenen, die das Ansinnen, legale Mittel anzuwenden, so lange ablehnten, wie Geheimdienste selber existierten – so lange, wie die Lüge, die sie ermöglichte, nicht aus der Welt geschafft war. Er nahm sie als bequeme Rechtfertigung seiner eigenen überdrehten Manöver, und ich hatte immer danach getrachtet, ihm dabei nicht in die Quere zu kommen. Er würde ohne weiteres zugeben wollen, daß unser Verwaltungsapparat oder die Bürokratie genauso korrekt arbeitete wie alle übrigen Beamten. Aber an der Front galten andere Regeln. Die Front war eine Grauzone, die es offiziell gar nicht gab. Wenn sie ins Rampenlicht der Öffentlichkeit geriet, dann nur durch einen Betriebsunfall. Es gab Aktionen draußen, nicht mehr.

Ich folgte Forum ins Haus.
Drinnen schob ich mich grüßend durch Gruppen blaß aussehender Jüngelchen mit Sektgläsern in der Hand, die eben vor dem Toilettenspiegel ihre Mitesser ausgedrückt haben mußten, so fleckig waren ihre Gesichter. Kaum zu überhören, daß sie Quands Rausschmiß als großes Geheimnis betrachteten, als eine Art Welträtsel, das über sie und ihren Herrn und Meister gekommen war wie der Urknall über den leeren Raum.
Dann sah ich ihn am Ende des Zimmers stehen, seine bleiche, hohe Gestalt mit der Mathematikerstirn – trotz des konzilianten Lächelns immer noch der unnachgiebige Agentenhäuptling einer Schar devoter, um Aufmerksamkeiten und Zuneigung bemühter Krieger, und selbst Forum nahm sich gegen ihn merkwürdig blaß und nichtssagend aus.
Quand gab mir die Hand und sagte: »Schön, daß wenigstens Sie aus dem Sperrbezirk zu uns herübergekommen sind, Adrian. Das Beerdigungskomitee läßt grüßen, oder?«
Er nickte dankbar, als man ihm ein Glas Sekt reichte, und stieß mit mir an. Er hatte sechs Kisten vom teuersten *Morfoll* aus den Pyrenäen kommen lassen, angeblich, weil er im Aroma gleichwertig sei und weniger nach faulen Eiern roch als *Chardonnay*.
Ich sagte: »Ihre Tochter soll mit Slava einen Boxkurs belegt haben? Die Mädchen jagen ihre Sparringspartner durch den Ring, daß es eine wahre Freude ist.«
»Ein Schlag aufs Nasenbein hat noch keinem geschadet«, erklärte er mit undurchsichtiger Miene. Er blickte an Forum vorbei zum Fenster. Irgend etwas am Fensterrahmen oder hinter der Scheibe schien seine Aufmerksamkeit zu erregen.
Forum war Luft für ihn. Er würdigte ihn keines Blickes und wandte ihm immer die Seite zu, bei der er nicht Gefahr lief, ihm zur Begrüßung die Hand geben zu müssen. Er trug eine Armprothese, aber gewöhnlich verstand er es meisterhaft, einen seine Behinderung vergessen zu lassen. Diesmal, im

Kreise seiner engsten Getreuen, hatte er den matt glänzenden, schwarzen Bakelitarm neben sich auf dem Tisch abgelegt und seine Ärmel hochgekrempelt, wie um allen zu signalisieren, nun würden nicht einmal mehr die Krüppel verschont.
Ich ging hinüber und konzentrierte mich auf das Büfett. Es gab Lachs, mit Käse überbackene Riesengarnelen in Sahne und zum Nachtisch kleine adlerähnliche Marzipanvögel mit purpur- und goldfarbigem Gefieder, die – ihre Schwingen ausbreitend – auf Aschehaufen standen. Eine Brüsseler Spezialität mit Krokant- und Mandelfüllung. Ich verbiß mir jeden Kommentar auf die Symbolik des Bildes.
Forum schob einen nach dem anderen in den Mund, vielleicht, weil sie ihn an seine süßen Damenliköre erinnerten, und seine Kiefer mahlten gedankenverloren. Er hatte Quand in einem unbeobachteten Moment beiseite genommen, aber seine Reaktion auf das, was er ihm mit beschwörenden Gebärden zuflüsterte, schien so untauglich zu sein wie das Gestammel des Mörders nach der Tat. Quand hatte nur undurchsichtig lächelnd die Achseln gezuckt und auf den Teller mit den Marzipanvögeln gedeutet. Danach waren sie sich aus dem Weg gegangen.
Irgendwann, ich erinnere mich nicht mehr an den genauen Zeitpunkt – der Sektkonsum hatte das Stadium erreicht, bei dem nur noch aus der Flasche getrunken wird –, hörte man den Aufschrei seiner Jünger, und Quand schleuderte seinen Bakelitarm klirrend durch die große Fensterscheibe ...
Die Blicke seiner Getreuen wanderten ratlos zwischen den Splittern der zerschmetterten Scheibe und der Stelle auf dem Tisch hin und her, wo seine Prothese gelegen hatte. Quands Miene war völlig unbewegt – das Gesicht eines Künstlers in der Arena, der den Applaus des Publikums erwartete. Dann klatschte jemand in der hintersten Reihe wie ein Claqueur Beifall, und der Rest der Indianertruppe brach in Hochrufe aus.
»Auf Rausschmiß *reagiert* man nicht, Adrian«, murmelte Fo-

rum, als wir mit den anderen auf den brüchigen Balkon an der Rückseite des Hauses hinaustraten und unsere Blicke über die Höfe und Ziegelmauern streifen ließen, um das Corpus delicti von oben im hohen Gras auszumachen. »Schon gar nicht wie eine beleidigte Jungfer. Den steckt man weg wie Clay seine Kopftreffer, als er noch der Größte war.«

Als wir gingen, hatte ich den schalen Geschmack im Mund, den eine Niederlage hinterläßt, die nachträglich zum Sieg umgemünzt werden soll.

Quands mißglückter Versuch, als Phönix aus der Asche aufzusteigen, ließ vor mir das Bild jener Einarmigen mit Fliegen in den Augenhöhlen wiedererstehen, die ich in den Elendsquartieren am Stadtrand von Mombasa gesehen hatte.

Wenn man sich ihnen näherte, winkten sie einem voller Heiterkeit mit ihren Armstümpfen zu, als sei ihre Verkrüppelung nur vorübergehend, und der nächste Regenguß werde das Bild des Elends wegwischen wie Kreide vom Asphalt.

DRITTES KAPITEL

Von der fahrenden Tram aus sah ich plötzlich Slava in der Menschenmenge. Sie war so unaufdringlich hübsch wie immer, vielleicht lag es daran, daß sie ihr Aussehen als etwas ganz Natürliches betrachtete – nichts, dessen man sich rühmen konnte. Ich versuchte ihr zuzuwinken. Aber sie trug eines jener großen, in geblümtes Geschenkpapier eingewickelten Pakete, die für den samstäglichen Wohltätigkeitsball bestimmt waren. Es versperrte ihr fast die Sicht, und das Gedränge brachte sie dazu, vor der Kreuzung in eine ruhigere Seitenstraße abzubiegen.

Das Schütteln der Bahn, die Wärme aus den Heizlüftern, der

Gestank des Elektromotors, dem durch die undichten Bodenplatten Schmieröldämpfe entwichen – das alles brachte mich dazu, an der nächsten Haltestelle auszusteigen. Ich hatte das Bedürfnis, mich abzulenken. Die Begegnung mit Quand war mir auf den Magen geschlagen.

Im Metropol lief ein uralter Fernandel-Film. Ein starkes Gebiß und dazu das passende Grinsen waren genau die Ablenkung, die mir fehlte. Aber eine dumpfe Ahnung sagte mir, daß Sehlen uns noch an diesem Samstagabend heimsuchen würde. Er hatte von einem der kommenden Wochenenden gesprochen. Eine vorsichtige Umschreibung dafür, daß es bei nächster Gelegenheit passieren würde.

Er wußte, daß ich mein Familienleben nicht mit meiner Arbeit belasten wollte. Aber durch Quands Pensionierung würde er genügend Anlaß haben, meine Angelegenheiten in Margrits Augen zu seinen eigenen zu machen.

Er würde über Beförderungen reden. Wer dafür in Frage kam und wer als nächster seinen Hut nehmen mußte. Dann – taktisch geschickt – über den eisernen Besen, der durch die Organisation fegte. Über die politischen Hintergründe, ihr Für und Wider. Und er würde das alles an irgendwelchen Gesinnungen festmachen, an ideologischen Überzeugungen. Mit dem Instinkt des geborenen Psychologen (oder Jägers? – falls Psychologe und Jäger dabei nicht aufs gleiche herauskam) ahnte er, daß ich bisher nie mehr als meine Arbeit getan hatte.

Er nahm an, daß ich ein verirrter Waggon war, ein Wagen, der irgendwann an einem abgelegenen Güterbahnhof aufs Abstellgleis geraten sein mußte, und er wußte, daß ich mich in meiner Rolle wohl fühlte. Der Gedanke, den Rest meiner Tage in Ruhe gelassen zu werden und vor mich hin zu rosten, hatte nichts Beängstigendes für mich. Ich brauchte keine Selbstbestätigung. Erst recht keine, die nur durch eine Arbeit am falschen Platz zu erlangen war.

Sehlen würde Margrit willig darin zustimmen, daß über zwanzig Jahre »Versteinerung« (ihr Lieblingsausdruck) eines Mannes mit meinen Fähigkeiten unwürdig waren. Damit meinte sie: bis zur Pensionierung, falls es mich nicht wie Quand schon früher erwischte. Aber um nicht sein Leben lang Schimären nachzujagen, mußte man wie ich den Wechsel in den Führungsetagen erlebt haben, das Auf und Ab der Meinungen. Man mußte unsere Arbeit als genauso dem Geschmack und Zufall unterworfen sehen wie die letzte Hut- und Anzugmode. Ich erinnere mich eines Gesprächs mit Forum während unserer Bergwanderungen in den Alpen. Damals pflegten wir mindestens einmal im Monat mit Tagesrucksack, Proviant und Regenmantel in die Berge aufzubrechen, um, wie er vorschlug, etwas räumliche Distanz zu gewinnen. Forum betrachtete mich als seinen engsten Vertrauten, und mir gefiel es, daß niemand außer uns beiden etwas von meiner führenden Rolle ahnte. Er gestand mir, daß er unser Faible für Geheimdienstarbeit weder als Hang zur Macht noch als ideologisches Sektierertum betrachte, geschweige denn als politische Sendung (es war weiß Gott ein Geständnis und im Kreis der Eierköpfe nicht weniger verpönt als das Mitbringen von Essensbehältern).

Wir waren an einer Hütte unter dem Gipfel der Benediktenwand angekommen. Er setzte sich neben mich ins Gras und sagte: »Es ist schlichtweg Abenteurertum, Adrian. Der alte Hang, fremde Welten zu entdecken. Nehmen Sie den Unterhaltungseffekt weg, das Kribbeln in der Leistengegend, wenn's nachts am Stadtrand von Warschau zur Sache geht, und kein Mensch reißt sich mehr darum, im Außendienst zu arbeiten.« Er zeigte hinunter auf die Seilbahn. »Wir sind Legionäre, und da es kaum noch wirkliche Kampfschauplätze gibt, nur noch öde Militärcamps, in denen die Langeweile grassiert, begnügen wir uns mit Ersatzfronten. Die Vorstellung, das Seil könnte reißen, macht die Fahrt erst interessant.«

Wenn er wirklich dieser Meinung war, fragte ich mich, wo jetzt eigentlich jene so sprichwörtliche Kumpanei blieb – die Offenheit, die Kameradschaft –, die eine verschworene Gemeinschaft wie Söldner und Legionäre auszeichnet, wenn sie überleben will. Er schickte mich in irgendein Himmelfahrtskommando, aber ohne genaue Karten. Ja, nicht einmal das Ziel der Operation war mir bekannt. Den Gegner töten? Seine Frauen vergewaltigen? Oder war es erlaubt, Gnade walten zu lassen?

VIERTES KAPITEL

1 Als ich die Haustür aufschob, hörte ich von oben Gelächter. Es war das amüsierte Lachen Margrits.
Wenn sie amüsiert ist, klingt ihr Lachen immer wie der Angriff von Tieffliegern. Oder wie das Geräusch der Rotorblätter und Motoren beim berühmten Hubschrauberangriff auf ein vietnamesisches Dorf in *Apocalypse now*. Der Anlaß ist ungefähr derselbe: Wellenreiten ... *Unterhaltung*. Im gefährlichsten Kampfgetümmel findet man noch Zeit, die Surfbretter auszupacken und in aller Ruhe seinem Vergnügen nachzugehen. Daß sie dabei Wagner liebte, den Walkürenritt der Filmmusik, war eine Parallele, von der nicht einmal der Regisseur etwas geahnt haben konnte.
Ich wußte, wie wenig mein Spott ausrichtete. Er half mir, über die Runden zu kommen, nicht mehr. Er war wie das Gemurmel eines betenden Mönchs, der niemals bis zum Ohr seines Gottes vordrang. Und ist das nicht unser aller Ziel? Auf irgendeine dubiose, von Selbsttäuschungen und Irrtümern verdrehte Weise über die Runden zu kommen?
Sehlens Kommentare klangen zwischen Margrits Auflachen wie die Beschwörungen eines Mannes, der ein wildes Tier zu bändigen versuchte, indem er ihm gut zuredete. Ich verstand

nicht, was er sagte, aber die Tonlage lag bei »Verständigung, Sympathie«. Sie saßen unter der Wendeltreppe. Sehlen hatte seinen Arm um Margrits Schulter gelegt. Auf dem Teppich waren ein paar Blätter aus meiner Sammlung ausgebreitet.

»Adrian, schön, daß Sie kommen!« Er nahm seinen Arm herunter. »Ich habe einen Blick in Ihr Material geworfen – falls es Sie nicht stört? Ordentliche Arbeit, Kompliment.«

»Sie waren in meinem Arbeitszimmer?«

»Dazu mußte ich weder den Schreibtisch aufbrechen noch unter den Perserteppichen nach dem Zimmerschlüssel suchen«, sagte er lächelnd. »Ihre Frau war so nett, mir behilflich zu sein.«

»Sie bringen meine Sammlung in Unordnung, ist Ihnen das klar, verdammt noch mal?«

»Ordnung, das *halbe Leben*, Adrian ... Ich werde Ihnen beim Einsortieren helfen. Nun machen Sie nicht so ein Gesicht. Die Seiten hier auf dem Boden würde ich gern kopieren, wenn Sie einverstanden sind? Ob Gorbatschows Wirtschaftspolitik scheitert, das ist doch wohl nach der Analyse unserer Finanzfritzen der Dreh- und Angelpunkt, oder? Er kann noch soviel über Freiheit und Pluralismus posaunen, für den Rubel muß es Apfelsinen und Bananen geben, sonst wird's kritisch. Stimmen wir darin überein?«

»Ist das wichtig für unsere Arbeit?«

»Die Dienste schreiben an so etwas wie einem historischen Roman, Amb. Und wir wollen doch auf dem Boden der Realitäten bleiben, oder?«

»Du solltest uns lieber Kaffee machen, Addi«, sagte Margrit. Sie begann mit hektischer Röte die Blätter aufzuheben, als seien sie und Sehlen bei einer verfänglichen Situation überrascht worden, und das Peinliche daran werde nun dadurch aus der Welt geschafft, daß man die Indizien einsammelte. »Slava hat schon Wasser eingefüllt, du brauchst nur noch den Automaten anzustellen.«

»Ist Slava denn zu Hause?«
»Sie mußte gleich wieder weg – zur Wohltätigkeitsveranstaltung im Krüger-Zentrum.«
»Ihre Tochter ist ein wahrer Engel«, sagte Sehlen. Er griff hinter sich nach dem Likörglas.
Ich entdeckte jetzt erst, daß sie es sich mit meiner Flasche Cointreau gemütlich gemacht hatten. Wenn Margrit trank, lachte sie noch schallender als in nüchternem Zustand. Trotzdem versuchte ich mir nichts von meiner gereizten Stimmung anmerken zu lassen. Ich dachte an den schlauen Grundsatz, daß das Maß der inneren Freiheit viel größer ist, als man gemeinhin wahrhaben will. Man muß die Freiheit *wählen*, sie existiert nur soweit, wie man sie tatsächlich praktiziert. Unfreiheit ist der Zustand *vor* der Wahl, und der Wechsel beginnt damit, daß man sich seine Möglichkeiten bewußt macht. Dazu muß man sich an vorausgegangene Erfolge erinnern können, ihr leuchtendes Beispiel vor Augen haben. Man muß aus dem Stand einen neuen Anfang machen ... man kann schallendes Lachen *ignorieren*.
»Was ist los, Addi?«
»Ja, haben Sie nicht gehört, Amb, worum Ihre Frau Sie gebeten hat? Kommen Sie, trinken Sie erst mal einen Cointreau mit uns. Sie sind ja ganz durchgefroren. Wie versteinert. Das Klima scheint Ihnen überhaupt nicht zu bekommen?«
Ich setzte mich zu ihnen, und wir begannen gemeinsam die Flasche zu leeren. Ich brachte das Zeug immer aus Brüssel mit, weil es dort billiger zu bekommen war. Ein Freund schleuste es durch den Zoll, er bestach die Fahrer auf dem Flughafen. Aus einem Grund, über den ich noch nicht nachgedacht hatte, war es das einzige alkoholische Getränk, mit dem ich mich wirklich anfreunden konnte. Vielleicht lag es an der eigentümlichen Verbindung von herbem und süßem Aroma. Es wirkte wie ein belebendes Heilmittel auf mich, ein Aufputschmittel und Aphrodisiakum. Zwischendurch verschwand Margrit in der

Küche, um den Kaffeeautomaten anzustellen. Sie mußte völlig vergessen haben, daß sie eigentlich mich damit beauftragt hatte.
Sehlen erkundigte sich, ob ich auch der Ansicht sei, daß Apfelsinen und Bananen für das sozialistische Lager von existentieller Bedeutung wären. Er balancierte seine Kaffeetasse auf den Fingerspitzen.
»Wir hier im Paradies wissen gar nicht mehr zu schätzen, was wir haben. Das ist unser größtes Manko: der *Abnutzungseffekt*. Wir schwimmen in Reichtümern und drohen, darin zu ertrinken, weil wir die Orientierung verloren haben. Ich gehe manchmal durch die Kaufhäuser, Amb, zwischen den beladenen Tischreihen hindurch – daraus mache ich mir einen Spaß –, und versuche mir darüber klarzuwerden, was das alles bedeutet. Videokameras, Radiorecorder, Taschenrechner, Quarzuhren, Computer, elektronische Übersetzungshilfen. Eine Abteilung weiter belgische Trüffel, neuseeländische Avocados, französische Weinbergschnecken, chilenischer Rotwein. Und je mehr ich in den Anblick dieser Feiertagserfindungen versinke, desto besser verstehe ich die leuchtenden Augen unserer armen Brüder in der Dritten Welt. Ein paar von unseren Kulturpriestern, die in Kritik machen – nach welchen Maßstäben eigentlich? frage ich Sie –, wollen uns die Freude daran verderben. Anbetung der goldenen Götzen, Sie wissen schon? Aber sind alle diese Dinge denn nicht eigentlich Gott, Amb? Im besten, im einzigen Sinne? Wenn wir schon mal dabei sind, Theologie zu treiben. Verkörpern sie nicht das Höchste, was wir erreichen können? Ist der Rest nicht bloß schöne Rhetorik? Ein Spiel mit Worthülsen – Selbsttäuschung? Wenn nicht *das*, was dann eigentlich? Wozu ein armes Kind aus dem Brunnen retten, wenn es später als Erwachsener nicht mal an einem Swimmingpool irgendwo in Acapulco liegen und sich eisgekühlte Cocktails servieren lassen kann? Etwa, um hehren Gedanken nachzugehen? Sich selbst davon

zu überzeugen, wie unerhört sozial nützlich man ist? Früher, als Kind, hatten viele Dinge eine ganz eigene Ausstrahlung für mich, sie erschienen in anderem Licht. Ein grünblauer Aschenbecher war nicht einfach nur ein Stück billiges Glas, sondern ein Edelstein aus fernen Ländern, und ein simpler Brieföffner hatte die Aura des großen Geheimnisses. Er war Waffe und Zauberstab, er kündete von vergangenen und zukünftigen Taten. Wir haben viel von dieser spontanen Bejahung verloren – man hat sie uns ausgetrieben, Amb.«
Das alles klang wie ein später Rechtfertigungsversuch. Margrit kam aus der Küche mit einer Platte billigem Aufschnitt, drei hartgekochten Eiern und aufgebackenem Fladenbrot zurück. Sie kaufte beim türkischen Lebensmittelhändler immer das Brot vom Vortag, um ein paar Pfennige zu sparen; ihrer Meinung nach war es aufgebacken genausogut wie frisches Fladenbrot. Man durfte nur keinen Tag länger damit warten, dann wurde es zu trocken. Das Ganze sah geradezu bedrükkend ärmlich aus. Ich konnte mir ein Lächeln nicht verkneifen, so auffallend legte es ihre sparsame Platte darauf an, Sehlens materialistischen Visionen hohnzusprechen. Die Jagdwurst war beschlagen, und auch die Gurkenscheiben hatten einen blaßgrünen Schimmer angenommen, als sei alles mit denselben Krankheitskeimen infiziert.
»Na also, Sie lachen ja schon wieder, Amb. Was ist Ihnen denn eigentlich so auf den Magen geschlagen? Ihre Frau sagte mir, daß Sie eine empfindliche Verdauung haben?«
»Hatten Sie das hier schon vermißt?« Ich zog den unbeschriebenen Umschlag mit dem leeren Blatt aus der Tasche. »Hab's damals in Holland vergessen, an Sie weiterzugeben, als ich den Briefkasten leerte.«
Er kniff die Augen zusammen und streckte seine Hand aus. Nachdem er den Brief untersucht hatte, legte er unauffällig seinen Finger vor die Lippen und bedeutete mir, ihm zur Veranda zu folgen. Margrit, die noch mit den Schnittchen

beschäftigt war, sah uns fragend nach. Das Brotmesser in ihrer Hand schwebte über der Aufschnittplatte. Sehlen öffnete die Verandatür und sog schnaubend die kühle Abendluft ein.

»Das ist ein großer Augenblick, Amb«, sagte er, als wird draußen am steinernen Verandageländer standen. Man hörte das Läuten von Kirchenglocken, in das sich heiseres Hundegebell mischte. Aus dieser Entfernung sahen die Hausdächer zwischen den Baumkronen wie Zeltlager aus. »Unser Mann im Kreml arbeitet jetzt. So viele Monate der Vorbereitung – und nun der Sieg. Halleluja. Ich werde richtig sentimental, mein Lieber.« Er wischte sich mit angewinkeltem Zeigefinger eine unsichtbare Träne aus dem Augenwinkel. Ich kam mir fast ein wenig schäbig vor bei dem Gedanken, ihm Informationen dieses Kalibers so lange vorenthalten zu haben.

»Ich konnte nicht ahnen, daß der Umschlag wichtig war.«

»Schon in Ordnung...« Er drückte ergriffen meine Hand. »Nein, natürlich nicht. Ich mußte in einer dringenden Angelegenheit nach Belgien. Wie hätten Sie denn wissen sollen, daß wir einen leeren Briefumschlag als Zeichen vereinbart hatten? Daraus macht Ihnen niemand einen Vorwurf. Kommen Sie, gehen wir wieder rein zu Ihrer Frau. Das muß begossen werden!«

»Glauben Sie nicht auch, daß unsere Arbeit zum Schönsten gehört, was man in der Politik bewirken kann, Adrian?« Er hatte zum erstenmal seine Jacke ausgezogen und saß in Hemd und Schlips da. Margrits Aufschnittplatte riß ihn manchmal zu kleinen Ausrufen der Begeisterung hin. »Halten Sie mich für zynisch oder nicht – im Grunde machen wir doch selber nur in Glasnost, wenn auch gegen den Willen der anderen Seite. Und das, lange bevor man im Kreml solche Ideen zu propagieren begann. Transparenz auch in der Politik. Wir treiben ein Stück Aufklärung im guten alten klassischen Sinne.«

»Wenn ich manchmal skeptisch bin, dann hauptsächlich, weil es zu Konfrontationen führt.«
»Ja, Sie haben recht, Adrian. Ich verstehe vollkommen, was Sie damit sagen wollen.«
»Es reißt Fronten auf.«
»Natürlich ist es außerdem auch noch ein ganz klein wenig unmoralisch.«
»Glauben Sie wirklich, daß man dabei von Unmoral reden kann?« fragte Margrit.
»Wir denken zuviel über unsere Haltung nach«, meinte Sehlen. »Wir sind zu kopflastig geworden. Man sollte die Sache mit mehr Instinkt angehen.«
»Wie ein unverbildetes Tier«, stimmte Margrit ihm zu. Sie lachte über ihren kleinen Scherz. Daß Sehlen sich so bereitwillig als Müllschlucker für ihre Küchenabfälle hergab, schien ihr zu gefallen. In ihren Augen war ich ein quengeliger Esser, dem man nichts recht machen konnte.
»Adrian sollte uns ruhig mal was über seine tieferen Motive erzählen«, sagte Sehlen und kniff erwartungsvoll die Brauen zusammen. Er spielte mit dem Ende seines Schlipses; es hatte beim Einschütten eine Glasur aus Cointreau abbekommen, wahrscheinlich fühlte es sich steif und klebrig an.
»Über meine Arbeit?« fragte ich.
»Natürlich, Addi, was denn sonst?« sagte Margrit. »Du bist nie so richtig mit der Sprache rausgerückt, wie du eigentlich darüber denkst.«
»Er ist und bleibt der große Einzelgänger«, meinte Sehlen.
»Geheimniskrämer«, ergänzte sie.
»Ich wüßte nicht, was es darüber zu sagen gäbe.«
»Sie müssen doch irgendeinen Grund haben, warum Sie so lange die rechte Hand der Chefs geblieben sind? Warum Sie den Thron verschmähten? Überhaupt kein Stachel im Fleisch, Adrian? Und warum Sie nicht gleich in die Industrie oder ins Bankgewerbe gingen, falls dahinter irgendeine Aversion ge-

gen unsere Arbeit steckt? Mit Ihrem Hang zur Buchhaltung – ich meine das überhaupt nicht abwertend.«
»Oh, dazu gibt es wenig zu sagen.«
»Immer noch besser als gar nichts.«
»Es ist eine Arbeit wie jede andere.«
»Na, da flunkern Sie aber ein bißchen«, erklärte Sehlen. Er drohte scherzend mit dem Zeigefinger.
Margrit stand auf und murmelte etwas wie: »Ach herrje, nun hätte ich fast vergessen, daß ich Slava kurz vor acht mit dem Wagen zum Bahnhof fahren soll...«
»Läuft er denn schon wieder, Liebes?«
»Herbert hat den Motor nachgesehen – nur der Zündkontakt. Er war völlig verdreckt, du solltest öfter mal die Kontakte wechseln lassen, Adrian.« An der Garderobe fiel ihr plötzlich ein: »Vielleicht versteckt er sich ja bloß vor dem wirklichen Leben, Ronald.«
Es war nicht ganz klar, ob sie Herbert oder mich meinte.
»Ausgerechnet in den Diensten?« Sehlen legte es sofort auf seine Art aus.
»Warum nicht? Wo alles im geheimen spielt, da kann man ruhig mal ein Schläfchen wagen, oder?«
Sie schlug alle Rekorde in Spitzzüngigkeit an diesem Abend, aber ich verbiß mir jeden Kommentar. Das alles würde doch nur wieder dazu führen, daß sie Slava gegen mich aufbrachte. Frauen unter sich sind eine Macht, was die Kunstfertigkeit im Irrationalen anbelangt, gegen die nicht mal ein Altmeister der Logik wie Aristoteles angekommen wäre.
Als sie die Haustür hinter sich zugezogen hatte, sagte Sehlen: »Gott, ich wußte gar nicht, daß Sie so ein gemütliches Zuhause haben. Mein Hotelzimmer hier in München ist ziemlich schäbig. Spart natürlich Spesen, das Geld stecke ich in Geschäfte. Ich komme einfach nicht dazu, mich mal um eine anständige Wohnung zu kümmern. Wahrscheinlich würde ich sie ja doch kaum zu Gesicht bekommen. Einer, der so oft wie ich im Au-

ßendienst ist, sollte sein Geld lieber auf die hohe Kante legen, anstatt es für Möbel und Teppiche zu verplempern.«

»Sie erwähnten eben unseren Mann im Kreml, Sehlen. Ich wollte in Margrits Anwesenheit nicht darüber sprechen. Heißt das, unser Auftrag ist erledigt? Nun warten wir nur noch die Früchte unserer Arbeit ab?«

»Er fängt gerade erst an, Adrian.«

»Und dieser ... Maulwurf im Kreml – Sie wollen nicht darüber reden, *wer* es ist?«

»Gott, irgendwann wird Washington Sie schon ins Vertrauen ziehen. Sie gehören schließlich zum engeren Kreis.«

»Kennen *Sie* seinen Namen?«

»Ich *muß* ihn schließlich kennen, oder? Ohne mich steckte die Aktion Schafspelz noch in der Planung, Amb. Wir erfahren Intimitäten aus dem Kreml, wie es sie in dieser Genauigkeit noch nie gegeben hat. Durch Tonbandaufnahmen, Mitschriften, Protokolle, Kopien von Originalunterlagen.«

»Und was ist meine Rolle dabei?«

»Sie sollen das Zeug beurteilen, Addi. Sie sollen uns sagen, wo mögliche Differenzen und Ungenauigkeiten liegen.«

»Ungenauigkeiten bei Originalen?«

»Na ja, wie man's nimmt.«

»Zum Buchhalter eigne ich mich eigentlich weniger, wenn ich das offen sagen darf?«

»Dürfen Sie, Addi, dürfen Sie. Wir brauchen Sie, um eine erste politische Analyse anzufertigen. Wo sind Unstimmigkeiten oder Widersprüche in der Argumentation Gorbatschows zu entdecken? Lassen sich Hinweise oder versteckte Andeutungen dafür finden, daß er ... nun ja, Amb, daß er nicht sagt, was er meint. Das wäre doch möglich, oder?«

»Das trauen Sie mir zu?«

»Sie sind *der* Spezialist in unseren Reihen, Adrian. Wir haben keinen Besseren finden können. Selbst Lexter in London kann Ihnen nicht das Wasser reichen, und der galt lange Zeit als die

Autorität schlechthin. Aber das wissen Sie ja selbst am besten. Man reißt schon Witze darüber, ob Gorbi Ihren, na, sagen wir mal, Redeentwurf für den Parteitag der KPdSU überhaupt von seinem eigenen unterscheiden könnte.«

»So, dann bin ich ja inzwischen zu einem Ruhm gelangt, von dem ich selbst gar nichts geahnt habe?«

»Nur immer sein Licht unter den Scheffel stellen, Adrian, das gehört zu Ihrem Naturell – dabei fühlen Sie sich wohl. Könnte leicht zum bloßen Nachruhm werden. Sie sollten etwas mehr aus sich machen, da hat Ihre Frau schon ganz recht. Ich an Ihrer Stelle hätte Forum längst das Fürchten gelehrt, unter uns gesagt. Sie könnten uns sehr behilflich sein in der Beurteilung des hereinkommenden Materials. Es muß aufbereitet und eingeordnet werden, ehe es zum Verbraten an die zuständigen Regierungskreise weitergeleitet wird.«

»Und meine Aufgabe wäre es, einfach abzuwarten und zu sehen, was hereinkommt?«

»Schafspelz wird gelegentlich den einen oder anderen Tip von uns brauchen – wie unser Mann sich im Kreml zu bewegen hat. Welches Material besonders wichtig sein könnte – und was das Risiko, entdeckt zu werden, nicht lohnt. Dafür brauchen wir Ihre tatkräftige Hilfe. Sie finden sich doch mit verbundenen Augen im Kreml zurecht. Sie kennen Gorbis Arbeitszimmer so gut wie er selbst.«

»Ich habe auch nur Fotos und Zeichnungen davon gesehen. Die Qualität der Fotos war schlecht.«

»Sie kennen die Vorzimmer, das Ritual, wie man dem großen Generalsekretär begegnet. Wie er seine Füße unter den Schreibtisch bettet. Sie wissen, wann und wo im Politbüro die Entscheidungen fallen. Wer Einfluß nimmt und wer nicht. An manchen Wänden wäre das Ohr des Lauschers ganz vergebens.«

»Schafspelz ist der Tarnname unseres Mannes?«

»Nennen wir ihn doch einfach S., Adrian.

2 Ich habe mich oft gefragt, in wieviel Köpfen das Wort »Verrat« schon seinen profanen Abdruck hinterlassen hat, ohne daß daraus etwas Rechtes geworden wäre. Jede Mißachtung oder Beleidigung, jede längst fällige Beförderung kann solche Tagträume nach sich ziehen – aber meist bleiben es Träume. Ich eigne mich wenig zum Verräter. Wenn ich mich ehrlich prüfe, würde ich, um das eigene Leben zu retten, sicher Schritte erwägen, die ich unter normalen Bedingungen ablehne. Verrat setzt religiöses Eiferertum oder tief empfundenen Haß voraus, beides Gemütsbewegungen, die mir gewöhnlich fremd sind.

Forum würde sich wegen meiner Loyalität keine Sorgen machen müssen. Um sie zu erschüttern, wäre schon ein schwereres Kaliber nötig gewesen als mangelndes Vertrauen. Aber auf ähnlich schwankendem Boden wie die Phantasien eines Tagträumers, den ein vorübersausendes Auto plötzlich in die Wirklichkeit zurückgerufen hat, bewegten sich auch meine Gedanken und Vermutungen, als ich mir die letzten Tage vergegenwärtigte.

Ich ging eine Gracht im Amsterdamer Rotlichtviertel entlang, bog zum Rembrandtsplein ab, und als ich die wütenden politischen Parolen an den Backsteinwänden hinter der Universität las, fragte ich mich, was mich eigentlich bewogen hatte, meine Vorbehalte gegen Sehlen so leichten Herzens über Bord zu werfen. Vielleicht meine Ahnung, daß auch Forum nicht mit der ganzen Wahrheit herausrücken wollte.

Und würde er überhaupt jemals damit herausrücken? Versuchte ich mich einfach nur mit meiner Rolle anzufreunden?

Im Wasser zwischen den Grachtenwänden schwammen gelbe Blätter. Novemberwinde aus Afrika hatten ein unerwartet mildes Herbstwetter zurückgebracht. An den Teerpappedächern der Hausboote steckten kleine Zettel mit Wohnungsangeboten, und zwischen den Regenrinnen und den Bäumen am Ufer waren farbige Girlanden gespannt. Ein schwarzer Hund mit hochgestellten Ohren und struppigem Fell verfolgte meine Schritte zum Eingang der *Van-Aaren-Gedächtnisbibliothek.*

Ich erinnerte mich, daß ich mich früher vor dem Eingang immer vergewissert hatte, ob ich unbeobachtet war.

Diesmal verzichtete ich darauf, vielleicht um mir zu beweisen, daß ich meine Regeln selbst bestimmte. Das Portal bestand aus zwei hohen Mahagonitüren, die einen Vorraum zur Halle bildeten. Jede Seite hatte runde Plexiglasfenster, ein krasser Stilbruch angesichts der schönen alten Mahagonikassetten, und genausowenig zum Interieur der Vorhalle schien auch das Gesicht des kahlköpfigen kleinen Mannes hinter einem der »Bullaugen« zu passen, der überrascht seinen Zeigefinger vor die Lippen legte, als er mich erkannte, und mich dann eilig an der leeren Pförtnerloge vorüber in den Packraum führte. Unter seinem blauen Arbeitskittel wölbte sich ein kugeliges Bäuchlein, seine abgewinkelte Linke hielt eine stark parfümierte Zigarette, und seine rechte Hand ruhte zur Faust geballt in der Kitteltasche.

»Das schickt man uns aus aller Welt«, sagte er bekümmert und sog heftig am feuchten Mundstück, spie ein paar Tabakflusen aus und fuhr sich ärgerlich über den Mund. »Jeder will der Van-Aaren-Gedächtnisbibliothek Geschenke machen. Dreimal wöchentlich treffen ganze Berge von Kisten und Paketen ein, alle wollen ihren Namen möglichst auf der Stelle als Spender im Bibliotheksverzeichnis sehen. Und wen nimmt man dafür in die Pflicht? Den alten Beil! Beil, komm her und pack die Kisten aus... Beil, zur Post... Beil, wo haben wir das verdammte singapurische Postskriptum? Beil, Jakob – ich sehe nirgends eine Moskauer Ausgabe von...«

»Kann man hier ungestört reden?«

»Kein Ort im alten Amsterdam ist sicherer.«

»Jakob, alter Halunke...«

Wir fielen uns in die Arme.

»Ich dachte, dieser Außenposten sei längst aufgegeben worden? Forum erwähnte mal wegen Einsparungen, weil sich das politische Klima geändert habe? Unsere Art von Zeitvertreib wird bald dem Hammer des Auktionators zum Opfer fallen, Jakob. Alternder Agent mit randvollem Gedächtnis aus den Zeiten des kalten Krieges, alles noch in gebrauchsfähigem Zustand, zum ersten, zum zweiten – wer bietet mehr?«

»Die Van-Aaren-Bibliothek ist nicht mehr, was sie mal war, Adrian.«

»Aber sie arbeitet noch?«

»Als gewöhnliche Bibliothek.«

»Heißt das, es gibt keine Verbindungen mehr über den großen Teich?«

»Ein paar Informationen rauschen schon noch herein, und sie werden auch ordentlich von mir nach Paris oder München weitergeleitet, wie in alten Zeiten. Aus der Zentrale ist eine Ein-Mann-Postleitstelle geworden. Die Bibliotheksleitung wurde vorigen Winter durch studierte Bücherwürmer ersetzt. Niemand von denen ahnt etwas von meiner Aufgabe. Ich bin Beil, das tumbe Faktotum. Beil hier, Beil da.«

»Hast du schon von Quands Entlassung gehört?«

»Wir fallen alle, einer nach dem anderen. Kegel mit leicht angeschlagener Oberfläche, zum Aussortieren bestimmt. Eines Tages wird man die Rolläden herunterlassen und aus den Diensten Altenheime und Pflegeanstalten für geistig Behinderte machen.«

»Klingt mir etwas zu pessimistisch, Jakob. Sie werden nie ganz auf uns verzichten können.«

»Manchmal glaube ich, ich hätte nur geträumt. Was ist aus unseren großen Vorstellungen von Politik geworden? Unseren Idealen. Dort die Mauer mit den Teufeln und hier die glanzvollen Ritter ohne Furcht und Tadel, die sie das Fürchten lehren werden. Da kommt ein einzelner Mann im Schafspelz aus dem hintersten Winkel der Republik, legt sich ein wenig mit altbekannter Rhetorik und kleinen politischen Geschenken ins Zeug, die ihn wenig kosten, ganz im Gegenteil, er entrümpelt nur sein Haus damit – und schon *glauben* wir ihm, Addi, werfen wir die Schwerter weg und werden zu Friedensengeln. Fünfzig zu fünfzig, vielleicht sogar weniger, stehen seine Chancen, daß er politisch überleben wird. Vom Erfolg seiner Wirtschaftsreformen ganz zu schweigen. Und wieviel Durcheinander hat er schon im eigenen Laden angerichtet?«

Ich setzte mich auf einen der Hocker, die zwischen den Bücherregalen und einer Sendung afrikanischer Bildbände über die Serengeti standen. Das Plakat an der Wand zeigte eine traurig dreinblickende Giraffe. Beil lehnte neben der hohen Bibliotheksleiter, sein Gesicht gedankenverloren der Decke im Lagerschacht zugewandt; wegen des schwachen Lichts war nicht zu erkennen, wo ihre letzten Sprossen endeten.

»Gibt es Nachrichten, Jakob?«

»Irgend etwas ist im Gange.«

»Große Sache?«

»Sehr große.«

»Schon eine kleine Interpretation auf Lager?«

»Wie man's nimmt.«.

»Ich frage aus persönlichem Interesse.«

»So? Doch nicht, weil dein eigener Stuhl wackelt? Forum ist ohne dich ein Nichts. Das gäbe einen prächtigen Offenbarungseid, wenn man dich aus dem Dienst entfernte, Adrian! Er müßte Farbe bekennen, er müßte vor aller Welt eingestehen, daß er ein elender Stümper ist.«

»*Schafspelz* – sagt dir der Name was?«

Beil fuhr sich über den kahlen Hinterkopf, doch seine Hand löste sich sofort wieder und schraubte sich dem unsichtbaren Leiterende entgegen. »Ein Teil des Materials, das über den großen Teich kommt, macht hier immer noch Zwischenstation. Die Dechiffrierung liegt beim Adressaten, wie in alten Zeiten. Hält man dich etwa an der kurzen Leine?«

»Ist ausnahmslos alles chiffriert, was durch deine Hände geht?«
»Ein paar Krumen fallen immer mal wieder für den Postboten ab.«
»Was Verdauliches dabei?«
»Top-secret. Man erkennt's an der Art der Verschlüsselung.«
»Du machst mich wirklich neugierig.«
»Welches andere Vergnügen haben wir denn noch? Vorgestern waren Luise und ich im Van-Gogh-Museum. Wir standen vor den Bildern und fragten uns, warum ein Mann, der es nicht unter seiner Würde fand, sich selbst ein Ohr abzuschneiden, plötzlich so hoch gehandelt wird, daß man jeden seiner Pinselstriche mühelos vergolden könnte. Wir kamen zu keinem Ergebnis. Seine Welt ist grau und ziemlich verrückt. Von all den leuchtenden Farben der Reproduktionen bleibt wenig übrig, wenn man sich die Originale ansieht. Luise und ich wurden sehr nachdenklich, wir dachten darüber nach, was wir eigentlich verkehrt gemacht hatten – wo liegt der Fehler, Adrian?«
»Vielleicht wird deine Arbeit später einmal von den Historikern als Bastion der Freiheit angesehen werden. Als ein wichtiger Stein im Mauerwerk – das Fundament ist ausschlaggebend für die Stabilität des Gebäudes, sonst würde es zusammenstürzen.«
»Laufburschenarbeit ... ich war nicht mal Maurer, wenn wir schon im Bilde bleiben wollen. Man wird mich in der Luft zerreißen, falls ich überhaupt wahrgenommen werde.«
»Das Iran-Contra-Geschäft«, sagte ich, um ihn ein wenig aufzumuntern. »Eine Tat von historischer Bedeutung, wenn sie auch in die Hose gegangen ist, weil ein paar Plappermäuler sich wieder mal zu wichtig vorkamen. Ohne deine Hilfe wäre sie ein Torso geblieben. Na gut, vergessen wir lieber, was die Öffentlichkeit darüber denkt, das alles setzt politisches Urteilsvermögen voraus – Abwägen von Vor- und Nachteilen.«

»Ich spielte nur eine ganz unbedeutende Rolle dabei. Ich hielt die Lampe, sozusagen.«
»Meines Wissens warst du sogar mal als Dolmetscher bei einem Geheimtreffen mit Ortega im Gespräch? Als die Contras ihre Waffen niederlegen sollten?«
»Nur weil ich akzentfrei spanisch spreche«, sagte er geschmeichelt. »Sie brauchten dringend einen Neutralen. Die Amerikaner waren dem *Commandante* nicht gut genug, aber dann wurde der Kuhhandel abgeblasen. In der Öffentlichkeit gab es Gerüchte, und die beste Übersetzung taugt nicht mehr viel, wenn das Ergebnis schon ein paar Tage vorher in den Zeitungen zu lesen war.«
Es klang, als habe die internationale Politik nicht genügend Rücksicht auf den Wert seiner Übersetzung genommen. Wir sind alle unverbesserliche Egozentriker, die Weltgeschichte sollte sich nur um uns allein drehen, aber womöglich tut sie das ja auch.
Ich nahm eines der angestaubten Bücher vom Stapel, eine ältere Ausgabe von Nabokovs *Lolita*, und blätterte darin. Hinter der ersten Seite von »Zweiter Teil« waren drei hauchdünn mit Bleistift geschriebene Zahlen zu lesen. Man mußte sich anstrengen, um sie im Licht der Wandlampen entziffern zu können: *zweiundneunzig*, *einundvierzig*, *achtzig* ...
»Immer noch die alten Methoden der Informationsübermittlung, Jakob?«
Er machte eine wegwerfende Handbewegung, als sei mein Spott ganz unangebracht. »Es gibt modernere Wege heutzutage. Satelliten-Richtfunk auf schwer zu knackenden Trägerfrequenzen um 15 GHz. Fingernagelgroße Chip-Speicher, die sich selbst zerstören würden, wenn ein Unbefugter sie in die Finger bekäme. Ein Meßauge auf der Erde liest, was per Laserstrahl von einem Satelliten weitergegeben wurde, der wiederum ein tennisballgroßes Stück Information auf der Erde analysiert, das, mit einer entsprechend codierten Markierung

versehen, ganz einfach irgendwo in die Landschaft geworfen wurde – *darauf* läuft die Entwicklung hinaus, Adrian. Man schmeißt eine leere Zigarettenschachtel aus dem fahrenden Zug, und der Kontakt ist hergestellt. Dann setzt man sich wieder in den Speisewagen und genießt sein Soufflé. Aber dies hier«, sagte er und klopfte so heftig auf den Bücherstapel unter der Leiter, daß Staubwolken aufflogen, »ist nun mal die gute alte Klassik.«

»Wie steht's mit einem Kaffee im *Omartje*?«

»Als Bestechung?« Ein vielsagendes Lächeln zog über sein Gesicht, das schlitzäugige Grinsen des orientalischen Basarhändlers, und ein großer orientalischer Basar war diese Stadt ja schließlich auch. »Keine Sorge, wir werden uns bestimmt handelseinig.«

»Großer Gott«, seufzte ich. »Ich dachte eigentlich, ein Kaffee würde reichen?«

Er griff nachdenklich ins Regal, als spiele er mit dem Gedanken, sein Marihuanapfeifchen anzuzünden – die altbekannte Verzögerungstaktik, um den Kaufpreis hochzutreiben. Dann schüttelte er den Kopf, nahm ein zusammengefaltetes Blatt aus dem großen Bildband am unteren Ende des Stapels und steckte es bedeutungsvoll grinsend ein. Ich bekam nur mit, daß es wie ein Grundriß aussah. Seine Wangen hatten eine frische, rosige Farbe bekommen. Es war wie in guten alten Zeiten. Geheimdienstarbeit regt die Blutzirkulation an.

»Laß uns erst mal an die frische Luft gehen, Adrian, hier drinnen verrottet mein Gehirn.«

Wir gingen die Gracht an der Bibliothek entlang und bogen in die ruhigere Huidenstraat ein. Beil hatte einen dünnen braunen Ziegenledermantel übergeworfen, er verdeckte vorteilhaft seinen Bauchansatz, darunter war sein blauer Arbeitskittel zu erkennen. Gegenüber auf der Insel sah man die erleuchteten Fenster der Lesesäle. Das Universitätsgebäude mit seinen angeketteten Fahrrädern lag hinter uns, und die Straßen wurden leerer. Dafür waren die Bäume und Vordächer voller Möwen – ihre Schreie gingen mir auf die Nerven.

»Man munkelt, sie hätten einen Mann im Allerheiligsten«, sagte er plötzlich in das Geschrei der Möven hinein.

Ich blieb stehen und blickte mich nach den Passanten am Brückengeländer um. Ein junges Pärchen, das abwechselnd an derselben Zigarette rauchte. Er war mindestens einsfünfundneunzig groß und überragte das Mädchen um fast zwei Köpfe. Als sie fertig waren und die Fahrbahn überquerten, schnippte er seinen Joint nach den Enten, die unten auf dem dunklen Wasser schwammen.

»Wer ist ›sie‹, und wer ist ›man‹?«

»Vor vier Tagen kam was über den Ticker. Du erinnerst dich an den altersschwachen Fernschreiber, den wir für die sogenannten ›Buchbestellungen‹ verwendet hatten? Er ist immer noch im Einsatz, nur daß jetzt wirklich bloß noch alte Schwarten damit bestellt werden. Mogadischu, Kairo, Gütersloh – die Van-Aaren-Bibliothek beschafft Ihnen jedes Druckwerk, Pornos und Aktfotografien ausgenommen. Das ist ein Service des Hauses, den sich der alte Aaren in den fünfziger Jahren höchstpersönlich einfallen ließ, um sein schlechtes Gewissen wegen seiner internationalen Waffenschiebereien zu beruhigen. Er dachte wohl, Bücher seien was Seriöses.«

»Über den Ticker?« fragte ich. »Ist das nicht ziemlich leichtsinnig?«

»Galt einer Adresse in Zandvoort. Leichtsinnig wär's nur, wenn es jeder hergelaufene Meisterspion dechiffrieren könnte. Es war wie in alten Zeiten als Bestellung aufgemacht. Nur daß man dabei eine winzige, aber aufschlußreiche Kleinigkeit übersehen hatte.«

»Die wäre?«

»Reykjavík.«

»Reykjavík, aha.«

»Na, fällt bei dir der Groschen, Addi?«

»Nein. Spann mich nicht auf die Folter, Jakob.«

»Hat dir denn noch keiner gesteckt, daß Simons' Buchladen schließen mußte?«

»Ich befasse mich schon lange nicht mehr mit der isländischen Verbindung.«

»Dann allerdings. Es gibt wohl noch mehr Leute in der Firma, die unsere gute alte isländische Verbindung aus den Augen verloren haben. Simons starb vorigen Herbst an Altersschwäche, mit achtundsiebzig Jahren.«

»Was du nicht sagst? Sah man ihm gar nicht an, als ich ihn vor drei Jahren in Monte Carlo traf. Da war er noch so fit, daß er zweimal wöchentlich am Barren turnte.«

»Diese Nordländer wirken immer, als würden sie mühelos hundert Jahre alt. Wegen ihrer strohblonden Haare. Dann kommt ein langer strenger Winter ...«

»Irgendwas war also faul an der Nachricht?«

»So faul wie Simons in seinem Sarg, Addi, wenn ich mal einen etwas unappetitlichen Vergleich ziehen darf. Reykjavík bestellte was bei uns, aber Reykjavík ist längst von der Liste gestrichen. Also nahm ich mir den Text zur Brust. Jagte ihn durch sämtliche bekannten Dechiffrierroutinen. Ich brauchte dabei nur aus meinem riesigen Fundus zu schöpfen.« Er tippte sich bedeutungsvoll an die Stirn. »Sie hatten mir gesagt, ich könnte ruhig vergessen, was ich wüßte. Es sei Schnee von gestern. *Beschränk dich ganz auf den Buchversand, Beil – da wollen wir dich haben, da bist du am richtigen Platz.* Nur, Beil-Kindchen hat noch lange nicht vergessen, was hier oben schlummert. Sollte doch mit dem Teufel zugehen, wenn sie damit nicht meine Neugier herausforderten. Warum Island, wenn Island out ist, Addi? Was steckte dahinter? Wen wollten sie damit verscheißern? Mich doch wohl nicht. Ich sitze hier und packe Bücherkisten aus.«

»Klingt alles ganz plausibel«, bestätigte ich.

»Also machte ich mir ein paar Gedanken darüber.«
»Wie jeder an deiner Stelle.«
»Ich dachte in aller Ruhe darüber nach.«
»Sollte man, Jakob, *sollte* man... Wir sind schließlich keine Postboten.«
»Und genau dazu wollten sie mich machen, Adrian. Zum Briefträger. Also zeigte ihnen der alte Beil mal, was 'ne Harke ist. Drei Stunden Arbeit, und der Text lag vor mir wie ein offenes Buch. Ich hatte die Bestätigung an eine Adresse in Zandvoort weiterzuleiten, in chiffrierter Form, aber nach einem anderen Code. So geht man immer vor, aus Sicherheitsgründen. Die alte Version wird vernichtet oder als Notiz mit dem Stempel ERLEDIGT abgelegt – nachdem man aus Alibigründen die Bestellung ausgeführt hat, versteht sich. Um neu zu chiffrieren, muß man lediglich rechnen können, Tabellen vergleichen und nicht das geringste von der Nachricht selber verstehen. Aber diesmal verstand ich genau, was ich in den neuen Code übertrug.«
»Unser Mann im Allerheiligsten?«
»Diesmal verzichtete ich darauf, dem alten Simons ein Buch über Moskauer Museen zu schicken. Einen architektonischen Schinken voller Gegenlichtaufnahmen und beleibter russischer Lehrerinnen, die ihren Schülern eine Lektion in Stadtgeschichte geben.« Beil lächelte triumphierend. »Er hätte es ja doch nicht mehr zu den anderen ins Regal werfen können, um es irgendwann im internationalen Leihbuchverkehr auf die Reise zu schicken.«
»Du willst sagen, wer einen Absender fingiert, der gar nicht mehr existiert, hat etwas zu verbergen, Jakob?«
»Und *ob* ich das sagen will.«
»Da Simons den Auftrag nicht angenommen haben kann, wird er auch niemals etwas über seinen wirklichen Absender ausplaudern können?«
»Und was sagt uns das, Addi? – Sie sind noch vorsichtiger als

sonst. Und *warum* sollten sie noch vorsichtiger sein? Weil es ein heißes Eisen ist.«

»Ein Russe, Jakob?«

»Russe, Georgier – spielt das eine Rolle?«

»Was sagen die Auguren? Hat er ein Gesicht?«

»Wenn er eins hat, Adrian, dann ist es das am besten gehütete Geheimnis der Welt.«

»Verrate mir nur, ob aus dem Politbüro – oder einer der Kandidaten? Oder vielleicht aus dem ZK? Ich nenne einfach ein paar Namen: Witalij Worotnikow, Wadim Medwedew, Nikolaij Sljunkow? Jurij Solowow? Georgij Rasumowski? Viktor Tschebrikow oder Alexander Jakowlew?«

»Viel zu hoch angesetzt. Ich würde unseren Mann nicht in der Führungsspitze suchen. Das wäre natürlich eine Sensation. Er scheint bei Gorbatschow ein und aus zu gehen. Putzt er ihm die Schuhe, klopft er seine Teppiche? Ob man ihn zu seinen engsten Vertrauten zählen darf, ist fraglich. Aber er sitzt an der Quelle. Er bekommt mit, was gesagt wird. Er bedient den Fernschreiber und die Tonbandgeräte – oder arbeitet in der Nähe. Es gibt keine Geheimnisse vor ihm. Er ist vertrauenswürdig. Vielleicht einer seiner Zuarbeiter, der sich den Schlüssel zu den Aktenschränken um den Hals gehängt hat.«

Beil blieb vor einem kleinen Antiquitätenladen stehen. Sein Schaufenster lag unterhalb des gepflasterten Gehwegs. Ein rostiges Geländer sperrte den Treppenschacht ab, damit niemand durch einen unvorsichtigen Schritt in die Tiefe stürzen konnte, und er hängte seinen vorgewölbten Bauch darauf und blinzelte nachdenklich in das Gewirr der Taschenuhren, Bilder und Puderdöschen hinab.

»Die da wäre nicht schlecht.«

Ich folgte seiner ausgestreckten Hand, sie deutete auf eine goldgerahmte Miniatur, kaum größer als ein Handteller. Plötzlich begriff ich, daß er mich nur in diese elende Gegend geführt hatte, um mir zu zeigen, was er als Gegenleistung erwartete. Auf dem hölzernen Rückwandsockel stand ein Emailleschild mit der Aufschrift: *Jan Bormann – Spezialist für alte Miniaturen.*

Beil sammelte das Zeug seit seinem vierzigsten Lebensjahr (ungefähr der Zeitpunkt, an dem er sich selbst und den Rest der Welt aufgegeben hatte). Er und Luise breiteten ihre Reichtümer abends auf den Sesseln und Tischen aus, um sie mit van Goghs Werken zu vergleichen. Van Gogh war ihr künstlerischer Kontrahent, das Malergenie, an dem sich ihr Widerspruch entzündete. Seine blinden Originale konnten einfach nicht mit der Farbenpracht von Beils Miniaturen konkurrieren. Er hatte ein Stück mit rotem Ziegeldach und drei krummen Erlen ausgesucht. Über den Bach vor dem schiefen Häuschen, das aussah, als würde es gleich unter der Last seines Dachs zusammenbrechen, spannte sich die Miniaturausgabe einer weißen Zugbrücke. Irgendwo im Bild war auch ein Schaf zu sehen, aber etwas zu klein und zu weit weg, um es genau erkennen zu können.

»Kostet?« fragte ich.

Er zuckte die Achseln und bog wiegenden Schritts um das Geländer. Unten angekommen, winkte er mir mit krummem Zeigefinger zu. Im Hintergrund brannte eine grüne Glaslaterne, und nicht weit vom Durchgang zum Lagerraum, der mit zwei ungeöffneten Holzkisten verstellt war, bewegte sich die Silhouette eines alten Mannes. Ich *nahm an*, daß er alt war. Er trug einen etwas zu weiten Anzug, der längst aus der Mode gekommen sein mußte, dem vorsintflutlichen Schnitt nach zu urteilen, und seine gedrungene Gestalt und sein kahler, wie aus Stein gehauener Kopf machten nicht den Eindruck, als wenn er mit sich handeln ließe. Handeln kann man nur mit jüngeren Verkäufern, am ehesten mit denen, die manchmal zur besten Geschäftszeit ihren Laden abschließen und auf einen Sprung hinüber ins Rotlichtviertel gehen, um sich eine Live-Show anzusehen.

»Zweihundertfünfzig – wir gehen auf keinen Fall höher als zweihundertfünfzig«, versuchte er mich zu beruhigen. »Für einen alten *Spittelmann* ist das ein Spottpreis.«
»Spittelmann? Nie gehört den Namen.«
»Spittelmann ist im Kommen.«
»Also gut, packen Sie's ein«, murmelte ich gedankenverloren.
»Bitte?« Er blieb stehen, den Türgriff in der Hand und äugte zum mir herüber, als sei ich nicht ganz bei Trost.
»Hab nur geübt.«
»Na gut, *Konzentration* jetzt ...«
Er drückte die Tür auf, und irgendwo tief drinnen in den Spinnweben bimmelte die obligatorische Klingel für alte Leute. Jeder faire Geschäftsmann mit Sinn für zeitgemäße Ladenausstattung hätte sich längst eine elektronische Türglocke zugelegt. Ich will nicht knickrig erscheinen, aber diese alten Leutchen hängen an ihren Habseligkeiten wie die Insassen eines Altersheims. Er würde fünfhundert verlangen und nach vielem Hin und Her auf vierhundert heruntergehen, das spürte ich, so wahr mir Gott helfe.
»Also bitte, Adrian ...«
Seine Stimme klang noch ungeduldiger als die Margrits, wenn ich nach Feierabend in meinem Arbeitszimmer Zeitungsausschnitte sortierte. Ich folgte Beil zögernd zur Stätte der Hinrichtung. Es war eine Ladenkasse aus purem Messing, metallgewordenes Ornament. Die elfenbeingefaßten Tasten sahen wie kleine Folterwerkzeuge aus. Obenauf lag ein Stapel unbezahlter Rechnungen. Ich nahm an, daß sie unbezahlt waren. Mag sein, daß ich meinen geizigen Tag hatte oder daß ich fürchtete, ausgeraubt zu werden. Vielleicht war alles nur eine fixe Idee. Aber irgendwie lag der Geruch von Nepp und Kommerz in der Luft.
»Addi – was ist los mit dir?«
Er stieß mich an. Es war, als wenn ich aus meiner Trance erwachte.

Sie hatten das Bild gemeinsam aus dem Fenster geholt (eine manuelle Meisterleistung), und Bormann hielt es jetzt in den gewölbten Händen wie einen kostbaren Schatz. Er hatte eine Stange mit Drahtzug und Zange benutzt, während Beil ihm sekundierte, indem er mit der Linken den Glasturm voller Tablettendöschen und mit der Rechten eine abgeschlagene Schaufensterpuppe hielt. Die Puppe war aus gestrichenem Gips und trug den Kopf Kaiser Wilhelms II., sein Helm dagegen schien von einem deutschen Wachtmeister der Jahrhundertwende zu stammen.

»Ein echter Spittelmann«, sagte der Alte. »Eitempera auf Holz. Sie können sicher sein, daß es noch in vierhundert Jahren ...«

»Hm, ja. Wieviel?«

»Vierhundert.«

»Nein, ich meine den Preis.«

»Das *ist* der Preis, mein Herr.«

Beil zwinkerte mir aufgekratzt zu, seine Wangen leuchteten wie nach dem Genuß von zuviel Glühwein. Er war das glücklichste Geburtstagskind in der Stadt, und dort gibt es weiß Gott noch ein paar andere Glückliche.

»Zweihundert. Das ist mein äußerstes Angebot.«

»Also gut, zweihundert.« Er sah mich aus seinen treuen, leicht wäßrigen Altmänneraugen an. Sein Lächeln war so unmerklich, daß man es auch als gute Laune deuten konnte. Ich biß mir auf die Unterlippe. Ich war ihm leichter in die Falle gegangen als ein blutiger Anfänger, und dabei hatte ich das unangenehme Gefühl, daß mich auch seine winzigen Leberflecken und Sommersprossen um die Augen arglos anlächelten.

»Also gut, packen Sie's ein.«

»Ein echter Spittelmann. Sie werden's nicht bereuen.«

»Ich weiß, Spittelmann ist im Kommen.«

3 Ich drückte Beil das Päckchen in die Hand. Es war mit einer gelben Kordel verschnürt.

»Also?«

»Niemand kennt seinen Namen. Sie nennen das Projekt ›S‹.

»›S‹ für Schafspelz?«

»Keine Ahnung, davon war nirgends die Rede.«

»Ist das alles, Jakob? Bißchen mager für 'nen echten Spittelmann, oder?«

»Wir fangen gerade erst an. Laß uns drüben in die Kneipe gehen.« Er zeigte auf ein Lokal am anderen Ende der Gracht und ging mit weit ausholenden Schritten voraus.

Wir setzten uns in einen der verglasten Erker und sahen auf das Treiben vor dem Fenster hinunter. Auf vorübersausende Fahrräder, Autos, die sich vergeblich durch die enge Straße zu winden versuchten, auf Passanten, die keinen Schritt beiseite traten, wenn es hinter ihnen hupte. Eine Stadt voller Lärm und Unruhe. Ich fühlte mich lebhaft an Thailand und den Vorderen Orient erinnert, und das Gedränge da draußen trug nicht gerade dazu bei, meine Stimmung zu verbessern.

Warum war ich S. überhaupt auf der Spur? Warum wartete ich nicht einfach ab, welches Material hereinkam? Welche Krumen mir Sehlen und Forum hinwarfen? Woher dieser plötzliche Ehrgeiz bei einem Mann, der niemals etwas anderes versucht hatte, als ein ausgeglichenes Leben zu führen? Aus verletztem Stolz?

»Große Bessen«, tönte Beils Stimme neben mir; sie klang fremd und ungewohnt, so fremd wie die Stadt. Die Kellnerin erklärte ihm mit holländischem Akzent, daß der vordere Teil des Lokals wegen Personalmangels geschlossen würde. Wir gingen an die Theke und bekamen zwei randvolle Wassergläser Bessengenever, den man gewöhnlich aus Schnapsgläsern trinkt. Gegen Cointreau ein süßer Gehirnkleber, aber ich kippte ihn voller Verachtung für meine empfindlichen Geschmacksnerven hinunter.

»Gut gemacht! Noch einen!« sagte er zur Kellnerin und klopfte mir anerkennend auf den Rücken. Dann begann er mir seine Geheimnisse anzuvertrauen. Portionsweise und wohldosiert.

Beil war lange genug im Geschäft, um daraus ein abendfüllendes Programm zu machen. Mit seinem Ziegenledermantel und dem voluminösen Bauch erinnerte er mich frappierend an den genußsüchtigen alten Karpatenbären, den ich einmal im Käfig neben einem Kronstädter Restaurant gesehen hatte. Als ich ihm ein Stück Zucker durch die Gitterstäbe warf, fraß er es nicht einfach auf, sondern balancierte es geschickt auf seiner langen rosafarbenen Zunge, schlang sie um einen Gitterstab und zerrieb den Zucker mit seinem Speichel, bis er eine schaumige Flüssigkeit bildete.

»Du weißt, daß Gorbatschow mindestens zwei offizielle Büros unterhält? Eines im Kreml, das andere im ZK-Hauptquartier am Staraja-Platz? Sein Arbeitszimmer liegt im ZK-Gebäude. Vierter Stock, vorderer Teil des Korridors. Es gibt ein Empfangszimmer, Doppeltür zum Vorzimmer, das als Sekretariat benutzt wird, dahinter das Allerheiligste.« Die Gäste um uns her schienen Beil nicht mehr zu stören, sie sprachen eine andere Sprache, oder er nahm an, daß inzwischen jedermann in der Welt über Michail Sergejewitsch Bescheid wußte und sich für sein Leben interessierte.

»Du bist bemerkenswert gut informiert«, sagte ich anerkennend, und das war durchaus ehrlich gemeint.

»Kein Problem. Ein Teil der Nachricht waren Chiffren, die, auf den alten Langley-Zeichencode umgelegt, einen genauen Grundriß seines Büros ergaben, einschließlich Erläuterungen. Man brauchte nur noch Lineal und Zirkel, um eine maßstabgetreue Zeichnung anzufertigen.«

»Das bedeutet also, unser Mann sitzt in diesem Büro?«

»In der vierten Etage am Staraja-Platz«, bestätigte er. Seine Stimme war etwas verhaltener geworden bei den letzten Worten. Wir nahmen noch einmal das gleiche und zwei Amstel und verdrückten uns damit an den runden Tisch hinten in der Ecke.

Ich dachte nach, oder, besser gesagt, ich versuchte nachzudenken, denn das war bei dem Lärm, den eine Gruppe ins Lokal drängender Touristen machte, gar nicht so einfach. Sie verteilten sich an der Theke, und einer von ihnen, ein Bursche von der Statur Goebbels', aber mit rotem Haar und vielen Sommersprossen im Gesicht, begann auf deutsch Witze über die holländischen Mädchen in ihren rot erleuchteten Fenstern zu reißen. Er wippte auf den Fußspitzen und umklammerte mit beiden Händen die Thekenstange.

Ich versuchte mir Sehlens Worte zu vergegenwärtigen: »Es ist das Briefpapier unseres Mannes im Kreml, Adrian. Ich vertraue Ihnen ein großes Geheimnis an – dieser Umschlag ist eine Botschaft, auch wenn keine einzige Zeile darin zu finden ist. Er bedeutet nichts Geringeres, als daß wir erfolgreich sind. Unser Mann im Kreml *arbeitet* bereits.«

»Deine deutschen Brüder.« Mein Blick folgte Beils ausgestrecktem Kinn. »Freitag abends schlagen sie immer alles kurz und klein, Adrian. Sie haben fünf Tage lang schwer geschuftet, deshalb brauchen sie am Wochenende etwas Abwechslung. Die Gewißheit, Herr ihrer eigenen Fäuste zu sein. Sie geben's niemals zu, aber sie spüren, daß sie armselige Sklaven sind, und das macht sie böswillig und aggressiv.« Er hielt inne, und ich begriff, daß der amüsierte Klang seiner Stimme eher mir als ihm galt, obwohl er sich selbst in seine Rede einbezog: »Wir haben schon vor langer Zeit den Kopf in den Sand gesteckt, in die Bücherkisten und Archive, sind in Deckung gegangen, abgetaucht. Freies Leben ohne Sklaverei, soweit es das überhaupt geben kann – Minimum an Verpflichtungen. Wir betrachten die Dienste als Refugium.«

»Und als Selbstbedienungsladen.«

Er verstand die Anspielung.

»Nur ein kleines Präsent, Adrian«, sagte er und hob den Spittelmann hoch. »Das ist unter alten Freunden doch so üblich, oder? Wir können alle unsere Piratengesinnung nicht verhehlen, und warum sollten wir auch? Unter der schwarzen Flagge segelt's sich immer noch am besten. Ich gehe ein ziemliches Risiko ein, wenn ich dir von der Sache erzähle.«

»Du hast mich noch gar nicht gefragt, warum ich das alles wissen will, Jakob?«

»Sicher nicht, weil du damit zum Dzershinski-Platz im guten alten Moskau gehen willst. Du bist doch das Gegenteil des klassischen Verräters, Addi. Überläufer sind emotional angeschlagen.«

»Vielleicht will ich damit ja ins *Djetski Mir*, ins Kinderkaufhaus, gehen. Das liegt auch am Dzershinski-Platz, gar nicht weit vom KGB-Gebäude.«

»Um es den lieben Kleinen anzudrehen? Wäre die richtige Einstellung«, pflichtete er mir bei. »Überlaßt den Kindern das Geheimdienstgeschäft. Ein Pappspiel wie Monopoly, man braucht die Grundstücke, die man dabei gewinnen kann, nur noch durch Informationen zu ersetzen.«

Er bekam plötzlich mörderischen Hunger, Genever regte immer seinen Appetit an. Aber dies hier war nicht der richtige Ort, um ein Feinschmeckermenü *à la Beil* einzunehmen, dazu bedurfte es schon eines stärkeren Kalibers als Zwiebelsuppe aus der Dose. Er mußte noch ein paar weitere Informationen auf Lager haben, und eine bessere Gelegenheit, sie gewinnbringend an den Mann zu bringen, würde er so schnell nicht finden.

Wir verließen den rothaarigen Possenreißer und sein aufgekratztes Publikum, und als wir hinausgingen, machte jemand eine abfällige Bemerkung über Beils Arbeitskittel unter dem dunkelbraunen Ziegenledermantel, auch der Persianerbesatz am Kragen schien es ihm angetan zu haben. Beil fragte ihn, ob er sich den Mantel vielleicht draußen an der Gracht noch ein wenig genauer ansehen wolle. Er wippte angriffslustig auf den Zehenspitzen wie der kleine Witzemacher und ballte seine Fäuste dabei.

»Oh ...« Der andere musterte ihn betroffen.

»Draußen unter der Laterne«, schlug Beil vor.

»Ich ... na ja, hab' ja nicht ahnen können, daß Sie einer von uns sind.«

»Ich *bin* keiner von euch«, sagte er. »Ich bin schon vor fünfzehn Jahren vor so schiefen Typen wie euch emigriert.« Er wandte sich ab, als sei die Angelegenheit damit für ihn erledigt, und der andere machte keine Anstalten, ihm zu folgen.

Das Viertel, in das Beil mich führte, war stockfinster. Außer den guten alten holländischen Straßenlaternen, die alle bei der letzten Demonstration zertrümmert worden waren, aber trotzdem noch genug für die Kulisse hermachten, gab es nur eine trübe grüne Schiffsfunzel an der Leitung zwischen den Brükkenmasten. Wir bogen um eine zerfallene Backsteinmauer, auf der Unkraut wuchs, stiegen zwei Treppen hinunter, passierten einen Durchgang, dessen Wände mit Balken abgestützt waren, und plötzlich lag ein großer Innenhof vor uns.

»Immer durch den Rücken ins Herz«, sagte Beil. Er lächelte geheimnisvoll.

Ich blieb stehen und erkundigte mich, was er meinte.

»Indonesische Spezialitäten ...«

»Hier, auf dem Hof?«

Er schüttelte den Kopf und musterte gedankenverloren die umliegenden Häuser. Ihre Fenster waren so dunkel wie der gepflasterter Platz. Unter dem Vordach stand ein Kühltransporter für Gefrierfleisch. Aber als ich seinem Blick folgte, entdeckte ich in der Fensterreihe über uns einen kaum merklichen roten Schimmer hinter den Gardinen. Beil mußte meinen Argwohn bemerkt haben, er zog belustigt die Brauen hoch.

»Spe-zi-a-li-tä-ten«, wiederholte er. »Laß dich einfach überraschen, Addi.«

Er faßte meinen Arm und zog mich in einen Hintereingang, der mit hohen Blechtonnen verstellt war. Es ging eine steile Stiege hinauf, durch einen Vorhang aus farbigen Kunststoffstreifen, und auf dem Treppenabsatz roch ich, daß jemand sich mit einer süß-sauren Soße abmühte. Dem Aroma nach erfolgreich.

»Die Küche hier hat was Besonderes«, erklärte er, während wir in den vorderen Teil des Restaurants gingen und uns an einen Tisch mit Blick zur Gracht setzten. Die Nacht draußen war durch zwei, drei Dutzend Vergnügungsetablissements erleuchtet, deren Leuchtreklamen sich im Wasser spiegelten. Live-Shows, Bars, Restaurants, Imbißhallen, Geschäfte mit billigen Pornoartikeln.

Ich beugte mich ein wenig vor, um die verrenkte Gestalt hinter einer Schaufensterscheibe erkennen zu können. Unter der Decke schwebte ein lebensgroßer aufblasbarer Neger mit erigiertem Latexpenis. Er hatte seine Arme ausgebreitet wie der zum Laster verkommene Engel der Verkündigung.

Es war bemerkenswert ruhig, viel ruhiger als in der Gracht mit der Kneipe. Andachtsvolle Stille angesichts so vieler Menschen. Die Fenster der Huren lagen manchmal unterhalb des Gehsteigs. Ihr roter Lampenschein sah aus, als loderten Flammen aus dem Hades herauf. Ich beobachtete eine hellblonde Hure, die vor dem Haus auf und ab spazierte. Sie trug glänzende schwarze Schaftstiefel, einen kurzen, schwarzen Lederrock und rauchte ihre Zigarette genauso hastig wie Margrit. Sie sog so heftig daran, als ließe sich dem feuchten Mundstück noch ein wenig mehr Nikotin abpressen.

»Warum sind wir nicht durch den Vordereingang gegangen?«

»Dieses Restaurant hat keinen Vordereingang«, erklärte er und versuchte seine feixende Grimasse hinter der Speisekarte zu verbergen. Die Karte war auf indonesisch abgefaßt. Nur die Namen der Speisen tauchten auch in englischer Sprache auf, Phantasienamen wie »Topless« oder »Glorious Escape«.

»Irgendeine Empfehlung, Jakob?«
»Du bist eingeladen, Addi, such dir was aus. Wenn du mich fragst: ›Entertainment‹.«
»Also gut, zweimal ›Entertainment‹.«
»Die süß-saure Variante«, sagte er zum Kellner. »Ohne Ingwer und Knoblauch. Und braten Sie's nicht so scharf an wie sonst.« Er bestellte einen alten süditalienischen Wein dazu.
»Rote Kinderpisse«, meinte er grinsend, als der Kellner mit unserer Bestellung in der Küche verschwunden war. »Bißchen Ochsenblut und Pottasche dabei. Diese Giftmischer haben uns so lange mit den abenteuerlichsten Mixturen versorgt, da kommt's auf etwas mehr oder weniger Nierenschaden auch nicht mehr an.«
Gegenüber an der Wand ging die Küchenklappe hoch, ein schlitzäugiges Gesicht erschien, grinste nicht weniger verworfen und verschwörerisch als mein Gegenüber, und Beil hob die Hand und drohte scherzend mit dem Zeigefinger, worauf sich das Gesicht, leise murmelnd und nicht ganz ernst gemeinte Flüche ausstoßend, ins Innere der Küche zurückzog.
Ich probierte etwas von dem Wein, er schmeckte ausgezeichnet, aber irgendwie war mir bei der ganzen Geheimnistuerei der Appetit vergangen.
»Alles kapiert, Addi?«
»Nein.«
»Na, dann Prost...«
»Ja, Prost.«
»Wir trinken uns um Kopf und Kragen, was?«
»Ich versuche, bei allem Maß zu halten, Jakob.«
Er nickte wissend.
Während des Essens war er ziemlich schweigsam. Ich hatte das Gefühl, daß er jeden meiner Bissen beobachtete und meine Reaktion studierte. Aber immer, wenn ich ihn ansah, wanderte sein Blick unschuldig zur Wand, begutachtete das Ornament der Tapeten, den durchbrochenen schwarzen Lack-

Wandschirm, der unsere Ecke vom Nachbartisch trennte, oder die roten Hängelampen. Es war eine Einrichtung wie aus dem Kramladen für Fernost-Artikel, glänzend und bunt. Ich hätte wetten mögen, daß kein einziges Stück davon aus Indonesien kam. Nicht mal der Koch schien aus Indonesien zu stammen.

»Da ist noch eine Kleinigkeit, die du wissen solltest, Adrian.«

»Hab' ich mir schon gedacht, Jakob.«

»Als ich die Nachricht noch mal durchsah, zum zweiten, dritten Mal, begann ich mich zu fragen, was eigentlich ihr genauer Zweck war. Maulwurf im Kreml – na gut, das durfte den Empfängern nicht ganz unbekannt sein, schließlich mußten sie erheblichen Aufwand damit getrieben haben, ihn dort einzunisten – oder umzudrehen, Addi, das kommt aufs selbe heraus. Meldeten sie bloß Vollzug? Und warum die Skizze der Räume? Wollten sie noch einen zweiten Mann auf den großen Generalsekretär ansetzen? Nein, unwahrscheinlich. Es würde bloß das Risiko erhöhen, enttarnt zu werden. Wenn Nummer eins funktionierte, gab es keinen plausiblen Grund, Nummer zwei ins Spiel zu bringen. Oder waren diese Buchhalterseelen ganz einfach nur darauf erpicht, sich jede, aber auch jede verfügbare Information unter den Nagel zu reißen? Die alte, unausrottbare Sammelleidenschaft, Addi?«

»Und falls nicht, Jakob?«

»Eben, *was*, wenn nicht«, bestätigte er. »Was bezwecken diese Zeichnungen?«

»Gab es denn gar keine anderen verwertbaren Informationen? Gewöhnliches Material?«

»Doch, sicher. Aber das eine stand neben dem anderen. Ziemlich beziehungslos, würde ich sagen. Es ergab keinen Zusammenhang. Briefmarken aus verschiedenen Perioden, wenn man einen Vergleich ziehen wollte. Wer das Zeug sammelte, sammelte entweder alles, was ihm in die Finger kam – oder er hatte noch was anderes damit im Sinn.«

»Etwas anderes?«

»Na, wofür braucht man Bürozeichnungen? Einen Grundriß der Zimmer von Gorbis Allerheiligstem? Denk mal an den Bürgerbräukeller, damals in München. Es gibt sicher viele, die ihm den Tod wünschen, in der Sowjetunion und außerhalb davon, im Westen. Die ihn als Verderber sehen, der sich nur noch mit Gewalt von seinen Obsessionen abbringen läßt. Was uns hier im Westen als liberal erscheint, ist in den Köpfen einiger Erzkonservativer nichts weiter als Verrat an der Vergangenheit. Er hat fast unlösbare Probleme: erstens, seine Wirtschaft in Gang zu bekommen, zweitens den Nationalitätenstreit und drittens die Apparatschiks, die um ihre Pfründe bangen und auf ihre alten Tage umdenken sollen. Die plötzlich auf der Straße stehen, weil man sie wegen Unfähigkeit davongejagt hat. Alles war so bequem eingerichtet! Sondervergünstigungen, Schlendrian, Korruption, und nun das große Erwachen. Sie alle warten ab, warten darauf, daß der große Reformer stürzt. Er ist jetzt schon eine historische Erscheinung, kaum weniger bedeutend als Lenin. Die Aufgabe, die er sich gestellt hat, kann man nur als gigantisch bezeichnen, als vermessen: Seine Ziele sind nach unseren Maßstäben durchaus ehrenwert. Das Land ist bankrott, ideologisch, moralisch und wirtschaftlich. Eine solche Aufgabe in Angriff zu nehmen verleiht ihm Größe und Bedeutung, wenn nicht sogar Unsterblichkeit, Adrian. Denn er ist ein kluger Mann, er weiß, daß die Umstände gegen ihn sprechen. Einen weniger Gewitzteren als ihn würde sein Vorhaben sofort als Träumer und Narren entlarven. Aber er ist sich der Gefahr bewußt, er sieht ihr ins Auge. Die Totengräber stehen schon bereit. Und halten wir hier vielleicht die Skizze in der Hand, die den Ort seines Untergangs bezeichnet?«

Er zog ein Blatt aus der Kitteltasche, auf dem ich unschwer den Grundriß einer Etage erkannte.

»Willst du damit etwa sagen ...?«

»Jemand in seiner Nähe. Nur jemand aus seiner unmittelbaren Nähe kommt an ihn heran. Wenn er das Haus verläßt, dann fast immer in einem Konvoi von vier riesigen, handgefertigten Luxuslimousinen, Marke SIL. Eine davon, mit zugezogenen Vorhängen, fährt fünfzig Meter hinter ihnen und ist mit Antennen bestückt. Ein rollender Gefechtsstand, Adrian. Seine Datscha an der Rubljow-Chaussee, einem westlichen Vorort Moskaus, bekommt kein Ausländer zu Gesicht, es sei denn, er sei eingeladen. Und Raissa mag keine Gäste.«
»Unser Mann im Kreml also«, sagte ich, während ich die Skizze musterte.
»Wir haben keine Gewißheit, es ist bloß eine Vermutung.«
»Immerhin würde das erklären, warum man so bemüht ist, die wirklichen Drahtzieher am anderen Ende der Leitung – *hinter* Reykjavík – geheimzuhalten«, sagte ich. »Simons hätte vielleicht Auskunft darüber geben können – irgendwelche Hinweise, später, falls die Sache in die Hose gegangen wäre –, weil eine Spur nach Langley führte. Sie benutzen einfach die alten Einrichtungen in Reykjavík, Simons' Fernschreiber. Das war sicherer, als den üblichen Weg zu wählen.«
»So denken sie, ja, so denken sie, Adrian. Das ist genau ihre Vorgehensweise. Absicherung, alle Eventualitäten berücksichtigen. Sich bloß nachher keine Vorwürfe machen müssen, daß man zu leichtsinnig vorgegangen sei – oder daß man unfähig war, ein paar Züge vorauszudenken.«
»Dann wären wir einer heißen Sache auf der Spur.«
»Willst du, daß man ihn liquidiert, Adrian? So mir nichts, dir nichts? Willst du mitschuldig daran werden, daß der Lauf der Weltgeschichte eine andere Wendung nimmt, als vorgesehen? Ich will es nicht.«
»Dann ist genau *das* der vorbestimmte Gang der Weltgeschichte«, sagte ich nachdenklich.
»Ich weiß, er hat uns eine Menge Ärger gemacht. Man muß sich nicht mit Wohlwollen überschlagen. Er bringt es noch fer-

tig, daß wir uns selbst für Friedensengel halten – weil er es so will. Und ob man ihm immer glauben kann? Anfangs waren wir alle sehr mißtrauisch. Da kam dieser Mister Niemand und stieg in Windeseile zum Politbüromitglied auf. Sohn eines Bauern, Arbeiter in einer Maschinen-Traktoren-Station. Priwolnoje, wo liegt das überhaupt? Im Kaukasus, glaube ich. Ein Provinzmensch also. Von wessen Teller hatte er eigentlich bis dato gegessen? fragten wir uns. Was er jetzt propagiert, hätte er niemals äußern dürfen, bevor er an die Macht gekommen war. Also ein genialer Verstellungskünstler? Oder waren ihm alle seine grandiosen Einsichten über die Misere des Sozialismus erst nach Tschernenkos Tod gekommen?«

»Ich verstehe, was du damit sagen willst.«

»Wenn man ihm hier im Westen nicht traut, in den Führungsetagen, meine ich, und ihn längst als großen Propagandisten durchschaut hat, der mit Meinungen jongliert wie ein Ballkünstler im Zirkus ...«

»Taucht darüber irgend etwas in den Nachrichten auf?« erkundigte ich mich vorsichtig.

»Sie kündigen es an.«

»Und ... na ja, sind deine dechiffrierten Papierchen noch greifbar, Jakob?«

»Für eine kleine Durchsicht, meinst du? Nein, nur diese Skizze«, sagte er und ließ das Blatt eilig wieder in seiner Kitteltasche verschwinden. »Woher hätte ich auch wissen sollen, daß du dich dafür interessierst? Ich habe das Zeug ordnungsgemäß auf die Reise geschickt und die Arbeitspapiere vernichtet. So lautet die Vorschrift. Ich würde mich schwer *hüten*, Adrian!«

FÜNFTES KAPITEL

1 Als ich nach Zandvoort zurückkehrte, verspürte ich leichte Übelkeit. Ich nahm die Bahn kurz nach Mitternacht und ließ mich einen Kilometer vor dem Haus an den Dünen absetzen. Die Regel schrieb vor, das Taxi mindestens einmal zu wechseln, aber in diesem kleinen Ort kam sie mir albern und überflüssig vor, ein Manöver, das eher Aufmerksamkeit erregt hätte.
Ich ging das letzte Stück zu Fuß am Strand entlang. Es war fast windstill, obwohl über dem Ufer eine hohe Brandungswelle lag. Ihre Schaumkronen brachen immer genau in dem Moment, wenn sie nicht mehr ganz senkrecht stand und sich leicht vorbeugte. Die Gischt schäumte mir bis vor die Füße.
Irgendwo, weit hinten auf dem glatten Wasser, schwamm eine einsame Möwe.
Dann sah ich das Haus in den Dünen liegen. Jetzt, in der Nacht, machte es noch stärker den Eindruck eines wilhelminischen Bordells auf mich, das von den Behörden geschlossen worden war, als bei Tageslicht. Geschlossen und versiegelt wegen irgendwelcher Exzesse, die gerade nicht in die Zeit paßten, oder weil seine Mädchen sich infiziert hatten. Alle Fenster waren dunkel, aber das besagte wenig. Bei meinem letzten Besuch waren mir die schweren Holzrollos aufgefallen. Sie sahen aus, als seien sie erst kürzlich angebracht worden. Ich passierte die Treppe zum Keller, öffnete mit dem Schlüssel, den Sehlen mir gegeben hatte, und ging durch den Gang zum Flur. Am Treppengeländer blieb ich stehen und horchte den Geräuschen nach. Irgendwo vibrierte ein Benzingenerator, eine dieser handlichen rotlackierten japanischen Koffermaschinen. Es gab drei oder vier davon, die für das Treppenhauslicht stand in der Kellernische. Ich kannte ihren Klang von Margrits Campingausflügen. Sehlen hatte sie aufstellen lassen, um sich

vom örtlichen Stromnetz unabhängig zu machen. Auf diese Weise gab es keine Stromabrechnungen – kein Lebenszeichen für die Behörden, keine lästigen Fragen, wer das Haus angemietet hatte.
Ich schloß die grüne Eisentür hinter der abklappbaren Spiegelgarderobe auf, in deren Lack ein Witzbold ein Herz für »Toilette« eingeritzt hatte, und ging die Wendeltreppe zur Zwischenetage hinunter. Als ich die Lichtschranke passierte, hörte ich hinter der Tür den Summer.
Sehlen saß vor dem Funkgerät, er hatte einen Kopfhörer auf und wandte mir den Rücken zu.
»Kleinen Ausflug gemacht, Adrian?« fragte er, ohne sich nach mir umzudrehen.
»Oh, ich war nur auf einen Sprung mit alten Freunden essen.«
»Mit Freunden?«
»Ja«, sagte ich einsilbig und hoffte, daß er sich mit dieser Auskunft begnügen würde, aber seinem fragenden Blick, als er sich ruckartig auf dem Drehstuhl herumgleiten ließ, merkte ich an, daß ich damit falsch lag. »Mußte auch mal wieder sein«, fügte ich hinzu.
»Was Besonderes?«
»Indonesisch.«
»Ah, in Amsterdam? Hier gibt's nämlich weit und breit kein indonesisches Restaurant. Am exotischsten ist immer noch ›De Windroos‹. Fängt die Matjes mit ungewaschenen Herrensokken – das verleiht ihnen ihr pikantes Aroma.«
»Ja, irgendwo am Rembrandtsplein.«
»Doch nicht etwa im *Clock-Wok*?« erkundigte er sich ungläubig.
»Kann schon sein. Hab' den Namen wohl auf der Karte gelesen. Meine Freunde erwähnten nicht, wie es hieß. Sie taten ziemlich geheimnisvoll.«
»Kein Wunder. Dann sind Sie heute unter die Menschenfresser gegangen, mein Lieber.«
»Das ist ein Scherz, oder?«

»Wie haben Sie gegessen? Süß-sauer?«

»Das Gericht hieß *Entertainment.*«

»Pfui, Teufel...«

»Sie wollen mich auf den Arm nehmen, Ronald?«

»Entertainment ist genau das, was der Name besagt. Hübsche junge Dinger aus südostasiatischen Etablissements, die den Gangstersyndikaten im Wege standen. Die ihren Zuhälter betrogen haben oder jemanden aus dem Familienclan, der mächtig genug ist, sich eine kleine Demonstration seiner Stärke zu erlauben. Man hat sie umgebracht, und um ihre Leichen zu beseitigen, friert man sie ein und verschifft sie als pikante Fleischbeigabe nach Westeuropa oder in die USA.«

»Unsinn, was ich gegessen habe, war simples Schweinefleisch.«

»Ich sagte als *Beigabe*, Adrian.«

Seitdem er von Margrit meinen Namen gehört hatte, verzichtete er endlich auf dieses entsetzliche »Amb«.

»Und Sie wollen mir weismachen, die Lebensmittelbehörden würden das dulden?«

»Natürlich ist es nur ein Gerücht, Amb. Der Laden lebt von diesem Gerücht, von seinen dunklen Fenstern und von der Hintertreppe.« Er nahm den Kopfhörer ab und legte ihn vor sich auf das Funkgerät. Aus den Ohrmuscheln erklang hochfrequentes Wellengezwitscher. »Sie müssen doch zugeben, daß es dem Essen einen besonderen Biß verleiht... so ein Stück asiatisches Jungmädchenfleisch zwischen den Zähnen. Man weiß nicht recht, kommt der süßliche Geschmack von der Soße oder vom Fleisch.« Er lachte dröhnend und strich sich genußsüchtig durch die Mundwinkel.

»Anscheinend sind Sie in dem Laden Stammgast, Ron?«

»Oh, dieser Schlingel von Koch spiegelt mir manchmal vor, er suche ganz besonders schmackhafte Stücke für mich aus. Aber Sie haben schon recht – es schmeckt wie gewöhnliches Schweinefleisch.«

»Süß-sauer angemacht?«

»Ja, süß-sauer angemacht. Wahrscheinlich spielen sie nur mit unserer Lust am Schaurigen. Diese Burschen sind einfach clevere Geschäftsleute, und das ist ihre Methode, um der Konkurrenz eins auszuwischen.«
Wir wechselten das Thema, und ich war froh, daß er nicht mehr nach meinen Freunden fragte und keine genauen Einzelheiten über meinen Besuch in Amsterdam wissen wollte. Manchmal war ich ein schlechter Lügner, und dann wieder gelang es mir, ein vollendeter Schauspieler auf Gottes schäbiger Schmierenbühne zu sein, oder doch wenigstens ein ganz respektabler, wie es sich für einen Angehörigen meines Berufsstands gehörte. Aber diesmal fühlte ich mich zu matt und kraftlos, um Sehlen hinters Licht zu führen. Vielleicht lag's am Genuß von zuviel Mädchenfleisch.

2 »Sehen Sie mal, Amb. Dies kam gerade über Reykjavík herein.« Er reichte mir eine Skizze mit demselben Grundriß, den mir Beil gezeigt hatte. »Halten Sie das für korrekt?«
Ich nahm den Bogen und warf einen Blick darauf, dabei versuchte ich überrascht auszusehen.
»Warum nicht, wenn S. es geschickt hat?«
»Hat er ... *hat* er.«
»Trauen Sie ihm etwa zu, daß er das Zeug erfinden könnte – wie *Wormold* in Havanna?«
»Sie spielen auf diese Staubsaugergeschichte an, die Raketenabschußbasen zeigen sollte? Nein, natürlich nicht. Wir wollen nur ganz sichergehen, bevor es an die zuständigen Regierungsstellen weitergegeben wird. Wir lassen es durch einen kompetenten Filter laufen, Addi, und das sind Sie. Alles, was wir von unserem Mann in die Finger bekommen, wird von Ihnen auf Herz und Nieren geprüft. Erst danach verläßt es den Gefechtsstand – wir schließen jeden Mister Wormold mit

Staubsaugerzeichnungen von vornherein aus. Sie sind unser Experte, Sie entscheiden, was echt und richtig ist.«

»Danke für die Ehre.«

»Zeichnen Sie das Blatt bitte ab, wenn Sie glauben, es gäbe eine korrekte Darstellung von Gorbis Büro.«

»Abzeichnen, wozu?«

»Damit alles seine Ordnung hat.«

Er schob mir die Papiere hin.

»Dazu müßte ich es erst mit meinen eigenen Unterlagen vergleichen.«

»Dann tun Sie das, *tun* Sie es...«, sagte er mit gönnerhaftem Lächeln. »Sie haben doch sicher Kopien, oder? Sonst lassen wir das Zeug schnell aus Ihrer Wohnung holen.«

»Glücklicherweise habe ich bereits einen Teil meines Materials kopiert. Soviel ich weiß, sind auch ein paar Skizzen darunter. Sie stammen übrigens von Lexter in London, wie vieles in meiner Sammlung. Ich denke, wir sollten den guten alten Lexter ebenfalls zu Rate ziehen? Er ist der andere große Experte auf dem Gebiet der Ostpolitik. Vier Augen sehen mehr als zwei.«

»Lexter hat ziemlich abgewirtschaftet, Adrian. Er trinkt, und seine Frau ist ihm weggelaufen. Er kann die Schulden für sein Haus nicht mehr bezahlen. Unter uns gesagt, er macht einen etwas verkommenen Eindruck neuerdings. Daß seine Tochter in einem brasilianischen Bordell gelandet ist, davon haben Sie wohl noch nichts gehört?«

»Ach was – Edith, das arme Kind?«

»Lexter hat nur eine Tochter«, sagte er mit sanftem Vorwurf. »Genau wie Sie. Das Mädchen ist in Fortaleza hängengeblieben, an der Nordküste, nachdem man es als Reiseleiterin gefeuert hatte. Unregelmäßigkeiten bei der Abrechnung von Ausflugstouren. Sie organisierte Busreisen ins Hinterland.«

»Und diese Geschichte soll meinen lieben alten Freund Lexter so demoralisiert haben, daß er die Kontrolle über sich verloren hat?«

»Sie müssen alles zusammen sehen. Lexter steht nicht mehr zur Verfügung. Man hat ihn aus dem Geheimdienst geworfen.«

»Armer Kerl.«

»Warum sollte man jemanden bedauern, wenn er selber für sein Schicksal verantwortlich ist?«

»Ja, Sie haben recht.«

»Übrigens wissen wir gar nicht, wo er sich zur Zeit aufhält. Er ist seit ein paar Wochen verschwunden, es gibt nur wenig Lebenszeichen von ihm. Sein Postfach wird regelmäßig geleert, und der Direktor seiner Bank versichert uns, daß Abbuchungen von seinem Konto vorgenommen werden. Also scheint er noch nicht das Zeitliche gesegnet zu haben. Wahrscheinlich treibt er sich wieder in den kleinen Küstenorten nördlich von London herum. Er nimmt gern irgendwo unter falschem Namen ein Zimmer, eine alte Gewohnheit aus dem Außendienst.«

»Dann allerdings.« Ich zuckte ratlos die Achseln und verdrückte mich in mein Büro.

Es war besser, den armen Lexter nicht zu lauthals zu bedauern, das würde nur Sehlens Widerspruch hervorrufen. Dann wäre er vielleicht, einmal in Fahrt, wieder auf meinen Besuch in Amsterdam zu sprechen gekommen – und hätte unangenehme Fragen gestellt. Beil war mein getreuer Verbündeter, aber ich durfte ihn Sehlen nicht leichtfertig ans Messer liefern.

Anders als Sehlens komfortables Büro in der Zwischenetage besaß mein Arbeitszimmer keine Fenster. Es war der ehemalige Heizungskeller. Auf dem Boden sah man noch die Vertiefung, in der der Öltank verankert gewesen war. Die Wände bestanden aus solidem Stahlbeton, und in der Decke war ein schmaler Schacht, durch den man den Schlauch für die Öllieferungen gesteckt hatte.

Wenn ich mich an den Tisch setzte, einer groben Hobelbank mit blau gestrichenem Regalaufsatz, in dem jetzt meine Pa-

piere untergebracht waren, hatte ich manchmal das Gefühl, beobachtet zu werden. Aber sooft mein Blick auch mißtrauisch die Wände absuchte – ich konnte nirgends eine versteckte Kamera oder eines jener Objektive von der Größe eines Streichholzkopfes entdecken, die jetzt überall im Einsatz waren. Vielleicht lag es einfach daran, daß Sehlen im selben Haus arbeitete und daß ich mich ständig veranlaßt fühlte, meine wahren Gedanken vor ihm zu verbergen.
Außer einer Kopie der Skizze hatte er mir noch eine Mappe mit Zeitungsausschnitten auf den Tisch legen lassen, darunter den Ausriß aus einem Nachrichtenmagazin.

»Die Begegnung der Menschen mit dieser von ihren Epigonen pervertierten Utopie zur Beglückung der Menschheit hat summa summarum weit über 50 Millionen das Leben gekostet. Sozialismus, das waren vor allem Bürgerkrieg und Gulag, Massaker, Schauprozesse, Hunger, Mangelwirtschaft, geistige Öde, Speichelleckerei, Korruption und Terror bis hin zum Steinzeitkommunismus eines Pol Pot, einer grausamen Guerilla vom ›Leuchtenden Pfad‹ in Peru und am Ende noch des Dracula unserer Tage, Nicolae Ceauçescu.«

Der Artikel kam mir wie ein Wink vor. Vielleicht war es sogar eine vorsichtige Form der Indoktrinierung oder Gehirnwäsche. Als wolle Sehlen mich damit diskret auf seine Einschätzung der anderen Seite einstimmen. Ich hätte hinzufügen können, der kalte Krieg habe die Sowjetunion nach Einschätzung ihres Außenministers 700 Milliarden Rubel gekostet. Aber irgendwie spürte ich, daß Sehlen solche Zahlen wenig bedeuteten.
Ich war immer davon überzeugt gewesen, daß er keine Überzeugungen hatte, von seinem Materialismus und der grenzenlosen Überschätzung seiner Kräfte einmal abgesehen oder von seinem Recht, jede Situation nach Gutdünken ausbeuten zu

dürfen. Wahrscheinlich glaubte er wie jeder andere an Vitamine und Atome. Oder daran, daß morgen die Sonne aufging. Wenn ich etwas gelernt hatte, dann war es die Einsicht, daß sich jeder eine Art ökologische Nische zu suchen hat, in der er überleben kann. Wir sind darauf angewiesen, uns der Umgebung anzupassen, und das bedeutet nicht, ein Chamäleon zu werden. Es wäre verhängnisvoll, diese Grundregel aus den Augen zu verlieren.

Er dagegen suchte keine Nischen, sondern schien sich gleich der ganzen Welt bemächtigen zu wollen, und ein Narr, wer seinen Beteuerungen Glauben schenkte, dahinter stecke irgendeine Art von Ideologie. Ideologien waren Vorspiegelungen, Rationalisierungen im guten alten psychoanalytischen Sinne. Damit kaschierte man nur seine Gefühle, sein Verlangen nach Macht und Sicherheit, nach Rache und Rangordnung. Man tönte gern, man sei tief bewegt und überzeugt, und vielleicht vergaß man ja auch manchmal im Eifer des Gefechts, was man wirklich glaubte. Es war das, was übrigblieb, wenn man nach Hause ging und sich schlafen legte. Daß er ausgerechnet auf dieser Seite des Lagers stand und nicht in Moskau oder Peking, war seinem überlegenen Spürsinn und Jagdinstinkt zu verdanken. Deshalb konnte er für den Sozialismus nur Verachtung übrig haben.

Jede Meinung, die damit übereinstimmte, wie dieser Magazinartikel, war seines Beifalls gewiß. Wahrscheinlich verachtete er Gorbatschow wegen seines Idealismus. Oder fürchtete ihn sogar, weil er ihm eine Alternative vorführte, die ihm unbequem, aber insgeheim überlegen vorkam. Und vermutlich verachtete er uns alle zusammen, weil wir schwächer waren als er.

Ich meinerseits verachtete ihn wegen seiner grenzenlosen Gier, jeden Vorteil zu nutzen, seiner motorischen Unrast, seiner ständigen Wachsamkeit. In manchen Augenblicken spürte man, daß er sich nur noch mühsam beherrschte und das Problem am liebsten mit den Händen bereinigt hätte. Es waren die typischen Kennzeichen eines Menschen, der zu jeder Handlung fähig ist, wenn man alles zusammen sah und noch irgendeine sexuelle Anomalie und aggressive Grundhaltung hinzunahm (beides unterstellte ich ihm ohne Zögern; vielleicht tat ich ihm damit unrecht, aber in diesem Moment ließ es mich einfach kalt).

Als ich bis dahin in meinen Überlegungen gekommen war, verspürte ich so etwas wie Genugtuung, ihm eins auswischen zu können. Ich dachte, daß ich sehr vorsichtig sein mußte, um herauszufinden, was wirklich hinter dem Projekt Schafspelz steckte – und daß es mich leicht den Kopf kosten konnte, wenn Sehlen und Forum mein Spiel durchschauten.

3 Ich sah das Material in der Mappe durch, legte die Artikel und Notizen heraus, die mir interessant erschienen, und ließ den Rest in der Ablage verschwinden.

Aus irgendeinem Grund geriet mir immer Slavas Gesicht dazwischen, sie drängte sich wie ein ungeladener (wenn auch willkommener) Gast in meine Vorstellungen, aber ich hätte nicht zu sagen gewußt, was sie mit meiner Arbeit zu schaffen haben sollte. Vielleicht sehnte ich mich nur nach München zurück, nach meinem gemütlichen Arbeitszimmer oder dem frisch geweißten, aufgeräumten Büro, und Slava war so etwas wie ein Symbol für Zuflucht, Wärme und Sympathie.

Ich trank etwas schwarzen Tee, den Riesenbaby draußen im Gang in einem jener verchromten Tanks mit Hahn bereitgestellt hatte, und versuchte mich wieder auf das Material zu konzentrieren.

Das meiste waren ziemlich blasse und nichtssagende Artikel aus Gorbatschows Alltag. Wie er sein Büro organisierte, was er aß und trank und wer dauernd Zugang zu ihm hatte. Bemer-

kenswert fand ich eine Notiz, wie er sich unter Vertrauten über seine Zeit vor dem Studium geäußert hatte: Er war durch das vom Krieg verwüstete Land gereist, als mache er Bestandsaufnahme, und danach, im September 1950, hatte er sich an der Juristischen Fakultät der Moskauer Staatsuniversität eingeschrieben, zu dieser Zeit schon ausgezeichnet mit dem Orden der Roten Fahne der Arbeit für seinen Einsatz auf einer Kolchose in Stawropol. Das alles klang beinahe so, als habe er nach einem bis ins einzelne vorgefaßten Plan gehandelt. Er verfügte über ein phänomenales Detailgedächtnis, wie es sonst fast nur in Geheimdienstkreisen anzutreffen ist.
Dann versuchte ich Hinweise auf Attentatspläne zu finden. Aber außer der Skizze gab es nichts, das Beils Verdacht belegen konnte.

ZWEITER TEIL

ERSTES KAPITEL

1 Nachmittags wehten Schneeschauer über den Strand. Es war ein erhebender Anblick, die Brandung mit den Flocken kämpfen zu sehen. Sie senkten sich wie ein Tuch auf die schaumigen Wellenkämme – als versinke das Leichentuch in der Leiche. Die Küste hatte um diese Jahreszeit kein Rückgrat. Sie wirkte wie ein Totenhaus, ein Refugium ohne Leben, das der Zeit enthoben war. Am rechten Teil des Horizonts brach Licht durch die aufgerissene Wolkendecke, und unter dem scharf abgezirkelten gelben Schein sah man einen Dampfer ruhig und unbeirrbar seine Bahn in Richtung auf die englischen Häfen ziehen. Sein Kamin entließ eine dünne Rauchfahne, die wie ein verbindendes Band dem Strand entgegenzog – als gehörten wir alle zusammen, als bewege sich unsere Arbeit in den gleichen ehernen Bahnen wie seine.

Ich fragte mich, ob der Schlüssel vielleicht darin lag, daß wir von Zandvoort und München aus operierten. War unser Mann im Kreml Holländer? Unwahrscheinlich, daß ein Ausländer so nahe an Gorbatschow herankommen sollte – daß er täglich bei ihm aus und ein ging und seine intimsten Äußerungen kannte. »Operationsbasis ist die bayerische Landeshauptstadt. Zandvoort, Amsterdam und Brüssel nur ausnahmsweise.« Welche Verbindung gab es in die Niederlande? Warum hielten wir uns nicht an der englischen Küste oder im Hauptquartier der CIA auf, in Langley, Virginia? Oder in London oder Berlin? Berlin wäre naheliegend gewesen.

An den Wochenenden verschwand Sehlen manchmal für ein oder zwei Tage mit unbekanntem Ziel. Gewöhnlich hieß es, er sei nach Brüssel gefahren, um sich neue Anweisungen zu holen, aber dem konnte man nicht immer glauben. Dann trug er meist einen nadelgestreiften Zweireiher, als wolle er irgendwelche feudalen Etablissements unsicher machen. Einmal ließ Riesenbaby die Bemerkung fallen, Sehlen habe seine Kasinokrawatte verlegt.

Wenn ich allein war, zog ich es vor, meine Unterlagen nicht im Heizungskeller, sondern in dem kleinen Erkerzimmerchen zu bearbeiten, das er mir bei unserer Ankunft gezeigt hatte. Es war freundlicher und hell. Ich genoß die Ruhe im Haus, die Ausblicke auf den Strand und die Dünen, Riesenbabys üppige Versorgung, seine Thermoskannen voller Tee – das Essen schaffte er mit dem Landrover »aus der Weite des Hinterlandes« heran, wie er vage erklärte. Deftige holländische Hausmannskost. Ich vermutete, daß er eine oder mehrere Freundinnen hatte, die ihn mit Gerichten versorgten.

Manchmal unternahm ich Spaziergänge in die Umgebung, am Strand entlang, der sich in beide Richtungen wie ein endloses Band aus hellem Sand mit immer gleichen Brandungswellen erstreckte. Oder ich besuchte die Grand-Prix-Autorennstrecke, die um diese Jahreszeit meist verweist dalag. 4913 Meter Piste, bei der man das Gefühl hatte, auf der Stelle zu treten, endlich zur Ruhe zu kommen, wenn man mitten auf dem Asphaltband ging und der Kreis sich schloß. Alles wiederholte sich nach einem gewissen Zeitraum, die karg bewachsenen gelben Dünenkämme rechts und links der Bahn sahen ohnehin immer gleich aus.

Das alles wäre als bezahlter Urlaub gar nicht mal so übel gewesen. Riesenbaby kümmerte sich nur selten um mich, und Forum hielt sich vornehm im Hintergrund. Die beiden schemenhaften Gestalten, die ab und zu in einem schwarzen Triumph-Morrad mit Beiwagen vor dem Haus auftauchten, um Brot und Eier oder tiefgefrorenen Fisch für unsere Kühltruhe abzuliefern, wechselten immer wieder ihre Gesichter.

Der einzige Mensch, dem niemand aus dem Weg ging, war Sehlen, das Ungeheuer. Er hatte diesen vereinnahmenden Blick, dem man sich nur mit einer besonderen Anstrengung entziehen konnte, einem kleinen Kraftakt, der einen schließlich soweit zermürben mußte, daß man unbewußt nachgab und sich seinem Regiment zu fügen begann. Sehlen nannte Riesenbaby »Kläuschen«. Seine dunkelbraunen Augen bekamen dabei immer einen warmen Glanz. Manchmal glaubte ich, sie liebten einander auf irgendeine merkwürdig platonische Weise, die nur sie beide verstanden, niemand sonst. Riesenbaby hatte schmerzende Füße, bei seinem Körpergewicht kein Wunder, und Sehlen besorgte ihm prompt in Amsterdam einen Spray. Riesenbabys Gelenke knarrten wieder mal vor Arthrose, und unser großer Meister »Allwissend« weihte ihn in die Geheimnisse des Badens mit heißem Seesand ein. Man erhitzte Sand in großen Kochtöpfen, schüttete das Zeug – heiß gemacht stank es immer ein wenig nach Teer und Tang und Abfällen vom Strand – in eine Wanne und legte sich hinein. Kläuschen ächzte vor Erleichterung.
Wenn er nach seiner Sandkur den Geländewagen bestieg und am Strand entlang Richtung Katwijk jagte, stob das Heilmittel noch ein wenig höher hinter seinen Reifen in den Himmel.
Nach Haarlem waren es nur wenige Kilometer, und als ich herausgefunden hatte, daß es dort mehr zu entdecken gab als in meinem harmlosen Badekaff mit seinen engen Kneipen und Cafés, verschwand ich, sooft Sehlen für ein paar Stunden seinen Befehlsstand in der Zwischenetage verließ, nahm ein Taxi und setzte mich ab in die Stadt der prächtigen alten Kirchen – es gab die *Grote Kerk*, die *Nieuwe Kerk*, die *Janskerk* –, und wenn man davon noch nicht genug hatte, konnte man die Stadtwaage von 1598 oder die alte Fleischhalle besuchen, in der jetzt das Provinzialarchiv untergebracht war. Alles war ungemein unterhaltend. Langsam begann ich mich einzuleben. Nur Slava fehlte mir.

Sehlen konnte durchaus ein angenehmer Begleiter sein, wenn er es darauf anlegte. Etwa anderthalb Kilometer entfernt hatten wir eine Kneipe entdeckt, die sich tief in die Bodenwellen duckte: ein typisch holländisches Haus, riedgedeckt, mit niedriger Decke, weißen und roten Backsteinen und weißlackierten Fensterrahmen, fast schon eine armselige Kate, wäre die komfortable Kupfertheke nicht gewesen. Dort gingen wir an manchen Abenden hin und tranken Dortmunder Bier, das eigens für harmlose Touristen wie uns importiert worden war.
Sehlen versuchte dem Wirt, einem gescheiterten Lehrer, zwei antiquarische Bände von 1723 zu verkaufen, die er im Keller des Hotels neben einer alten Adler-Schreibmaschine gefunden hatte. »Aenleidinge tot de kennisse van het verhevene deel der nederduitsche spraeke«. Sie waren mindestens doppelt soviel wert, wie er von ihm verlangte. Um endlich seine Ruhe vor uns zu haben, willigte Cornelius, der Wirt, schließlich ein. Von da an tranken wir seine Schulden ab.
Ich vertrug nicht soviel Bier, wie ich mir gewünscht hätte, um Sehlen wenigstens einmal im Schwitzkasten durch die Dünen nach Hause zu bringen. Ich stellte mir vor, daß er wie andere Trinker nach genügend Alkohol redselig und geständig werden würde. Erst recht, wenn man ihn in hilflosem Zustand in einem Sandtrichter mit steilen Wänden zurückließ. Aber irgendeine unbeirrbare Automatik in seinem Gehirn, die ständig mitlief, wenn ihm eine verfängliche Frage gestellt wurde, schaltete sofort auf Abwehr.
»Warum wollen Sie das denn wissen?« lallte er mit schwerer Zunge. »Tut das was zur Sache? Wollen wir trinken oder reden?«
Manchmal spielte ich den Gedanken durch, ihm eine Portion neunundneunzigprozentigen Äthylalkohol in Orangensaft zu verabreichen, um ihn doch noch zum Sprechen zu bringen (Methanol wäre bei seiner Leber die bessere Wahl gewesen). Aber so benebelt, wie wir beide waren, drängte sich mir dabei

unwillkürlich der Vergleich mit Rasputin auf, dem selbst hohe Dosen Arsen nichts anzuhaben vermocht hatten, und Sehlen nahm mehr und mehr die Züge des mystischen Wunderheilers an.
Als er eine neue »Lieferung« bekam, fragte ich ihn rundheraus, warum wir in Zandvoort arbeiteten.
Er hatte das Material vor sich auf dem Betonfußboden ausgebreitet, jede einzelne Seite wie ein graphischer Entwurf nach der Zeichnung des gelbgepunkteten Linoleums ausgerichtet, und saß unschlüssig auf seinem Drehhocker, als wisse er nicht recht, bei welchem Blatt in der Runde er anfangen sollte. Der billige Eloxalring mit amethystfarbenem Glasstein lag hinter ihm auf dem Tisch. Seine linke Hand sah geradezu nackt aus ohne das Ding.
Er kratzte sich am Mundwinkel. »Sie wollen wissen, warum wir hier sind?«
»Weshalb wir nicht von München aus operieren.«
»Aber wir *operieren* ja von München aus, Adrian.«
»So? Na, die meiste Zeit über sind wir doch hier.«
»Gefällt's Ihnen denn in den Niederlanden nicht mehr?«
»Schon, aber ...«
»Freut mich zu hören.«
»Ich würde natürlich gern erfahren ...«
Seine Miene verdüsterte sich. »Sie können's wohl nicht lassen?« Er schüttelte verärgert den Kopf. »Sie können einfach nicht abwarten, bis Washington grünes Licht gegeben hat?« Er stand auf und nahm einen Notizblock aus dem Regal. »Ich habe mir mal Auszüge Ihrer Personalakte angesehen. Lieber Himmel ... schon bemerkenswert! Wissen Sie, was Ihnen die meisten negativen Punkte in Ihrer Karriere eingebracht hat?«
Während er eine Pause machte, versuchte ich sein Kopfschütteln zu imitieren, aber anscheinend nahm er es gar nicht wahr.
»Ihr Hang, immer etwas mehr wissen zu wollen, als für Sie und andere gut ist, Amb.«

»Das wäre mir, ehrlich gesagt, neu, Ronald.«
»Nennen Sie mich lieber Ron. Ich finde überhaupt, wir sollten uns jetzt langsam duzen, meinen Sie nicht auch? Das schafft etwas mehr Vertrauen. Wer so eng miteinander arbeitet, darf ruhig mal die Hüllen fallenlassen. Sie wirken immer so verflucht distanziert – als wenn ich's darauf anlegen würde, Ihnen in die Hose zu fassen.«
»Danke, aber ...«
»Bitte?« Er hob überrascht den Kopf.
»Forum ist da wohl anderer Ansicht. Er legt Wert darauf, daß wir nicht zu persönlich miteinander werden. Weil das leicht zu Kungeleien führt.«
»Forum, *Forum* ...«, sagte er verächtlich.
»Ich bin ganz seiner Meinung, ehrlich gesagt.«
»So? Das soll wohl eine besonders diplomatisch formulierte Art von Abfuhr sein, was? Na gut, wie Sie wollen ...«
Er wandte sich wieder seinen Papieren zu. Das Thema »Zandvoort« schien für ihn erledigt zu sein. Aber diesmal ritt mich der Teufel. Ich hatte nicht die Absicht, lockerzulassen. Wenn er mich wirklich so dringend für seine Arbeit brauchte, sah ich keinen Grund, kleine Brötchen zu backen.
»Hat er irgend etwas mit den Niederlanden zu schaffen?«
»Wer? Unser Mann im Kreml?«
»Sie müssen mir ja nicht gleich seinen Namen verraten, aber ich finde schon, daß Sie mir etwas mehr Aufklärung schuldig sind. Ich mache hier ordentlich meine Arbeit, und soweit ich sehen kann, gibt es keinen Grund zu Klagen ...«
»Hat Forum Ihnen denn keinen Schuß vor den Bug gegeben?« fragte er mit scharfer Stimme.
»Schuß vor den Bug wäre zuviel gesagt. Er hat mich vertröstet, genau wie Sie.«

Ich traute den Telefonen in der Umgebung nicht, deshalb fuhr ich lieber nach Haarlem, um Beil anzurufen. Der Ort war

voller Radfahrer, die es darauf anlegten, den Autoverkehr lahmzulegen. Im Zentrum gab es eine Demonstration gegen asiatische Wirtschaftsflüchtlinge und den Terror der Ambonesen. Ihre Extremistengruppen kämpften immer noch für die Süd-Molukken. Soweit ich über die Schulter meines Vordermanns sehen konnte, versuchten ein paar Demonstranten ihre Transparente zwischen den fahrenden Rädern auszuspannen. Obwohl sie nur aus dünnem weißem Stoff bestanden, wagte es unser Busfahrer nicht, die Barrieren zu durchbrechen. Er sagte: »Die Molukken sind Hollands Untergang – ich bitte um Verzeihung. Sie können aussteigen und mit der Linie 49 hinter dem Rathaus weiterfahren.«
Draußen wurde ich von der Menge in die Spaarnwouderstraat abgetrieben, und als ich eine Telefonzelle gefunden hatte, dämmerte es bereits. Eine Bibliothekarin mußte Beil aus dem Lagerkeller holen, er hustete leicht und klang so verstaubt wie die Bücher, die er zu sortieren hatte.
Wir verabredeten uns für das Clock-Wok. Mir wäre ein anderes Lokal lieber gewesen. Aber Beil bestand darauf: Das Clock-Wok sei sein Stammlokal, wenn ich Informationen wollte, müßte ich auch seine Bedingungen akzeptieren. Schließlich gehe er ein großes Risiko ein. Luise könnte bedroht werden oder er selbst seine Stellung in der Van-Aaren-Gedächtnisbibliothek verlieren. Es gäbe nicht viele Dinge auf der Welt, außer Miniaturen und staubigen alten Büchern, die einen dafür entschädigen würden. Anscheinend gehörte der Unfug mit asiatischem Jungmädchenfleisch dazu.
Ich sagte mir, wenn ihn das bei Laune hielt, sei es in Ordnung. Zur Not konnte ich auch eine Suppe nehmen, Tomatensuppe aus der Dose – im Glaskasten am Treppenaufgang hatte ich eine Dose gesehen, deren Etikett zwei vollreife Tomaten zeigte. Diesmal trug Beil gewöhnliche Straßenkleidung, nicht mehr seinen auffälligen Ziegenledermantel. Sein Gesicht wirkte eingefallen und blaß.

»Wir müssen die Geschichte abblasen«, empfing er mich.
»Ach? Jetzt, wo sie eben erst angefangen hat?«
»Sie sind uns auf der Spur, Adrian, und das kann scheußlich ins Auge gehen. Jemand hat von der Sache Wind bekommen – jemand aus dem inneren Zirkel.« Er sprach die Worte »innerer Zirkel« mit soviel Andacht und Ehrfurcht aus, wie sonst nur Katholiken über ihre Reliquien reden.
»Hat Sehlen eine neue Lieferung bekommen? Ist das Material wieder durch deine Hände gegangen, Jakob?«
»Diesmal haben sie einen Test gemacht.« Er schwieg und legte erwartungsvoll seine Hände übereinander. Ich schwieg ebenfalls, weil der Kellner an unseren Tisch kam, und nachdem ich – wenigstens pro forma – die Speisekarte studiert hatte, bestellte ich eine Portion Tomatensuppe.
»Bedauerlich, Herr ... nix Tomatensuppe«, sagte der Kellner. Er mußte Japaner sein, der Tiefe seiner Verbeugung nach zu urteilen.
»Drüben im Glaskasten.« Ich zeigte zur Treppe.
»Nicht Tomatensuppe – roter Feuerball.«
»Roter Feuerball, aha. Also einmal roter Feuerball.«
»Roter Feuerball teuflisch scharf.« Er verschluckte das R, aber man verstand trotzdem, was er meinte. Wahrscheinlich war er doch kein Japaner, sondern nur ein ganz gewöhnlicher Emigrant aus der Volksrepublik China.
»Probier lieber das Lammfleisch, Adrian«, sagte Beil. »Für das, was ich dir jetzt anvertraue, braucht man eine starke Unterlage.«
»Also gut«, sagte ich, um dem Ganzen ein Ende zu machen. »Einmal Lammfleisch, aber ohne Beigabe.«
Der Kellner entblößte grinsend seine Zähne. Sie sahen gelblich und etwas abgeschlagen aus, wie billiges Porzellan, das man zu oft mit harten Elfenbein-Eßstäbchen bearbeitet hatte. »Nix Aroma?« fragte er.
»Nix Aroma«, bestätigte ich.

Er kam näher und bedeutete mir mit zum Mund geführter Hand, dann würde ich zwar essen, aber unter dem Niveau des Etablissements. Dabei schüttelte er ungläubig den Kopf. Er wollte sich vergewissern, daß ich wirklich keinen Scherz machte. Wahrscheinlich wäre das Spielchen noch ein halbes Stündchen so weitergegangen. Ich beschloß, ihm einfach keine Beachtung mehr zu schenken, und als ich nach einiger Zeit verstohlen zur Seite blickte, war er mit unserer Bestellung in der Küche verschwunden.
Wie beim erstenmal ging drüben an der Wand die Küchenklappe hoch, das schlitzäugige Gesicht des Kochs erschien, grinste verworfen, und Beil hob seine Hand und drohte scherzend mit dem Zeigefinger, worauf der Kopf des anderen sich, leise Flüche ausstoßend, ins Innere der Küche zurückzog.
»Und welcher Art war dieser sogenannte ... *Test*, Jakob?«
»Du solltest das alles nicht auf die leichte Schulter nehmen. Wie sie's in Szene gesetzt haben, deutet darauf hin, daß sie die Angelegenheit als ziemlich schwerwiegend auffassen.«
Er genoß es, mich ein wenig auf die Folter zu spannen, und zwinkerte mir aufgekratzt zu, seine Wangen leuchteten wieder wie nach dem Genuß von zuviel Glühwein. Das signalisierte mir, die Sache sei weniger schlimm, als er vorgab.
Aber dann sagte er zu meinem Erstaunen: »Ich bekam einen Anruf aus der Zentrale. Einer von Forums Lieblingsbütteln erkundigte sich, ob ich mir erklären könnte, wer seine Finger in unseren Schriftverkehr stecke.«
»Hm, das ist wirklich eine Neuigkeit.«
»Ich fragte, welchen Schriftverkehr er meine. Na, die üblichen Bestellungen. Ich wüßte doch wohl verdammt noch mal noch, was meine Aufgabe in der Van-Aaren-Gedächtnisbibliothek sei? Ich stellte mich ein wenig blöde und erkundigte mich: ›Denken Sie da an etwas Bestimmtes? An den Atlantikverkehr vielleicht?‹ – ›Natürlich Atlantikverkehr! Sie sind doch in der Sektion, oder?‹ Er kam langsam in Fahrt. Ich gab zur Antwort,

ich sei ein einsames Ein-Mann-Unternehmen in *sämtlichen* Sektionen und dafür so unterbezahlt wie nur irgendein Bibliothekar im Land der Tulpen vor mir. Ich witterte natürlich Gefahr und versuchte ihm den Wind aus den Segeln zu nehmen. Ich versuchte unter seinen ausgestreckten Klauen wegzukrauchen, Adrian! Aber da war ich an den Falschen geraten. Wer Forums Büttel wird, der hat eine harte Schule durchgemacht. Das weißt du ja selbst am besten. Er sagte nur ein Wort: *Reykjavík.* Natürlich bestätigte ich ihm beflissen, daß Reykjavík durch meine Finger gegangen sei. Durch wessen Finger sonst? Ich bin schließlich der einzige, der hier noch die Stellung hält. Der Rest sind kurzsichtige Bibliothekare, die nicht mal ahnen, daß es eine Institution wie unsere in ihren heiligen Mauern gibt. Dann die nächste Frage: ›Und Sie haben keine Ahnung, wer versucht haben könnte, unsere Papiere zu dechiffrieren?‹ Er ließ nicht den Schimmer einer Anspielung von Verdacht auf mich fallen. Ich tat ziemlich erstaunt. Ich lenkte ein und sagte: ›An meiner Arbeitsweise kann's nicht gelegen haben. Ich halte mich streng an die Vorschrift *Schriftverkehr Atlantik, Verzeichnis II, Absatz ...*‹ Und dann suchte ich diesem Bürohengst die entsprechenden Paragraphen heraus, damit er auch ganz sichergehen konnte, daß ich wußte, wovon ich redete. – ›Wenn Sie sich streng an die Regeln gehalten haben, kann's eigentlich nicht auf Ihr Konto gehen‹, sagte er zu meiner Verblüffung. ›Dann ist die Geschichte rätselhaft ...‹ Er gebrauchte genau dieses Wort, Adrian: *rätselhaft.*«
»Und *wie* sind sie dir auf die Schliche gekommen? Ich meine: Man sieht der Sendung doch nicht an, ob sie dechiffriert worden ist? Eine gewöhnliche Bestellung, die über Code läuft?«
»Das ist ja das Verrückte, sie gehen noch mehr auf Nummer Sicher als sonst. Bei meiner alten Dechiffrierroutine hatte ich immer die Palsonsche Methode angewendet. Man legt eine Rotfolie auf den Text, in diesem Fall die Bestellung, und bestrahlt sie mit Infrarotlicht, REX-Variante. Ohne die Folie

würde folgendes passieren: Es wären zwar ein paar Codierungssymbole zu erkennen, die angeben, welche Dechiffriermethode angewendet werden soll, winzige, unregelmäßig erscheinende Muster in der Papierfaser, die sich nur anhand einer Tabelle identifizieren lassen, aber das REX-Licht belichtet den Code wie eine Filmemulsion. Man erkennt, ob sich jemand dafür interessiert hat, welche Variante benutzt wird. Das ist nicht weiter gefährlich, dieser Jemand ist ja noch nicht im Besitz der Tabelle und des Dechiffriercodes – aber für den Empfänger kann es aufschlußreich sein.«

Er schwieg, und seinem erwartungsvollen Gesichtsausdruck sah ich an, daß er eine Antwort erwartete.

Ich beugte mich über meinen Lammteller, zwei appetitlich aussehende Spieße, die in gedünstete Kohlblätter eingewickelt waren, und versuchte herauszufinden, ob das Fleisch irgendeinen ungewöhnlichen Geruch verströmte. Das Gericht hieß »Topless«, aber für oben ohne war es bemerkenswert gut verpackt.

»Kannst du mir so weit folgen, Adrian?«

»Ja, natürlich. Schließlich bin ich nicht erst seit gestern im Geschäft.«

»Und weißt du, was für ein Ei diese Hunde mir ins Nest gelegt haben? Die REX-Variante wurde geändert. Das Miststück von Folie, Marke Standard, 50 Prozent Durchlässigkeit, hinterläßt eine Spur wie ein Dinosaurier im Farnkraut. Die Papierfaserformen sind nicht nur geschwärzt, sie bekommen eine gelbliche Aura, sieht geradezu malerisch aus.«

»Heißt das, man hat dich auf frischer Tat ertappt?« Ich zog einen der Spieße heraus und probierte ein Stück Lammfleisch.

»Natürlich haben Sie keine Beweise dafür, *wer* der Beleuchtungskünstler war.«

»Aber sie können's sich zusammenreimen?«

»Können sie, ja, können sie. Das würde ich wohl meinen.«

»Also aufgelaufen? Kleiner Navigationsfehler, Jakob?«

»Voll auf die Sandbank, Addi. Wenn nicht sogar auf die Klippen. Irgendwann werden sie an meine Tür klopfen und ihre Litanei herunterbeten, bis sie glauben, daß ich mürbe bin. Mürbe und zerbrechlich wie ein Keks. Dann kommen die Fragen, ganz unverfängliche Fragen. Miniaturensammlung, aha? Hübsch, wirklich hübsch. Ziemlich kostspielig das Zeug, was? Ach, übrigens: Ihrer Frau Gemahlin geht's gut? Seit sie nicht mehr mitverdient, hat sie sicher viel mehr Zeit für Ihr gemeinsames Privatleben, oder?»

»Und wird dabei mein Name fallen, Jakob?«

»Den Teufel werde ich tun. Ich werde schweigen wie ein Grab, ach was, wie der Amsterdamer Zentralfriedhof. Und wenn sie mich vierteilen! Warum sollte ich ihnen meine kleinen privaten Recherchen offenbaren? Wo's doch nichts weiter als ein harmloses Hobby war? Ja, sind wir denn zur Gegenseite übergelaufen, daß wir deswegen ein schlechtes Gewissen haben müßten?«

»Kann man nicht behaupten, nein. Du hast mich immer noch nicht gefragt, warum ich das alles wissen will, Jakob?«

»Wohl kaum, weil du damit zum Dzershinski-Platz im guten alten Moskau gehen willst«, wiederholte er, als säßen wir noch immer in der Kneipe an der Gracht. »Du bist doch das Gegenteil des klassischen Verräters, Addi.«

»Vielleicht bin ich bei der Geschichte ja viel empfindlicher, als du denkst«, deutete ich vorsichtig an.

»Du steckst bis zum Hals drin, was?« Seine Augen leuchteten vor Vergnügen.

»Schafspelz ist nur was für den inneren Zirkel, und dem habe ich wohl niemals wirklich angehört.«

»Späte Einsicht, Adrian?«

»Sie schweigen sich über die Hintergründe aus.«

»Und das macht dir zu schaffen, alter Junge? Das wurmt dich ungeheuer, hab' ich recht?«

»Sieht ganz so aus, als wenn sie mir nicht trauen. Ich habe viele

Jahre wie ein folgsames Grubenpferd für sie gearbeitet, Scheuklappen nach links und rechts. Es gab keinen Grund zum Klagen. Die Eierköpfe wechseln, aber meine Arbeit bleibt dieselbe. Also, was kann man mir vorwerfen? Sie haben einen Haufen Leute rausgeworfen, die besser waren als ich. Quand zum Beispiel. Eigentlich liegt mir die liberale Politik. Warum Konflikte, wenn es auch ohne geht?«

»Vielleicht bist du ihnen ja zu zahm geworden, Adrian? Das Grubenpferd bekommt sein Gnadenbrot, aber es fährt nicht mehr ein. Bis zu den tiefsten Stollen dringt es nicht mehr vor. Allenfalls noch mal eine kleine nostalgische Besichtigungstour durch die oberen Etagen?«

Wir aßen schweigend. Mein Widerwille gegen das Fleisch verschwand mit meinem Ärger. Vielleicht auch, weil Beils Überlegungen gar nicht so abwegig waren. Aber aus welchem Grund sollten sie mich aufs Altenteil setzen? Eigentlich gab es dafür nur eine plausible Erklärung – das war Beils Verdacht.

»Irgendwelche Neuigkeiten wegen der Zeichnungen?«

»Nein, keine. Sie werden sich hüten, uns dafür Indizien zu liefern. Gorbatschows Tod würde genausoviel Staub aufwirbeln wie der Kennedys.«

»Die Folgen für die Weltpolitik wären sogar noch katastrophaler«, widersprach ich. »Niemand weiß, ob seine Reformen wirklich unumkehrbar sind. Es lassen sich genügend Beispiele für Rückfälle in die Barbarei finden.«

»Ich denke, daß sie's fernab von Washington, London oder München auskungeln, könnte zu ihrer Verschleierungsstrategie gehören.«

»Und warum gerade Zandvoort, warum die holländische Nordseeküste?«

»Oh, hab' ich das noch nicht erwähnt?« Er griff sich irritiert ans Ohr und sah mich verwundert an, als müsse ihn dieser Umstand mehr überraschen als mich. »Es hat einen ganz einfachen Grund, Adrian. Unser Mann im Kreml ist ein großer

Verehrer Rembrandts. Ich habe Hinweise darauf gefunden, daß seine Vorfahren mit dem Meister verwandt sind. Rembrandts Magd Hendrickje Stoffels brachte eine Tochter zur Welt, von da an ging's dann irgendwie weiter. Aufstieg und Fall, ein paar Trinker darunter, Diebe und Mörder, auch Geniale. Einer wurde Musiker, ein anderer eiferte dem Meister aus dem fernen Amsterdam nach, mit gutem Erfolg sogar, fiel aber in einen vereisten Bach und ertrank, ehe er eine kunsthistorische Größe werden konnte. Seiner Nationalität nach ist unser Mann natürlich Russe, waschechter Russe, aber mit einer gehörigen Portion holländischem Blut, das ein Konsul aus Leiden seinem weitverzweigten Stamm verabreicht hat.«

»Und was verbindet ihn jetzt noch mit den Niederlanden, Jakob?«

»Irgendeine heimliche Affinität, möchte ich annehmen. Deshalb das Kürzel ›v.R.‹ für seinen Tarnnamen.«

»v.R.? Ich dachte, das Kürzel für unseren Mann sei ›S‹ wie Schafspelz?«

»Nein, ›v.R.‹ für Rembrandt. Eigentlich R. Harmensz van Rijn. Schafspelz ist der Name des Projekts, Adrian. Ich kam der Sache ganz zufällig auf die Spur. Ich sah einen Ausstellungskatalog durch. Darunter waren ein paar Blätter Rembrandts. Auf einem fand ich das handschriftliche Kürzel ›v.R.‹ für ›van Rijn‹ und den Zusatz 1651. Er muß dem Blatt mit Bleistift von irgendeinem Galeriebesitzer oder Kunsthändler angefügt worden sein. Ich fragte mich, ob es wohl ein Zufall sei, daß auch unser Mann im Kreml ›v.R.‹ genannt wurde. Sicher heißt er mit bürgerlichem Namen nicht van Rijn, man hat diesen Namen nur gewählt, weil er zu ihm paßt.«

»Sind das Spekulationen, Jakob? Oder gibt es dafür irgendwelche Hinweise?«

»Er sammelt, Adrian.«

»Er sammelt?«

»Er läßt sich seine Dienste mit Kunst bezahlen. Wir wissen

nicht, ob das sein eigentliches Motiv ist, die kleine Versuchung, der er nicht widerstehen konnte. Oder ob er vielleicht ein ideologischer Abweichler ist. Ein Konservativer, dem Gorbatschows Reformen zu weit gehen, einer, der um den Bestand des sowjetischen Imperiums fürchtet. Stell dir vor, der amerikanische Bundesstaat Texas verlangte plötzlich seine vollständige Autonomie, eine eigene Währung, eigene Streitkräfte! Dann wird dir klar, was der Gärungsprozeß in den Sowjetrepubliken für Moskau bedeutet. Mag sein, daß man ihn ja auch auf irgendeine Weise unter Druck setzt. Aber soviel dürfen wir wohl als sicher ansehen: v.R. ist ein fanatischer Sammler. Er hamstert die Kunstwerke seines großen Vorfahren.«

»Nicht ganz ungefährlich, oder? Weil das ein Hinweis sein könnte, um ihn zu identifizieren?«

»Diesmal lag der Nachricht die Bestellung für eine kleine Radierung aus dem Jahre 1647 im Stil des berühmten Hundertguldenblatts bei. Er will, daß man es ihm hier in Amsterdam beschafft. Er hat sogar den Namen des Kunsthändlers angegeben, der ihm das Blatt besorgen könnte.«

»Sicher zu einem horrenden Preis?«

»Für die westlichen Dienste ist seine Arbeit nun mal Gold wert, Adrian – fast unbezahlbar! Was sind dagegen schon ein paar lumpige Zeichnungen und Radierungen? Bei der Hälfte des Zeugs, das in Europa vertrieben wird, handelt es sich ja doch bloß um gekonnte Fälschungen.«

2 Selbst beim Kürzel für Rembrandts Codenamen hatte Sehlen mich also zu täuschen versucht. Nach meinem Geschmack übertrieb er ein wenig. Es war wohl keine persönliche Marotte von mir, wenn ich darauf allergisch reagierte. Sein Mißtrauen hätte auch bei umgänglicheren Zeitgenossen als mir böses Blut erzeugt. Man konnte sich sogar fragen, ob es taktisch klug war, einen engen Mitarbeiter auf so provozierende Weise an der kurzen Leine zu halten. Ich erinnerte mich noch ganz deutlich an meine Frage: »Schafspelz ist der Tarnname unseres Mannes?« Und darauf hatte er geantwortet: »Nennen wir ihn doch einfach S., Adrian.«

Beil verlor kein Wort darüber, wie er an v.R.s Lebensgeschichte gelangt war. Falls man seine Auskünfte überhaupt als Biographie bezeichnen wollte. Aber selbst um das herauszufinden, mußte er noch über andere Quellen verfügt haben. Oder versuchte er nur den Preis hochzutreiben? Die Geschichte wäre mir einen zweiten Spittelmann wert gewesen.

»Hendrickje Stoffels«, sagte ich nachdenklich, »v.R.s Stammbaum, dieser Konsul aus Leiden ...«

»Ja?«

»Das alles stand doch nicht in deinen Papieren, Jakob?«

»Nein.«

»Wo sonst?«

»Wo es gestanden haben soll, Adrian?« fragte er betont langsam und sah mich mit harmloser Miene an. »Nirgends.«

»Nirgends, aha.«

»Genaugenommen hat es nirgends gestanden, ganz recht«, bestätigte er.

»Aber deine Informationen sind auch nicht vom Himmel gefallen? Du warst nicht bei den Wahrsagerinnen? Man hat's dir nicht aus irgendwelchen Patiencen gelesen?«

»Ich erwähnte schon, daß sie beim Adressaten der Nachricht eine kleine Radierung aus dem Jahre 1647 bestellt haben, nicht wahr? Also gut, der Kunsthändler ist ein alter Bekannter von uns.«

»Was denn, doch nicht etwa ...?«

»Genau der«, bestätigte er. »Jan Bormann, Experte für Spittelmänner.«

»Ach so, ich verstehe.«

»Die Geschichte hatte mich neugierig gemacht. Ich rief ihn an, und Bormann erzählte mir bereitwillig, was er wußte. Er sah keinen Grund, daraus ein Geheimnis zu machen. Ein reicher Kunstsammler in der Sowjetunion, der anonym bleiben wolle, habe sich aufs Sammeln von Rembrandts spezialisiert. Kleinere Blätter wie Zeichnungen und Radierungen, für die großen fehlten ihm wohl die Mittel. Man hatte Bormann gesagt, daß er sich zu den direkten Nachkommen des Meisters zähle, wenn auch bloß eines unehelichen Seitenstrangs. Er gewann übrigens den Eindruck, man nehme diese Familiengeschichte nicht ganz ernst und halte sie für die fixe Idee eines reichen alten Spinners. Irgendwann fiel dabei die Bemerkung ›Konsul aus Leiden‹. Sein größter Wunsch sei es, einmal das Haus in der Jodenbreestraat zu besuchen, dort werden viele Zeichnungen und Radierungen van Rijns aufbewahrt.«

»Und der Rest ... sind Mutmaßungen?«

»Ich betrieb ein wenig Quellenforschung. Ich rief einen Experten für Rembrandts Biographie an der hiesigen Universität an. Er war so freundlich, mir die Seitensprünge des alten Pinselquälers zu erläutern.«

»Ausgezeichnete Arbeit, Jakob.«

»Danke. Manchmal ist es gut, wieder an vergangene Zeiten erinnert zu werden, Adrian.«

Ein Killer, der Rembrandts sammelte – falls v.R. wirklich beabsichtigte, den Lauf der Weltpolitik zu ändern. Es hat schon eine Menge Attentäter gegeben, die um den Preis der eigenen schäbigen kleinen Existenz ihre Spuren in den Geschichtsbüchern hinterlassen wollten. Die meisten wurden gefaßt und hingerichtet oder saßen lebenslange Haftstrafen ab. Vielleicht ist das Streben nach Verewigung ja ein durchaus ehrenwertes Motiv und die Wahl des Mittels nichts weiter als Ohnmacht oder Mangel an besseren Gelegenheiten.

Aber mein Instinkt sagte mir, daß es hier nicht allein um ein politisches Attentat ging, es müsse noch etwas anderes dahinterstecken. Allerdings hätte ich meinen Verdacht kaum begründen können. Dabei fühlte ich mich durchaus nicht in der Rolle des Moralapostels oder Lebensretters. Eher schon des fernen, zufälligen Beobachters, der den Dingen auf den Grund zu gehen trachtet und danach entscheiden wird, ob etwas zu tun sei, und falls ja, was.

Ich machte mich erst auf den Weg zu Bormanns Antiquitätenhandlung, als Beils vorgebeugte Gestalt mit dem hochgeschlagenen Mantelkragen schon auf die andere Seite der Gracht gewechselt war. An der kleinen Brücke zum Rotlichtviertel blieb er noch einmal stehen und winkte mir zu – fast wehmütig, als sähen wir uns zum letzten Mal.

Ich nahm an, daß Luise nichts von seinen abendlichen Exkursionen durch zwielichtige Etablissements mit aufblasbaren Negern und tiefgefrorenen thailändischen Bardamen ahnte. Falls doch, nahm sie es sicher mit dem weisen Gleichmut einer in zermürbend langen Ehejahren erfahrenen Frau hin. Es waren Geplänkel, letzte Versuche männlicher Selbstbestätigung, Ausgeburten der Torschlußpanik. Die Natur hatte den Mann mit einem kleinen Problem ausgestattet. Er lief sein Leben lang unerfüllbaren erotischen Wünschen nach. Mir war dieser Stachel schon vor langer Zeit abhanden gekommen. Ich erinnerte mich noch wie heute an Beils Worte, an sein überraschtes Gesicht, als ich ihm im Hinterzimmer eines Amsterdamer Bordells offenbart hatte, daß ich nur zum Kognaktrinken mitgegangen sei.

»Sieh dir das prachtvolle Weibsbild an, Adrian.«

Dabei legte er seine Hand auf den nougatbraunen Oberschenkel einer Indonesierin.

Ich nickte und nippte an meinem Glas (in diesem Klub pflegte man seine Gäste mit spanischem Brandy zu bewirten). Das arme Ding sprach keine Wort Deutsch und musterte uns nur aus großen, fragenden Augen. »Nein danke, wirklich nicht, Jakob.«

»Sie sind sehr reinlich.« Er zwinkerte mir zu und ließ seinen Blick bedeutungsvoll über das abgeschlagene Waschbecken und eine ganze Bastion kleiner Drahtkörbe mit billigen Kosmetikartikeln gleiten, die wie die Auslage einer Drogerie auf der Küchenanrichte aufgebaut waren.
»Mir liegt nichts daran.«
»Was soll das heißen, *mir liegt nichts daran*? Lara ist auf unsere Hilfe angewiesen, ohne uns würde man sie in ihre Heimat zurückschicken.« Er kannte ihren Namen und auch die Namen der anderen, und mir kam es gar nicht mehr unwahrscheinlich vor, daß er schon seit geraumer Zeit damit beschäftigt war, alle diese Mädchen gründlich auszuprobieren. Irgendwann schien er dann dazu übergegangen zu sein, sie im Clock-Wok zu verspeisen. Aus reiner Barmherzigkeit. Auch wenn das wohl doch nichts weiter als ein Hirngespinst für gelangweilte Gourmets war, ein Reklametrick.
»Die Natur versagt es mir schon seit Slavas Geburt, in solchen Etablissement zu verkehren.«
Beil musterte mich so verdutzt, als habe man ihm anvertraut, der Präsident der Vereinigten Staaten sei Legastheniker. Dann zog ein verständnisvolles Grinsen über sein Gesicht.
»Anders gesagt, du bist...?«
»Sagen wir mal, ich hatte einen kleinen Unfall.«

Bormann schien längst zu Bett gegangen zu sein. Erst als ich am Geländer des Treppenschachts stand und zum Dach hinaufsah, entdeckte ich, daß unter einem Rollo des Dachfensters ein dünner Lichtschlitz zu erkennen war. Ich warf einen Blick in die Auslage – das gewohnte Bild aus Taschenuhren, Miniaturen, Puderdöschen – und läutete. Wieder bimmelte tief drinnen in den Spinnweben die obligatorische Klingel aus Methusalems Zeiten. Aber diesmal erschien nicht die kahlköpfige Silhouette eines alten Mannes, sondern um die Mittelsäule kam langsam eine schwarzbraune Katze geschlichen, so groß

und bauschig wie ein Merinoschaf. An der Scheibe angekommen, nahm sie mich kurz in Augenschein, streckte sich ausgiebig und verschwand.
Ich trat zurück, um zum Dachfenster hinaufzublicken. Hinter dem Fenster bewegte sich ein Schatten.
»Bormann?«
Keine Antwort.
»Ich bin's – Spittelmann...«
Ein Fensterflügel wurde geöffnet. Unwillkürlich trat ich noch einen Schritt weiter zurück, weil mir beim Anblick der mittelalterlichen Kulisse die Gepflogenheit in den Sinn kam, seinen Nachttopf auf ungebetene Gäste zu entleeren.
»Warten Sie, ich komme herunter. Ich ziehe mir nur schnell einen Morgenrock über.«
Die grüne Glaslaterne vor dem Durchgang zum Lagerraum ging an, und ich bemerkte, daß, halb verdeckt von der Regalwand mit spanischen Devotionalien aus dem 16. Jahrhundert, eine schmale eiserne Wendeltreppe nach oben führte. Als er die Stufen herabkam, sah ich, daß seine Beine rosig und ohne jeden Flaum waren, dafür aber von feinen blauen Adern durchzogen, die im grünen Schein der Laterne wie ein unregelmäßiger Netzstrumpf wirkten. Ich hatte Mühe, bei diesem skurrilen Anblick meine Gesichtsmuskeln unter Kontrolle zu halten.
Bormann hüstelte und brachte mich ins Hinterzimmer, wo ein schwerer alter Mahagonischreibtisch mit schwarzen Absetzungen und poliertem Untergestell stand.
»Was führt Sie zu mir?«
Er machte keine Anstalten, sich über den vorgerückten Zeitpunkt meines Besuchs zu beschweren. Seine winzigen Leberflecken und Sommersprossen lächelten mich genauso freundlich an wie seine Augen. Ein Händler alter Schule. Es war das pure, reine Kaufmannslächeln. Man sah ihn im Geiste förmlich vor sich, wie er sich wegen eines lukrativen Geschäfts die

knorrigen alten Hände rieb, obwohl sie unbeweglich auf der Schreibtischplatte lagen.

»Entspricht der Spittelmann Ihren Vorstellungen?«

»Danke, ja.«

»Ich lasse Ihnen gern eine Expertise anfertigen, falls Sie an seiner Echtheit zweifeln?«

»Nein, das wird nicht nötig sein.«

Er nickte zufrieden.

»Der Grund, weshalb ich Sie um diese späte Stunde aufsuche...«

»Ja?«

»Diesmal komme ich aus persönlichen Gründen.«

»Sie wollen einen Spittelmann für sich selbst? Spittelmann gefällt Ihnen, nicht wahr? Ich weiß, man muß sich erst an ihn gewöhnen. Aber wenn's einmal gefunkt hat, kann die Leidenschaft für diese kleinen Meisterwerke leicht zum Laster werden. Ich habe selbst in jungen Jahren manche schlaflose Nacht damit zugebracht.«

»Mein Besuch hat einen anderen Grund.«

»Kein Spittelmann?«

»Ich möchte Sie um einen persönlichen Gefallen bitten, Bormann. Die Angelegenheit ist heikel. Andererseits werden Sie dabei ein beachtliches Geschäft machen.«

Man hätte blind sein müssen, um bei den Worten »beachtliches Geschäft« kein interessiertes Flackern in seinen Pupillen zu bemerken. Geldsammeln ist oft die einzige Passion, die Männern in seinem Alter noch bleibt. Die Ästhetik eines Spittelmanns mag vergänglich sein. Irgendwann gewöhnt man sich an seinen Anblick. Ein Schein mit Nullen dagegen ist ein fester Wert und jedenfalls weniger unbeständig als Gefühle. Angesichts der Vergänglichkeit alles Lebendigen – und Bormanns Kopf hatte im düsteren Licht des Hinterzimmers viel von einer Mumie, die bei der Balsamierung an einen zu sparsamen Präparator geraten war – der einzige Weg, dem Alter eins auszuwi-

schen. Unter der starken Lampe wirkten seine Falten wie Risse in abblätternder Schminke.
»Ein persönlicher Gefallen also?«
»Sie wissen, daß ich ein großer Verehrer Rembrandts bin?«
»Nein.«
»Mein Faible für Rembrandts geht weit über das von Spittelmännern hinaus.«
»Sie sind Sammler?« fragte er interessiert. Seine Finger spielten mit dem goldenen Brieföffner.
»Kann man wohl sagen, ja.«
»Dann müssen Sie über eine Menge Kleingeld verfügen, Herr...?«
»Mein Name tut nichts zur Sache. Ich würde es in dieser Angelegenheit vorziehen, lieber inkognito zu bleiben.«
»Verstehe.«
»Kann ich mich auf Ihre Diskretion verlassen?«
Bormann zog ein Stück Kautabak aus der Schublade und bearbeitete es nachdenklich mit seinen unnatürlich weißen Kunstzähnen. Hinter seinem Rücken schlug die alte Standuhr.
»Wir sind es gewohnt, alles, was sich im Rahmen der Legalität bewegt, nach den Interessen unserer Kunden zu beurteilen. Daß der Kunde König sei, ist für uns kein unverbindlicher Werbespruch, sondern eine eherne Geschäftsregel«, erklärte er salbungsvoll. »Aber kommen wir doch zur Sache. Ich meine, angesichts der vorgerückten Stunde.«
»Gern. Wie ich erfahren habe, beliefern Sie einen reichen Sammler in der Sowjetunion, der genau wie ich inkognito bleiben möchte. Dafür gibt es gute Gründe. Bei Auktionen steigt der Wert des Erstgebots mit den Namen der Kunden. Wir leben in einer Marktwirtschaft, und wer im Rolls-Royce vorfährt, muß nun einmal damit rechnen, höhere Mieten zu zahlen. Ich will also auch gar nicht in Sie dringen, mir den Namen dieses Rembrandtverehrers mitzuteilen...«
»Sondern?« erkundigte er sich vorgebeugt.

»Darf ich fragen, wie seine Sammelobjekte in den Osten gelangen?«
»Sie werden von mir an eine Deckadresse in Moskau gesandt.«
»Das hatte ich erwartet. Es hätte ja sein können, daß seine Aufkäufer hier im Westen den Transport besorgen?«
»Nein, viel zu umständlich. Einerseits, weil dann jede Lieferung an eine Reise gebunden wäre, zum anderen, weil ich auch sämtliche Zollformalitäten erledige. Meine Verbindungen zu den sowjetischen Ministerien und Behörden sind ausgezeichnet. Es gab niemals Grund zu Beanstandungen.«
»Diese Deckadresse in Moskau ist der Dreh- und Angelpunkt meiner Bitte.«
»Ich werde sie Ihnen nicht mitteilen können – um das gleich vorwegzusagen.«
»Ja, damit habe ich gerechnet. Aber Sie könnten mir sehr behilflich sein, wenn Sie Ihren Sendungen eine kleine Nachricht an den Empfänger beilegten. Verstehen Sie mich richtig, Bormann: Wir bleiben beide anonym: v.R. und ich. Ich dränge mich nicht auf. v.R. wird nur auf meine Nachricht reagieren, wenn er seinerseits Interesse zeigt. Sie selbst dienen bloß als Vermittler, als Büro für postlagernde Sendungen sozusagen.«
»Hm, ich weiß nicht, ob meine Auftraggeber damit einverstanden wären ...«
»Finden Sie nicht, daß man die Entscheidung darüber besser v.R. überlassen sollte?«
»Ja, mag sein.«
»Schließlich werden Sie von *ihm* für Ihre Dienste bezahlt.«
»Was ist denn so dringend an Ihrem Anliegen, daß Sie deshalb Briefe in den Osten schmuggeln müssen?«
»Schmuggeln wäre ein etwas zu starkes Wort. Jetzt, wo ein liberalerer Wind weht, hat es eigentlich niemand mehr nötig, etwas zu schmuggeln, es sei denn, er verstieße damit gegen geltendes Gesetz. Aber da weder Sie noch ich seine wahre Adresse kennen, bleibt mir keine andere Wahl.«

»Handelt es sich um ein ... Geschäft?«

»Ganz recht. Als langjähriger Sammler Rembrandts könnte ich v.R. ein paar interessante Objekte anbieten. Sie träten als Vermittler auf, bei voller Provision, versteht sich.«

Ich hätte keine plausiblere Lüge ersinnen können, um sein Interesse zu wecken.

»Sie denken also daran, meinen Kunstsendungen Ihre persönlichen Angebote beizufügen. Eine Art Werbeversand – sehe ich das richtig?«

»Diskret dem Rahmen angeheftet oder Zeichnungen und Radierungen beigelegt. Die Rückantwort könnte dann unabhängig davon frei per Post an Ihre Adresse erfolgen.«

»Hm ...« Er nickte und rieb sich feierlich die Hände. »Ich sehe eigentlich nicht, was gegen dieses Geschäft sprechen sollte. Wenn ich richtig vermute, dürften Ihre Angebote durchaus im Interesse v.R.s liegen?«

»Das will ich meinen. Anscheinend ist er ein noch besessenerer Sammler als ich. Mir liegt daran, einige kostspielige Stücke abzustoßen, von denen ich mich übrigens gar nicht leichten Herzens trenne, um finanzielle Kapazität für andere Objekte zu schaffen.«

»Finanzielle Kapazität, aha.« Er war voller Verständnis für meine angebliche Pleite.

»Darf ich Ihnen dieses Briefchen anvertrauen? Eine erste Kontaktaufnahme. Es ist versiegelt, aber legen Sie mir das bitte nicht als Mißtrauen aus. Ich würde ungern sehen, daß es in die Hände der Konkurrenz gelangt. Ich könnte mich vor Angeboten nicht mehr retten, und mit meiner – und sicher auch Ihrer eigenen – Ruhe wäre es dann wohl vorbei.«

»Verstehe, ja.« Er wendete den kleinen Umschlag neugierig in den Händen, neugierig vielleicht weniger, was seinen Inhalt anbelangte, als um herauszufinden, in welchen Größenordnungen sich unsere Geschäfte bewegen würden. Ich sah ihm an, daß ihn hauptsächlich eine Frage interessierte.

»Da Sie den Versand meiner Objekte übernehmen und das Finanzielle abwickeln, schlage ich vor, Ihre Provision direkt nach v.R.s Zahlungsanweisung einzubehalten.«
»Meine Marge liegt bei fünfzehn Prozent.«
Das war eine unverschämt hohe Forderung, und vermutlich hielt er dabei gespannt den Atem an, obwohl er so arglos dreinblickte, als buttere er bei diesem Geschäft noch zu.
»Einverstanden. Ich wäre Ihnen sehr verbunden, wenn Sie Beil und anderen gegenüber nichts von unserer kleinen privaten Vereinbarung verlauten lassen würden.«

ZWEITES KAPITEL

1 Die erste Fassung des Briefs, den ich am nächsten Morgen an v.R. schrieb – mein zweiter, der erste hatte lediglich der Kontaktaufnahme gedient und enthielt darüber hinaus nichts weiter als meinen Vorschlag für die Rücksendung der Antwort und die kurze Mitteilung, daß mit Bormanns nächster Lieferung eine zweite Nachricht in der Angelegenheit »Schafspelz« folgen würde –, verwarf ich nach einigem Überlegen, weil er Passagen enthielt, die mir zu riskant erschienen:

Lieber v.R., fast möchte ich sagen, verehrter Kollege: Wir beide, Sie und ich, wollen anonym bleiben. Das erfordert unsere heikle Aufgabe. Daß ich trotzdem auf diesem Wege Kontakt mit Ihnen aufnehme, wird Sie sicher verwundern. Aber ich sehe momentan keine andere Möglichkeit, meine Bedenken zu äußern und meiner großen Sorge Ausdruck zu verleihen, das Projekt »Schafspelz« könnte einen Verlauf nehmen, den die meisten wohlmeinenden Menschen in Europa, ja auch in der übrigen Welt, wohl niemals gutheißen würden. Gorbatschow ist nicht ohne Grund der Liebling der Massen, man kann darin bereits eine demokratische Legitimierung vor einer wirklich demokratischen Wahl sehen, die zu respektieren wäre, und wenn ein paar Hardliner in Ost und West sich darüber hinwegzusetzen gedenken, so wird auch hier sicher der Satz Gorbatschows zutreffen, das Leben bestrafe jene, die zu spät kommen. Die Eliminierung eines politischen Führers dieses Formats im augenblicklichen politischen und wirtschaftlichen Stadium hätte unabsehbare Konsequenzen für den weiteren Gang der Weltgeschichte. Ich möchte mir später keine Vorwürfe machen müssen und als einer dastehen, dem es möglich war, dies zu verhindern, weil er an maßgeblicher Stelle beteiligt war.

Sie werden meinen Zeilen unschwer entnehmen können, wer hier spricht: Es ist jemand aus dem Apparat, aber nicht aus dem engeren Planungsstab (sonst sähe ich keinen Anlaß, auf diesem besonderen Wege meine Bedenken zu äußern), also nicht mit genügend Kenntnissen, die wirklichen Ziele des Projekts abzuschätzen. Meines Wissens gibt es allerdings gewisse Skizzen oder Zeichnungen, Büro- und Etagenpläne, um es genauer zu sagen, die den Verdacht nahelegen, *Ausspähung* – unser legitimes Recht, zugegeben, denn die Gegenseite handelt genauso – sei nicht das einzige Ziel des Projekts. Sie werden meine Andeutung sicher zu interpretieren wissen.

Ich strich das Wort »Eliminierung« und ersetzte es durch »Verlust«. Dann nahm ich den Satz »Gorbatschow ist nicht ohne Grund der Liebling der Massen ...« heraus, weil er angesichts seiner immensen wirtschaftlichen Probleme vielleicht schon wieder überholt war und mir als ein zu deutlicher Hinweis auf unsere Zielperson erschien. Außerdem strich ich das Satzende: »weil er an maßgeblicher Stelle beteiligt war« und brachte einige Ergänzungen und stilistische Korrekturen an. Die endgültige Version lautete jetzt:

Lieber v.R., fast möchte ich sagen, verehrter Kollege: Wir beide, Sie und ich, wollen anonym bleiben. Das erfordert unsere heikle Aufgabe. Daß ich trotzdem auf diesem ungewöhnlichen Wege Kontakt mit Ihnen aufnehme, wird Sie sicher überraschen. Aber ich sehe momentan keine andere Möglichkeit, meine Bedenken zu äußern und meiner großen Sorge Ausdruck zu verleihen, das Projekt »Schafspelz« könnte einen Verlauf nehmen, den die meisten wohlmeinenden Menschen in Europa, ja auch in der übrigen Welt, wohl niemals gutheißen würden. Der Verlust eines politischen Führers dieses Formats im augenblicklichen politischen und wirtschaftlichen Stadium hätte unabsehbare Konsequenzen für den weiteren Gang der Weltgeschichte. Ich möchte mir später keine Vorwürfe machen müssen und als einer der wenigen dastehen, denen es möglich war, dies zu verhindern.
Sie werden meinen Zeilen unschwer entnehmen können, wer hier spricht: Es ist jemand aus dem Apparat, aber nicht aus dem engeren Planungsstab (sonst sähe ich keinen Anlaß, auf diesem – zugegeben, etwas ausgefallenen – Wege meine Bedenken zu äußern), also nicht mit ausreichenden Kenntnissen, die wirklichen Ziele des Projekts abzuschätzen. Meines Wissens gibt es allerdings Zeichnungen, Büro- und Etagenpläne, um es genauer zu sagen, die den Verdacht nahelegen, das Ziel des Projekts sei nicht allein die *Ausspähung* (unser legitimes Recht, denn auf der anderen Seite handelt man schließlich genauso). Nur so würde die Existenz der Skizzen einen Sinn ergeben. Sie werden meine Andeutungen sicher zu interpretieren wissen.

2 Ich hatte den Nachmittagsflug nach München gebucht, aber unsere Maschine wurde von den Orkanböen auf die Startbahn zurückgedrückt. Das Unwetter kam von See her

– der Himmel im Norden war blauviolett gefärbt, mit kleinen, weit entfernten Blitzen, die über den Horizont irrlichterten. Es gab ein unangenehm hartes Geräusch, als wir aufsetzten. Ich glaube, keiner der Passagiere verspürte viel Lust, bei diesem Wetter noch ein zweites Mal zu starten. Alle waren erleichtert, als die Durchsage über den Bordlautsprecher kam. Wir wurden mit dem Bus ins Flughafenrestaurant zurückgebracht und bekamen Gratiscocktails.

Ein Sprecher des Flughafens teilte uns mit, der Sturm werde bald abflauen. An der Panoramascheibe hatte sich eine Reisegruppe des CVJM zum gemeinsamen Gebet versammelt.

Jemand neben mir sagte auf deutsch: »Sie beten für einen gelungenen Start.«

Ihre Bitte wurde erst gegen Abend erhört. Nach und nach hingen die Windsäcke so schlaff herunter, als habe der Himmel in einem Anfall von Großmut die Luft angehalten. Als wir endlich über den Wolken waren, hieß es, daß wir wegen schlechten Wetters eine Schleife durch Belgien und Frankreich fliegen würden. Ich verfluchte unsere Verspätung, weil sie mich zwang, am Samstagabend, zu einer Zeit, wenn die Vergnügungsmaschinerie Münchens auf Hochtouren lief, ein Taxi zu ergattern. Alles, was einen Maßkrug heben konnte, schien auf den Beinen zu sein. Die Taxifahrer hatten nicht einmal mehr ein müdes Lächeln für mich übrig, wenn ich ihnen vom Straßenrand aus zuwinkte.

Aber als ich unser Haus erreichte, änderte sich meine Meinung, und ich sah meine Verspätung plötzlich als das an, was es war – als einen glücklichen Zufall, der mir die Augen öffnete. Ich schob die Haustür auf, und von oben erklang Gelächter. Das amüsierte Lachen Margrits. Wieder dieses Lachen wie der Angriff von Tieffliegern. Ich ahnte, daß auch ihr Gast derselbe war wie damals.

Sie saßen auf der Couch unter der Wendeltreppe. Sehlen hatte seinen Arm um Margrits Schulter gelegt.

»Ronald ... ich dachte, Sie wären noch in Holland?«
Er nahm seinen Arm herunter. »Nein, ich bin einen Tag früher abgereist. Ihre Frau war so freundlich, mir das Gästezimmer zu überlassen.«
»Früher als ich, wollen Sie sagen?«
»Stimmt. Was finden Sie denn daran so bemerkenswert, Adrian?«
»Wenn ich richtig verstehe, hatten Sie mich doch eigens nach München beordert, um unsere Informationen mit denen der Zentrale abzugleichen?«
»Ganz recht.«
»Warum haben Sie's denn nicht selbst erledigt?« fragte ich, ohne mein Mißtrauen zu verbergen. »Das hätte uns zwei unnötige Flüge erspart.«
»Oh, der Schwerpunkt unserer Arbeit hat sich momentan in die bayerische Landeshauptstadt verlagert«, erklärte er breit lächelnd. »Zandvoort ist erst mal passé. Sie arbeiten in Zukunft von Ihrer Wohnung aus, Adrian.«
Ich sah auf meine Armbanduhr. Es war zwanzig nach neun. Eigentlich hätte ich Forum um neun Bericht erstatten sollen. Seine Frau hatte ein kaltes Büfett für uns arrangiert. Wegen meiner Verspätung war unser Treffen auf den nächsten Tag verlegt worden. Sehlen hatte damit rechnen können, daß ich nicht vor Mitternacht in der Wohnung auftauchen würde.
Er verzog keine Miene, aber ich sah Margrits Gesichtsausdruck an, daß ihr Sehlens Anwesenheit peinlich war. Ich spürte, daß sie über mich gesprochen hatten.
Meine Neigung zu Eifersucht und Ehedramen war von jeher gering. Bei Margrit wäre Besitzerstolz auch völlig unangebracht gewesen. Sie gehört niemandem, das Schicksal eingeschlossen. Es hatte sich gefälligst ihrem Willen zu fügen. Damit will ich keineswegs behaupten, Margrit sei in sexuellen Dingen so päpstlich wie der Papst, aber die Vorstellungen über ihre weibliche Rolle sind etwas eigenwilliger Natur. Sie liebt es, den

Delinquenten erst einmal hinzuhalten, während er (schmachtend oder schon wieder abgekühlt) neben ihr im Bett liegt, und diese Situation kann wochenlang andauern. *Sie*, niemand sonst, bestimmt den Zeitpunkt und das Tempo der Kopulation.

»Und was ist der Grund für diesen plötzlichen Sinneswandel? *Warum* ist Zandvoort passé?«

»Sicherheitsbestimmungen.«

»So? Welcher Art denn, wenn ich fragen darf?«

»Nein, dürfen Sie nicht, Adrian.«

Ich schwieg, ein wenig aus dem Konzept gebracht – so dreist und unverfroren pflegte er mich selten abzukanzeln.

»Finden Sie das eigentlich fair, Ronald?«

»Ich bin an meine Weisungen gebunden. Der Grund, warum wir von Zandvoort aus operierten, lag hauptsächlich in logistischen Umständen. Einerseits ging das Nachrichtenmaterial über alte Amsterdamer Verbindungen, zum anderen erfolgte die Bezahlung unseres Mannes in Naturalien, wenn ich mich einmal so vage ausdrücken darf, die sich nur in Amsterdam beschaffen ließen. Dort wurden sie auch zum Versand gegeben. In Langley war man der Ansicht, es sei besser, vom Gebiet eines kleineren NATO-Partners aus zu operieren, also weder von Großbritannien noch von der BRD. Auf diese Weise lassen sich eventuelle Spuren weniger leicht an ihre wirkliche Quelle zurückverfolgen. Aber das brauche ich Ihnen als langjährigem Experten ja nicht erst zu sagen? In Holland versucht uns jemand kräftig ins Handwerk zu pfuschen. Inzwischen gibt es handfeste Indizien dafür.«

Er war sehr gesprächig – und sogar ehrlich, wie ich feststellen konnte. Daß er plötzlich einlenkte, versöhnte mich wieder halbwegs mit seiner sparsamen Informationspolitik.

»Was heißt ›ins Handwerk pfuschen‹?«

»Oh, darüber kann ich in diesem Stadium nun wirklich nichts sagen. Wir bleiben am Ball, Adrian. Es gibt konkrete Verdachtsmomente.« Dabei musterte er mich offenkundig neugierig, als forsche er nach einer Reaktion in meinen Zügen, und sei sie auch noch so unmerklich. Aber es war mir niemals schwergefallen, meine wahren Gefühle zu verbergen, genauso, wie ich schon in jungen Jahren Gefallen am Spiel mit falschen Pässen fand, hatte ich auch immer den Ehrgeiz besessen, jemandem gerade dann tief und aufrichtig in die Augen zu sehen, wenn er argwöhnte, auf das genaue Gegenteil zu treffen. Diese Art von Blick hatte nichts mit dem Unterlegenheitsgefühl zu tun, das ich manchmal in Sehlens Anwesenheit verspürte.

»Ich habe Ron gebeten, Slava morgen vormittag bei den Vorbereitungen für den Wohltätigkeitsball zu helfen.«

»Was denn, schon wieder ein Wohltätigkeitsball?«

»Du weißt doch, daß ihre Bälle jeden ersten Samstag im Monat stattfinden, Adrian. Dieser hier wird ihr zehnjähriges Jubiläum. Slava rief eben an, das Festkomitee hat sie überraschend zur Ersten Vorsitzenden gewählt. Sie übernimmt die Organisation – ist das nicht phantastisch?«

»Ich dachte immer, du wärst *gegen* solche Veranstaltungen? Diese nachgemachten Samariter im Krüger-Zentrum haben bei der Konkurrenz keine allzu gute Reputation.«

»Blanker Neid, weil sie so erfolgreich sind. Was denken Sie darüber, Ron?«

»Man muß die Sache schon von innen heraus kennen, um das beurteilen zu können.«

»Ron hat mich darüber aufgeklärt, daß sie in der Dritten Welt hervorragende Arbeit leisten«, sagte Margrit. »In der Kinderheilkunde, bei der Unterstützung lediger Mütter. Ihr Diagnosesystem für Unterernährung und Mangelerscheinungen gilt unter Experten als führend. Ron hat selbst mal als Gebietssekretär des Krüger-Zentrums in Kambodscha gearbeitet.«

»Meines Wissens war er dort als Söldner und militärischer Berater Pol Pots tätig?«

»Nein, ich war Agent der Gegenseite«, erwiderte Sehlen lächelnd. »Meine Anstellung bei der Krüger-Gesellschaft diente nur der Tarnung. Trotzdem habe ich dabei viel Einblick in ihre Arbeit nehmen können. Sie sind absolut seriös.«
»Er ist Slava eine große Hilfe«, sagte Margrit. »Wir sind Ron sehr dankbar für seine Unterstützung. Er wird ein paar Abende seiner kostbaren Freizeit opfern.« Ich merkte ihrem Tonfall an, daß sie keinen Widerspruch duldete.
»Gut«, sagte ich, »dann werde ich mich mal ein wenig frisch machen und nach Herbert sehen.«
»Ausgezeichnete Idee. Du solltest dich viel mehr um ihn kümmern. Er ist immer noch beleidigt wegen deiner Bemerkung.«
»Wegen *meiner* Bemerkung?«
»Manchmal gräbt er stundenlang den Garten um, aus Zorn.«
»Soweit ich mich erinnern kann, haben wir beide ganz vernünftig über ihn geredet.«
»Herbert ist kein Mensch wie andere. Er wittert überall Herzlosigkeit und Ungerechtigkeiten. Ganz im Unterschied zu dir, Adrian – ich finde, es wäre längst an der Zeit gewesen, ihn in ein Heim zu geben.«
»Danke für unsere Charakteranalyse«, sagte ich und stieg die Wendeltreppe hinunter.

Wenn ich mit Slava zusammen war, verging die Zeit wie im Fluge. Es war, als habe sie mit dem Konstrukteur der Weltuhr ein Abkommen getroffen, die Stunden- und Minutenzeiger noch ein wenig schneller als gewöhnlich laufen zu lassen. Wir fuhren gemeinsam ins Zentrum, und ich kaufte ihr ein dunkelrotes Samtkleid für den Wohltätigkeitsball. Danach tranken wir im Turmcafé am Viktualienmarkt Kaffee und Cognac. Ich genoß ihr strahlendes Lachen und ihre Unbekümmertheit. Sie behauptete, sie sei todunglücklich, weil der arbeitslose Busfahrer, den sie liebe – ihr ehemaliger Bürgerrechtler

schien endgültig passé zu sein –, am Montag eine andere geheiratet habe. Aber man merkte ihr nichts von ihrem Liebeskummer an. Ich sagte, Busfahrer mit so niedrigem Intelligenzquotienten hätten keine Zukunft.
Wir tranken noch ein Kännchen Kaffee und gingen dann zu Sekt über – wegen ihrer Wahl zur Vorsitzenden. Ihre Wangen begannen zu glühen, sie wirkte leicht beschwipst nach der ersten Flasche. Dann tranken wir darauf, daß wir Sehlen ausgebootet hatten. Keine leichte Aufgabe bei seiner Hartnäckigkeit. Er war Feuer und Flamme gewesen, als er von unserem Plan erfuhr. Einkaufen sei seine große Leidenschaft. Die nachdrückliche Bestätigung, an den Segnungen des Wohlstands teilzuhaben. Sogar für einen Wagen mit Fahrer wollte er sorgen, der im Parkverbot warten oder um den Block fahren würde, bis wir wieder eingestiegen waren.
Ich versuchte seinen Enthusiasmus zu bremsen: »Nur, wenn Sie einen silberfarbigen Rolls-Royce auftreiben, darunter machen wir's nicht.«
»Vielleicht tut's auch ein gewöhnlicher Daimler?«
»Aber keiner ohne Funktelefon«, sagte Slava. »Und der Fahrer sollte ein *Bimbo* . . . Verzeihung, Farbiger sein.«
»Mit roter Livree«, bestätigte ich.
»Sie machen sich über mich lustig?«
»Wir sollten nicht versuchen, uns gegenseitig auf die Nerven zu gehen, Ronald.«
Er murmelte etwas wie: »Muß mich noch um Margrits Bestellungen beim Lebensmittelhändler kümmern« und verschwand.
Ich bemerkte, daß er Slava manchmal von der Seite beobachtete – und er schien Wert darauf zu legen, daß mir das nicht entging. Er ließ keine Gelegenheit aus, um ihr den Hof zu machen. Er war wie eine Qualle, die, dank ihrer gallertartigen Konsistenz, in jede Nische und Vertiefung zu sickern, jede Blöße zu nutzen vermochte. Und das Teuflische an diesem

Spiel schien zu sein, daß er mit Margrit genauso verfuhr ... Er hatte eine schleimige, kriecherische Art, um ihre Gunst zu werben. Ich brauchte ein Weile, um herauszufinden, wem diese Manöver galten, und selbst, als ich ziemlich sicher war, daß er damit Druck auf mich auszuüben versuchte, kamen mir manchmal Zweifel, ob seine Anbiederungsversuche nicht doch auf echter Sympathie beruhten.

Als wir für einen Moment im Salon allein waren, fragte ich ihn, wann Washington endlich gedenke, mich in die Hintergründe von »Schafspelz« einzuweihen – Washington, Langley oder meinethalben auch Honolulu, wer immer dafür zuständig sei –, und er murmelte undeutlich, daß meine Persönlichkeitsanalyse das gegenwärtig noch nicht erlaube. Ich erkundigte mich, welche Persönlichkeitsanalyse er meine. Wenn es beim Projekt Schafspelz ein Dossier über mich gäbe, würde ich es gern vorgelegt bekommen, um mit ihm die Einzelheiten zu diskutieren. Aber das lehnte er kategorisch ab.

»Reden wir jetzt nicht davon. Es gibt andere, wichtigere Dinge momentan.« Er stand auf, ging nachdenklich zum Kamin und nahm den Feuerhaken vom Rost, um in der nicht vorhandenen Glut zu stochern – als müsse er sich erst zu einem besonders schwierigen Entschluß durchringen. Ich konnte mich des Eindrucks nicht erwehren, daß er mit seinen sparsamen schauspielerischen Mitteln einen etwas zu groß dimensionierten Effekt erzielen wollte. Dann legte er seine linke Hand auf den Kaminvorsprung, betrachtete unschlüssig seinen billigen Eloxalring, holte durch die Nase tief Luft und sagte:

»Also gut, Adrian. Ich nehm's auf meine Kappe. Sie müssen jetzt erfahren, was los ist.«

»Gern, fangen Sie an, Ron.«

»Unser Mann ist auf eine Weise fündig geworden, die niemand – keiner unserer Experten und wohl nicht einmal Sie – für möglich gehalten hätte. Es traf uns wie der Blitz aus heiterem Himmel. Einer der Gründe übrigens, warum wir vorzeitig nach München zurückgekehrt sind. Das Material ist von höchster weltpolitischer Brisanz. Es wirft alles über den Haufen, was wir bisher an sowjetischer Außenpolitik für möglich gehalten hatten. In den westlichen Hauptstädten wird man kopfstehen, mein Lieber. Sie werden schon bald Proben unseres Materials zur Beurteilung vorgelegt bekommen. Aber Vorsicht, Adrian – äußerste *Vorsicht*! Ich möchte nicht derjenige sein, der in diesem heiklen Stadium gegen Washingtons oder Langleys Anweisungen handelt.«

Margrit schien entdeckt zu haben, daß es viel praktischer für die Organisation des Balls sei, wenn Sehlen in unserem Gästezimmer übernachtete. Sie verkündete das Ergebnis ihres scharfen Nachdenkens beim Frühstück, und als ich dagegen Bedenken vorbrachte, begannen ihre Mundwinkel leicht zu zucken, und ihr Gesicht nahm eine dunkelrote Färbung an. Ein untrügliches Zeichen dafür, daß sie jede weitere Diskussion ablehnte. Ich weiß nicht, wie Sehlen es fertiggebracht hatte, ihr diesen Floh ins Ohr zu setzen. Sie war der festen Überzeugung, daß es ihr eigener Einfall sei.
Sehlen nickte unschuldig, als die Sprache auf sein armseliges Hotelzimmer kam.
»Meine Herberge hier in München ist ziemlich schäbig. Spart Spesen, das Geld stecke ich in andere Geschäfte. Ich komme einfach nicht dazu, mich mal um eine anständige Wohnung zu kümmern. Dann sage ich mir natürlich, daß ich ja doch nichts davon haben werde. Einer, der so oft wie ich im Außendienst ist, sollte sein Geld lieber auf die hohe Kante legen, anstatt es für Möbel und Teppiche zu verplempern.«
Seine Worte kamen mir irgendwie bekannt vor, als höre man dasselbe Band zum zweiten oder dritten Mal. Sie klangen wie die wohleinstudierten Klagen eines Sozialhilfeempfängers, um möglichst viele Kohlen für den kalten Winter herauszuschinden.

»Das Gästezimmer steht doch leer«, sagte Margrit. »Und wenn wir deinem Freund einen Gefallen tun können? Es käme eurer gemeinsamen Arbeit zugute.«
»Ja, es wäre äußerst praktisch«, bestätigte Sehlen.
»Ihr könntet einen zweiten Schreibtisch ins Arbeitszimmer stellen«, ergänzte Margrit. Sie fand wohl, es sei wirklich eine gute Idee.
»Ich habe das Zimmer schon Robert versprochen«, sagte ich. »Er will sich meine alten Artikelsammlungen ansehen. Sein Sohn schreibt eine Doktorarbeit in Politikwissenschaft.« Robert war ein alter Bekannter der Familie. Ein Hausfreund aus vergangenen Tagen, der mit Rindfleisch handelte.
»Was denn, Robert besucht uns – davon weiß ich ja noch gar nichts. Das hättest du mir sagen sollen, Adrian.« Ich genoß den Argwohn und die Enttäuschung in Margrits Stimme.
»Ein Anruf um Mitternacht. Du warst schon zu Bett gegangen, Liebes.«
Damit war das Thema erst einmal vom Tisch. Ich fuhr sofort in die Stadt, um mit Robert zu sprechen und ihn dazu zu bringen, ein paar Tage in unserem Gästezimmer zu verbringen. Er besuchte regelmäßig die Münchener Schlachthöfe, mehr, um persönliche Kontakte zu pflegen, als wegen neuer Lieferabschlüsse, das besorgten inzwischen seine Fleischeinkäufer, und vielleicht würde ich ihn ja dazu bewegen können, seine Termine so zu legen, daß sie Sehlen in die Quere kamen. Ich bemerkte, daß ich, eigentlich ohne es recht zu wollen, in eine konspirative Haltung geriet, die mir ansonsten eher fremd war. Mein Gehirn schien mit großer Leichtigkeit um Ideen zu kreisen, wie man sich dieses ungeliebten Gastes entledigen konnte. Ich hatte seine Worte daraufhin zu analysieren begonnen, welche Wirkung sie auf Margrit ausübten. Und das Ergebnis war, gelinde gesagt, erschreckend.

3 Sehlen wurde langsam zudringlich, kein Zweifel. Er fraß nicht nur kleine Mädchen, sondern war auch fähig, ausgewachsene Kerle zu verdauen. Aber Robert graste momentan den Norden der Republik nach preiswerten Rinderhälften ab. Damit, daß er unser Gästezimmer in Beschlag nahm, würde nicht zu rechnen sein. Seine Sekretärin versicherte mir, sie wolle mir umgehend ein Telegramm zukommen lassen, sobald Roberts Fuß auch nur andeutungsweise den Boden ihrer heiligen Hallen berühre.

Ich sagte: »Es ist lebenswichtig. Treiben Sie ihn irgendwie auf. Er wird es Ihnen nie verzeihen, wenn Sie ihn in dieser bedrohlichen Situation hängenlassen.« Dann gab ich ihr meine Adresse. Sie versprach, alle Schlachthöfe in Hamburg und Niedersachsen zu alarmieren.

Auf dem Rückweg kam ich an Sehlens Hotel vorüber. Es war wirklich ausgesprochen schäbig und lag in einer Seitenstraße voller blinder kleiner Läden, die mit Gebrauchtmöbeln handelten. Wahrscheinlich stammte das Mobiliar seines Zimmer aus einem dieser düsteren Geschäfte. Wenn man sich das Zeug in den Schaufenstern ansah, hatte man den Eindruck, ihre Inhaber bedienten sich aus dem Sperrmüll, der am Bordstein abgestellt war. Das Metallschild über dem Portal zeigte die krumme schwarze Silhouette Karl Valentins, und so lautete auch der Name des Hotels: *Zum Valentin.*

Sicher wäre ich ohne besonderen Anlaß nicht im Traum auf die Idee verfallen, mich zu einem derart riskanten Manöver hinreißen zu lassen wie das der nächsten zwanzig oder dreißig Minuten. Aber genau in diesem Augenblick brach vor uns ein dreirädriger Lastwagen zusammen. Sein rechtes Hinterrad hatte sich gelöst und blieb im Rinnstein liegen. Er war mannshoch mit Obst und Gemüse beladen, und ein Teil der Ladung stürzte polternd auf die Fahrbahn. Mein Taxi stand genau vor dem Hoteleingang. Ich sah, wie der Portier – er trug ein fleckiges weißes Unterhemd – seine Theke verließ und sich neugie-

rig unter die Menge an der Unglücksstelle mischte. Ein rotbakkiger Apfel rollte mir zwischen die Beine, als ich ausstieg.
»Fahren Sie weiter«, sagte ich zum Taxifahrer. Ich gab ihm den Betrag für die ursprüngliche Strecke, weil ich keine Diskussionen wollte. Während ich hineinging, behielt ich den Portier im Auge, um sicherzugehen, daß er mich nicht sah.
Ich schlug das Eintragungsbuch auf, nahm Sehlens Zimmerschlüssel vom Brett und verdrückte mich damit nach oben. Sein Zimmer lag am Ende eines dunklen Gangs, in dem es nach angebranntem Essen roch. Irgendein Bohnengericht mit Eiern, wenn mich meine Nase nicht täuschte.
Als ich die Tür aufschob und in den unbeleuchteten Raum blickte, kam mir der absurde Gedanke, Sehlen könnte mich dort erwarten. Dabei war meine Sorge mehr als lächerlich, denn ich wußte, daß er jetzt mit Slava den Programmablauf durchspielte. Außerdem hätte dann nicht sein Zimmerschlüssel am Brett gehangen. Es war bezeichnend für meine Haltung Sehlen gegenüber, und diese Beobachtung ärgerte mich mehr als die Sache selbst.
Falls es wirklich ein Dossier über mich gab, mußte es zwischen seinen Unterlagen zu finden sein.
Auf der Kommode lag ein Stapel Mappen. Doch sie enthielten lediglich Rechnungen, Stadtpläne und ein paar persönliche Notizen der Art wie: »An gestreifte Krawatte für Sitzung in Brüssel denken!« Oder: »Ich meine, man sollte diese Narren in der Spesenabteilung endlich zum Teufel jagen.« Dann war da noch ein blauer Hefter mit der Aufschrift *Tonbandabschriften*, dem ich weiter keine Beachtung schenkte, nachdem ich festgestellt hatte, daß es sich nur um die Niederschrift eines politischen Gesprächs handelte.
Unter dem Koffer im Kleiderschrank – den Schlüssel dazu entdeckte ich zwischen Sehlens Rasierzeug im Badezimmer – fand ich ein modernes Tonbandgerät, wie es hauptsächlich von Rundfunkinterviewern benutzt wird. Schweizer Fabrikat

mit großem Aussteuerungsinstrument und einschiebbarem Akku. Es stand auf einer schweren Tresorkassette aus blauem Stahlblech. Ihr Zahlenschloß sah nicht so aus, als wenn es Sinn hätte, sich ohne Werkzeug damit abzugeben. Im Karton daneben lag ein Stapel Tonbandkassetten. Sie waren unbeschriftet. Die Kassette im Gerät war die einzige, die einen Aufkleber trug: »Gespräche G.«.

Ich drückte den Einschalter, aber es rührte sich nichts. Merkwürdig, weil der Batterietester die volle Ladespannung anzeigte. Die Ursache dieses rätselhaften Stops lag nicht im Gerät, sondern in der Kassette. Es war eine Spezialanfertigung mit Schließmechanismus, ähnlich der Sperre an einem Telefon. Kein besonders sicherer Schutz, aber immerhin eine kleine Vorsichtsmaßnahme gegen unerwünschtes Abhören.

Das alles machte mich neugierig. Vielleicht war mein Dossier ja auf Band gesprochen?

Aber so gründlich ich auch die Schubladen und üblichen Verstecke in einem Hotelzimmer absuchte, der Schlüssel für die Kassette war nirgends zu finden.

Ich versuchte es mit einer auseinandergebogenen Büroklammer. Dann nahm ich die Nagelschere zu Hilfe. Der Mechanismus gab zwar ein rollendes Geräusch von sich, aber die Bandachsen ließen sich noch immer nicht drehen.

Schließlich verfiel ich darauf, das Etikett auf eine der Leerkassetten zu kleben und sie ins Bandgerät einzulegen. Sehlen würde zwar entdecken, daß seine Aufnahme verschwunden war, und das mußte unweigerlich seinen Argwohn erwecken. Aber er konnte auch nicht ausschließen, das Band versehentlich gelöscht zu haben. Ich steckte die Kassette ein.

Ich verließ das Hotel durch den Hofeingang. Hinter der Mauer lag ein Güterbahnhof mit Verschiebegleisen. Das Gittertor am Ende der Einfahrt war verschlossen, aber nachdem ich eine hohe Mülltonne vor den Pfosten geschoben hatte, reichten meine Arme bis zur Mauerkrone.

Ich sah zum Turm der Streckenwache hinüber. Die Weichensignale waren ausgeschaltet.
Ein starker Wind war aufgekommen und trieb Zeitungspapier und einen trockenen Busch über den Schienenstrang. Als ich die Mauerkrone überklettert hatte, war es einfach, im Schutze der Waggons ungesehen zur Straßenbrücke zu gelangen.

DRITTES KAPITEL

1 Das Trommeln des Regens auf dem Vordach riß mich aus meiner Versunkenheit.
Herbert schritt mit einem fellbesetzten Tornister durch den Garten – der Freiheit, einer ungewissen Zukunft entgegen ... unsere Hartherzigkeit trieb ihn aus dem Haus.
An der Pforte blieb er stehen, erhobenen Hauptes, die ganze Würde eines Mannes mit eigenem Willen bekundend, und sah voller Verachtung zu meinem Fenster hinauf. Ich versuchte nicht, ihn aufzuhalten. Seine kleine Expedition in die Vororte würde mir Gelegenheit geben, Sehlens Regiment für ein paar Stunden zu entfliehen. Er setzte den Tornister ab, um an jenem Nischenaltar Andacht zu halten, den Slava letzte Weihnachen für ihn angebracht hatte. Obwohl der Kasten wie ein hochgestellter Kindersarg aussah und eine ziemlich geschmacklose Kreation aus Kunststoff und Leichtmetall war, verhielt er sich ihm gegenüber nicht weniger ehrfurchtsvoll als vor dem Hauptaltar einer Kathedrale. Er verneigte sich tief, bekreuzigte sich und erstarrte vor Ehrerbietung, als er sein Gesicht dem eloxierten Gott zuwandte – der wohl nur imaginären, aber vielleicht ja tröstlichen Instanz seiner Zwiegespräche.
Ich öffnete die Tonbandkassette mit dem Schraubenzieher.

Das Gehäuse zersplitterte, als ich seine Spitze zwischen die verschweißten Deckelhälften schob. Dann nahm ich das Band heraus und spulte es mit der Hand auf die größeren Spulen meines alten Studiogeräts um, ein ziemlich mühsames Geschäft, da die Durchmesser der Achsen nicht übereinstimmten. Als ich fertig war und das Band zum Abspielen einlegen wollte, hörte ich draußen einen Wagen vorfahren. Ich ging ans Fenster und sah Sehlen aus dem Taxi steigen. Also stellte ich das Gerät in den Schrank zurück, sammelte die Stücke der zerbrochenen Kassette in einen Plastikbeutel und steckte sie in die Jackentasche, um sie später wegzuwerfen. Ich vergewisserte mich, daß ich keine Spuren hinterlassen hatte.

Als sich die Tür meines Arbeitszimmers öffnete, stand ich an der Kommode und goß mir einen Cointreau ein. Mir war gar nicht nach Trinken zumute, aber ich war ehrlich genug, mir meine Nervösität einzugestehen.

Sehlen hielt eine unscheinbare graue Mappe in der Hand, wie man sie in jedem Schreibwarengeschäft kaufen kann. Ehe er sich an den Tisch setzte, zog er eine durchsichtige Plastiktüte aus der Innentasche seines Jacketts, in der das Band mit dem umgeklebten Etikett »Gespräche G.« steckte. Ich dachte, er habe mich durchschaut und den Tausch entdeckt. Aber er gab sich ganz normal – falls er ihn doch bemerkt haben sollte, ließ er sich nichts davon anmerken.

»Dies ist Ihr neues Material, Adrian. Gehen Sie sorgsam damit um, schließen Sie's sofort weg, wenn Sie es begutachtet haben. Höchste Geheimhaltungsstufe. Ich hätte gern eine ausführliche Analyse von Ihnen.«

»Hm, schwierig momentan. Ich bin noch etwas in Verzug mit den übrigen Analysen ...«

»Sie werden sehen, daß es absoluten Vorrang hat.« Er schien zu lächeln – aber lächelte er wirklich? Wenn er mir in einem bestimmten Winkel sein Gesicht zuwandte, war das gar nicht so einfach zu entscheiden. Wegen der blauroten Narbe unter seinem Wangenknochen blieb es wieder nur eine Grimasse von unbestimmter Bedeutung. Er sah auf seine Armbanduhr. »Mein Taxi wartet, Konsultationen im Apparat, die Eierköpfe wollen meinen Zwischenbericht. Viel Spaß.«

»Ich glaube, für diese Art von Kassetten habe ich überhaupt kein Abspielgerät«, sagte ich und sah mir das Tonband an. Der Schlüssel lag in der Tüte.

»Oh, das hatte ich wohl vergessen?« Er griff sich nachdenklich ans Kinn und schüttelte wie ein vergeßlich gewordener Methusalem das Haupt. »Ich werden Ihnen gleich morgen ein Abspielgerät herüberbringen lassen, weil wir jetzt öfter mit solchen Bändern arbeiten.«

Als er gegangen war, fixierte ich eine Weile unschlüssig den Plastikbeutel. Dann nahm ich das Band heraus und legte es vor mich auf die Schreibtischplatte.

Wenn es eine Falle war, wenn er damit prüfen wollte, ob ich die Gelegenheit nutzte, um das leere gegen das volle Band auszutauschen, würde ich mich ohne Not entlarven. Ein Fehler, der mich leicht den Kopf kosten konnte. Dann blieb mir nichts weiter übrig, als den Einbruch in sein Hotelzimmer zu gestehen. Was würde es dabei schon bedeuten, daß er eher dem Zufall und dem günstigen Augenblick zu verdanken gewesen war als einem vorgefaßten Plan? Totschlag statt Mord. Für Forum und Sehlen machte das keinen Unterschied.

Natürlich war es möglich, daß Sehlen den Tausch der Kassetten noch gar nicht bemerkt hatte.

Vielleicht aber war das leere Band ja auch gegen ein Duplikat ausgetauscht worden? Von wichtigen Aufnahmen wurden immer Kopien angefertigt. Dann hatte Sehlen an eine irrtümliche Löschung des Bandes geglaubt, wie auch immer das technisch vor sich gegangen sein sollte, zum Beispiel durch versehentliches Drücken der Aufnahmetaste, und seinen Fehler einfach berichtigt. Riskant würde es nur werden, wenn er mich aufs Glatteis führen wollte. Wenn ich das – einmal angenom-

men – unbespielte Band durch das bespielte ersetzte, um meinen Einbruch in Sehlens Hotelzimmer zu verschleiern.
Das alles ließ sich im Moment nicht klären. Sehlens Band mußte warten, bis man mir das passende Tonbandgerät herübergebracht hatte. Ich war weder in Zugzwang, noch gab es irgendeinen Grund, mich selber unter Druck zu setzen – als sei es höchste Eisenbahn, zu einem Ergebnis zu kommen. Also packte ich alles in den Schrank, schloß die Tür ab und beschäftigte mich erst einmal mit der Mappe. Sie enthielt ein paar fotokopierte handschriftliche Notizen.
Ich brauchte eine Weile, um zu begreifen, daß sie von Gorbatschow höchstpersönlich stammten ...
Das war allerdings eine Sensation. Sehlen hatte nicht übertrieben. Und der Inhalt seiner Notizen schien kaum weniger sensationell zu sein:

Wir haben großes psychologisches Einfühlungsvermögen gebraucht, um den Westen in die Rolle des gutwilligen Löwen zu dirigieren. Jetzt, wo er mit viel Mühe und Zugeständnissen domestiziert ist, sollten wir das gewonnene Vertrauen nicht leichtfertig durch die Ausnutzung des alten ostdeutschen Spionageapparats aufs Spiel setzen. Er bedeutet zwar ein gewaltiges Wissenspotential, aber das könnte unsere Glaubwürdigkeit erschüttern. Man muß überlegt vorgehen. Wir sollten nur jene Agenten des alten Aufklärungsapparats weiterführen, bei denen eine sorgfältige Abwägung ihres Werts mit dem Schaden stattgefunden hat, den ihre Enttarnung in den Augen der westlichen Öffentlichkeit haben könnte.

Ich überschlug ein paar Seiten, die von Gorbatschows Einschätzung seiner westlichen Bewunderer handelten. Sie war voller Hohn und Spott für die Leichtfertigkeit, ja Leichtgläubigkeit, mit der sie seinen Verstellungskünsten zum Opfer fielen. Eine andere Passage lautete:

Wenn wir jetzt die Früchte unseres großangelegten taktischen Manövers zu ernten beginnen, dann, weil wir unsere Rolle viele Jahre lang konsequent durchgehalten haben, niemals auch nur für einen Augenblick unsere unmittelbare Umgebung glauben ließen, was gesagt werde, sei nicht unsere aufrichtige Meinung, und weil wir den Preis der Mitwisser so klein wie möglich hielten. In dieser Haltung darf es kein Nachlassen geben. Es wäre das augenblickliche Ende unserer Mission.

Das augenblickliche Ende unserer Mission... Ich legte die Mappe beiseite. »Mission« konnte viel bedeuten. Er sprach von einem großangelegten taktischen Manöver. Aber soviel war doch klar: daß er mit diesen Notizen gestand, den Westen an der Nase herumzuführen. Die Sache war so ungeheuerlich, daß ich für einen Augenblick mein Problem mit dem umgeklebten Etikett vergessen hatte.
Ich nahm mein altes Studiogerät aus dem Schrank, legte das umgespulte Band ein und ließ es anlaufen.
Die Stimme Gorbatschows erklang. Sie war nicht mit einem gewöhnlichen Mikrofon aufgenommen, wirkte aber trotzdem erstaunlich klar. Die Wanze mußte dicht unter der Tischplatte angebracht gewesen sein, denn manchmal hörte man Geräusche wie das Blättern von Papier oder Stöße gegen Holz.

Gorbatschow: »Das dürfte unsere Glaubwürdigkeit in den Augen der westlichen Öffentlichkeit nur erhöhen. Gibt es einen schlagenderen Beweis für den Niedergang des orthodoxen Kommunismus?«
Gesprächspartner (lacht): »Sie halten das Trojanische Pferd für massive russische Schnitzarbeit, weil die Umgestaltung so realitätsnah wirkt.«
Gorbatschow: »Sie *ist* Realität, mein Lieber.«
Gesprächspartner: »Aber eine mit Folgen.«
Gorbatschow: »Das Geheimnis des Erfolgs liegt in der dialekti-

schen Einheit, die Notwendigkeit und Taktik bilden. Es wäre niemals möglich gewesen, den Westen für unsere sozialistischen Ziele einzuspannen, wenn er nicht geglaubt hätte, der Marxismus-Leninismus liege am Boden. Sie denken, uns sei nichts anderes übriggeblieben – und in gewissem Sinne stimmt das ja auch. Der russische Bär kämpft mit dem Rücken zur Wand.«

Gesprächspartner: »Unsere militärische Stärke wurde zu keinem Zeitpunkt in Zweifel gezogen.«

Gorbatschow: »Aber im westlichen Lager wußte man natürlich ebensogut wie wir, daß wir dieses Rüstungstempo niemals durchhalten konnten.«

Gesprächspartner: »Unsere Generäle waren immer der Meinung, daß SDI vor allem dem Zwecke diente, uns in die Knie zu zwingen. Wir sollten den militärischen Offenbarungseid leisten.«

Gorbatschow: »Wir hatten ihnen wenig entgegenzusetzen.«

Gesprächspartner: »Ihre neue Politik, Genosse Generalsekretär, ermöglicht uns eine Atempause, aber vor allen Dingen gibt sie uns Gelegenheit, uns mit jener Technologie einzudecken, die dem Gegner soviel Überlegenheit verschafft ...«

Gorbatschow: »Wenn wir erst wieder zu den orthodoxen Grundlagen des Marxismus zurückgekehrt sind, wird die UdSSR dank der Hilfe des Westens unvergleichlich erstarkt sein.«

Gesprächspartner: »Sie haben alle Macht in Ihrer Person vereint, um diese gewaltige Aufgabe erfolgreich erfüllen zu können, Genosse Generalsekretär ...«

Gorbatschow: »Und selbst wenn ich diese Aufgabe nicht mehr persönlich vollenden können sollte ...«

Gesprächspartner: » ... woran niemand zu denken wagt!«

Gorbatschow: » ... werden meine Nachfolger auf unseren Erfolgen aufbauen können.«

Gesprächspartner: »Ich glaube, was die andere Seite besonders von unserer Ehrlichkeit überzeugt hat, waren die schnellen politischen Veränderungen in den Warschauer-Vertrags-Staaten. Damit konnte niemand rechnen. Der Sturz der ostdeutschen Regierung, die Öffnung der Mauer in West-Berlin, die Erschießung Ceauşescus ...«

Gorbatschow: »Man muß manchmal ein paar Bauern opfern, um den Sieg erringen zu können, Genosse Malin. Diese politische Situation ist nur vorübergehend – *ein* Schritt, und ein sehr eindrucksvoller, auf dem Weg zum Ziel. Unter unserem Druck und Diktat wird ihnen kaum etwas anderes übrigbleiben, als sich der größten Kontinentalmacht in ihrer Nachbarschaft zu fügen.«

Gesprächspartner: »Sie haben es vor Ihrer Zeit getan, dann unter den Zeichen von Glasnost und Perestroika. Woher sollten sie plötzlich soviel nationales Selbstbewußtsein nehmen, um sich dem russischen Bären widersetzen zu können? Aber was ich nie völlig verstanden habe, Genosse Generalsekretär ...«

Gorbatschow: »Ja?«

Gesprächspartner: » ... war die Radikalität der Öffnung. Man spricht hier gern von Unumkehrbarkeit, und wenn ich die Sache betrachte, erscheint es mir mehr als unwahrscheinlich, daß die Massen jemals wieder von den gewonnenen Freiheiten ablassen wollen.«

Gorbatschow: »Der Mensch ist viel formbarer, als man gemeinhin glauben würde. Wir haben von den westlichen Werbestrategen, den Manipulatoren der öffentlichen Meinung, gelernt – lernen *müssen, um nicht unterzugehen* –, daß er ein Vielfraß ist, der alles verdaut. Was heute noch unmöglich erschien, ist morgen Realität. Hitler mit seinen bizarren Ideen wäre den Historikern sicher als die krankhafte Erfindung eines Phantasten erschienen, eines Romanschriftstellers, der von düsteren Visionen und Alpträumen verfolgt wird. Und trotzdem konnte er die halbe Welt in Schutt und Asche legen! Die westdeutsche Bevölkerung wurde durch den amerikanischen Einfluß in wenigen Jahrzehnten zu folgsamen Demokraten bekehrt. Der Mensch ist seiner Natur nach opportunistisch veranlagt. Er muß es auch sein, um in einer sozialen Gemeinschaft überleben zu können. Wir haben nie mit dem Gedanken gespielt, die alten stalinistischen Methoden wieder einzusetzen, wenn unsere Mission erledigt ist. Andererseits wissen wir sehr gut, und ziehen daraus die Konsequenzen, daß der westliche Pluralismus niemals zu einer funktionierenden sozialistischen Gesellschaft führen kann. Das ist nur durch ein beträchtliches Maß an Disziplin, Einheitlichkeit und Zwang zu bewerkstelligen. Also wird auf die Periode der Öffnung eine der Schließung und Neubesinnung folgen müssen. Und dieser Prozeß ist durchaus heilsam, weil er den Menschen in den Sowjetrepubliken anschaulich vor Augen führt, welches Chaos die sogenannte Demokratie heraufbeschwört.«

Gesprächspartner: »Sie haben die These vertreten, daß Perestroika und Glasnost uns an den Segnungen des westlichen Wohlstands teilhaben ließen, damit fielen auch die technologischen Restriktionen. Zugleich würde mit einer Zunahme des Vertrauens und unseren weitreichenden Vorleistungen in der Abrüstung eine zwangsläufige Aufweichung der westlichen Allianz einhergehen. Viktor Afanassjew, Chefredakteur der Prawda, stellte in diesem Zusammenhang fest: ›Die Idee des gemeinsamen Hauses Europa erobert allmählich Verstand und Herz von immer mehr Menschen auf unserem Kontinent, von realistisch denkenden Politikern und einfachen Bürgern.‹ Man fände in den NATO-Staaten keine Mehrheit mehr dafür, daß Riesensummen in eine Verteidigungsstrategie gesteckt würden, die ein Relikt des kalten Krieges sei ...«

Gorbatschow: »Ein anderer wesentlicher Schritt war die Aufgabe der Breschnew-Doktrin. Man glaubt, die Ausbreitung der kommunistischen Weltrevolution sei gestoppt, die Angst der Konzerne vor einer Beschneidung ihrer Interessen in der Dritten Welt endlich gegenstandslos. Der russische Bär sei zahm geworden.« (Lacht) »Was kann uns diese Taktik einbringen? Wir *geben*, scheinen zu *verlieren* – und gewinnen alles! Unser Kurs, wird jeder glauben, ist auf Reduzierung statt auf Expansion der russischen Macht gerichtet ...«

Gesprächspartner: »Was viele Genossen verunsichert?«

Gorbatschow: »Das Militär steht hinter uns. Es weiß, daß ich bei allen Konzessionen niemals unsere fünf Hauptziele aus den Augen verloren habe: die Reduzierung des Pentagon-Haushalts ...«

Gesprächspartner: »Sie haben die US-Militärs in eine tiefe Identitätskrise gestürzt. Die demokratische Mehrheit im Kongreß hat angekündigt, die Budgetvorlage des Verteidigungshaushalts von 295 Milliarden Dollar um eine gewaltige Summe nach unten zu korrigieren ...«

Gorbatschow: »Eine lebenswichtige Entscheidung angesichts unserer wirtschaftlichen Schwierigkeiten ...

Gesprächspartner: » ... die auch das faktische Einfrieren des SDI-Programm einschließt, nicht wahr?«

Gorbatschow: »Zweitens Abrüstung weltweit, der Rückzug der US-Truppen aus Europa und drittens, dank unseres neugewonnenen Vertrauens in der Welt, großzügige und nachhaltige Wirtschaftshilfe. Punkt Nummer vier, der Technologietransfer, verdient unsere ganz besondere Aufmerksamkeit, denn er stellt eines der größten Probleme dar, um auf den Weltmärkten wettbewerbsfähig zu werden und in der Rüstung ein gleichwertiger Gegner zu bleiben – und dies alles, fünftens, ohne daß wir unsere expansiven Ziele in der Dritten Welt wirklich aufgeben müßten.«

Gesprächspartner: »Der Wolf im Schafspelz, Genosse Generalsekretär!« (Lacht) »Obwohl eine sorgfältige politische Analyse durch unsere Gegner sicher deutlich machen könnte, daß die Vorteile eindeutig auf unserer Seite liegen. Eine bewundernswürdige Leistung!«

Gorbatschow: »Ich schmeichle mir nicht, wenn ich sage, daß die

Potemkinschen Dörfer dagegen armseliges Pappmaché waren. Die Massen reagieren nach Gefühl und Sympathie, sie urteilen aus dem Bauch. Diesen Bedürfnissen mußte Nahrung geboten werden. Ich denke, *das* unbeachtet zu lassen war der entscheidende Fehler meiner Vorgänger. Aber lassen wir die Selbstzufriedenheit beiseite, Genosse Malin. Es bleibt noch viel zu tun.« (Man hört, wie eine Tür geöffnet wird, dann Schritte auf dem Parkettboden, Klappern von Geschirr.)
Stimme im Hintergrund: »Ihr Essen, Genosse Generalsekretär.«

Ich schaltete das Bandgerät ab. Kein Zweifel, diese Bemerkungen Gorbatschows würden bei den westlichen Regierungen wie eine Bombe einschlagen. v.R. war fündig geworden, das Ergebnis übertraf alle Erwartungen. Der große Generalsekretär hatte sich selbst als ein Machiavelli ungeahnten Formats entlarvt.
Je länger ich über seine Bemerkungen und die Kommentare seines Gesprächspartners nachdachte, den er mit »Genosse Malin« ansprach, desto wahrscheinlicher kam mir die Annahme vor, daß Malin selbst jener Maulwurf namens »v.R.« war. Ein enger Vertrauter oder Berater Gorbatschows, vielleicht einer seiner Privatsekretäre. Nur jemand, dem man besonderes Vertrauen entgegenbrachte, würde in die geheimsten Gedanken des Kremlchefs eingeweiht sein. Um diesen Verdacht zu stützen, brauchte man sich nur Malins Biographie anzusehen. Falls sich unter seinen Vorfahren jemand mit holländischem Blut befand, durfte der Fall klar sein.

2

Margrit war auf die Schnapsidee verfallen, ein gemeinsames Abendessen zu veranstalten. Sie hatte den großen Eßzimmertisch in den Salon bringen lassen. Trotz des beeindruckenden sechsarmigen Kerzenleuchters hatte ich mich schon kurz nach unseren Flitterwochen damit abgefunden, daß sie sich außerstande sah, drei Kochplatten auf einmal zu bedienen.

Ich bewunderte Slavas makellosen Teint im Kerzenschein. Seitdem sie in den Ring stieg, um ihren Sparringspartnern Nasenstüber zu versetzen, war sie noch schöner geworden. Gegen ihre Züge nahmen sich unsere Gesichter wie die verlebten Physiognomien der Aristokratie aus.

Es gab »Ente sizilianisch« in Eselsmilch, mit kalt geschlagenem Honig und Sambuca flambiert, dazu Frascati, als zweiten Gang mariniertes Lammfleisch und eine grüngraue Pastete undefinierbarer Herkunft, die Sehlen beigesteuert hatte.

Alle wirkten so ausgelassen und bedachten mich mit so vielen freundlichen Blicken, als hätten sie sich hinter meinem Rükken entschlossen, unseren unerklärten Krieg zu beenden. Ich versuchte vergeblich herauszufinden, was der Anlaß zu dieser opulenten Feier war. Wie sooft schon in der Militärgeschichte wurden die Fußtruppen nicht nach ihrer Meinung gefragt.

»Irgendein besonderer Grund, warum allgemeine Heiterkeit angesagt ist?« fragte ich beim Nachtisch.

Slava prustete los und versprühte etwas Vanillesoße auf das Tischtuch.

»Ron will sich dafür einsetzen, daß du endlich befördert wirst, Adrian«, sagte Margrit.

»Sie haben gute Arbeit geleistet, Addi.«

»Und er... na ja, Ron hat um Slavas Hand angehalten«, ergänzte Margrit.

Slava prustete noch einmal los – aber diesmal war sie so geistesgegenwärtig, sich ihre Serviette vor den Mund zu halten. Sie trat mir unter dem Tisch gegen das Schienbein.

»Jetzt, wo Ihr Bruder endgültig ausgezogen ist, wäre ein zweiter Mann im Haus doch gar nicht mal so übel, Adrian. Ich könnte in Herberts Zimmer wohnen, solange Slava und ich noch keine gemeinsame Wohnung haben.«

»Ist das Ihr Ernst, Ronald? Ich hoffe nur, Sie haben Slavas Einverständnis?«

»Slava und ich sind ein Herz und eine Seele.«

»Sie mochten sich vom ersten Augenblick an«, bestätigte Margrit. Ich sah, daß sie mir zornig zuzwinkerte.

»Davon, daß Herbert ausgezogen ist, kann überhaupt keine Rede sein«, wandte ich ein. »Er ist nur mal auf einen Sprung in die Vororte.«

»Na, wir fanden einen Zettel in seinem Zimmer, daß er Sie niemals wiedersehen will. Und sein Schrank ist ausgeräumt. Er hat sich sogar einen neuen Paß besorgt. Anscheinend zieht's ihn wieder in die Ferne. Da er nicht entmündigt ist, werden Sie ihn kaum davon abhalten können wegzugehen.«

Ich versuchte gute Miene zum bösen Spiel zu machen. Wahrscheinlich gelang mir das auch, denn Sehlen begann wortreich die Vorzüge seiner Pastete zu erläutern. Wie man ihm versichert hatte, stamme sie aus einem süditalienischen Dorf und sei sofort nach der Herstellung vom örtlichen Eisfabrikanten schockgefroren worden. Ihr Geheimnis liege in der Zutat christlicher Reliquien, die als Gewürze dienten und nur bei Vollmond wirken würden – wobei man magische Sprüche murmele.

Margrit lauschte ihm fasziniert und mit weit aufgerissenen Augen. »Was sind das für Reliquien, Ron?«

»Oh, alte Knochen, geweihte Tücher und geronnenes Blut. Auch die Asche der Verblichenen soll darunter sein. Diese Heiligen waren alle sehr beleibt. In den Klöstern ging's zu wie auf dem Oktoberfest, sie hinterließen immer gutgefüllte Urnen.«

Margrit lächelte ungläubig.

»So was ist heutzutage üblich. Man besinnt sich wieder auf seine kannibalischen Vorfahren. Fragen Sie Adrian. Wenn er in Amsterdam ist, verzehrt er sogar das Fleisch blutjunger asiatischer Mädchen.«

Es klang, als habe er den Scherz mit der Pastete nur erfunden, um das Gespräch auf sein eigentliches Thema zu bringen.
»Ist das wahr?« fragte Slava und warf mir einen bewundernden Blick zu. »Du verzehrst junge Asiatinnen?«
»Im Clock-Wok«, bestätigte Sehlen, ehe ich antworten konnte. »Waren Sie noch mal wieder dort, Adrian?«
»Man hatte mich eingeladen. Ich wußte nichts davon. Außerdem ist es nur ein Reklametrick.«
»So wie diese dumme Pastete«, sagte Margrit. »Die Menschen werden immer exzentrischer, sie brauchen den Nervenkitzel. Anscheinend sind sie erst zufrieden, wenn sie sich gegenseitig mit Haut und Haaren verschlungen haben.«
»Es soll die Verdauung fördern«, bemerkte Sehlen und sah mich augenzwinkernd an. Aber dann verbiß er es sich doch, etwas über meinen empfindlichen Magen zu sagen.
Ich versuchte das Gespräch in eine andere Richtung zu lenken, weil ich ungern an Beil und unser zweites Treffen im Clock-Wok erinnert wurde. Wenn Sehlen ihm auf der Spur war, konnte er mich leicht durch ein paar gezielte Fragen nach unserer Bekanntschaft in Verlegenheit bringen. Ich war so leichtsinnig gewesen, in sein Hotelzimmer einzubrechen. Dann die Gespräche mit Beil, sein verräterischer Umgang mit dem Material und meine Nachricht an v.R. Ich ahnte, daß ich mich zu weit vorgewagt hatte. Sehlen wußte auch aus einer ausweichenden Antwort die richtigen Schlußfolgerungen zu ziehen.
Nach dem Essen nahm ich Slava beiseite. »Was ist das für ein verdammter Unsinn mit euch beiden?« fragte ich.
Wir gingen hinüber in mein Arbeitszimmer, und sie blieb vor der großformatigen Aufnahme eines Güterbahnhofs stehen, der ein paar abgestellte Waggons in der untergehenden Abendsonne zeigte. Ich wußte, daß Margrit eine Abneigung gegen das Bild hatte. Es symbolisierte alles, was sie verab-

scheute. Für sie verkörperte es den Stillstand. Für mich dagegen war es ein Symbol der Ruhe und der Harmonie. Außerdem mochte sie keine Schwarzweißfotos. Aber Slava schien es zu gefallen.
»Er ist ein bißchen verrückt nach mir, Adrian. Wie alte Kerle nun mal sind«, sagte sie und starrte mit arglosem Augenaufschlag zur Decke.
»Kommt etwas plötzlich, oder?«
»Hm, ich will ganz offen zu dir sein, Paps. Margrit glaubt, sie kann ihn damit ködern, dir eine Beförderung zu verschaffen. Sie – na ja, sie meint, daß über zwanzig Jahre ›Versteinerung‹ eines Mannes mit deinen Fähigkeiten unwürdig seien.«
»Deine Mutter sollte sich mal was Neues ausdenken. Sehlen versucht sich bloß auf unsere Kosten zu amüsieren. Er ist berüchtigt für solche Scherze.«
»Ich glaube, er macht gar nicht mir, sondern ihr den Hof. Er ist hinter ihr her wie der Teufel hinter der armen Seele. Wenn du nicht gut auf sie aufpaßt, ist sie bald mit ihm über alle Berge.«
Ich drückte Slava an mich. »Das beruhigt mich, das beruhigt mich ungemein. Sie wird's nicht lange bei ihm aushalten, dazu ist er zu sperrig. Ich finde, die Vorstellung, wie sie beide gemeinsam im trauten Wohnzimmer ihren Lebensabend verbringen, hat was Lächerliches, oder? Aber Ronald als Schwiegersohn wäre auch nicht das, was ich mir auf meine alten Tage ausgemalt habe. Dann schon lieber ein arbeitsloser Busfahrer.«
»Mein Busfahrer ist mit unbekanntem Ziel verreist, Paps. Er hat seine Angetraute nach der Hochzeitsnacht verlassen ...«

Ich verbrachte die nächsten beiden Tage mit dem Versuch, weder an die düstere Vision eines ungeliebten Schwiegersohns noch an meine Arbeit zu denken, in beiden Fällen vergeblich. Ich aß außer Haus, um Margrit zu signalisieren: *Bis hierher und nicht weiter.* Sehlen mißtraute mir, er verdächtigte mich, und sein Eindringen in mein Privatleben schien seine Methode zu sein, um mir zu drohen. Ich unternahm ganz gegen meine Gewohnheit einen Kneipenzug durch Schwabing und ließ mich vom »Haus der hundertelf Biere« an den Rand des Englischen Gartens bringen, um in einer Neon-Bar über meine gesammelten Schandtaten nachzudenken. Die Blondine hinter der Theke strickte an Ohrenwärmern und hatte ein Herz für melancholische Trinker. Sie war schon ein wenig angegraut. Das machte ihr Herz nur um so größer. Sie ertrug eine Menge wirres Gerede, aber um für mich den Beichtvater abzugeben, hätte sie erst einen Kurs in Ostpolitik belegen müssen.

Falls Sehlens Kassette unbespielt war, würde es weniger riskant sein, wenn ich vorgab, das Band durch einen versehentlichen Druck auf die Aufnahmetaste gelöscht zu haben. Ein dummer kleiner Fehler, sehr bedauerlich. (»Sie haben doch sicher Kopien anfertigen lassen, Ron?«)

Sein Bandgerät kam erst am Abend des zweiten Tages. Es war schon weit nach Mitternacht, als ich es auf meinem Schreibtisch entdeckte. Aber ich nahm sofort Sehlens Kassette heraus, um mir den Anfang vorzuspielen.

Ich war erleichtert, Gorbatschows vertraute Stimme und die ersten Sätze seines Gesprächs mit Malin zu hören:

Das dürfte unsere Glaubwürdigkeit in den Augen der westlichen Öffentlichkeit nur erhöhen. Gibt es einen schlagenderen Beweis für den Niedergang des orthodoxen Kommunismus?

Als Sehlen mich am nächsten Morgen nach den Ergebnissen meiner Analyse fragte, redete ich mich damit heraus, daß ich noch nicht fertig sei. Ich gab ihm einen ersten Kommentar zu den handschriftlichen Aufzeichnungen, und er bat mich, sie mit meinem vollen Namen abzuzeichnen.

»Man hält sehr viel von Ihrer Meinung in den Führungsetagen, Adrian. Ihr Name gibt der Analyse zusätzliches Gewicht. Schreiben Sie bitte leserlich!«

Ich schrieb mit dem rechten, dem schönen Händchen, wie man's mir beigebracht hatte, obwohl ich Linkshänder bin.
Er sah den Text durch. Lehnte sich zurück. Trommelte mit den Fingern auf die Tischplatte, seufzte, scheuerte seinen billigen Eloxalring mit amethystfarbenem Glasstein am Hosenbein und erkundigte sich: »Sie gehen mit keinem Wort auf die Tonbandaufnahmen ein?«
»Oh, ich versuche nur, sorgfältig vorzugehen. Also immer der Reihe nach. Lassen Sie mir noch etwas Zeit, Ron. Ihr Bandgerät ist eben erst gekommen. Wenn ich eine politische Bewertung abgebe, dann sollte sie auch im Einklang mit allen anderen Äußerungen Gorbatschows stehen. Politische Reden leben von den Zwischentönen, von dem, was *nicht* gesagt wird. Von feinen Bedeutungsverschiebungen.«
»Hier sagen Sie zum Beispiel« – er befeuchtete seine Lippen mit der Zunge –, »ich zitiere: ›Daß er es ablehnt, den ehemaligen ostdeutschen Spionageapparat für die Zwecke des KGB einzuspannen – all jene im Ausland befindlichen Schläfer, die ein gewaltiges Potential an Wissen darstellen –, zeugt von Augenmaß und Weitsicht. Es beweist einmal mehr, wie sehr ihm an der Beendigung des kalten Krieges gelegen ist.‹ Zitatende. Aber glauben Sie denn im Ernst, Adrian, nach dem, was wir inzwischen über ihn wissen, ginge es ihm wirklich bloß um Ausgleich und friedliches Miteinander? Denken Sie an seine eigenen Worte: ›Wir sollten nur jene Agenten des alten Apparats weiterführen, bei denen eine sorgfältige Abwägung ihres Wertes mit dem Schaden stattgefunden hat, den ihre Enttarnung in den Augen der westlichen Öffentlichkeit haben könnte.‹ Das ist eindeutig die Sprache der Vergangenheit.«
»Hm, ja ... vielleicht haben Sie recht.«
»Sie sollten diese Passage noch einmal überarbeiten, Adrian.«
»Ich werde darüber nachdenken.«
»Es steht Ihnen natürlich frei, zu welcher Interpretation Sie gelangen. Schließlich setzen Sie ja Ihren guten Namen darun-

ter.« Er machte eine großzügige Geste und goß sich aus meiner Cointreau-Flasche ein. »Unsere Auftraggeber wollen ein realistisches Bild, mein Lieber. Wir sind zu lange auf die Schönfärberei dieses genialen Gaukelspielers hereingefallen.«

»Sie glauben, das alles sei für bare Münze zu nehmen, Ron?«

»Sie sollten sich wirklich mal die Tonbandaufnahmen zu Gemüte führen. Da hören Sie Gorbatschow mit eigener Stimme – und dann urteilen Sie selbst. Sind das die Reden eines maßvollen Politikers? Einer Heilsfigur, die gekommen ist, uns mit Frieden und Verständigung zu beglücken? Der alte, böse Kommunismus ein bekehrter Sünder?«

»Ich hab's mir heute nacht noch kurz angehört. Manchmal läßt man sich im kleinen Kreis zu Bemerkungen hinreißen, die nicht ganz ernst zu nehmen sind. Um sich zu brüsten, um zu zeigen, was für ein Kerl man ist. Zum Beispiel, weil man zuviel getrunken hat.«

»Macht er denn einen angesäuselten Eindruck auf Sie?«

»Das nicht, aber haben Sie jemals darüber nachgedacht, aus welchen Motiven er sich diesem ... nun ja, diesem Malin gegenüber offenbart? Ich muß mir das Ganze noch mal in Ruhe anhören. Warum redet er eigentlich so frei von der Leber weg? Vielleicht ist Malin ja ein Hardliner, vielleicht gehört er zur konservativen Garde. Vielleicht dienen alle diese Reden nur dazu, die Militärs zu beschwichtigen?«

»Mal im Ernst, Adrian – glauben Sie wirklich, daß er das nötig hat? Seit ihm das Präsidentenamt soviel Macht beschert wie vordem nur Stalin, braucht er auf ein paar kalte Krieger in den eigenen Reihen keine Rücksichten mehr zu nehmen. Er ist Oberbefehlshaber des Heeres, vergessen Sie das nicht. Und was diesen Malin anbelangt – er galt schon vor Gorbatschow als bloßer Technokrat ohne eigene politische Meinung. Malin ist ein begabter Zuarbeiter, ein guter Redenschreiber, aber ohne politische Ambitionen.«

VIERTES KAPITEL

1 »Ich verbitte mir jede Einmischung in meine Arbeit«, sagte ich mit scharfer Stimme.

Wir gingen über den Sandweg zur Garage, und als ich den Opel hinausgefahren hatte und Margrit die Wagentür öffnete, winkte Sehlen uns von seinem Fenster aus zu. Er hatte sich einen Dreitagebart stehenlassen, Typ »Wächter der Revolution«, aber seltsamerweise minderte das eher seinen martialischen Gesichtsausdruck, als ihn zu verstärken – vielleicht, weil dadurch seine blaurote Narbe unter dem Wangenknochen verdeckt wurde.

»Denk an Quand«, warnte Margrit. »Man munkelt, daß er nach seiner Entlassung völlig heruntergekommen ist.«

»Ich habe niemals Ambitionen gehabt, in die Führungsspitze eines Geheimdienstes aufzurücken, der seinen ganzen Ehrgeiz daransetzt, immer ausgeklügeltere Einbruchs- und Diebstahlsmethoden zu perfektionieren. Man ist auf die Geheimnisse und das Eigentum seiner Nachbarn scharf, und weil man glaubt, all diese schönen Dinge nicht entbehren zu können, nimmt man sich einfach, was man braucht.«

Margrit ließ sich ärgerlich auf den Beifahrersitz sinken. »Sollen doch die anderen die Drecksarbeit erledigen, was, Adrian?«

»Ich möchte nicht als Puritaner erscheinen, aber dafür die Verantwortung zu übernehmen liegt mir nun mal nicht.«

»Wenn dich solche Skrupel plagen, hättest du schon vor fünfzehn Jahren das Handtuch werfen sollen.«

»Ja, mag sein.«

»Es sieht so aus, als wenn du dich hinter den breiten Rücken deiner Vorgesetzten verstecken willst? Vielleicht bist du ja kein Feigling, aber Schneid kann man dir auch nicht nachsagen.«

»Je älter ich werde, desto weniger Neigung verspüre ich nun

mal, in vorderster Reihe für unsere Ziele zu kämpfen. Wenn du das mangelnden Schneid nennen willst...«

»Ron hätte einiges für dich tun können.«

»Er geht mir auf die Nerven, Margrit.«

»Er hält viel von deinen Fähigkeiten. Er sagt, außer diesem – wie war noch gleich sein Name? – *Lexter* aus London könnte dir niemand in der Ostpolitik das Wasser reichen. Er will dich protegieren. Warum könnt ihr keinen Frieden schließen?«

»Weil er mich nicht für voll nimmt.«

»Du hast überhaupt keine Chance gegen ihn, Adrian. Er ist dir haushoch überlegen.«

»Mag sein, aber ich kann ihn nicht leiden.«

»Ich finde ihn amüsant.«

»Dann solltest du mal darüber nachdenken, wer von uns beiden der bessere Mann für dich wäre, Liebstes.«

»Mach keine dummen Scherze.«

»Er ißt mit uns, er wohnt bei uns. Er verbringt mit uns die Abende. Er hat seinen festen Platz im Salon. Du stellst ihm seine Pantoffel unter die Couch. Wie ich gesehen habe, trägt er sogar meinen Morgenmantel.«

»Sei nicht ungerecht, Adrian. Du weißt, wie man sich Gästen gegenüber zu benehmen hat. Wir können ihn nicht gut auf sein Zimmer schicken, wenn wir zu Abend gegessen haben.«

»Außer mir scheinen sich alle prächtig mit ihm zu amüsieren?«

»Das liegt an deinen Launen. Du wirst immer ungeselliger.«

»Ich mag es nun mal nicht, wenn jemand meinen Rasierapparat benutzt.«

»Sei nicht so empfindlich.«

»Demnächst trägt er auch noch meine Schuheinlagen. Gestern sah ich, daß er sich an meiner alten Plattensammlung zu schaffen machte. Er behandelt Schallplatten wie Unterteller. Man kann alles damit machen – nur herunterfallen dürfen sie nicht. Das hat man ihm irgendwann beigebracht. Einmal mußte ich ihn zur Rede stellen, weil er in meinem neuen Trai-

ningsanzug den Garten umgrub. Er entschuldigte sich und behauptete, er habe geglaubt, es sei Herberts Anzug.«
»Er versucht sich bloß nützlich zu machen.«
Ich setzte Margrit beim Friseur ab. Sie brachte Sehlens Anzüge in die Reinigung. Der Friseurladen lag zwei Häuserblocks weiter, und wenn sie mit der Dauerwelle fertig war, würden auch Sehlens Sachen bereitliegen. Sie fand, es sei unhöflich, ihm diesen kleinen Gefallen abzuschlagen.
Sehlen hatte mich um eine graphologische Analyse von Gorbatschows handschriftlichen Notizen gebeten. Er wußte, daß ich dafür ausgebildet war, aber unter Forums Regiment hatte ich schon lange keine Handschriften mehr analysiert, deshalb vergewisserte ich mich lieber bei einem alten Freund und Experten, ob ich mit meiner Einschätzung richtig lag.
Ich fuhr am Europäischen Patentamt vorüber und bog in den holprigen Fahrweg zur Isar ab. Das Haus lag in einer verwilderten Gartenanlage, und als ich vor den Treppenstufen hielt, aus deren Ritzen gelbe Grashalme sprossen, sah ich, daß auf der Leine neben der Hecke Unterwäsche hing. Abgesehen von seiner Terrasse, deren Schindeldach malerisch auf ausrangierten Eisenbahnschwellen ruhte, ähnelte das Haus eher einem Stall für das liebe Borstenvieh als einer menschlichen Behausung. Es war eine zerfallene Baracke mit schiefen kleinen Fenstern, so schmal und düster wie Schießluken. Auf dem Dach verkündete ein Gartenzwerg aus verblichenem Pappmaché den erlesenen Geschmack seines Erbauers. Weiter hinten ragte eine hohe Funkantenne in den Himmel.
Ich stieg aus und sah durch die Scheibe der Eingangstür. Dann drückte ich die Klinke. Wenn ich etwas verabscheute, war es das schrille Klingeln einer elektronischen Warnsirene. Diese hier war mit der Türklinke und der Handfläche des Besuchers gekoppelt, und der Hochfrequenzton erinnerte mich unangenehm an einen Zahnarztbohrer. Allerdings war er zwanzigmal so laut.

»Immer noch die alten elektronischen Spielchen, Haldo?« fragte ich in den dunklen Raum hinein.
Als sich meine Augen an das Dämmerlicht gewöhnt hatten, sah ich Haldos zurückgesunkene Gestalt im Lehnstuhl sitzen. Rechts stand ein hoher Küchenschrank aus alter Eiche, der vollgestopft mit elektronischen Geräten war. Der Rest der Einrichtung bestand hauptsächlich aus Sesseln – Ohrenbackensesseln, eingesessenen Klubsesseln, Korbsesseln und einem Schaukelstuhl mit ausladenden Kufen. Das Prunkstück war ein ausrangierter Zahnarztstuhl mit poliertem Chromgestell. Haldo hatte sich so weit hinten in dieser Sitzmöbelsammlung niedergelassen, daß man sich unweigerlich beide Beine brach, wenn man unauffällig an ihn heranzukommen versuchte.
Er schlief mit halbgeöffnetem Mund. Auf seiner rechten Schulter lag das Hörgerät. Es mußte herausgefallen sein. Obwohl er kaum älter als fünfundvierzig war, wirkten seine Züge so zerknittert wie die eines schlecht erhaltenen Sechzigjährigen. Sein Kinn war mit grauen Bartstoppeln bedeckt, und seine Wangen blähten sich bei jedem Atemzug. Nur seine Augen waren jung geblieben, und als er sie öffnete und mich ansah, glommen darin so etwas wie Schalk und Übermut auf.
»Adrian ... na, das ist aber eine Überraschung! Hat die Warnanlage wieder mal ...? Ah, das Hörgerät ...« Er steckte die Muschel ins Ohr zurück.
Ich setzte mich in den Schaukelstuhl, der zwischen zwei Rattansesseln stand, und nahm ein paar Pistazien aus der Schale.
»Was macht das Gewerbe, Haldo?«
Er winkte ab.
»Hab' von deinem Mißgeschick gehört.«
»Sie rationalisieren auf Teufel komm raus. Wir haben die besten Jahre unseres Lebens für sie geopfert, und jetzt soll unsere Arbeit plötzlich keinen Pfifferling mehr wert sein. Aber ich schließe meinen Frieden mit ihnen. Wenn man auf meine Mitarbeit verzichten kann?«

»Wer weiß«, sagte ich. »Vielleicht brechen ja schon bald wieder andere Zeiten an. Dann wird man sich an die alten Haudegen erinnern und froh sein, daß . . .«
»Tatsache? Davon weiß ich nichts. Neue Gerüchte, Adrian?«
»Die Zeichen im Osten stehen auf Sturm.«
»Ich kann gar nicht mal sagen, daß ich der Vergangenheit nachtrauere. Was mich umbringt, ist die Untätigkeit. Ich hocke hier in diesem Loch und genieße meine Pension. Ich bin zum Schweigen verpflichtet. Ich würde gern mal nach Moskau reisen und meine ehemaligen Gegner in Augenschein nehmen. Die Häuser, ihre Büros, ihre technische Ausrüstung. Wir könnten einen Wodkaabend im Altenheim veranstalten, wenn es dort so was gibt. Anschließend Ringelpiez mit Anfassen, falls die Damen dazu aufgelegt wären – wunderbare Idee, findest du nicht?«
»Kein schlechter Einfall«, bestätigte ich und legte ein paar Papiere in seinen Schoß. »Ich muß dich bitten, das alles mit äußerster Diskretion zu behandeln. Kein Wort zu irgend jemandem, hörst du?«
Er knipste bedächtig die Wandlampe an und warf einen Blick auf das Material in seiner Hand. Die eine Hälfte bestand aus öffentlich zugänglichen Notizen Gorbatschows. Einem Brief an seine Mutter aus der Zeit, bevor er ins Politbüro berufen worden war. Zwei Aufsätzen aus frühen Studienjahren, die von Agrarreformen handelten. Am aufschlußreichsten für die Person des Verfassers war ein Brief an den amerikanischen Präsidenten, der, wohl hauptsächlich zur Illustration und um dem Artikel einen persönlichen Anstrich zu geben, in einer amerikanischen Provinzzeitung abgedruckt worden war. Die andere Hälfte, die mir Sehlen gegeben hatte, nahm sich dagegen eher wirr und zerrissen aus. Ich hatte Gorbatschows Text zerschnitten und wieder zusammengeklebt. Es war eine Collage aus Wort- und Satzfetzen, die keinen Sinn ergaben.
»Du willst wissen, ob beide Schreiber identisch sind?«

»Natürlich habe ich mir längst eine eigene Meinung gebildet, Haldo, aber ich würde sie gern bestätigt sehen. Ich bin ein wenig aus der Übung. Das muß man denen da oben ja nicht gleich auf die Nase binden.«

»Also gut, unter alten Freunden«, sagte er und steckte seine Klemmlupe aufs Nasenbein.

Ich folgte ihm hinüber ins Arbeitszimmer. Wenn Gott auch für die Unordnung in der Welt verantwortlich war, dann mußte er sie bei Haldo abgekupfert haben, denn dort lag so ziemlich alles herum, was die Zivilisation jemals hervorgebracht hatte. Von der Decke baumelte ein Skelett für den Anatomieunterricht, in den Regalen standen Gläser voller präparierter Embryos, und die Tische waren übersät mit Selbstschußanlagen, dem Prototyp eines Raketenmotors, Teilen von Flugdrachen, zerlegten Infrarotsichtgeräten, Zündern, Motorventilen, leeren Konservendosen, einem schwimmfähigen Daunenschlafsack, Einmachgläsern und alten Ausgaben des *Playboy*.

»Setz dich«, sagte er und zeigte auf den einzigen Sessel. Er selbst nahm auf dem Drehstuhl an der ausklappbaren Schreiblade Platz. »Hm, Kopien. Nicht sehr aussagekräftig. Du weißt, daß man eine Handschrift am leichtesten anhand der Originale beurteilen kann? Die Druckstärke der Feder oder der Kugelschreibermine, die Ansätze?«

»Ich will keine Garantieerklärung von dir, Haldo. Ich verlange keinen Umtausch bei fehlerhafter Ware.«

Er betrachtete den Zeitungsartikel eine Weile, ohne sich sonderlich genau mit der Handschrift zu befassen. Dann nahm er seine Klemmlupe von der Nase und wandte sich nach mir um.

»Es ist Gorbatschow, nicht wahr?«

»Kein Kommentar.«

»Hab' den Brief zuerst in irgendeinem kleinen amerikanischen Provinzblättchen gesehen. Er wurde später von ein paar größeren Zeitungen nachgedruckt.«

Haldo beherrschte ein wenig Russisch, und ich war froh, v.R.s Text sicherheitshalber unkenntlich gemacht zu haben. Er hatte seine Lupe wieder aufgesetzt und sah mich durch das Glas an. Ihr unlackiertes graues Metallrohr wanderte in meinem Gesicht umher wie das bewegliche Auge eines Roboters.
»Also gut, es ist Gorbatschow.«
»Vertrauen gegen Vertrauen.« Haldo wandte sich wieder den Blättern zu, folgte, das lupenbewehrte Auge dicht über dem Papier, mit gebeugtem Rücken jedem Bogen und jeder Windung der Handschrift, verglich, schüttelte den Kopf, kritzelte etwas auf die Löschblattunterlage – und lehnte sich seufzend zurück.
»Schon was gefunden, Haldo?«
»Seine Handschrift hat sich im Laufe der Jahre verändert, Adrian. Dies hier« – er hob den zusammengeklebten Text – »könnte, verglichen mit der anderen Schrift, durchaus ein neueres Stadium darstellen.«
»Das ist auch mein Eindruck.«
»Die Girlanden und Arkaden sind identisch, ebenso die Ansätze. Schwierigkeiten habe ich mit dem Z.«
»Ist mir auch aufgefallen.«
»In den alten Texten wirkt es weicher und harmonischer.«
»Und? Was schließt du daraus?«
»Zweifellos derselbe Mann, Adrian. Er steht unter großen Anspannungen, seine Schrift neigt zu mehr Eckigkeit und Härte als früher. Wüßte ich nicht, daß es Gorbatschow ist, würde ich sagen, er hat sich zu seinem Nachteil verändert. Bei einem Politiker mag man das anders sehen, wir reden nicht über seine menschlichen Qualitäten. Er hat mit großen Widerständen zu kämpfen, es macht in unnachgiebig und manchmal hartherzig. Er versteht es, seine eisernen Ellenbogen zu gebrauchen, und das spiegelt sich auch in seiner Handschrift wider.«
»Ausgezeichnet, du hast nichts dagegen, wenn ich deine Formulierungen in meiner Analyse verwende?«

»Immer zu Diensten. Auf diese Weise haben wir ihnen einen kleinen Streich gespielt?« Er lächelte geschmeichelt. »Ich bin wieder im Geschäft, wenn auch, ohne daß sie etwas davon ahnen? Tut gut, heimatliche Luft zu schnuppern, Adrian.«

2 Als ich in mein Arbeitszimmer zurückgekehrt war, entdeckte ich ein weiteres Tonband in der Ablage. Sein Aufkleber lautete: »Gespräche G. II«. Es war in ein Blatt mit den Worten »Herzliche Grüße, Ron« eingeschlagen. Auf der Innenseite fand ich den Text: »Könnten Sie die Analysen der Bänder bis nächste Woche Dienstag liefern? Ihr Schlüssel paßt für alle Kassetten. Danach bitte beide Aufnahmen vernichten. Für die Kommission haben wir Kopien anfertigen lassen. PS: Vergessen Sie nicht, Ihre Ergebnisse abzuzeichnen.«

Welche Kommission war damit gemeint? Wahrscheinlich irgendeine Regierungskommission, der Gorbatschows grandiose Versuche, den Westen zu täuschen, als die politische Sensation der letzten Jahre präsentiert werden würden. Man würde ein Kommuniqué erarbeiten, das seine Runde durch die westlichen Hauptstädte machte, unter strenger Geheimhaltung, versteht sich.

Ich legte die Kassette ein, nahm mir einen Cointreau und setzte mich damit in den Lehnstuhl am Bücherschrank. Die erste Stimme, die erklang, war weder die Malins noch Gorbatschows. Eine heisere, merkwürdig sprunghaft klingende Stimme.

Gesprächspartner: »Eine vorzügliche Taktik, Genosse Präsident.«

Gorbatschow: »Und nun zum zweiten Punkt! General Karamsin, bitte die Unterlagen. Ja, danke.« (Papiere werden verteilt.) »Dies ist eine politische Analyse, die unsere Generalität zusam-

men mit den Verteidigungsministern der Warschauer-Vertrags-Staaten ausgearbeitet hat. Sie geht von der Idee aus, den *Warschauer Pakt*, wie er gern von unseren Gegnern genannt wird, ohne Gegenleistungen aufzulösen. Das würde im Pentagon und in der NATO-Spitze größte Irritationen auslösen. Man sähe sich in Zugzwang, seinerseits mit der Auflösung der NATO zu reagieren. Es läßt sich jetzt schon voraussagen, daß dies bei den westlichen Militärs auf Ablehnung stoßen wird. Ihre einzige Antwort darauf dürfte sein, die Umwandlung eines militärischen in ein sogenanntes politisches Bündnis zu propagieren – Augenwischerei, wie wir jetzt schon wissen. Zugleich aber, so sagen unsere Meinungsanalysen, könnte als Reaktion auf das Festhalten an alten militärischen Strukturen in der westlichen Welt, besonders in Mitteleuropa, eine große Bewegung gegen die NATO aktiv werden...«
Erste Stimme: »Die Wiederbelebung der Friedensbewegung in den frühen achtziger Jahren.«
Gorbatschow: »Sie dürfte zu einem allmählichen Meinungsumschwung breiter Bevölkerungsschichten in Europa beitragen. Was bedeutet das strategisch, meine Herren? Es ist uns gelungen, ein Konzept zu erarbeiten, das die Befehlsstrukturen des Warschauer Pakts auf einer verdeckten Ebene aufrechterhält. Unser Verteidigungssystem bleibt weiter funktionsfähig. Darüber wird es geheime Vereinbarungen und Verträge geben, die es unseren Verbündeten nicht erlauben, im Kriegsfall ihre Eigenständigkeit zu reklamieren.«
Zweite Stimme: »Wenn ich Sie recht verstehe, Genosse Präsident, geht Ihr Konzept davon aus, daß in den westlichen Staaten keine gleichartigen Geheimabsprachen getroffen werden?«
Gorbatschow: »Die gegnerische Allianz befindet sich bereits im Zerfall, seitdem wir unsere Truppen aus den ehemaligen Satellitenstaaten abziehen. Geheimabsprachen sind natürlich jederzeit möglich. Aber bedenken Sie, Genossen Generäle, daß

unser Konzept den Vorteil zentralistischer Befehlsstrukturen hat. Es bedeutet, daß im Kriegsfall nicht die Regierungen, sondern die militärischen Führungen das letzte Wort haben werden. Nicht der tschechoslowakische Präsident, nicht irgendein Dramatiker, nicht der polnische Ministerpräsident – wir werden uns hüten, einem eingefleischten Katholiken das Heft des Handelns zu überlassen –, sondern die alte Generalität wird mit der eigentlichen Abwicklung des militärischen Konzepts betraut sein. Wir sollten hier Zugeständnisse an die gewandelten politischen Verhältnisse machen. Im Kriegsfall wird man jene Politiker kaltstellen müssen, die sich in der Öffnung zum Westen zu weit vorgewagt haben.«

Erste Stimme: »Böte es sich da nicht an, zunächst einmal die Reaktion des Westens auf den Abzug der sowjetischen Truppen aus den osteuropäischen Ländern abzuwarten, Genosse Präsident?«

Gorbatschow: »Ganz recht. Wir haben eine klare Vorstellung von unseren taktischen Schritten. Wir geben uns da großzügig, wo man es nicht erwartet und wo der propagandistische Erfolg beträchtlich ist, aber wir werden uns hüten, militärische Positionen zu opfern, wenn wir unser Ziel auch ohne Gegenleistung erreichen.«

Zweite Stimme: »Unser Truppenabzug könnte bereits eine gewisse Aufweichung des NATO-Verbundes bewirken.«

Gorbatschow: »Um so besser ...«

Zweite Stimme: »Es brauchte uns nicht daran zu hindern, weiter gemeinsame Manöver auf dem Boden der Warschauer-Vertrags-Staaten abzuhalten.«

Gorbatschow: »Als Demonstration unserer nach wie vor bestehenden Einigkeit, ja. Falls es die politische Lage erfordert.«

Erste Stimme: »Sie denken an innenpolitische Gründe?«

Gorbatschow: »Im Westen neigt man dazu, die politische Öffnung der ehemaligen Satellitenstaaten als unfreiwillige Auflösung unseres militärischen Bündnisses anzusehen. Eine Meinung, die uns durchaus willkommen sein kann, weil sie in unser politisches Konzept von der angeblichen Domestizierung des russischen Bären paßt.«

Zweite Stimme: »Betrachten wir auch die Kehrseite der Medaille, Genosse Präsident: Der Zerfall des Bündnisses ruft unsere innenpolitischen Gegner auf den Plan...«

Gorbatschow: »Und hier setzen wir das Mittel gemeinsamer Manöver ein, um alte Einigkeit zu demonstrieren.«

Erste Stimme: »Aber eine Auflösung der NATO würde – selbst wenn sie unseren eigenen Abrüstungsvorschlägen vorausginge – in jedem Fall die Geheimabsprache zur Erhaltung unseres militärischen Bündnisses nach sich ziehen?«

Gorbatschow: »Wenn wir, was ich uneingeschränkt bejahe, auf den Sieg des Sozialismus setzen, würde es uns die Geschichte niemals verzeihen, eine Chance solchen historischen Ausmaßes verspielt zu haben. Gestatten Sie, daß ich mich selbst zitiere: Wer zu spät kommt, den bestraft das Leben. In den letzten zwanzig Jahren stand es beklagenswert schlecht um unsere taktischen Fähigkeiten. Wir haben eine radikale Wende vollzogen – aber, Genossen, dies sollte uns nicht darüber hinwegtäuschen, daß wir auf dem besten Wege waren, die Ziele des Sozialismus dem Fetisch unserer konservativen Methoden zu opfern.«

FÜNFTES KAPITEL

1 Ich wußte, welche Quartiere Herbert bevorzugte, deshalb würde es nicht allzu schwer sein, ihn wiederzufinden. Er stieg gern beim CVJM ab. Überhaupt hatten es ihm die Männerheime angetan, vielleicht, weil er sich dort unter seinesgleichen wähnte. Weil Frauen ihn irritierten. Was das weib-

liche Geschlecht anging, war er von nicht zu übertreffender Schüchternheit. Hotels hatten keine gute Ausstrahlung. Pompöse Hotelhallen verunsicherten ihn, und ein livrierter Hotelpage versetzte ihn in Panik. Das alles symbolisierte eine Welt, der er sich nicht gewachsen fühlte, einen fremden Planeten mit ungewisser Atmosphäre, der erst Schritt für Schritt auf seine Trittfestigkeit geprüft werden mußte.
Um so lieber quartierte er sich in einfachen Dorfgasthöfen ein. Fachwerkbauten, umlaufende Galerien und Fenster mit überquellenden Blumenkästen waren seine haushohen Favoriten, und natürlich zog er sie jedem städtischen Obdachlosenasyl vor. Der rigide Tonfall des Aufsichtspersonals brachte ihn nicht weniger aus dem Tritt als ein livrierter Hotelpage. Da er beim letzten Ausbruchsversuch in die Alpen gewandert war, dürfte er jetzt die entgegengesetzte Himmelsrichtung gewählt haben. Herberts Variationsmöglichkeiten waren vergleichsweise gering, in seiner Richtungsskala gab es nicht viel mehr als Nord und Süd (ich hatte auf seinem Tisch eine Mappe mit Prospekten über Luxemburg entdeckt).
»Es wäre schön, wenn Sie in den nächsten Tagen verfügbar blieben, Adrian«, erklärte Sehlen beim Frühstück. Er war in der Nacht von einem Flug zurückgekehrt. Sein Gepäck stand noch in der Diele, aber da er den Fluganhänger abgerissen hatte, konnte ich nicht erkennen, woher er gekommen war. »Besonders über Mittag. Wir haben direkte Leitungen, und ich möchte Sie im Notfall gern dabeihaben. Für ausführliche Statements über die Tonbänder fühle ich mich noch nicht sicher genug. Also keine längeren Exkursionen bitte.« Er schwieg sich darüber aus, was er unter »direkter Leitung« verstand und warum ich dabei so unentbehrlich sein sollte. Seine Kommentare zu den Gorbatschow-Bändern hatten nicht so geklungen, als habe er sich darüber noch keine klare Meinung gebildet.
»Glauben Sie, ich hätte ab und zu mal Zeit, um auszutreten?«

»Wenn Sie's gar nicht mehr halten können, kann ich Ihnen ja eine Chemietoilette ins Arbeitszimmer stellen lassen, Amb.« Er strich sich grinsend durch seinen grauen Dreitagebart. »Fürs Nachttöpfchen sind Sie wohl zu alt?«
Margrit versetzte mir einen Stoß mit dem Ellenbogen in die Rippen, wahrscheinlich, weil sie mir bedeuten wollte, die Angelegenheit sei zu ernst. Ich versuchte, gute Miene zum bösen Spiel zu machen. Es war, als habe Sehlen mit meinem Stubenarrest wieder einmal seinen sechsten Sinn bewiesen: Beil hatte mir eine Nachricht zukommen lassen. Er wollte mir ein paar Neuigkeiten mitteilen, die sich nicht fürs Telefon eigneten. Anscheinend genausowenig als postlagernder Brief.
Mir konnte seine Vorsicht nur recht sein. Aber um nach Amsterdam und zurück zu fliegen, brauchte ich mindestens einen Tag. Sehlen ließ mich zwar gewöhnlich meine Arbeit erledigen, doch die Tür im Arbeitszimmer hatte eine Scheibe, und auf dem Weg zum Eßzimmer würde er unweigerlich bemerken, daß ich nicht an meinem Schreibtisch saß.
»Muß mich mal um Herbert kümmern«, sagte ich. »Sicher geht ihm schon das Kleingeld aus.«
»Na, das erledigen Sie doch mit der linken Hand, Amb?«
»Gewöhnlich schafft er's in einem halben Tag«, bestätigte Margrit. »Herbert ist nun mal nicht sonderlich flexibel, was seine Reiseziele anbelangt.«
»Dann sind Sie ja gegen Mittag wieder im Lande.« Sehlen nickte zufrieden.
»Sie werden ins Gästezimmer wechseln müssen, Ron. Hoffentlich wird's Ihnen da nicht zu unbequem?«
»Oh, ich komme schon zurecht. Machen Sie sich deswegen keine Sorgen.«
Ich fuhr früh genug für die Elf-Uhr-Maschine nach Amsterdam aus dem Haus. Immer vorausgesetzt, daß ich Herbert schnell genug aufgabeln würde. Falls meine Vermutung richtig war, hatte er sich diesmal in einem Landgasthof bei Olching

einquartiert, nur eine halbe Autostunde entfernt. Er kannte den Wirt aus seiner Schulzeit. Er würde so lange die Lastwagenfahrer am Parkplatz ansprechen, bis er einen Wagen in Richtung Süden gefunden hatte.
An diesem Morgen machte mir meine Verdauung zu schaffen, deshalb hielt ich zweimal an, und als ich beim letztenmal aus der Autobahntoilette kam, sah ich Forums Wagen in die Einfahrt biegen. Er trug einen dunklen Ledermantel und war damit beschäftigt, im Beifahrerspiegel seine Krawatte zu binden. Außer dem Fahrer saßen noch zwei Männer mittleren Alters neben ihm, die ich nicht kannte. Der eine aß ein Sandwich. Er hatte ein auffallend kräftiges Gebiß, und seine mahlenden Kiefer wurden schneller damit fertig, als ein Kind einen Mohrenkopf verschlingen kann.
Der andere kam herüber und ging ohne ein Zeichen des Erkennens in den Waschraum. Sein Gesicht war so ausdruckslos wie das eines Autisten. Er trat gegen einen Abfalleimer und fluchte leise. Ich hörte, daß er drinnen ausgiebig die Wasserspülung betätigte. Da mein Wagen auf der anderen Seite der Autobahn stand und Forum mich oben auf der Brücke gesehen hätte, wartete ich lieber im Schutze der Mauer ab, bis sie weggefahren waren.

Herbert saß auf den Stufen des Terrassencafés, die Ärmel seines karierten Flanellhemds aufgekrempelt, er hatte einen langen gelben Grashalm zwischen den Lippen – das klassische Bild des Tramps. Der fellbesetzte Tornister lag zwischen seinen Füßen, seine Jacke war zusammengerollt am Gurt befestigt.
Als er mich aus dem Wagen steigen sah, stand er auf und sah mürrisch zur Terrasse hinüber.
Es war ein hübscher Flecken, den er sich für seine Exkursion ausgesucht hatte. Das weit vorgezogene Holzdach des Gasthofs spendete im Sommer Schatten, die Blumenkästen auf

den Balkonen bildeten eine durchgehende Reihe aus roten und weißen Blüten, und im Südwesten sah man die blauen Linien des Gebirges.

»Hallo, alter Wanderer«, sagte ich und streckte versöhnlich meine Hand aus.

Er hatte nur einen verächtlichen Blick dafür übrig. Feindschaft unter Verwandten kann schmerzlicher sein als bei gewöhnlichen Sterblichen, die nur ein dummer kleiner Zufall zusammengeführt hat. Vielleicht, weil man sich dann noch deutlicher seinen Familienbanden ausgeliefert fühlt. Es würde wenig Sinn haben, Herbert davon zu überzeugen, daß ihm in ein oder zwei Wochen das Geld ausging und daß er dann gezwungen war, reumütig an den Platz seiner Demütigungen zurückzukehren.

»Ich wüßte nicht, was wir uns noch zu sagen hätten, Adrian.«

»Du bist empfindlicher als eine Mimose, Bruderherz. Ich brauche deine Hilfe.«

»Meine Hilfe? Wann habt ihr schon jemals meine Hilfe in Anspruch genommen?«

»Nicht wir, Herbert – ich, dein Bruder. Ich sitze ziemlich in der Klemme.«

Einen Moment lang glomm Interesse in seinem Blick auf. Er war ein noch dünnerer Hering als ich, obwohl er doppelt soviel aß, und wenn er zwei, drei Tage keine regelmäßige Verpflegung bekommen hatte, sah er herzzerreißend abgemagert aus. Aber eine Portion Schweinebraten mit Kraut und Knödeln würde ihn schon wieder auf die Beine bringen.

Doch dann verfinsterten sich seine Züge genauso schlagartig, wie sie sich aufgehellt hatten. Er zog seine Jacke an und machte sich an den Gurten des Tornisters zu schaffen. »Ist das wieder einer deiner Tricks, Adrian?«

»Hab' ich dich jemals schlecht behandelt?«

»Du ... na ja, du hast Margrit immer zu sehr nach dem Mund geredet.«

»Weil ich keinen Ärger wollte.«
Ich nahm seinen Tornister, und er ließ es geschehen und folgte mir zögernd auf die Caféterrasse. Wir setzten uns an einen Tisch an der Steinbrüstung, mit Blick ins Tal. Unten weideten Kühe, und am Zaun vor dem schiefen Holzschuppen stoben zwei braunweiße Kälber durch das ungemähte Gras.
»Die anderen dürfen nichts von unserer Abmachung erfahren. Versprichst du mir das?«
»Margrit?«
»Vor allem Margrit, ja.« Ich hätte kein magischeres Wort finden können als den Namen meiner Frau. Margrit zu hintergehen war das Sesam-öffne-dich, das Patentrezept gegen seine dumpfen Ressentiments. Eine Weile kämpften Verlockung und Widerstand einen vergeblichen Kampf in seinem Gesicht ... die Verlockung siegte.
»Was ist passiert?«
»Einen Cognac, Herbert?«
»Nein, danke. Davon bekomme ich Kopfschmerzen.«
»Ja, besser, wir behalten einen klaren Kopf.« Ich bestellte zwei Glas Tee. »Die Sache ist ziemlich verzwickt und verlangt viel Fingerspitzengefühl.«
»Betrügt Margrit dich mit Sehlen?«
»Ob Margrit mich ...?« Ich mußte nicht sonderlich geistreich aussehen in diesem Moment. Er lächelte und studierte vergnügt meinen offenstehenden Mund.
»Deine Zähne sind schlechter geworden, Adrian.«
»Du bist ein guter Beobachter, Herbert. Was bringt dich denn auf die Idee, Sehlen und Margrit könnten etwas miteinander haben?«
»Sie schließen sich manchmal ein. Sehlen schenkt ihr Unterwäsche. Er hilft ihr in der Küche. Die frischen Blumen im Haus stammen nicht von deiner Frau. Ich hab' gehört, wie er deswegen telefonierte. Ein *Fleurop*-Wagen bringt sie vorbei – und *er* bezahlt die Rechnungen.«

»Hm, sieht ganz so aus, als wenn mir Hörner aufgesetzt würden?«
»Ich bin ein paarmal hereingeplatzt, als sie sich über dich unterhielten. Margrit glaubt, daß du zuwenig Ehrgeiz hast. Ich drückte mich im Salon herum, und sie bat mich zu verschwinden, weil sie was unter vier Augen zu bereden hätten. Als sie sich einschlossen, hab' ich sie durch das Fenster des Lichtschachts beobachtet. Sie sitzen nur da und reden.«
»Nicht mehr?«
»Kein Grund zur Panik, Adrian.«
»Und *worüber* reden sie, Herbert?«
»Sehlen beklagte sich bei ihr, daß du zu viele Fragen stellst. Jemand sei in sein Hotelzimmer eingebrochen, und er habe schon genug Ärger damit, dieses verdammte Projekt zu Ende zu bringen. Da könne er sich nicht auch noch um die Starallüren einer Primadonna kümmern, die alles ganz genau wissen wolle. Schließlich wärst du lange genug im Geschäft.«
»Wie kommt er bloß auf diesen verdammten Unsinn?«
»Er sagte, nach deiner Rückkehr aus Zandvoort hättest du dir deswegen einen Termin bei... hm, ich glaube, jetzt habe ich seinen Namen vergessen...«
»Forum?«
»... ja, bei Forum geben lassen.«
»Das hat Forum ihm gesteckt?«
»Er habe dich abblitzen lassen. Sich in dieser Phase über einen Vorgesetzten zu beklagen sei eigentlich ein Verhalten, das disziplinarische Maßnahmen erfordere. Aber wegen deiner guten Leistungen wolle er noch mal ein Auge zudrücken.«
»Ein oder zwei Augen?« fragte ich, doch Herberts Sinn für diese Art von Witz war schwach entwickelt. Der Blick, den er mir zuwarf, hatte starke Ähnlichkeit mit dem der Kühe unten auf der Weide, die zu unserer Terrasse hinaufsahen. Weniger mit dem wachen, aufgeweckten der Kälber, als dem trägen, gleichgültigen der alten Muttertiere.

»Deine Leute müssen ziemlich verärgert sein«, sagte er.
»Und was hat meine Frau darauf geantwortet?«
»Sie will dich zur Räson bringen.«
»Zur Räson ... ha, ha.«
»Sehlen sagte, es sei ratsam, in deiner Nähe zu arbeiten. Man könne nie wissen, auf welche Schnapsideen du noch verfallen würdest. Sich über ihn bei deinen Vorgesetzten zu beschweren sei ja vielleicht erst der Anfang. In Holland habe es ein paar mysteriöse Vorfälle gegeben, und man verdächtige dich, deine Hände dabei im Spiel gehabt zu haben.«
»Hm, das sind ja interessante Neuigkeiten. Du scheinst die ganze Zeit über unter ihrem Sofa gelegen zu haben?«
»Ich bin noch nicht fertig, Adrian. Sie fanden es amüsant, dich mit Slavas Verlobung ins Bockshorn zu jagen. Sehlen meinte, das sei notwendig, um dich zu disziplinieren.«
»Um mich zu disziplinieren? Wie stellt er sich das vor?«
»Ich habe ihn nicht danach fragen können.«
»Machte er denn keine Bemerkung darüber?«
»Er lachte und meinte, du würdest schon verstehen, was das für dich bedeute.«
»Und was antwortete Margrit darauf?«
»Sie war einverstanden. Sie fand, es sei eine ausgezeichnete Idee. Vielleicht komme man deiner Lethargie ja bei, wenn man dir das nehme, was dir am meisten bedeute.«
»Meiner Lethargie, aha. Margrit muß sich ein neues Wörterbuch gekauft haben. Früher sprach sie immer von Versteinerung. Erwähnte Sehlen, wie der Einbruch in sein Hotelzimmer entdeckt wurde?«
»Er sagte, es fehle zwar nichts, aber jemand habe sein Zimmer durchsucht. Er pflege immer Markierungen anzubringen, selbst wenn er das Hotel nur für ein oder zwei Stunden verlasse. Diese Regel sei ihm in Fleisch und Blut übergegangen. Das Mädchen könne es nicht gewesen sein. Sein Kleiderschrank sei verschlossen gewesen. Sie versuche niemals ohne

seine ausdrückliche Erlaubnis, Türen oder Schubladen zu öffnen.«
Ich trank meinen Tee, und er bemerkte, daß meine Hand dabei leicht zitterte. Es war nur ein unmerklicher Tremor, aber wer wie er darauf eingestimmt ist, bei sich selbst jede innere Regung zu registrieren, weiß sie auch bei anderen zu deuten.
»Also gut, worum ich dich bitten will: Du sollst heute meine Rolle spielen. Bis zum späten Abend, dann werde ich wieder zurück sein. Frag mich nicht, was dahintersteckt, das erkläre ich dir besser ein andermal. Du ziehst mein Marengo-Sakko an – weil es ziemlich auffallend ist – und schließt dich im Arbeitszimmer ein. Wenn du willst, kannst du lesen. Durch die Türscheibe muß es so aussehen, als wenn ich an meinen Unterlagen arbeite.«
»Glaubst du, deine Jacke paßt mir?« Er umfaßte zweifelnd seine mageren Hüften.
»Ich finde, wir sind uns immer noch so ähnlich, daß Sehlen darauf hereinfallen könnte. Wahrscheinlich wird er dich in Ruhe lassen. Falls nicht, zeigst du auf den Hörer, als wenn du momentan beschäftigt wärst. Aber denk dran, du darfst dich zu keinem Gespräch mit ihm verleiten lassen.«
»Und wenn er hartnäckig ist?«
»Sei ebenfalls stur, zeig auf das Bandgerät.«
»Aber er wird wiederkommen, oder?«
»Du mußt bloß vermeiden, daß man dich an der Stimme erkennt. Nimm den Telefonhörer in die Hand, als wenn du ein wichtiges Gespräch führen wolltest – winke ab, energisch oder verärgert, wenn's nicht anders geht. Sobald er gegangen ist, kehrst du vorsichtig auf dein Zimmer zurück, wechselst das Sakko und verhältst dich, als wenn nichts gewesen sei.«
»Leichter gesagt als getan. Ich weiß gar nicht, ob ich für solche Verrücktheiten tauge.«
»Das gleiche Spiel wird er dir nicht noch einmal abnehmen. Also laß es lieber bleiben. Es würde ihn nur mißtrauisch ma-

chen. Wichtig ist, daß er denkt, ich sei über Mittag im Haus gewesen. Vermeide es, dich sehen zu lassen, das erspart dir heikle Fragen. Sehlen soll glauben, ich sei nur für einen Augenblick hinausgegangen. Traust du dir das zu?«
Er nickte, aber es wirkte nicht sehr überzeugend.

2 Vor Beils Bibliothek ein Taxi heranzuwinken war aussichtslos. Um diese Zeit wurden die Büros geschlossen. Ich ging an der Gracht entlang und versuchte das flaue Gefühl und die Übelkeit in meiner Magengegend zu vergessen. Wenn man es genau betrachtet, besteht die Welt aus viel heißer Luft und einer Reihe unerwarteter Zwischenfälle, und angesichts der Unwägbarkeiten des Schicksals ist es gar nicht mal so abwegig, sich ruhig an seinen Schreibtisch zu setzen und zu sehen, welche Verrücktheiten andere begehen. Über den Dächern und den schiefen Stangen der Fernsehantennen lag gelber Smog so unwirklich und abgezirkelt wie die Kolorierung eines großen Bühnenbilds.
Beils Leiche war zur Obduktion ins Gerichtsmedizinische Institut eingeliefert worden. Nach dem Polizeibericht hatte ihn ein Pkw erfaßt und in die Gracht geschleudert – für einen Nichtschwimmer das sichere Todesurteil. Erst recht, wenn man sich die hohen, glatten Backsteinwände des Kanals ansah. Es gab zwei Zeugen, ein älteres Ehepaar, das sich später bei der polizeilichen Vernehmung erinnert hatte, einen dumpfen Schlag und quietschende Reifen gehört zu haben, aber wegen der Dunkelheit waren sie erst auf seine im Wasser treibende Gestalt aufmerksam geworden, als ihr Hund anschlug.
Ich winkte vergeblich den Taxen zu. Schließlich ging ich in eine Kneipe, die am Ende des Brückensockels lag, und trank zwei Genever. Luise war zu ihrer Schwester nach Antwerpen gefahren. Ich machte ihre Telefonnummer über den Haus-

verwalter ausfindig. Beil hatte nichts für mich hinterlassen. Bis zum Rückflug blieben mir noch drei Stunden Zeit. Es nieselte, die Pflastersteine spiegelten das Licht der Rückleuchten. Vielleicht war ja auch jener Wagen darunter, der Beil erwischt hatte? Ich ging schneller und schlug meinen Mantelkragen hoch. Eine Möwe schrie auf dem geteerten Pfahl an der Einmündung der Herengracht.
Wäre ich abergläubisch gewesen, hätte ich an dieser Stelle kehrtgemacht, denn vom Holthuysen-Museum her schoß ein schwarzes Motorrad auf mich zu. Ich wich geistesgegenwärtig gegen das Brückengeländer zurück. Der Fahrer, ein junger Bursche in Lederkleidung, schien durch mich hindurchgesehen zu haben. Er wandte nicht einmal den Kopf nach mir um. An der Straßenecke war ein Gemüseladen. Dort stieg er ab, den Motorradhelm unter dem Arm, und verschwand durch die offenstehende Tür.
Als ich am Eingang vorüberging, kam mir ein Mann im Kaufmannskittel entgegen, der verblüffende Ähnlichkeit mit Jan Bormann hatte. Der gleiche wie aus Stein gehauene Kopf, das gleiche geschäftstüchtige Lächeln. Er sah aus wie sein jüngerer Bruder. Das Gesicht des Motorradfahrers war leicht gerötet, sein hellblondes Haar hing ihm strähnig in die Stirn, und er redete leise auf den anderen ein.
»Kann er sprechen?« fragte der Mann im Kittel.
»Die Ärzte meinen, daß er sein Antiquitätengeschäft schließen muß.«
»Wenn du mich fragst, hätte er sich schon längst von dem ganzen Plunder trennen können. Jan hat genug verdient. In seinem Alter sollte man etwas mehr an seine Gesundheit denken.«
»Entschuldigen Sie«, mischte ich mich ein. »Reden Sie von Jan Bormann, dem Kunsthändler?«
»Ich bin sein Bruder«, sagte der Ältere in einwandfreiem Deutsch. »Jan hatte einen Schlaganfall. Sein Zustand hat sich

stark verschlechtert. Wir werden ihn ins Hospital einliefern müssen.«
»Zu dumm, dann habe ich den weiten Weg aus München wohl umsonst gemacht?«
»Sind Sie ein Kunde?«
»Ein alter Bekannter, um es genau zu sagen. Es würde mir sehr helfen – und Ihrem Bruder wohl auch –, wenn wir noch ein paar Worte miteinander wechseln könnten, ehe ihn die Quacksalber unter ihre Fittiche nehmen.«
»Ich bin nicht sicher, ob er überhaupt dazu in der Lage ist. Aber wir könnten es versuchen.«
Der Himmel hatte sich jetzt soweit verdunkelt, daß man von den Häuserreihen am gegenüberliegenden Ufer nur noch die Umrisse wahrnahm. Er zeigte auf das Patrizierhaus, wo sich eine große Gemäldegalerie befand. »Hier entlang.« Im Tordurchgang hielten wir uns rechts. Von der Decke baumelte ein Kupferkrönchen herab. Die *Collectie Six* wäre ein reiches Feld für v.R. gewesen, aber ihre Sammlungen, darunter viele Rembrandts, waren in Privatbesitz, man konnte sie nur mit Genehmigung des Reichsmuseums betreten.
Für einen wohlhabenden Geschäftsmann wie Bormann war sein Zimmer bemerkenswert karg eingerichtet, außer ein paar Tonmasken an den Wänden gab es keinen Schmuck. An der schrägen Decke hing das Foto einer mexikanischen Stadt. Ekkige weiße Gebäude und staubige Straßen ohne Belag, die mich an die Vororte von Monterrey und Guadalajara erinnerten. Ich hatte keine Ahnung, was mich erwartete. Ich war müde und desillusioniert, aber ich wäre nie auf die Idee gekommen, Bormanns Schlaganfall mit Beils Tod zusammenzubringen, dieser Gedanke lag mir völlig fern. Erst als der Alte mir auf einem Notizblatt – er saß im Bett und hatte Schwierigkeiten zu sprechen – ein paar Sätze aufschrieb, als ich den Sinn seiner hingekritzelten Buchstaben begriff, begann mir langsam zu dämmern, was passiert war.

Ihre Briefe – sie kamen und wollten wissen, wer sie geschrieben habe. Es waren vier, drei von ihnen kannte ich nicht, der vierte war mein Auftraggeber. Alles Deutsche, wenn ich mich nicht irre. Ich sagte, wir hätten eine Abmachung darüber, daß der Absender anonym bleibe. Sie fragten mich, ob es Beil sei.

»Sie gaben Ihnen meine Beschreibung, weil Sie Beil nicht in Schwierigkeiten bringen wollten?«

Er schüttelte den Kopf und versuchte zu sprechen, aber es wurde nicht mehr als ein undeutliches Gemurmel. Er verlangte wieder nach Papier und Bleistift. Sein Bruder schob ihm ein hohes Kissen unter den Rücken. Der junge Mann in Motorradkleidung war in die Küche gegangen, um ein Glas Wasser zu holen. Er legte ihm seinen Arm in den Nacken, hielt ihm das Glas an die Lippen, und Bormann trank es langsam in kleinen Schlucken aus, ehe er zu schreiben anfing. Als er fertig war, nahm ich ihm das Blatt aus der Hand. Er zuckte entschuldigend die Achseln wegen seiner Handschrift.

Sie kamen noch einmal wieder und behaupteten, Beil habe alles gestanden. Ich sagte, ich wüßte nicht, wovon sie redeten. Mein Auftraggeber sei jemand anders. Außerdem würde ich nicht verstehen können, warum sie soviel Aufhebens von einem kleinen Zusatzgeschäft machten. Schließlich lebten wir in einer freien Marktwirtschaft. Aber sie glaubten mir nicht. Sie meinten, wenn ich vermeiden wolle, daß Beil große Schwierigkeiten bekäme, sollte ich ihnen lieber den Namen meines angeblichen Geschäftspartners nennen. Aber selbst wenn ich es gewollt hätte, ich konnte es nicht!

Bormann warf mir einen hilflosen Blick zu, und ich begann zu begreifen, in was für eine schwierige Lage ihn meine Briefe manövriert hatten.

»Dann hörten Sie von Beils Unfall und wußten, daß es keine leere Drohung gewesen war?«

Er versuchte sich im Bett aufzurichten, um nach dem Glas Wasser zu greifen, das der junge Mann wieder aus einer Karaffe nachgefüllt hatte, und ich half ihm dabei.

»Ich war... so bestürzt und erschrocken, daß ich auf der Treppe stolperte und einen Schlaganfall erlitt«, murmelte er mit kaum hörbarer Stimme, überrascht, daß er genug Kraft zum Sprechen aufbrachte. Sein Gesicht war gerötet vor Anspannung.

Ich drückte seine Hand und versuchte die passenden Worte zu finden, aber das war leichter gesagt als getan. Ich war es, der Beil auf dem Gewissen hatte. Und keiner von uns beiden würde seine Mörder ans Messer liefern können. Er nicht, weil er nicht einmal die Namen seiner Auftraggeber kannte, und ich nicht, weil mich dann das gleiche Schicksal erwartete wie Beil.

Ich sagte: »Vergessen Sie das Ganze, vielleicht war's ja wirklich ein Unfall. Ein dummer kleiner Unfall.«

DRITTER TEIL

Was wir in Washington an Demoralisierung
erleben, ist nur die Angst einiger
Personen in dieser Stadt, die mit dem
kalten Krieg ihren Broterwerb verloren haben
und nun keinen Ersatz finden,
um ihrem Leben neuen Sinn zu geben.

Patrick Buchanan,
unter Reagan Kommunikationsdirektor
im Weißen Haus

ERSTES KAPITEL

1 Ich ging den Gartenweg hinauf und zwischen hohen Rosenbüschen hindurch; der Boden bestand aus feuchtem, schwarzem Sand ohne Kies, deshalb machten meine Schritte kaum Geräusche. Um diese Jahreszeit war er noch ein wenig feuchter als sonst. Die Luft roch nach Schimmel und altem Laub. An der Hauswand brannte eine gelbe Laterne, und als ich unter dem geöffneten Fenster stand, konnte ich drinnen Stimmen hören.

»Geben Sie dem Schuft noch eine Chance, Ron«, sagte Margrit. »Er muß sich rechtfertigen. Ich jage ihn aus dem Haus, wenn es wahr ist, was Sie sagen.«

»Haben Sie denn überhaupt das Recht dazu, Margrit?«

»Weil es das Erbe meines verstorbenen ersten Mannes ist. Ambrosius und ich leben in Gütertrennung.«

Es war das erste Mal seit vielen Jahren, daß sie wieder meinen wahren Vornamen benutzte. Ein alarmierendes Zeichen, fand ich.

»Lassen Sie mir noch etwas Zeit«, sagte Sehlen. »Ich muß erst herausfinden, was wirklich hinter dieser mysteriösen Geschichte steckt. Ehrlich gesagt, kann ich mir nur einen einzigen Reim darauf machen. Aber ich möchte nicht mit der Tür ins Haus fallen. Wenn mein Verdacht begründet ist, dann Gnade ihm Gott.«

In der Küche rasselte die Klingel des neuen Mikrowellenherds, den er ihr geschenkt hatte. »Kommen Sie, Ron«, sagte Margrit. »Unser Abendessen.«

Stuhlrücken, eine Tür wurde zugeschlagen.

Ich kehrte über denselben Weg ins Haus zurück. Herbert war gerade dabei, mit einem langen, gebogenen Heizungspinsel den Lack des Treppengeländers auszubessern. Seit unserem gelungenen Doppelgängerspiel lächelte er mir bei jeder Gelegenheit verschwörerisch zu. Selbst an unseren gemeinsamen Essen pflegte er neuerdings wieder teilzunehmen. Seit seinem Ausflug vertilgte er mehr denn je. Sein Stoffwechsel schien mit Margrits Küche wenig anfangen zu können, irgendwie brachte seine Verdauung es immer fertig, das Zeug halbverbrannt auszuscheiden.

Es überraschte mich, wie wenig nötig war, um einen anderen Menschen aus ihm zu machen. Vielleicht war ja Forums Meinung, wir brauchten den Nervenkitzel wie unser tägliches Brot, gar nicht so abwegig. All die hochtrabenden Gedanken über metaphysische Bedürfnisse und Gott und die Welt wurden Lügen gestraft von einem lächerlichen kleinen Indianerspiel. Aber für Forum waren wir alle – auch die Albert Schweitzers und Henri Dunants – ohnehin nur späte, gerissene Nachkommen des ersten Faustkeilschwingers. Ton oder Wachs, das sich unter dem Eindruck neumodischen Gesäusels von Fairneß zu opportunistischen Humanisten gewandelt hatte, jedenfalls dem Munde nach.

»Leg den Pinsel weg und komm essen, Herbert.«

»Margrits Kohlrouladen schmecken immer nach Lebertran«, sagte er und verzog angeekelt das Gesicht.

»Ich bin auch kein Verehrer ihrer Gastronomie.«

»Dann eben für Gott und das Vaterland.« Wir nickten uns verschwörerisch zu.

Den Kerzenleuchtern nach zu urteilen war wieder einmal festliche Stimmung angesagt, Margrit liebte neuerdings die großen Essen. Sie warf mir vor, ich sei unromantischer veranlagt als Herberts Goldfische. Die wüßten immerhin den Unterschied zwischen getönten und ungetönten Neonröhren zu schätzen, bei warmer Tönung seien ihre Bewegungen lebhafter. Keine Spur mehr von Platten mit billigem Aufschnitt und aufgebackenem Fladenbrot. Kein grüner Schimmer auf der Jagdwurst und den Gurkenscheiben, als sei alles mit denselben Krankheitskeimen infiziert. Wenn man sämtliche Blumen und Kerzen zusammenrechnete, dann fielen Weihnachten, Neujahr und unsere Geburtstage heute auf denselben Tag.

Slava kam mit einer dampfenden Porzellanschüssel aus der Küche, und Margrit entkorkte die Weißweinflaschen. Sehlen saß schon am Tisch, er war ohne Bart und glatt rasiert und sah mir aufmerksam entgegen. Der einzige Mißklang in dieser Idylle war sein Blick. Irgendein unbestimmtes Funkeln – die Wachsamkeit des Jägers vor dem Schuß. Er hielt seinen großkalibrigen Elefantentöter auf mich gerichtet, soviel war sicher, wenn auch bloß in Gedanken.

Während wir aßen, schien er nach dem günstigsten Zeitpunkt zu suchen. Ich hatte keine Ahnung, worum es ging. Und doch lag irgend etwas in der Luft.

»Wie steht's denn um eure Verlobung?« fragte ich. »Nach der Festbeleuchtung sieht's ja ganz so aus, als wenn wir endlich zum Abschluß kämen?«

Slava lachte und nahm vorsorglich ihre Serviette. Sehlen gab sich unbeteiligt.

»Können Sie nicht bei ihr landen, Ron? Oder hapert's mit dem Hochzeitstermin?«

Er holte tief und vernehmlich Luft. Dann beugte er sich bedächtig im Stuhl zurück. »Kann ich Sie mal unter vier Augen sprechen?« fragte er und legte sein Besteck weg.

»Während des Essens?« Ich aß ungerührt weiter. »Kohlrouladen lassen sich nicht aufwärmen. Wollen Sie, daß ich mir den Magen verderbe?«

»Also bitte«, meinte Margrit. »Wenn es wichtig ist, solltest du lieber tun, was er sagt.« Ihre Linke umkrampfte das Tischtuch, während ihr Blick nervös durchs Zimmer schweifte und nach einer der überall verstreuten Zigaretten suchte. Herbert und Slava beobachteten mich neugierig. Ich dachte, es sei der passende Zeitpunkt, um ein Zeichen zur Emanzipation des Hausherrn zu setzen. Es mag schon sein, daß ich nicht sehr kämpferisch veranlagt bin und lieber geruhsam meiner Wege gehe, aber die Kehrseite dieser friedlichen Mentalität ist, daß ich sehr hartnäckig und unnachgiebig sein kann.

»Ich würd's gern sehen, wenn Sie bis morgen abend das Gästezimmer räumen.«

»So, warum denn?«

»Es braucht dringend eine Renovierung. Ich habe für übermorgen die Maler bestellt. Diese schäbige Stube kann ich Ihnen nicht mehr länger zumuten.«

»Ernsthaft, Adrian?« fragte Margrit. »Ron hat sein Hotelzimmer aufgegeben. Du weißt doch, wie schwer es ist, in München ein billiges Zimmer zu finden.«

»Ich erinnere mich nur daran, daß er mit dem Gedanken *spielte*, es aufzugeben. Noch hat er ja seine Sachen dort. Und ehe es zu spät ist . . . nicht wahr, Ron?«

»Soll das eine Kampfansage sein? Da kommen Sie bei mir gerade an den Richtigen.«

»Na, ich weiß doch genausogut wie Sie, daß Sie bloß ein harmloser Pantoffelbeißer sind, Ronald.«

»Gehen Sie auf Ihr Zimmer, Adrian. Ich rede nachher mit Ihnen.« Er funkelte mich angriffslustig an.

»Manchmal glaube ich, Ihr Sinn für makabere Scherze ist schon so weit entwickelt, daß Ihnen kein gewöhnlicher Sterblicher mehr folgen kann.«

»Adrian, bitte . . . tu, was er sagt«, jammerte Margrit.

»Den Teufel wird er«, sagte Herbert.

»Ja, seid ihr denn beide übergeschnappt?« fragte sie. »Soll das ein Komplott sein? Was geht hier eigentlich vor?« Sie hatte eine Zigarette hervorgezaubert, weiß der Himmel, woher genau, palmiert aus der hohlen Hand oder aus dem Strumpfband, und blies mir wütend ihren Rauch ins Gesicht.

»Nicht die feine Art, bei deinen exzellenten Kohlrouladen«, sagte ich. »So was schmälert das Aroma. Eine gute Köchin hält sich mindestens so lange mit dem Rauchen zurück, bis den ersten Gästen übel geworden ist.«
Sie starrte mich an, als sei ich von einem fremden Stern niedergeschwebt.
»Ad ... drian, verdammt noch mal, was ist los?«
»Nur eine kleine Veränderung. Man könnte es auch einen *neuen Anfang* nennen. So was kann in keiner Lebensphase schaden. Hab' beschlossen, mich von dir zu trennen.«
»Soll das wieder einer deiner berüchtigten Scherze sein? Ziemlich geschmacklos, findest du nicht?«
»Slava ist jetzt groß genug, um ohne Vater leben zu können.«
»Sag, daß das einer deiner verdammten Scherze ist«, wiederholte Margrit hysterisch.
»Übrigens befindest du dich wegen des Hauses im Irrtum. Unsere Gütertrennung ist niemals notariell beglaubigt worden.«
»Du hast ... *gelauscht*?«
»Deine Stimme ist mit den Jahren ziemlich laut geworden, Margrit. Genauso wie dein Lachen. Da braucht man nicht die Ohren zu spitzen. Dein verstorbener Mann muß kräftig beim Verputz gespart haben.«
»Elender Schuft, du wirst mich noch ...« Ihre Stimme klang brüchig und so wehleidig und betroffen, daß man schon fast wieder Mitleid empfand.
»Kennenlernen?« fragte ich.
»Na gut, Adrian, wenn wir schon mal beim Punkt Familiendrama sind«, mischte Sehlen sich ein, »dann können wir ja gleich reinen Tisch machen.« Er hatte plötzlich wieder Oberwasser. Seine braunen Augen ruhten in dieser charakteristischen Art auf mir, die mich anfangs immer ein wenig irritiert hatte. Jetzt kam sie mir nur noch künstlich und aufgesetzt vor, ein harmloser Trick, um sechsjährige Kinder einzuschüchtern. Vielleicht würde er ja im ersten Schuljahr bei ein paar

renitenten Störenfrieden damit Erfolg gehabt haben. Aber schon nicht mehr in der zweiten Klasse.
»Wirst du denn weiter bei uns wohnen bleiben, Paps?« erkundigte sich Slava.
»Bis deine Mutter ausgezogen ist. Danach sollten wir uns nach einem etwas ansehnlicheren Quartier umsehen. An diesem hängen zu viele schlechte Erinnerungen.«
Sie blinzelte mir amüsiert zu. Es wirkte nicht so, als wenn sie meiner Ankündigung Glauben schenkte.
Margrit rang vor Erregung nach Luft, sie hielt sich am Tischtuch fest, aber das war nicht der richtige Ort, um inneren Halt zu finden. Es sah ganz so aus, als wenn sie einen ihrer kleinen Erstickungsanfälle bekäme. Das Zitat aus einem Roman kam mir in den Sinn, den ich in der Nacht gelesen hatte: »Die Meeresbrise hatte begonnen, über die niedrigen Hügel nach Westen durchzudringen. Sie wischte die Luft sauber und die schlimmste Hitze weg.« Genauso war mir zumute: als wenn eine kühle Brise all die unausgesprochenen Verunreinigungen der Atmosphäre weggewischt hätte.
»Sie haben mir eine recht bemerkenswerte Analyse der Gorbatschow-Bänder geliefert, Adrian«, fuhr Sehlen fort. Ich hörte dem Klang seiner Stimme an, daß er genauso erregt war wie Margrit. Sonst hätte er vor den anderen nicht den Namen Gorbatschow erwähnt. Das war ein klarer Verstoß gegen die Regeln.
»Freut mich, wenn sie Ihnen gefallen hat.«
»Besonders Ihr Kommentar zum ersten Band.«
»Ich hoffe, daß es keinen Qualitätsabfall beim zweiten Teil gibt?«
»Nun, was man über Ihre exzellenten Kenntnisse der sowjetischen Verhältnisse sagt, kann ich nur unterschreiben. Mit einer kleinen Einschränkung.«
»Die wäre?«
»Sie zitieren da ein paar Stellen, von denen auf den Bändern

nirgendwo die Rede ist. Und dieser Fehler hängt offenbar mit einem besonders dreisten Husarenstück zusammen, zu dem Sie sich haben hinreißen lassen.« Er bewegte den Kopf in Richtung Tür. »Reden wir lieber draußen weiter.«
Margrit saß schreckensbleich auf ihrem Stuhl. Das Tischtuch war verrutscht und hatte sich mitsamt dem Geschirr bedrohlich der Tischkante genähert. Aber sie schien nichts von der Gefahr wahrzunehmen, in der sich ihr so umsorgtes und umhegtes Meißener Tafelservice befand.
Wir gingen hinüber in Sehlens Arbeitszimmer. Herbert machte beim Hinausgehen das Siegeszeichen, aber ich war gar nicht mehr so sicher, daß ich mich als Sieger fühlen durfte.
Sehlen zog zwei zusammengefaltete Blätter aus der Jackentasche. »Vergleichen Sie selbst. Die rot umrandete, zweite Version ist die der Bänder, die blau umrandete Ihr Text.«
Ich nahm die Seiten und las:

Blau umrandete Fassung:
Gesprächspartner: »Sie haben die US-Militärs in eine tiefe Identitätskrise gestürzt. Die demokratische Mehrheit im Kongreß hat angekündigt, die Budgetvorlage des Verteidigungshaushalts von 295 Milliarden Dollar um eine gewaltige Summe nach unten zu korrigieren ...«

Rot umrandete Fassung:
Gesprächspartner: »Sie haben die US-Militärs in eine tiefe Identitätskrise gestürzt. Die demokratische Mehrheit im Kongreß hat angekündigt, die Budgetvorlage des Verteidigungshaushalts von 260 Milliarden Dollar um eine gewaltige Summe nach unten zu korrigieren ...«

»Ehrlich gesagt, sehe ich keinen großen Unterschied, Ronald.«
»Lesen Sie weiter.«

Blau umrandete Fassung:
Gorbatschow: »Zweitens Abrüstung weltweit, der Rückzug der US-Truppen aus Europa und drittens, dank unseres neugewonnenen Vertrauens in der Welt, großzügige und nachhaltige Wirtschaftshilfe. Punkt Nummer vier, der Technologietransfer, verdient unsere ganz besondere Aufmerksamkeit, denn er stellt eines der größten Probleme dar, um auf den Weltmärkten wettbewerbsfähig und in der Rüstung ein gleichwertiger Gegner zu bleiben – und dies alles, fünftens, ohne daß wir unsere expansiven Ziele in der Dritten Welt wirklich aufgeben müßten.«

Rot umrandete Fassung:
Gorbatschow: »Zweitens Abrüstung weltweit, der Rückzug der US-Truppen aus Europa und drittens, dank unseres neugewonnenen Vertrauens in der Welt, großzügige und nachhaltige Wirtschaftshilfe. Punkt Nummer vier, der Technologietransfer, verdient unsere ganz besondere Aufmerksamkeit, denn er stellt eines der größten Probleme dar, um auf den Weltmärkten wettbewerbsfähig zu werden und in der Rüstung ein gleichwertiger Gegner zu bleiben – und dies alles, fünftens, ohne daß wir die Ziele der Weltrevolution wirklich aufgeben müßten.«

»Im ersten Beispiel, Ihrer Fassung, sind's die amerikanischen Rüstungsausgaben«, sagte er. »Sie beziffern Sie auf 295 Milliarden Dollar. In der richtigen Version heißt es: 260 Milliarden. Nun gut, das könnte ein Schreibfehler sein. Dann kommt die zweite Passage. Sie zitieren: ›... und dies alles, fünftens, ohne daß wir unsere expansiven Ziele in der Dritten Welt wirklich aufgeben müßten.‹ Auf dem Band heißt es: ›... ohne daß wir die Ziele der Weltrevolution wirklich aufgeben müßten.«
»Soviel ich weiß, hat Gorbatschow der kommunistischen Weltrevolution öffentlich abgeschworen«, sagte ich.

»Na, hier hören Sie doch, daß es nur ein Bluff ist.«
»Hm, was wollen Sie denn damit andeuten, Ronald? Daß ich ungenau arbeite?«
»Ich frage mich, auf welches Material Sie eigentlich zurückgreifen. Haben Sie andere Quellen als wir?«
»Andere Quellen? Wie soll ich das verstehen?«
»Sie wissen, daß jemand in mein Hotelzimmer eingebrochen ist. Es fehlte nichts, aber unter meinen Unterlagen gab es einen Hefter mit der Aufschrift ›Tonbandabschriften‹.«
»Na und? Ehrlich gesagt, verstehe ich immer noch nicht, worauf Sie eigentlich hinauswollen. Wollen Sie damit andeuten, ich hätte mir Material besorgt, indem ich bei Ihnen einbrach? Material, das ich ja ohnehin zur Bearbeitung bekam? Was ergäbe das für einen Sinn?«
»Ich will Ihnen sagen, welchen Sinn es ergäbe. Aber vielleicht wissen Sie das ja längst?«
Ich schloß die Augen und versuchte mir die Situation in Sehlens Hotelzimmer zu vergegenwärtigen. Irgend etwas war schiefgelaufen. Aber was? Die Texte meiner Analyse stimmten nicht mit denen des Tonbands überein. Wie war das möglich? Ein Hefter mit der Aufschrift »Tonbandabschriften«? Daran konnte ich mich noch erinnern, ja. Ich hatte ihm weiter keine Beachtung geschenkt, weil es sich nur um die Mitschrift eines politischen Gesprächs handelte. Irgendeines Gesprächs, ich hatte nicht mal darauf geachtet, von wem.
»Also gut, setzen Sie sich, Adrian, und hören Sie mir in aller Ruhe zu. Fragen Sie sich, welche Schlußfolgerungen Sie selbst an meiner Stelle aus den Beobachtungen ziehen würden.« Er schob mir einen Stuhl hin. »Sie waren hinter Ihrem Dossier her, das kann man verstehen. Sie baten mich, Ihnen Ihre persönliche Beurteilung zu zeigen, damit wir darüber diskutieren könnten. Erinnern Sie sich? Sie hatten mich gefragt, wann Washington endlich gedenke, Sie in die Hintergründe von Schafspelz einzuweihen, und ich hatte Ihnen geantwortet, daß

Ihre Persönlichkeitsanalyse das gegenwärtig noch nicht erlaube. Sie waren ziemlich scharf auf das Dossier.
Also brachen Sie in mein Hotelzimmer ein, um Ihre Personalakte zu finden. Daß ein Fremder im Zimmer war, geht einwandfrei aus den angebrachten Sicherheitsmarkierungen hervor. Sie fanden zwar keine Analyse, dafür aber meine Mitschriften der Gorbatschow-Bänder. Bei ihrer Abschrift waren uns ein paar kleine Ungenauigkeiten unterlaufen. Zum Beispiel in der Höhe des Militärhaushalts. Und nun begingen Sie den entscheidenden Fehler. Es stellte sich heraus, daß es ganz überflüssig gewesen war, sich den Text illegal zu beschaffen, da Sie ihn ja ohnehin zur Analyse bekommen würden, aber das konnten Sie natürlich in meinem Hotelzimmer noch nicht wissen. Für die Auswertung nahmen Sie später Ihre Abschrift zur Hand. Bei der schriftlichen Arbeit war es bequemer, auf Geschriebenes zurückzugreifen, anstatt immer wieder die Tasten des Tonbands zu drücken. Vor- und zurückspulen, das gesprochene Wort ist flüchtig, beim Abschreiben vergißt man leicht, was man eben gehört hat, weil man sich auf seine Handschrift konzentriert. Aus demselben Grund hatten wir ja auch unsere eigenen Tonbandabschriften anfertigen lassen. Nur übernahmen Sie leider die Fehler der schriftlichen Fassung in Ihre Arbeit. Die hätte aber auf dem Originaltext der Tonbänder beruhen müssen.»
»Unsinn, ich war nie in Ihrem Hotelzimmer, Sehlen. Glauben Sie wirklich, jemand besäße während des Einbruchs in ein Hotelzimmer die Nerven, lange Abschriften anzufertigen?«
»Vielleicht benutzten Sie ja eine Kamera. Oder eines dieser handlichen kleinen neuen Taschenkopiergeräte. Einmal drüberrollen, fertig.«
»Als Agent der Gegenseite?«
»Sagen Sie mir eine andere plausible Erklärung für den Unterschied der Texte.«
»Zufall.«

»Zufall, ha, ha. Zwei Textpassagen, Adrian? 295 statt 260 Milliarden? Und Gorbatschows Bemerkung über die Weltrevolution?« Er schüttelte heftig den Kopf. »Das können Sie nicht mal einem Gutgläubigeren als mir weismachen. Sie sind ab sofort vom Dienst suspendiert. Alles, was Sie über das Projekt Schafspelz erfahren haben, unterliegt der strengsten Geheimhaltung. Man würde sonst Mittel und Wege finden, Sie für immer oder doch wenigstens für sehr, sehr lange Zeit zum Schweigen zu bringen. Über Ihre Bestrafung werden andere befinden. Halten Sie sich bis dahin zu unserer Verfügung, Adrian.«

2 Ich versuchte eins und eins zusammenzuzählen. Was war passiert? Aus seinem Hefter konnte mein Text nicht stammen. Ich ging in den Salon, um nachzudenken. Durch die Stufen der eisernen Wendeltreppe schimmerte spärliches Licht, aber es waren keine Stimmen zu hören – nur das Rascheln von Papier. Als ich meinen Kopf über die Treppenstufen steckte, sah ich, daß Herbert in einem Stapel alter Illustrierten blätterte.

Ich kehrte zum Salon zurück und setzte mich in den tiefen Ohrenbackensessel am Fenster, einem Erbstück von Margrits verstorbenem Mann. War das Ganze nur ein Bluff? Ein Versuchsballon, um mich zum Geständnis zu bewegen? Natürlich würde ich niemals zugeben, in sein Hotelzimmer eingebrochen zu sein, wenn er sich dabei auf eine nichtexistierende Abschrift seiner Unterlagen berief.

Ich kam zu dem Ergebnis, daß es kein Bluff sein konnte. Aber welche andere Erklärung gab es dafür?

Wenn ich mich richtig erinnerte, war auf dem Band von 295 und nicht von 260 Milliarden die Rede gewesen. Also mußte ich korrekt zitiert haben. Bei Gorbatschows Äußerung über die Dritte Welt und die Weltrevolution war ich weniger sicher. Ich ging in mein Arbeitszimmer und spielte mir das Band noch einmal in aller Ruhe vor. Es entsprach genau meinen Zitaten. Der Satz Gorbatschows lautete: *... und dies alles, fünftens, ohne daß wir unsere expansiven Ziele in der Dritten Welt wirklich aufgeben müßten.*

Mein Blick fiel auf die ausgetauschte Kassette – das Etikett »Gespräche G.«. Und plötzlich begriff ich: Ganz unten rechts war mit Bleistift ein kaum sichtbares »B« angefügt. Version B. Ich hatte nur den Anfang gehört, bei dem Gorbatschow über seine Glaubwürdigkeit in den Augen der westlichen Öffentlichkeit und den angeblichen Niedergang des orthodoxen Kommunismus redete, und war einfach davon ausgegangen, daß es sich um dieselbe Aufnahme handelte. Ich hatte nur wissen wollen, ob die Kassette leer oder bespielt war. Nicht weiter verwunderlich, weil sich die Beschriftungen glichen. Möglich, daß er einfach das alte Etikett abgezogen und es auf die neue Kassette geklebt hatte.

Ich nahm Sehlens Tonbandgerät aus dem Schrank und legte das andere Band ein. Sein Text war identisch mit der zweiten, rot umrandeten Version auf den beiden Blättern. Diesmal war von 260 Milliarden Dollar und der Weltrevolution die Rede. Also mußte er die leere Kassette in dem guten Glauben, es sei die alte Fassung, ohne weitere Nachprüfung gegen eine andere Aufnahme ausgetauscht haben. Auf diese Weise war er mir auf die Schliche gekommen, wenn auch durch die falsche Annahme, ich hätte die fehlerhaften Zitate aus seiner Niederschrift übernommen.

Hübscher kleiner Irrtum, zugegeben.

Man würde sonst Mittel und Wege finden, Sie für immer oder doch wenigstens für sehr, sehr lange Zeit zum Schweigen zu bringen ... Das war eine freche Drohung – eine ziemlich unverhohlene Morddrohung sogar. Und ich hatte keinen Grund zu glauben, sie sei ihm nur so im Eifer des Gefechts herausgerutscht.

Er kam mir im Korridor entgegen, als ich gerade die Tür meines Arbeitszimmers abschloß.

»Wenn Sie jetzt noch die Freundlichkeit hätten, mir Ihr Material über das Projekt Schafspelz auszuhändigen.« Sehlen streckte seine Hand aus.

»Was darüber an schriftlichen Unterlagen existiert, haben Sie bereits mit meiner Analyse bekommen.«

»Ich meine die Aufnahmen.«

»Sie hatten mich doch gebeten, beide Bänder nach der Bearbeitung zu löschen. Das habe ich getan.«

»Gelöscht oder vernichtet? Dann geben Sie mir bitte die leeren Kassetten.«

»Vernichtet.«

»Und wie haben Sie das Material beseitigt, Adrian?«

»Wie es die Regel vorschreibt.«

»Das ist keine Antwort. Ich würde gern erfahren, was Sie mit den Aufnahmen ...«

»Ich bin kein Anfänger.«

»Also bitte ...«

»Na, zunächst mal wurden sie ordnungsgemäß gelöscht. Danach sind sie in den Müll gewandert.«

»Darf ich fragen, in welchen Müll?«

»In den Hausmüll, Ronald.«

»Sie meinen die Ascheimer?«

»Ja, ganz recht.«

»Dann lassen Sie uns mal nachsehen.«

»Und wozu?«

»Um mich zu vergewissern, daß alles seine Richtigkeit hat.«

»Sie sind ein seltsamer Heiliger. Wenn ich ein Agent der anderen Seite wäre, wie Sie zu glauben scheinen, dann hätte ich natürlich ein halbes Dutzend Kopien der Bänder gezogen.«

»Ich halte Sie nicht für einen Überläufer, Adrian.«

»Sondern?«

»Nur für jemanden, der schwer zu disziplinieren ist. Der sich nicht unterordnen will. Der seinen eigenen Kopf hat und uns grundlos Schwierigkeiten macht. Das Tragische daran ist bloß, daß Sie längst zum inneren Kreis gehören könnten. Daß Sie sogar das Zeug dazu gehabt hätten, eines Tages Forum abzulösen. Vielleicht sogar für noch höhere Weihen. Den Königsthron! Dann hätten Sie an der Quelle aller Geheimnisse gesessen, um die Sie soviel Aufhebens machen. Sie hätten sie sprudeln lassen oder den Daumen drauf gehalten. Aber Sie haben sich dafür entschieden, zum Fußvolk zu gehören. Aus mangelndem Ehrgeiz, aus kluger Selbstbescheidung, was weiß ich. Und dem Fußvolk wirft man immer nur die Krumen hin.«

»Hübscher Vortrag«, sagte ich. »Sie hätten Pfarrer werden sollen.«

»Kommen Sie mit.«

Wir gingen hinunter in den Garten. Der Verschlag war neben der Pforte, hinter dem Nischenaltar, den Slava für Herberts religiöse Anwandlungen angebracht hatte. Er steuerte auf den ersten Ascheimer zu und hob den Deckel. Ich folgte ihm und sah ihm dabei über die Schulter.

»So ein Pech«, sagte ich. »Heute nachmittag geleert.«

»Sie haben verdammtes Glück.« Er sah kopfschüttelnd in den leeren Eimer. Am Boden klebten ein paar Zeitungsblätter und feuchtes Laub.

»Was wollen Sie denn damit andeuten? Auch in unseren Kreisen wird man schließlich erst schuldig gesprochen, wenn man überführt worden ist. Sie haben eine Menge Anschuldigungen vorgebracht, aber keinen einzigen Beweis. Nichts als Spekulationen. Bei der Abschrift des Bandes wurden von Ihren Leuten Fehler gemacht. Ich habe später ganz ähnliche Fehler beim Abschreiben derselben Aufnahme gemacht ...«

»Dieselben Fehler, Adrian, exakt dieselben.«

»Unsere Fehler stimmen überein. Na gut, das ist vielleicht ein Zufall, der nicht besonders oft vorkommt ...«

»Er liegt außerhalb jeder Wahrscheinlichkeit.«

»Streiten wir nicht darüber, welche Annahme wahrscheinlich ist, Ron. Was wird jetzt mit mir geschehen?«
»Sie werden vor einen Untersuchungsausschuß zitiert. Der wird Ihnen gehörig das Fell über die Ohren ziehen. Disziplinarmaßnahmen, Konventionalstrafe, weil Sie gegen sämtliche Bestimmungen verstoßen haben. Wahrscheinlich der Ausschluß. Ihre Karriere würde ich abschreiben, Adrian – aber ich denke, die war ja seit langem schon kein Thema mehr für Sie?«

3 In den folgenden Tagen tat ich alles, worum ich gewöhnlich einen großen Bogen machte. Ich trank mehr, als mir bekam. Ich lag nachmittagelang in der heißen Wanne. Ich hörte bis spät in die Nacht Musik (das Haus erzitterte von meinen alten Schallplatten). Aber für Sehlen schienen diese Signale Luft zu sein. Meine Kriegstrommeln brachten ihn nicht einmal dazu, unseren gemeinsamen Essen fernzubleiben. Margrit hatte ihm wegen der Renovierung des Gästezimmers ihr kleines Arbeitszimmer überlassen. Es gab dort eine Klappliege, die man als Bett benutzen konnte. Seine Sachen brachte er in den beiden antiken Kommoden unter, die einmal Slavas Puppensammlung beherbergt hatten.
Margrit verfolgte mein Spektakel mit ängstlicher Zurückhaltung – ungefähr so, wie man einen Irren beobachtet, den man nicht zu weiteren Ausbrüchen provozieren will. Slava dagegen zwinkerte mir manchmal verschwörerisch zu, als sei das alles nur ein geschickt eingefädeltes Manöver, um ihre Mutter zur Vernunft zu bringen. Sie hatte etwas zugenommen in den letzten beiden Wochen. Sichtbares Zeichen all der kalorienreichen kleinen Kochorgien, die Margrit für Sehlen veranstaltete. Ihre Wangen sahen rund und rosig aus wie die eines wohlgenährten Backfischs.
Sehlen hatte in seinem Arbeitszimmer einen Safe aufstellen

lassen. Er war nur tischhoch, aber schwer genug, um zwei stämmigen Einbrechern Widerstand zu leisten. Dasselbe hammerschlaglackierte Modell stand auch in unseren Büros, und sein Anblick erinnerte mich daran, wie wenig Grund es für ihn gab, seine Unterlagen weiter in unserem Haus zu bearbeiten. Es sei denn, er wollte mir damit signalisieren, daß ich noch längst nicht aus meinen Verpflichtungen entlassen war. Er und nur er (oder der Ausschuß, vor den man mich zitieren würde) bestimme, wann ich entlassen sei.

Ich nahm wieder meine Kneipenzüge durch Schwabing auf, ließ mich vom »Haus der hundertelf Biere« an den Rand des Englischen Gartens und zurück bringen, um in einer verwinkelten Neon-Bar und einem Billardcafé an der Ludwigstraße über meine gesammelten Schandtaten und Sehlens Entdekkung nachzudenken. Es war vor allem *ein* Punkt, um den meine Gedanken kreisten: Wie war es möglich, daß zwei verschiedene Versionen von Gorbatschows Gesprächen existierten?

Die Blondine hinter der Theke strickte immer noch an ihren Ohrenwärmern – es würde bald Winter werden – und hatte ein großes Herz für melancholische Trinker. Und sie hatte immer noch keinen Kurs in Ostpolitik belegt.

Ich hätte taub sein müssen, um Riesenbabys schwergewichtige Schritte hinter mir überhören zu können. Er folgte mir, wohin ich ging, und er machte keine Anstrengungen, dabei unsichtbar zu bleiben. Wenn ich eines meiner ständigen Etablissements betrat, blieb er in sicherer Entfernung an einer Toreinfahrt oder an der Straßenecke stehen, bis ich wieder herausgekommen war. Er trug karierte Jacken, gegen die mein Marengo-Sakko unauffälliger als ein taubengrauer Mantel wirkte, fleischfarbene Gesundheitssocken aus Gummigewebe und rosafarbige Seidenhalstücher. Seine Wangen leuchteten so grell wie seine Schuhspitzen, und die mußten immer noch mit dem glänzendsten Eierweiß poliert worden sein, das die

chemische Industrie jemals hergestellt hatte. Aber manchmal wurde ihm die Zeit zu lang, und er setzte sich in den entgegengesetzten Winkel des Lokals, um ein Bier zu bestellen. Er trank nie mehr als zwei, drei Glas: erstaunlich wenig für seine Körperfülle. Einmal ging ich hinüber und fragte: »Kann ich Ihnen einen doppelten Nordhäuser spendieren, Kläuschen?«
»Nennen Sie mich nicht Kläuschen«, sagte er mürrisch – und als ich Anstalten machte, mich zu ihm an den Tisch zu setzen, stand er auf und verschwand im Waschraum.
Wenn ich im Gedränge der Fußgängerzone zu schnell ging, hörte ich ihn hinter mir ächzen. Vermutlich trauerte er seinen Bädern in heißem Nordseesand nach. Am Taxistand gab ich ihm manchmal Gelegenheit, den anderen Wagen zu besteigen. Er ließ sich mit keiner Geste anmerken, daß er meine Zuvorkommenheit zu schätzen wußte. Die Abende und Nächte verbrachte er in einem etwas ramponiert aussehenden Toyota-Kleinbus mit der Beschriftung »Rohrreinigungsservice«, der an der gegenüberliegenden Ausfahrt geparkt war. Wenn ich aus dem Haus kam, sah ich, wie sich seine Vorhänge bewegten.
Später begleitete Herbert mich auf meinen Odysseen. Er war dankbar für jede Abwechslung. Von Alkohol bekam er zwar Kopfschmerzen, aber das schien nur eine Sache der Abhärtung und Gewöhnung zu sein. Ich steckte ihn in einen meiner Anzüge, und wenn wir uns irgendwo in der Stadt trennten, mußte Riesenbaby sich entscheiden, wen er für Adrian, den Verräter, halten wollte und wen für seinen etwas debilen Bruder. Unsere Manöver rissen Herbert zu kleinen Begeisterungsovationen hin. Er erwies sich als gelehriger Schüler. Durchaus möglich, daß er viel begabter für die Arbeit im Geheimdienst war als ich.
Das Turmcafé am Viktualienmarkt wurde Riesenbabys Alptraum, weil es zwei Treppenaufgänge besaß. Wir trennten uns beim Bezahlen und verschwanden in die entgegengesetzten

Stadtviertel – Herbert zum Hofgarten, dem treibenden Herbstlaub nach, und ich in Richtung der Isarbrücken. Kläuschen pendelte unentschlossen vor beiden Treppen hin und her wie Buridans Esel zwischen den Heuhaufen. Als wir es uns wieder einmal auf unserem Stammplatz unter dem Ölgemälde Ludwigs II. bequem gemacht hatten, kam er mit seinen polierten Schuhen herüber und sagte, an Herbert gewandt:

»Lassen Sie doch den Blödsinn, Haag.«

»Treiben Sie Ihr Spiel mit uns oder wir mit Ihnen?«

»Das Ganze ist schließlich nicht auf meinem Mist gewachsen. Sie stehen immer noch im Sold der Firma, und bis die Ermittlungen gegen Sie abgeschlossen sind, wird das auch so bleiben.«

»Danke für den Hinweis. Falls Sie Fragen haben? Ich gebe auch ohne meinen Anwalt kurze Statements zur Anklage ab.«

»Sieht Ihnen ähnlich, Haag. Anscheinend haben Sie überhaupt keine Vorstellung davon, wie heikel Ihre Lage ist.«

»Soll ich das als diskreten kleinen Hinweis auf Beils Unfall ansehen?«

»Beils Unfall?« Er musterte mich verständnislos.

»Was bezwecken Sie eigentlich damit, sich wie eine Klette an uns zu hängen?« fragte Herbert.

»Geht Sie das was an?«

»Vielleicht haben Sie's ja auf uns abgesehen? Ich könnte die Polizei anrufen. Die würde Ihnen erst mal einen halben Tag lang auf den Zahn fühlen und Ihre Karteikarten ordnen.«

»Na, Ihr Bruder ist ja ein noch durchtriebeneres Früchtchen als Sie«, meinte er an mich gewandt. »Ich führe nur Ronalds Auftrag aus. Wäre mir auch lieber, wenn Sie uns weniger Schwierigkeiten machen würden. Ich versorge hier in der Gegend ein paar hübsche, aber einsame Freundinnen, die heulen in die Kissen, weil ich keine Freizeit habe.«

»Sagen Sie Ihren Leuten, daß ich das Opfer falscher Verdächtigungen bin.«

»Falscher Verdächtigungen, ha, ha. Wir haben im Keller des Hotels die Schreibmaschine gefunden, mit der Ihre beiden Briefe an v.R. geschrieben wurden – unter den Braunkohlenbriketts. Die Buchstaben K und S sind ziemlich ausgeleiert, unverwechselbarer Anschlag, wenn Sie verstehen, was ich meine?«

»An v.R.? Wer ist das? Und eine Schreibmaschine? Stand denn mein Name dran?«

»Na, wenn Beil es nicht war, müssen Sie's gewesen sein. Wir können schließlich zwei und zwei zusammenzählen. Sie haben das Ding im Hotel versteckt, es gehörte mal dem alten van der Haaren, als er noch fleißig in Zimmervermietung machte. Die Fingerabdrücke auf den Tasten sind mit Terpentin entfernt worden. Oder wollen Sie Ronald verdächtigen?«

»Ich verdächtige niemanden. Ich versuche Ihren wirren Ausführungen zu folgen. Aber es fällt mir schwer. Um was für Briefe geht es denn?«

»Haben Sie schon mal 'nen Schauspielerkurs absolviert?« Er zwinkerte mir aufgekratzt zu und bewegte theatralisch die Hände. »Sie machen Ihre Sache wirklich gut.«

»Danke, ich war schon immer ein begabter Lügner.«

»Und nun machen Sie, daß Sie wegkommen«, sagte Herbert.

Nach diesem Zwischenspiel blieb er eine Zeitlang verschwunden und tauchte erst wieder auf, als wir schon glaubten, ihn endgültig losgeworden zu sein. Er holte Sehlens Kurierumschläge ab. Sein grüner Kleinbus mit der Beschriftung »Rohrreinigungsservice« parkte immer noch vor dem Haus (vielleicht, weil ich das als Drohung verstehen sollte), aber wenn ich in die Stadt fuhr, war kein plattfüßiges Riesenbaby mehr hinter mir, dafür erkundigte sich Sehlen nach meinem Befinden.

»Sie sind ja neuerdings mächtig um mich besorgt, Ron?«

»Ich will bloß nicht, daß Sie noch weiter in Schwierigkeiten geraten.«

»Wer erledigt denn jetzt meine Arbeit?«

»Oh, Ihre bisherigen Analysen sind natürlich immer noch ganz brauchbar für uns, von den Fehlern mal abgesehen.«

»Und wenn neues Material hereinkommt?«

»Hm ... ja, dafür werden wir wohl Lexter in London in Anspruch nehmen müssen.«

»Ich denke, man hat ihn aus dem Geheimdienst geworfen?«

»Ganz recht.«

»Sagten Sie nicht, er sei spurlos verschwunden? Er trinke, und seine Frau sei ihm weggelaufen? Niemand wisse, wo er sich gegenwärtig aufhalte?«

»Nun, er wird schon wieder auftauchen.«

»Ziemlich wacklige Voraussetzungen, um ihn zur Mitarbeit zu bewegen, oder?«

»Wahrscheinlich treibt er sich wieder in den billigen kleinen Küstenorten nördlich von London herum. Da sind die Kneipen nach seinem Geschmack.«

»Und wenn Sie ihn nicht finden?«

»Worauf wollen Sie denn hinaus, Adrian? Daß Sie wieder von uns in Dienst genommen werden, weil wir Sie als Fachmann brauchen? Ihre Arbeit hatte bloß den Zweck, unsere eigenen Analysen wasserdicht zu machen. In einer Angelegenheit von soviel politischem Gewicht dürfen wir natürlich keinen wichtigen Gesichtspunkt außer acht lassen. Aber damit ist nicht gesagt, daß wir auf Sie *angewiesen* sind.«

»Und wenn Ihr Mann im Kreml Enten fabriziert?«

»Enten?« Er schüttelte unwillig den Kopf. »Wie stellen Sie sich das vor? Wo wir nicht nur über schriftliches Material, sondern auch über Bänder mit Gorbatschows Stimme verfügen? Oder haben Sie konkrete Hinweise?«

»Ich könnte danach suchen, um mich zu rehabilitieren.«

»Nein, ausgeschlossen.«

»Was macht Sie so sicher, Ron?«

»Fragen wir mal umgekehrt: Was macht Sie eigentlich so argwöhnisch?« Er rieb unzufrieden seinen Ring am Handballen.

»Etwa, daß wir hier ein Bild Gorbatschows vorgeführt bekommen, dem Sie persönlich wenig abgewinnen können? Ich weiß ja, daß Sie ein heimlicher Bewunderer seiner Politik sind. Und nun entpuppt er sich als Machiavelli. Als erzkonservativer Kommunist in einer Reihe mit Lenin und Stalin. Als menschenverachtender Machtpolitiker. Das kann Ihnen natürlich nicht gefallen. Aber welche *Beweise* haben Sie für Ihre Zweifel?«

»Hm ... keine. Jedenfalls keine überzeugenden, wenn man's genau nimmt. Nur meine Nase, mein Gespür. Ich habe mich immer auf meinen Instinkt verlassen.« – Das war eine Lüge, aber derselbe Instinkt hielt mich davon ab, ihm den Grund für meinen Argwohn zu nennen. Außerdem hätte ich dann zugegeben, doch in sein Hotelzimmer eingebrochen zu sein.

»Na also.«

»Ich würd's gern sehen, wenn Sie morgen mein Haus verließen, Ronald.«

»Ja, das kann ich verstehen. Aber da sind schließlich auch noch Margrit und Slava. Slava legt großen Wert darauf, daß ich ihr bei den Vorbereitungen helfe. Und Ihre Frau hat mich gebeten, auf gar keinen Fall auszuziehen, bevor ich in München eine anständige Wohnung gefunden habe.«

Nach diesem Intermezzo gingen wir uns aus dem Weg. Allerdings war Sehlen nicht sonderlich erfindungsreich darin. Beim Essen beschränkten sich seine Anstrengungen darauf, einen Stuhl am anderen Ende des Tischs zu nehmen. Und im Salon ließ er lieber die anderen reden. Vielleicht, um mir das Gefühl zu geben, nicht zuviel von meiner kostbaren Atemluft zu beanspruchen. Offenbar betrachtete er sich als Margrits Hausfreund. Jemand, den man für unverfängliche Unterhaltungen in Anspruch nahm, aber nicht mehr. Ich hatte keinen Anlaß zu glauben, ihre Beziehung ginge über harmlose Tête-à-têtes hinaus. Einmal ertappte ich Sehlen und Margrit im Salon dabei, daß er ihre Hand hielt. Als er mich hereinkommen sah, zog er sie langsam zurück, ein dreistes Lächeln auf dem glattrasierten Gesicht. Aber ich war längst über das Stadium hinaus, meinem Verhältnis zu Margrit noch irgendeine Bedeutung beizumessen.

Sie war mir gleichgültig geworden; und vielleicht war sie mir ja schon lange gleichgültig gewesen, und ihr Verhalten hatte diese Gleichgültigkeit nur zutage gefördert. Kröder, ein pensionierter Polizeibeamter, der nebenan wohnte und wegen eines schweren Verkehrsunfalls nur noch kurze Spaziergänge in die Umgebung unternahm, erkundigte sich manchmal, wie es Margrit ging. Er wurde von chronischer Neugier geplagt, und da er die meiste Zeit über am Fenster saß und Sehlen und Margrit im Salon beobachten konnte, verstand ich, worauf sein blasiertes Lächeln abzielte.

»Sie wissen doch, daß ich ein paar Schwierigkeiten mit dem Wasserhahn habe, Kröder? Bin mal bei einer wilden Verfolgungsjagd aus dem zweiten Stockwerk rittlings auf eine Mauer gefallen. Der Mann ist mein Ersatz.«

»Ernsthaft, Haag?«

»Na, sagen wir mal, ihre Beziehung ist mehr platonisch.«

»Sieht aber gar nicht danach aus«, widersprach er. »Gestern abend hat er sie zweimal auf die Stirn geküßt. Es war genau zu erkennen, weil sie im Salon die Festbeleuchtung eingeschaltet hatten ... pah!« Er schüttelte verächtlich den Kopf.

»Sie sind doch auch behindert, hab' ich mir sagen lassen. Wenn Ihre Frau Bedarf hat, leih' ich ihn gern mal an sie aus.«

Seit diesem Gespräch verzichtete er darauf, mich zu grüßen. Seine Frau, der er als guter Pantoffelheld alles berichtet hatte, strafte mich mit Nichtachtung. Ich war Luft für sie, und selbst ihr Dackel schien begriffen zu haben, daß ich im Viertel zur Unperson geworden war. Er unterließ jeden Angriff und hoppelte nur mürrisch seinem Frauchen nach.

Ich genoß meine neugewonnene Freiheit, das Gefühl, von niemandem abhängig zu sein. Sehlen glaubte, ich müßte bestraft werden, weil ich seine Warnungen in den Wind geschlagen hatte. Aber auch diese »Strafe« war mir gleichgültig. Ich hatte mich damit abgefunden, daß ich den Dienst verlassen würde. Sobald er mich vor einen Ausschuß zitierte, war die Sache öffentlich geworden, und vielleicht bewahrte mich das ja davor, ein ähnliches Schicksal zu erleiden wie Beil. Mein plötzlicher Tod nach solchen Vorwürfen, so hoffte ich, würde Spekulationen darüber aufkommen lassen, daß man sich eines lästigen Mitwissers entledigt hatte. Doch je länger ich diesem ganz folgerichtig wirkenden Gedanken nachging, desto weniger plausibel erschien er mir.

Galten solche Überlegungen auch für Sehlen?

4 Der Saal glich eher einem alten Klassenzimmer als den erlauchten Hallen, in denen Forum gewöhnlich seine Sitzungen abzuhalten pflegte. Als solle ich vor ein geheimes Militärtribunal gestellt werden, und für meine anschließende Hinrichtung dürfe es keine Zeugen geben. Das Gebäude befand sich im Hinterhof einer ehemaligen Schule. In den Glasvitrinen standen ausgestopfte Eichhörnchen und Eulen für den Biologieunterricht, und die Holztische waren mit eingeritzten Sprüchen übersät: *Markus, das Warzenschwein,* oder *Elsa, ich liebe dich.*

Man brachte mich ins Lehrerzimmer. Einer meiner Bewacher erklärte mir, daß wir die Ankunft des Untersuchungsausschusses abwarten müßten. Hinter der Tür waren gedämpfte Stimmen zu hören. Jemand sagte auf französisch: »Denken Sie, daß wir die Wachen verstärken sollten?« Und eine Männerstimme antwortete mit amerikanischem Akzent: »Nach seinen Dossiers ist er nicht der Typ, der gewalttätig wird.«

Ich sah aus dem Fenster auf den tristen Innenhof. Seine Backsteinwand würde sich gut für Erschießungen eignen. Vielleicht wäre es ja eine hübsch melodramatische Wendung gewesen, wenn ich mich jetzt aus dem Fenster stürzte? Aber wahrscheinlich würde ich mir nur beide Beine brechen und den Rest meiner Tage im Rollstuhl zubringen. Unten standen verbeulte Mülltonnen, und daneben war das Wellblechdach eines Unterstands.

Als ich in den Saal geführt wurde, bot mir mein Bewacher eine Zigarette an. Ich fragte ihn, ob ich statt dessen eine Zyankalikapsel bekommen könnte. Er gab keine Antwort und schob mich mit unbewegter Miene zu meinem Stuhl, der mitten im Raum stand – gut zwei, drei Meter vom Podium entfernt.

Außer Forum kannte ich keinen der acht Männer, die dort über mich Gericht halten sollten. Sie waren mittleren Alters und trugen dunkelbraune oder graue Maßanzüge. (Man verdient gut, wenn man in diesem Gewerbe am Ball bleibt.) Ich hätte sie leicht für übelgelaunte Buchhalter halten können, wären ihre Krawatten weniger grell und ihre gestutzten Bärte nicht ein wenig zu gepflegt gewesen. An der Wand neben den Vitrinen hing die Schwarzweißaufnahme eines wilhelminischen Schulleiters mit streng dreinblickenden Augen und hochgezwirbeltem Schnurrbart. Das großformatige Gemälde hinter dem Podium zeigte ein blaues Bergmassiv, über dem ein einsamer Adler schwebte.

»Die Ihnen zur Last gelegten Verfehlungen«, sagte der dritte Mann von rechts in gutem Juristendeutsch, ohne seinen Namen zu nennen, »rechtfertigen sowohl Ihr Dienstausschlußverfahren wie auch eine strafrechtliche Verfolgung.«

Anscheinend erwartete er darauf eine Antwort, denn er sah mich fragend an. Er war kleiner als die anderen, weniger beleibt und hatte eine befehlsgewohnte Stimme. Besonders bemerkenswert fand ich seine Krawatte. Sie zeigte eine düstere graue Wolke, die gerade abregnete. Vielleicht war ja die Wahl der Krawatte für die vorherrschende Stimmung eines Mannes genauso aussagekräftig wie ein psychologischer Kleckstest.

»Gut, in diesem Punkt scheinen wir uns also einig zu sein. Fahren wir fort mit der Beweisaufnahme.« Er gab dem Mann am linken Ende des Podiums einen Wink. »Möller, bitte die Details.«

Möller räusperte sich, er hatte kleine, besorgte Äuglein, die Augen des geborenen Zuarbeiters, und seine Mundwinkel waren vom nachdenklichen Kratzen rauh und schorfig.

»Auf dem Schlüssel zu Sehlens Kleiderschrank fanden wir ein Teilstück von Haags Fingerabdruck. Es dürfte ausreichen, um ihn zu identifizieren.« Er sah fragend seinen Herrn und Meister an.

»Danke, Möller.« Boden wandte sich wieder seinen Unterlagen zu. »Eine weitere schwere Verfehlung stellt Haags Versuch dar, mit einem unserer Agenten im Ausland unerlaubten Kontakt aufzunehmen. Es hätte unseren Mann leicht den Kopf kosten können, wäre das Material nicht dank der Aufmerksamkeit der Moskauer Dependance abgefangen worden. Über die genauen Hintergründe dieser Arbeit wird weder im Protokoll noch in unseren Unterlagen irgend etwas Schriftliches festgehalten. Aus Geheimhaltungsgründen kann den Kommissonsmitgliedern nur das hier herangezogene Material zugänglich gemacht werden. Darüber wird einzig und allein von der Projektleitung in München entschieden. Die beiden uns vorliegenden Briefe lassen allerdings den Schluß zu, daß Haag beabsichtigte, auf unverantwortliche Weise in unsere Arbeit einzugreifen. Ich zitiere: ›Aber ich sehe momentan keine andere Möglichkeit, meine Bedenken zu äußern und meiner großen Sorge Ausdruck zu verleihen, das Projekt könnte einen Verlauf nehmen, den die meisten wohlmeinenden Menschen in Europa, ja auch in der übrigen Welt, wohl niemals gutheißen würden.‹ Und weiter unten: ›Ich möchte mir später keine Vorwürfe machen müssen und als einer der wenigen dastehen, denen es möglich war, dies zu verhindern.‹ Danach folgen ein paar ziemlich ungereimte und geradezu lächerliche Ausführungen, die nahelegen, unser Mann plane ein politisches Attentat.« Er sah sich fragend um. »An diesem Punkt, darüber dürften wir uns wohl einig sein, sind die Interessen der westlichen Dienste in einer Weise berührt, die schärfstes Vorgehen erfordert.«

»Allerdings sollten wir nicht vergessen, Boden«, gab Forum zu bedenken, »daß Haag beim Einbruch in Sehlens Hotelzimmer keinen Versuch machte, sich zu bereichern. Soweit wir wissen, auch nicht, indem er das Material später einem ausländischen Nachrichtendienst anbot. Er stieß eher zufällig auf Sehlens Unterlagen. Da sie seine Arbeit betrafen und da er sich nicht ins Vertrauen gezogen fühlte, fertigte er eine Kopie davon an.«

»Es handelt sich nicht um Geheimnisverrat«, bestätigte Boden. »Aber um ein schweres Dienstvergehen. Wir könnten von einer strafrechtlichen Verfolgung absehen und uns mit dem Dienstausschlußverfahren begnügen – falls Haag in dieser Angelegenheit zu festen Zusagen bereit wäre.«

»Was halten Sie davon, Adrian?« fragte Forum. Er nickte mir aufmunternd zu.

Ich zuckte die Achseln und schwieg.

Bodens Gesicht war der Ärger darüber anzusehen, daß ich mich mehr für den kreisenden Adler über seinem Kopf und die abregnende Wolke auf seiner Krawatte zu interessieren schien als für seinen Vorschlag.

»Darf ich erfahren, ob Sie unseren Ausführungen folgen konnten?« erkundigte er sich mit verschränkten Armen.

»Nennen Sie das Kind doch beim Namen, Boden – oder wie auch immer Sie heißen mögen. Für Briefe, die ich an Ihren Agenten in Moskau geschrieben haben soll, gibt es keine Beweise, es handelt sich um bloße Spekulationen. Sie könnten genausogut von jemand anders verfaßt sein. Ob das angebliche Teilstück meines Fingerabdrucks vor Gericht ausreichen würde, um meinen Einbruch zu beweisen, ist fraglich, soweit

ich hören konnte, ist es nicht sehr deutlich. Sie haben nichts gegen mich in der Hand. Würde dieses sogenannte Dienstausschlußverfahren nach rechtsstaatlichen Maßstäben geführt, dann müßte ich jetzt meine vollständige Rehabilitierung verlangen.«
»Sie machen einen bedauerlichen Fehler«, widersprach Forum. »Dieser Ausschuß ist in seiner Vorbesprechung zu der Übereinkunft gelangt, Ihnen einen Vergleich vorzuschlagen.« Er wandte sich wieder an Boden. »Darf ich ...?«
Boden nickte bereitwillig. Er öffnete seine Mappe und schob Forum eine vorbereitete Erklärung zu. Forum las die beiden Sätze vom Blatt ab.
»Der Verzicht auf weitere Disziplinarmaßnahmen gegen das Versprechen, in der Angelegenheit keinerlei eigenmächtige Schritte mehr zu unternehmen. Sie gefährden sonst eine Arbeit, die für die gegenwärtige politische Weltlage von größter Bedeutung sein könnte.« Er schob das Blatt beiseite. »Na, was halten Sie davon, Adrian?«
»Ich bin bereit, mich streng an Ihre Anweisungen zu halten. Wie bisher«, ergänzte ich. »Allerdings verlange ich, daß alle Verdächtigungen aus meinen Personalunterlagen entfernt werden. Es steht Ihnen natürlich frei, mich von der weiteren Mitarbeit am Projekt auszuschließen.«
»Sie vergessen die Fehler in Ihrer Analyse«, sagte der Amerikaner rechts neben Forum. »Da sie aus Sehlens Unterlagen abgeschrieben wurden, ist Ihr Einbruch einwandfrei bewiesen. Zusammen mit dem Teilstück des Fingerabdrucks dürfen wir von einem zuverlässigen Indizienurteil ausgehen.« Er hob seine Stimme, und sein amerikanischer Akzent trat noch deutlicher hervor, weil er immer erregter wurde. »Die Dreistigkeit, mit der Sie hier Ihre Unschuld behaupten, trägt kaum dazu bei, ein positives Bild von Ihrer Persönlichkeit zu zeichnen.«
»Ich glaube, ich muß mir nicht länger Ihre Beleidigungen ge-

fallen lassen«, sagte ich und erhob mich von meinem Stuhl. »Ich akzeptiere meinen Rausschmiß.«

»Bitte bleiben Sie noch einen Moment sitzen, Adrian«, sagte Forum.

»Wir sollten eines klarstellen. Ich stehe hier aus freien Stükken. Ein Disziplinarverfahren wie bei Beamten ist in meinem Fall nicht möglich. Und Sie haben ja auch gar keinen Versuch gemacht, mich vor ein ordentliches Disziplinargericht zu stellen. Sie sitzen hier als Vorgesetzte – oder deren Beauftragte –, wobei ich bezweifeln möchte, daß Franzosen und Amerikaner in meinem Fall überhaupt zuständig wären. Sie können mich entlassen. Sie können mich strafversetzen – falls ich auf Ihre Vorverurteilung eingehe. Der Popanz, den Sie hier aufbauen wollen, dient lediglich meiner Einschüchterung. Vielleicht suchen Sie ja nur wieder einen Sündenbock für Ihr eigenes Versagen? Ist irgend etwas schiefgelaufen, Forum? Brachte das Projekt nicht soviel verwertbares Material ein, wie Sie sich erhofft hatten? Ich biete Ihnen an, mich vor ein ordentliches Gericht zu stellen. Dort werden Sie allerdings nicht umhinkommen, den Richtern ein paar delikate Details unserer gegenwärtigen Arbeit zu offenbaren. Und ich frage mich, ob soviel Offenheit wirklich in Ihrem Sinne wäre.«

»Sollen wir das als Drohung verstehen?« erkundigte sich Boden vorgebeugt. Es sah so aus, als habe mein langes Statement bei ihm Wirkung gezeigt. Nur Forum grinste halbherzig, als sei ich nicht ganz bei Trost.

»Eher als diskreten Hinweis.«

Ich fand, daß ich bei alledem eine gute Figur machte. Ich versuchte meinen Kopf aus der Schlinge zu ziehen, und dabei durfte es keine halben Sachen geben. Wenn Lügen kurze Beine haben, dann sind *halbe* Lügen, um im Bilde zu bleiben, als sei man ans Bett oder an den Rollstuhl gefesselt.

»Woran denken Sie?« fragte Forum. »Haben Sie irgendeinen Grund, an der Rechtmäßigkeit unseres Vorgehens zu zweifeln? Spionage ist nun mal ein schäbiges Geschäft, aber wir sollten jetzt keine Grundsatzdiskussion darüber vom Zaune brechen, ob es moralischer wäre, ganz auf sie zu verzichten.«

»Ich denke dabei vor allem an den mysteriösen Unfall, den mein Freund Beil in Amsterdam hatte.«

»Mir ist nicht ganz klar, was Ihr Freund Beil – sein Name ist mir geläufig, ein ehemaliger Mitarbeiter, wenn ich mich recht erinnere – mit Ihren Dienstvergehen zu schaffen hat?« fragte Boden. Er wirkte überrascht.

»Nun, ich könnte mir vorstellen, daß er gewissen Leuten lästig geworden war.«

»Wollen Sie damit etwa die Möglichkeit eines ... *Mordanschlags* andeuten?«

»Er war Nichtschwimmer, und der Mann, der ihn mit seinem Wagen in die Gracht beförderte, scheint das gewußt zu haben. Solche Einzelheiten stehen gewöhnlich in den Personalunterlagen.«

»Ich bin entsetzt über Ihre Äußerungen«, sagte Forum. »Ich frage mich wirklich, was in Sie gefahren ist, Adrian. Anscheinend versuchen Sie uns hier irgendein Schauermärchen aufzutischen, um Ihren eigenen Kopf zu retten? Nun gut, wir könnten uns vielleicht darauf einigen, in Ihrem Fall kein Geständnis zu verlangen. Alles, was wir wollen, ist Ihre Zusage. Das ist doch wohl nicht zuviel verlangt?«

Während der Verhandlungspause wurde ich in das Lehrerzimmer zurückgebracht. Mein Bewacher bot mir eine Tüte mit Pfefferminzdrops an. »Ihre Zyankalikapseln«, meinte er lächelnd. »Sie haben denen ja ganz schön eingeheizt.«

Dann ging die Tür auf, und Forum kam herein. Er gab dem anderen ein Zeichen.

»Setzen wir uns da an den Tisch«, sagte er, nachdem mein Bewacher gegangen war. »Um Gottes willen, Sie reden sich ja um Kopf und Kragen, Adrian. Ich bin erschüttert. Warum haben

Sie nur Beils Unfall in Amsterdam ins Spiel gebracht! Er wurde angefahren – irgendein Verrückter, der Fahrerflucht beging. Aber jetzt sehen sich einige Ausschußmitglieder natürlich veranlaßt, Ihrer Behauptung nachzugehen. Schon weil sie ins Protokoll aufgenommen wurde. Und Sie gefährden Schafspelz. Diese Bürohengste haben ja keine Ahnung von der Brisanz unserer Entdeckungen, sie sind nur von den zuständigen Stellen beauftragt worden, Ihnen einen kleinen Dämpfer zu verpassen. Das alles wird uns eine Menge Ärger einbringen. Falsche Verdächtigungen, schmutzige Wäsche waschen – irgendwo wird immer eine Regel überschritten. Sie werden uns jeden kleinen Regelverstoß um die Ohren hauen. Selbst im günstigsten Fall bleibt immer noch ein Körnchen Mißtrauen übrig.«

»Das hätten Sie sich vorher überlegen sollen.«

»Ich hatte geglaubt, auf Sie sei Verlaß, Adrian. Aber jetzt muß ich mich wohl mit dem Gedanken vertraut machen, daß Ihre Wahl ein schwerer Fehler war.«

»Ich hätte mir auch mehr davon versprochen.«

»Wollen Sie rauchen?« Er nestelte nervös an der Zigarettenschachtel, die mein Bewacher mit seinem Feuerzeug auf dem Tisch liegengelassen hatte.

»Nein, danke. Ich dachte, Sie seien allergisch gegen Zigarettenrauch?«

»Nicht in so einer Situation.« Forum machte eine wegwerfende Handbewegung. Er zündete sich eine Zigarette an, zog vorsichtig daran, hustete und legte sie ernüchtert auf den Rand des Aschenbechers ab. »Sie sollten eine befriedigende Erklärung für Bodens Vorwürfe finden. Zerbrechen Sie sich mal den Kopf darüber, wie alle Seiten ihr Gesicht wahren könnten.«

»Woran denken Sie?«

»An ein Gentlemen's Agreement. Was bleibt uns anderes übrig?« Er rang theatralisch die Hände und vertrieb den aufsteigenden Zigarettenqualm vor seinem Gesicht. »Die Zusage, daß Sie endlich stillhalten, gegen Ihre vollständige Rehabilitierung.«

Der zweite Teil der Sitzung sollte ein Sieg nach Punkten für mich werden. Anscheinend waren die Figuren jetzt wie in einem Schachspiel, dessen Regeln ich nicht kannte, vertauscht, denn die beiden Türme – Amerikaner und Franzose – hatten neue Plätze eingenommen und waren an die Seite Bodens gewechselt. Das alles sah verdächtig nach Forums Degradierung aus. Wir hatten uns kaum gesetzt, da wurde er von einem meiner Bewacher ans Telefon gerufen. Als er zurückkehrte, wirkte er so auffallend bemüht und gefaßt wie immer, wenn er glaubte, sich besonders in der Gewalt haben zu müssen. Er flüsterte Boden etwas zu, und Boden gab die Nachricht an die anderen auf dem Podium weiter. Alle bis auf Boden und Forum standen auf und verließen den Saal.

»Sie können jetzt offen reden«, begann Boden. »Ich bin in die Hintergründe eingeweiht. Würden Sie uns bitte Ihre Auffassung erläutern, daß der vermeintliche Unfall unseres Mitarbeiters Beil in Amsterdam ein Mordanschlag war?«

»Gern«, sagte ich. »Meiner Meinung nach hat Beil die Briefe geschrieben. Er erwähnte einmal während eines Essens in Amsterdam, daß er immer noch mit der Dechiffrierung befaßt sei. Er ließ durchblicken, es gäbe in Moskau einen Maulwurf, den er sich mal etwas genauer ansehen wolle – nur, was den Schriftverkehr anbelangt, versteht sich. Er wollte ihm nicht persönlich die Hand schütteln«, sagte ich und blickte ihn erwartungsvoll an, als hätte ich einen gelungenen Witz gerissen. Boden musterte mich ausdruckslos.

»Damals verstand ich noch nicht, daß es sich um *unseren* Mann handelte. Wie sollte ich auch?«

»Warum nahmen Sie Kontakt mit ihm auf?« fragte Boden.

»Das war in Amsterdam.«

»Ja, diesen Punkt erwähnten Sie schon. Aber warum trafen Sie sich dort mit ihm?«
»Oh, wir liefen uns ganz zufällig über den Weg. Ich kannte Beil seit vielen Jahren. Wir waren alte Freunde. Wir hatten uns lange nicht gesehen. Er lud mich zum Essen ein.«
»Erinnern Sie sich noch an den Namen des Lokals?«
»Clock-Wok. Eine etwas abenteuerliche Bude in einem Hinterhof. Beil schien da Stammgast zu sein. Angeblich sind die Steaks dort nicht so wie andernorts.«
Boden machte sich eine Notiz. »Er wollte sich unseren Agenten also ein wenig genauer ansehen? Über den Nachrichtenverkehr, der durch seine Hände ging? Und das teilte er Ihnen so mir nichts dir nichts in einem Lokal mit?«
Forum warf mir einen gespannten Blick zu. Er beugte sich vor und legte nachdenklich seine gespreizten Finger ans Kinn.
»Beil beklagte sich darüber, aus der alten Zentrale sei eine Ein-Mann-Postleitstelle geworden. Es mache ihn mürbe. Er fühle sich alt und unter Wert verkauft – die Geschichte hatte alte Instinkte in ihm wachgerufen. Dann rückte er plötzlich damit heraus.«
»Würden Sie uns das ein wenig genauer erläutern?«
»Er sagte: ›Man munkelt, sie hätten einen Mann im Allerheiligsten.‹«
»Erwähnte er irgendwelche Namen?«
»Keine Namen, nur Decknamen. Der Deckname dieses Agenten war, wenn ich mich richtig erinnere, ›v.R.‹, der Name unseres Mannes dagegen ›S‹ – für ›Schafspelz‹. Ich hatte Sehlen einmal danach gefragt: ›Schafspelz ist der Tarnname unseres Mannes?‹ Und er hatte geantwortet: ›Nennen wir ihn doch einfach S., Adrian.‹ Das war auch der Grund, warum ich bei Beils Maulwurf keinen Verdacht schöpfte. Ich dachte mir: Nun ja, die Welt wimmelt von Agenten. Warum sollte es im Kreml nur einen einzigen von unseren Leuten geben? Warum nicht zwei oder drei?«

»Damit war der Fall für Sie erledigt?«

»Später, als wir uns noch einmal beim Essen trafen, erwähnte Beil, daß er wegen irgendwelcher Folien Schwierigkeiten bekommen habe. Es gäbe Ärger, man sei ihm auf der Spur. Etwas, das mit der Palsonschen Methode und der REX-Variante zusammenhänge. Fragen Sie mich nicht nach den Einzelheiten. Ich bin kein Fachmann im Dechiffrieren.«

»Und aus diesen mageren Indizien schlossen Sie, daß Beil ermordet worden sei?« fragte Boden skeptisch. »Ist das nicht eine etwas gewagte Spekulation?«

»Nicht daraus allein – auch aus den Briefen und der Tatsache, daß man mich als ihren Urheber verdächtigte. Sonst hätte ich sicher keinen Gedanken daran verschwendet, über den wahren Schuldigen nachzudenken. Ich muß allerdings zugeben, daß es sich bloß um eine Vermutung handelt.«

»Um eine Vermutung, aha...«

Er nickte befriedigt.

Nachdem er eine Weile auf seine Notizen gesehen hatte, machte er mit dem Füllfederhalter einen langen Schrägstrich über die Seite und schlug seine Mappe zu. »Unter diesen Umständen glaube ich auch im Sinne der Abwesenden zu sprechen, wenn ich sage, daß wir die Vorwürfe gegen Sie mangels Beweisen nicht weiter aufrechterhalten werden. Dieser Eindruck wird noch unterstützt durch Ihre plausibel erscheinende Aussage, möglicherweise könnte Beil der Urheber der Briefe gewesen sein. Das wird sich wohl nie mehr restlos klären lassen. Ihren Verdacht, sein Unfall sei in Wirklichkeit Mord gewesen, sehen wir dagegen nicht als stichhaltig an. Er beruht lediglich auf vagen Vermutungen, wie Sie selber zugegeben haben.«

Ich zuckte bereitwillig die Achseln.

Boden sah Forum fragend an. »Noch Einwände?«

Er nickte zufrieden, als Forum den Kopf schüttelte.

»Das ist, wie ich sehe, nicht der Fall. Damit dürfen Sie sich als vollständig rehabilitiert ansehen, Haag. Ihr Verfahren wird eingestellt.«

5 Als ich nach Hause kam, fand ich Slava weinend im Salon sitzen. Ihr Zimmer war so gründlich auf den Kopf gestellt worden, daß man glauben konnte, jemand habe mehr Gefallen am Durcheinanderwürfeln von Damenslips, Kämmen und Nagellackfläschchen gehabt als daran, das zu finden, was er suchte.

»Bei Herbert sieht's genauso aus«, sagte sie mit tränenerstickter Stimme. »Die anderen Räume sind in Ordnung.«

Der Inhalt ihrer Schränke und Schubladen war gleichmäßig über den Fußboden verstreut. Ich nahm ein aufgeschlitztes Kissen und stopfte die hervorquellenden Federn in den Bezug zurück. Ein paar Kartons mit alten Kleidern und Spielzeug, die Slava in der Nachbarschaft für ihre Wohltätigkeitsbälle gesammelt hatte, schienen es den Einbrechern besonders angetan zu haben, man hatte sie mit sauberen Messerschnitten in ihre Seitenteile und Deckel zerlegt.

»Findest du es nicht merkwürdig, Paps, daß nur Herberts und mein Zimmer durchsucht worden ist?«

»Allerdings.«

»Was können die Einbrecher denn gewollt haben? Meine kostbare Aquarellsammlung ist nicht angerührt worden.«

»Hm, schwer zu sagen. Bargeld oder Schmuck. Um Aquarelle und Zeichnungen zu beurteilen muß man schon Kenner sein.«

»Aber selbst der dümmste Einbrecher kennt den Wert der Wandteppiche im Salon. Dazu braucht man keine Ausbildung. Ihre Echtheitszertifikate kleben an der Rückseite.«

»So problematische Ware läßt sich nur über einen guten Hehlerring losschlagen.«

»Und woher konnten sie wissen, daß niemand zu Hause war?«
»Kein Problem. Man parkt einen Wagen in der Straße und wartet ab, bis alle das Haus verlassen haben. Um ganz sicherzugehen, ruft man noch mal an.«
Ich versuchte gar nicht erst, sie mit meinem Verdacht zu behelligen. Die Mär von gewöhnlichen Einbrechern war durchaus glaubwürdig, falls man nicht darüber nachdachte, warum nur zwei Zimmer durchsucht worden waren. Wenn man keinen Lärm machte und einer die Zufahrt im Auge behielt, war ein Einbruch der reinste Spaziergang. Es sei denn, Kröder, das wachsame Auge der Nachbarschaft, hatte wieder einmal am Fenster gesessen, um Margrit und Sehlen im Salon beim Händchenhalten zu beobachten. Aber unser verliebtes Paar war ins Theater gegangen.
Ich sah mir die Türschlösser an. Es gab keine Spuren von Gewaltanwendung. Sie mußten Dietriche benutzt haben.
»Meinst du, daß wir die Polizei verständigen sollten?« Slava warf mir einen so unglücklichen Blick aus ihren rotverweinten Augen zu, als verursache ihr das Aufsehen, das Polizeiwagen mit Sirenen und rotierendem Blaulicht machen würden, mehr Unbehagen als alle im Zimmer verstreuten Slips.
Ich wußte, daß sie nichts so sehr verabscheute wie Fremde, die in ihren Privatsachen wühlten. Der Zöllner am Flughafen brachte sie jedesmal in Rage, dann verwandelte sie sich vom angehimmelten Filmstar in ein linkisches Wesen, das Mühe hatte, den Reißverschluß einer Tasche aufzuziehen.»
»In meinem Gewerbe ist es manchmal ratsamer, die Sache auf sich beruhen zu lassen.«
»Fein ...« Sie tupfte sich entschlossen mit dem zerknüllten Taschentuch in der Faust ihre Tränen ab. »Hab' schon befürchtet, unser Haus würde zur allgemeinen Besichtigung freigegeben, Paps.«
Ich ging in Sehlens Zimmer, um mir seinen Safe anzusehen. Er war verschlossen. Es gab nicht das geringste Anzeichen dafür,

daß jemand versucht hatte, ihn gewaltsam zu öffnen. Dann nahm ich mir Margrits Kommode vor. Ein schweres altes Möbelstück aus massivem Mahagoni mit Messingbeschlägen, in dem sie ihren Schmuck und ein paar Wertpapiere aufbewahrte. Sie hatte sich nie dazu durchringen können, einen Safe anzuschaffen. Das Sicherheitsschloß schien unbeschädigt zu sein, auch an der Schloßeinfassung waren keine Beschädigungen zu entdecken.

Danach legte ich mich in meinem Zimmer aufs Bett, um nachzudenken. Schließlich stand ich auf, öffnete meinen Kleiderschrank – der Schlüssel steckte wie immer – und überzeugte mich davon, daß die kleine Schublade unter dem Wäschefach, in dem ich etwas Bargeld und ein paar Dollar-Reiseschecks aufbewahrte, verschlossen war. Sie besaß zwar ein Sicherheitsschloß, aber es wäre einfach gewesen, ihre Tür auszuhebeln, dazu brauchte man nicht mehr als einen starken Schraubenzieher.

Daß alle anderen Zimmer und sogar mein eigenes verschont worden waren, konnte eigentlich nur eines bedeuten: Sehlen hatte nach den Tonbändern suchen lassen. Er wollte auf Nummer Sicher gehen, er mißtraute mir. Falls ich sie entgegen meiner Behauptung doch nicht vernichtet hatte, würde ich natürlich kaum so dumm sein, sie in meinem Zimmer zu verstecken. Also mußte man dort auch nicht nach ihnen suchen. Der zweite – folgerichtige – Schritt in dieser Überlegung war, daß es nicht ausreichen würde, sie bloß an einem sicheren Ort zu deponieren. Sie stellten eine Art Versicherung dar. Falls ich Schwierigkeiten bekam, konnte man mit ihrer Hilfe Druck ausüben. Allerdings brauchte ich dazu einen Mittelsmann.

Und an wen würde man für diese Rolle zuerst denken? (Ich war nicht ganz unzufrieden bei der Vorstellung, daß mein alter Freund Haldo in Sehlens Überlegungen keine Rolle spielen konnte – Haldo, der soviel Gefallen daran fand, wieder ins Geschäft zu kommen und »heimatliche Luft zu schnuppern«.)

Sehlen traute Slava und Herbert zu, daß *sie* die Aufnahmen für mich versteckt hielten.
Ich fand, das war eine klare Kampfansage.

ZWEITES KAPITEL

1 In der Luft lag ein ohrenbetäubendes Sirren, und unter uns blinkten rote Warnleuchten. Die Maschine ging in dichtem Nebel nieder, dem typischen Londoner Waschküchendunst. Ich faltete meinen Stadtplan zusammen und versuchte mein Hosenbein mit einer Serviette von dem Kaffeeflecken zu reinigen, den mir mein zittriger Nachbar beigebracht hatte. Die Wetterwand draußen konnte mir nur recht sein. Ein paar Meter außerhalb des Flughafens würde man nicht einmal mehr erkennen können, in welches Taxi ich stieg. Das Fahrwerk setzte sanfter auf als gewöhnlich, ein Meisterstück des Piloten. Wegen Treibstoffmangels hatte er nur die Wahl gehabt, hier oder auf einem der noch wolkenverhangeneren Flughäfen im Norden niederzugehen. Als wir ausrollten, sah ich am Rand der Landebahn schemenhaft die Aufbauten von Löschfahrzeugen.
»Großer Gott«, murmelte mein Nebenmann, ein zum Christentum konvertierter Pakistani. »Scheint ja wirklich ernst gewesen zu sein?« Er bekreuzigte sich.
»Nehmen Sie Ihren Musterkoffer und stellen Sie in der St. Paul's-Cathedral eine Kerze für uns auf«, sagte ich. »Dies hier war so ziemlich die dickste Suppe, die ich je erlebt habe.«
Das kleine Hochgefühl, Sehlens Klauen oder einem frühen Tod auf der Landebahn entronnen zu sein, verwandelte sich draußen schnell in milchiggraue Ernüchterung: Der Verkehr stand. Ich ging ein Stück zu Fuß, um aus der verkehrsreichen

Zone vor den Eingängen wegzukommen: dem Gewirr der Koffer, stehengelassenen Gepäckwagen und Hotelschlepper, die einen hartnäckig in die schäbigen Vororte und Randgebiete von London zu verfrachten trachteten – doch bis mein Taxi endlich vor dem einstöckigen Haus Lexters in der City hielt, war die Dunkelheit hereingebrochen, und ein schneller Blick auf seine geschlossenen Rolläden ließ mich ahnen, daß meine Fahrt vergeblich gewesen war.

Im Eingang standen drei Mülltonnen. Jemand hatte mit weißer Lackfarbe quer über die Seiten gepinselt: *Lexter, deine Tochter soll im Bordell verrecken – Spielschulden sind Ehrenschulden.* Ich ging durch die Einfahrt auf den Hof. An der Felssteinmauer stand ein weißer Gartenpavillon. Der Schlüssel dazu lag unter der Kokosmatte. Ich schob die Tür nach innen und sah in das Halbdunkel des kleinen Raumes. Er war angefüllt mit billigen Korbmöbeln, Kisten und Kartons, einem gußeisernen Ofen und Stapeln politischer Magazine. Ich zündete die Gasleuchte an und nahm mir zuerst das Rattanregal mit den zusammengerollten Landkarten vor.

Was ich suchte, war die Karte, die er vor seiner Abreise benutzt hatte. Lexter pflegte alles, was er tat, genau zu planen. Sein tatsächliches Leben hatte wenig Ähnlichkeit mit seinen Plänen – aber er ließ sich durch kein Argument davon abbringen. Er war der geborene Ingenieur.

Ich fand ein paar alte Notizen, Tagespläne, aber keinen Hinweis darauf, wo er sich aufhielt. Ein paar Passagen des Dialogs waren durchgestrichen und durch Kraftausdrücke ersetzt. Sie standen auf der Rückseite eines Kalenderblatts, das ungefähr aus der Zeit meines ersten Treffens mit Sehlen in Holland stammte.

Ein Schwarzweißfoto an der Scheibe des Küchenschranks zeigte Lexter in einem flauschigen Bademantel am Swimmingpool seines Klubs. Seine Augen waren dunkle Schlitze, als blinzele er in eine zu helle Lichtquelle. Daß es sich um Lexters Klub handelte, erkannte ich an der gediegenen Messingtheke und den beiden Kellnern. Sie balancierten ihre Tabletts in der guten alten britischen Haltung, die auf so unvergleichliche Weise Selbstbewußtsein und Beflissenheit demonstriert. Lexter hatte zugenommen seit unserer letzten Begegnung, seine Hängebacken kollidierten mit den hochgezwirbelten Enden seines Backenbarts.

Das Bild mußte an einem jener Pools mit gelbem Sand, Topfpalmen und achtundzwanzig Grad im Schatten aufgenommen worden sein, die neuerdings in Mode gekommen waren, um die englische Klubatmosphäre aufzuwerten und den Eindruck hervorzurufen, man befinde sich in der Karibik oder am Mittelmeer. Wenn es einen danach verlangte, konnte man ohne weitere Umstände zu seinem angestammten Klubsessel zurückkehren, in Rheumatikerkreisen ein gerngepflegter Brauch. Es gab die Traditionalisten, die jede Verfälschung der englischen Klubatmosphäre ablehnten, und es gab die Verfechter des Fortschritts. Lexter schien inzwischen zur Gilde der Fortschrittsgläubigen übergelaufen zu sein – obwohl ich ihn eher als Erzkonservativen in Erinnerung hatte.

Der Mann rechts von ihm war Bright, ein begabter Schriftexperte und in eingeweihten Kreisen bekannt dafür, jede beliebige Handschrift innerhalb von zwanzig Minuten mit solcher Treffsicherheit nachzuahmen, daß es für einen Laien aussichtslos sein würde, sie als Fälschung zu entlarven. Den dritten Mann in der Runde hatte ich nie zuvor gesehen. Er ließ sich von einer Pediküre die Fußnägel schneiden. Seine rechte Hand lag auf dem Gartentisch und umschloß ein überdimensionales Cocktailglas.

Obwohl sein Gesicht russisch anmutete, machte seine Haltung nicht den Eindruck sozialistischer Demut oder dankbarer Ergebenheit, weil er in entbehrungsreichen Jahren gelernt hatte, daß jede Dienstleistung ein Geschenk des Staates war. Die Art, wie er das kniende Mädchen musterte, wirkte anzüglich und

arrogant. Er hätte einen guten Zaren abgeben können, wenn man von seinen etwas zu groben Händen und den buschigen schwarzen Augenbrauen absah.
Ich öffnete den silbernen Rahmen und löste das Bild vorsichtig aus seiner Pappumrandung. Keine besonders deutliche Spur, aber besser als nichts. Es gab nur einen Klub, den *Pembridge*, in den Lexter mich jemals mitgenommen hatte, und der lag zwei Blocks weiter zwischen einem Nonnenfriedhof und der städtischen Abdeckerei. Die illustre Lage hatte ihm den Beinamen »Zur frommen Verwertung« eingetragen.
An der Straßenecke studierte ich die Speisekarte des Stehrestaurants und aß ein winziges hartes Steak. Es war auf ranziger Kräuterbutter gebraten und mit giftgrünen Blättern garniert, die aussahen, als seien sie draußen auf der Verkehrsinsel gepflückt worden. Bevor ich hinausging, fragte ich den Verkäufer, ob der Klub auf dem Foto Pembridge heiße.
»Die Südseeinsel da?« Er sah sich das Bild an und schüttelte den Kopf. »Meine Wohnung liegt gegenüber, und von meinem Fenster aus kann ich in den Hof sehen. Soviel ich weiß, ist dort seit Jahren nicht gebaut worden.«
An der Pforte wurde ich von einem grauhaarigen Leptosomen abgefangen. Als er hinter seiner Garderobentheke hervorschlurfte, schien es, als wehten mich fünfhundert Jahre britisches Empire an. Er hatte die Hände eines Toten, aber ein ausgezeichnetes Gedächtnis. Seine Augenmuskeln zuckten, während er in der altmodischen Gästekartei, einem Kasten aus unlackiertem Sperrholz mit abgegriffenen gelben Karten, nach meinem Namen suchte. Ich war überrascht, daß er sich noch an mich erinnerte.
»Können Sie mir sagen, wo Lexter steckt?«
Er versuchte ein zahnloses Lächeln. »Sie sind nicht der erste, der nach ihm fragt. Lexter ist im vorigen Jahr ausgetreten. Schulden und Frauengeschichten«, sagte er mit gesenkter Stimme. »Man legte ihm nahe, den Klub zu verlassen.«

»Haben Sie eine Ahnung, wo dieses Foto aufgenommen worden sein könnte?«
Er sah sich das Bild an und nickte. »Das ist Lexter, nicht wahr? Scheint ja schon wieder Ersatz gefunden zu haben. Gehen Sie ins Dickens-Viertel hinter der Universität, Dougthy Street. U-Bahn Holborn. *Leinster Court* heißt der Laden, wenn ich mich nicht irre – die haben sich diese scheußliche Südseeszenerie eingerichtet, pfui Teufel!«
»Alles Kunststoff«, bestätigte ich, weil das sein allergischer Punkt zu sein schien. »Sehen Sie sich mal die Palmen an. Man sollte solche Geschmacklosigkeiten verbieten.«
»Tatsache?« fragte er und besah sich das Bild noch ein wenig genauer.
»Kennen Sie den Mann neben der Pediküre?«
»Hübsches Ding. Wir lassen keine Frauen in den Klub.« Er rückte seine Brille zurecht, dabei geriet sein Gesicht in Bewegung wie ein loser Faltenwurf. »Das ist Kollokow. Soviel man weiß, russischer Emigrant. Schlägt sich als Stimmenimitator durch.«
»Einer aus Lexters Bekanntenkreis?«
»Er und der andere, hm – «, er dachte nach, »Bright ist sein Name – waren oft zusammen. Sind Sie Privatdetektiv?«
»Ich suche Lexter wegen einer alten Geldgeschichte.«
»Dann stellen Sie sich mal hinten an. Alle, die hier nachfragen, suchen ihn wegen unbezahlter Rechnungen.«
»Glauben Sie, daß er wieder wie früher an die Küste gegangen sein könnte?«
»Darüber hat er sich nie ausgelassen.«
»Danke, Sie haben mir sehr geholfen.«
»Keine Ursache.« Er reichte mir ein Formular. »Wenn Sie eintreten wollen, brauchen Sie nur diesen Antrag auszufüllen. Bei Freunden ehemaliger Mitglieder werden keine Auskünfte eingeholt.«

Aus meinem Hotelzimmer sah ich auf eine verglaste Veranda im Innenhof, die von Indern bewohnt wurde. Außer einer kleinen Schlafkammer schien die Familie nur diesen einen Raum zu besitzen. Der Herr des Hauses trug beim Essen seinen Turban. Die weißhaarige Großmutter saß den ganzen Tag über an ihrem altmodischen hölzernen Spinnrad. Alle begegneten sich mit größter Ehrerbietung, selbst die Kinder, die den Boden zwischen den Teppichen, Kochgeräten und niedrigen Tischen bevölkerten, wurden behandelt, als seien es kleine Erwachsene. Ich versuchte mir Margrit in diesem Szenario vorzustellen. Sie würde zwanzig Zigaretten rauchen und einen ihrer nervösen Anfälle bekommen.
Leinster Court stand nicht im Telefonbuch. Es schien einer jener Klubs zu sein, die Wert darauf legen, jeden Kontakt zur Außenwelt zu meiden, das Klingeln eines Telefons eingeschlossen. Wahrscheinlich gab es zwei oder drei Geheimnummern, die nur den Mitgliedern bekannt waren. Ich duschte, zog mich um und genehmigte mir das Taschenfläschchen Cointreau aus dem Duty-free-Shop als Frühstück, dann bestellte ich beim Portier ein Taxi.
Er sagte: »Bedauere, aber für den Fall, daß ich überhaupt eins erwische, sollten Sie sich schon mal Ihren Lunch im Hotelrestaurant reservieren lassen. Wie steht's mit einem Leihwagen?«
»Sie brauchen den ganzen Vormittag, um ein Taxi heranzuwinken?«
»Momentan ist bei uns die Hölle los.«
»Einverstanden, dann nehme ich den Leihwagen.«
Man hatte die Wagenpapiere an der Rezeption hinterlegt. Die Fahrzeugausgabe war in der Tiefgarage. Ich bekam einen Minicooper mit niedrigem Radstand und so hart gefedert wie eiserne Grubenloren. Doch der Wagen entpuppte sich als Glücksfall. Es gibt nicht viele solcher Zufälle. Dieser hier war von der Art, die einen später nachdenklich werden lassen und

bei dem man sich fragt, welchen Verlauf das Schicksal ohne ihn genommen hätte. Auf dem Weg zum Leinster Court verhedderte ich mich hoffnungslos im Gewirr der One-Way-Straßen. So gelangte ich ohne Absicht in ein Viertel, das irgendwo im Norden von Kensigton lag. Eine Straße mit Vielvölkergemisch und Trödlermärkten. Ich arbeitete mich langsam durch die Menge ... dann sah ich Lexters Frau.

Sie war klein und stämmig und trug eine große bestickte Einkaufstasche aus Bast. Ihr Gesicht wirkte verhärmter als früher, aber es paßte immer noch auf fast skurrile Weise zu Lexters hochgezwirbeltem Backenbart.

Ich fuhr auf den Bordstein, um meinen Wagen neben einem Gemüsestand zu parken. Als ich ausstieg, blieb sie in einiger Entfernung stehen und setzte ihre Tasche ab.

»Adrian?«

Ich nickte und nahm ihren Arm. Ihre Augen waren feucht geworden, und sie versuchte das mit einer zitternden Handbewegung über die Stirn zu verbergen.

»Gehen wir da hinüber«, sagte ich und zeigte auf den Pub an der Ecke. Der vordere Teil war ein nüchtern gefliester Stehimbiß, wo man Schnellgerichte bekam, aber hinter dem Durchgang lag ein mahagonigetäfelter Raum in altem Stil, der dämmrig genug war, um sie nicht in Verlegenheit zu bringen.

»Tee?«

Sie nickte. »Das ist aber eine Überraschung, Adrian!«

»Eine angenehme, hoffe ich?«

Vor vielen Jahren, als Lexter sie geheiratet hatte, war sie einmal schön gewesen. Aber ich verkniff mir die Bemerkung, daß ihr verhärmtes Gesicht eher noch mehr Anziehung auf mich ausübte als früher. Es wäre ihr nur wie ein falsches Kompliment vorgekommen. Sie strahlte etwas aus, das schöne Gesichter niemals vermitteln können: Fraulichkeit und Wärme, Erfahrung, Güte – Verstehen. Sie war das genaue Gegenteil Margrits.

»Wo steckt Lexter?«
»Weiß der Himmel, wo der Schuft ist. Hat man dir gesagt, daß ich ihn verlassen habe?«
»Man munkelt, er sei an die Küste gegangen?«
»Nein – ist er nicht.« Sie schüttelte spöttisch lachend den Kopf. »Er wollte, daß ich das glaube. Alle sollten es glauben, Adrian. Er schrieb mir mal eine Ansichtskarte aus Clacton. Er behauptete, er werde sich langsam nach Norden durchtrinken, bis die Küste abgegrast sei. Ich solle nicht versuchen, ihn zu finden, seine Gläubiger seien darauf aus, ihm das Genick zu brechen, und falls sie uns zusammen sähen, würde mich das nur in Zahlungsschwierigkeiten bringen.«
»Sehr nobel von ihm ... ich meine, angesichts der Tatsache, daß du ihn verlassen hattest.«
»Er fing an zu trinken. Er hatte niemals zuvor so viel getrunken. Manchmal saß er tagelang in seinem Gartenhäuschen. Er verwahrloste. Es war, als lege er es darauf an, unsere Ehe zu ruinieren und aus dem Dienst geworfen zu werden. Ich wußte keinen anderen Ausweg.« Sie stützte das Gesicht in die Hände. »Ich hatte gehofft, er würde wieder zur Besinnung kommen.«
»Zur Besinnung, hm. Das war auch der Grund, weshalb du später nach ihm suchen ließest?«
»Durch einen Privatdetektiv. Als ich merkte, daß meine Rechnung nicht aufgehen würde. Inzwischen war ich zu der Überzeugung gekommen, er müsse krank sein. Ein Mensch kann sich nicht von einem Tage auf den anderen so verändern, ohne daß etwas Entscheidendes in seinem Leben passiert ist. Eine Liebschaft, irgend etwas in seinem Beruf.«
»Gab es dafür Hinweise?«
»Nein.«
»Also nahmst du an, er sei krank?«
»Was hätte ich sonst glauben sollen? Er blieb verschwunden. Alles, was ich bekam, war eine gepfefferte Spesenrechnung.«
»Er hielt sich nicht in Clacton auf?«

»Er war nur wenige Tage in Clacton gewesen. Eine schmierige kleine Pension an der Straße hinter dem Strand. Er gab vor, weiter nach Harwich zu wollen. Ich ließ den ganzen Ort nach ihm absuchen. Ich fuhr selber hin und vergewisserte mich, daß mein Privatdetektiv sorgfältig gearbeitet hatte.«
»Clacton war also seine Abschiedsvorstellung?«
»Danach vergaß ich ihn – ich versuchte mich an den Gedanken zu gewöhnen, daß dieser Abschnitt meines Lebens endgültig beendet sei. Ich hatte eine erwachsene Tochter und ein paar Erinnerungen. Andere hatten nicht einmal das. Warum hätte ich verzweifeln sollen?«
»Sieht dem alten Knaben aber gar nicht ähnlich. Deine Beschreibung paßt nicht zu dem Mann, den ich kenne.«
»Wem sagst du das?«
»Du hast ihn nie wiedergesehen?«
»Ich traf ihn einmal hier in London. Er wirkte sehr verändert. Ich hätte ihn fast nicht mehr erkannt. Irgend etwas mit seiner Nase – sie war begradigt worden. Er hatte sich den Backenbart abgenommen und seine Haare gefärbt – er sah jünger aus als früher. Als ich ihn ansprach, behauptete er, mich nicht zu kennen. Ich ging ihm ein Stück nach.
Er bog in eine Gasse ein und sah, daß ich ihm folgte. Vor einer Hauseinfahrt blieb er stehen und fragte mich, was ich von ihm wollte. Ich hatte das Gefühl, daß er seine Stimme verstellte. Er bot mir an, mir seine Wagenpapiere zu zeigen. Der Name lautete Ibrahim Rozenbaum. Er sei jüdischer Abstammung. Ich sagte: ›Ich weiß, daß du es bist, Howard!‹
Er lächelte. Er wirkte gar nicht befangen – nicht einen Augenblick. Früher hatte er immer auf eigenartige Weise seine Handflächen nach außen gedreht, wenn er nervös war. Ich war überhaupt nicht mehr sicher. Als er sah, daß ich seine Hände beobachtete, nahm er sie heraus und zündete sich eine Zigarette an. Er hatte nie geraucht. Dann ließ er seine linke Hand herabhängen, ohne die Handfläche nach außen zu dre-

hen. Und in diesem Augenblick war ich überzeugt, mich geirrt zu haben. Ich entschuldigte mich, und er murmelte etwas wie: ›Keine Ursache!‹

Als er am Ende der Gasse war, kamen mir wieder Zweifel, und ich folgte ihm. Eine unbestimmte Ahnung riet mir, noch nicht aufzugeben. Er ging in ein großes altes Wohnhaus. Ich verfolgte ihn bis zur Etage unter dem Dachgeschoß. In jedem Stockwerk war eine umlaufende Innenhofgalerie. Er betrat eine Wohnung und schloß die Tür hinter sich. Ich ging die Galerie entlang, um in sein Fenster zu blicken. Von derselben Etage war das wegen der Gardinen nicht möglich, aber die Oberlichter standen offen. Also ging ich noch ein Stockwerk höher hinauf. Ich wartete, bis das Licht eingeschaltet wurde. Dann sah ich ihn mit seinen beiden Freunden Bright und Kollokow am Tisch sitzen. Sie hatten ein paar Papiere vor sich ausgebreitet und redeten sich die Köpfe heiß. Es war kein gewöhnliches Treffen, das merkte man sofort. Da wußte ich, daß er mich die ganze Zeit über belogen hatte.»

Ich nahm das Klubfoto heraus. »Sind das seine Freunde?«

»Ja, unverkennbar. Howard trägt noch seinen Backenbart.« Sie lächelte wehmütig. »Es ist im Leinster Court aufgenommen, dort verkehrt er schon seit langem nicht mehr.«

»Hm, dann kann ich mir den Weg wohl sparen?«

»Ich war einmal da und fragte nach Bright und Kollokow. Sie übertreiben's dort ein bißchen mit der Diskretion. Auskünfte über Klubmitglieder würden nicht erteilt.«

»Es ging schließlich um deinen Mann.«

»Nachdem ich einen Weinkrampf bekommen und ihnen ein altes Foto unserer Tochter gezeigt hatte, glaubten sie mir, daß ich nur gekommen war, um ihren Vater zu finden. Howard und die beiden wurden von den anderen gern das Kleeblatt genannt, weil sie immer ihre Köpfe zusammensteckten, um irgend etwas zu bereden. Dieser Russe ist ein unangenehmer Typ. Wenn er getrunken hat, wird er laut und aufdringlich und fängt an, die Leute zu beschimpfen. Aber Howard schien ihn zu mögen.«

»Und Bright?«

»Weder er noch Kollokow hatten eine Anschrift hinterlassen. Aber jetzt hatte ich ja die Wohnung. Ich versuchte herauszufinden, was sie dort trieben. Da Howard bis zu seinem Rausschmiß für den Geheimdienst gearbeitet hatte, nahm ich an, es sei irgendein großes Ding im Gange. Vielleicht war er ja verärgert wegen seiner Entlassung und zu den Russen übergelaufen.«

»Wofür auch Kollokows Mitarbeit sprach?«

»Ja, das waren damals meine Überlegungen. Sie hatten eine möblierte Wohnung angemietet. Zwei Zimmer und Bad. Überall standen Tonbandgeräte und Kopierer herum. Es gab sogar ein Faxgerät. Ihre Miete war im voraus bezahlt. Nachdem Howard und die anderen ausgezogen und spurlos verschwunden waren, sprach ich mit der Zimmerwirtin. Er hatte ihr vorgeschwindelt, sie seien Schauspieler und übten den Text für einen Sprachlehrgang ein. Er sollte nach Weihnachten von der BBC gesendet werden. Deshalb baten sie sich absolute Ruhe aus.«

»Ein Sprachlehrgang …? Hm, nicht übel. Wurde dabei russisch gesprochen?«

»Sie und ihre Schwester hörten manchmal laut deklamierende Stimmen durch die Wände. In welcher Sprache, das erwähnte sie nicht. Die beiden sind schon etwas alt und schwerhörig. Wer weiß, ob sie Russisch überhaupt von anderen slawischen Sprachen unterscheiden könnten.«

»Fanden sie irgend etwas im Abfall? Zerrissene Papiere, Zeichnungen, Kopien?«

»Nein, ich glaube nicht.«

»Damit war das Kapitel Howard Lexter für dich beendet?«

»Ja, das war sein letztes Lebenszeichen.«

Wir gingen wieder hinaus auf die Straße voller Marktstände,

bevölkerter Billard-Bars und Secondhandshops, in denen man solche Seltsamkeiten wie pakistanische Anzüge aus Kamelhaar und gebrauchte tibetanische Gebetsmühlen erwerben konnte. An der Ecke nahm sie meine Hand, um sich von mir zu verabschieden – sie hielt sie länger als nötig.

»Was hat das alles zu bedeuten, Adrian?«

»Ich weiß nicht.«

»Wirst du ihn suchen? Wegen eines Auftrags? Hat Howard irgend etwas ausgefressen?«»

»Ich werde ihn suchen, ja. Aber ich kann dir jetzt nicht sagen, warum.«

»Richte ihm aus, daß unsere Tochter in Sheffield glücklich verheiratet ist. Er kann jederzeit ihre Anschrift von mir haben. Und daß ich unsere Trennung bedauere – daß ich ihn immer noch ...« Sie verschluckte das letzte Wort und wandte sich ab.

2 Ich sah zur Veranda der Inder hinunter. Die weißhaarige Großmutter zerkleinerte Gemüse auf einem hölzernen Schneidebrett. Sie saß in der Hocke und gebrauchte das Messer mit solcher Anmut, als sei es ein ritueller Gegenstand. Eines der Kinder krabbelte auf allen vieren zu ihr hin, und sie legte begütigend ihre Hand auf seinen Kopf.

Ibrahim Rozenbaum, der für die BBC Sprachkurse aufnahm. Ein russischer Emigrant, von dem man annehmen konnte, daß er immer noch akzentfrei seine Muttersprache beherrschte. Bright mit seinem Händchen für Handschriften. Hübsches Kleeblatt, und alles beisammen, was man für den größten Bluff des Jahrhunderts benötigte: Ostexperte, Schriftenfälscher und Stimmenimitator. Ich fragte mich, wer die Idee zu dieser grandiosen Täuschung gehabt hatte – Sehlen oder die Amerikaner?

Den Nachmittag verbrachte ich in einem riesigen alten Pub

zwei Querstraßen hinter der *Guildhall Library*, um meine Lage zu überdenken. Wie fand man in London drei Männer, die keine Adresse hinterlassen hatten? Wie brachte man sie zum Sprechen? Und welche Folgen würde das für mich haben?
Ich war auf einen großangelegten Betrug gestoßen, der in der internationalen Politik verheerende Folgen haben konnte, und nun stand ich mit meiner Erbschaft da und wußte nichts Rechtes damit anzufangen. Ich fühlte mich wie ein Krebs, der sich in die schützende Dunkelheit der Felsspalten zurückzog.
Das schwarzbraune Holz und die schwachen weißen Kugelleuchten im Hintergrund gaben dem Lokal etwas Anheimelndes. Zur Straße dagegen erinnerte es mit seinen schaufensterartigen Scheiben eher an die Verlassenheit der Großstadt in den Gemälden Edward Hoppers. Die Gäste saßen so weit auseinander an der langen Theke, als müßten sie vor ihren Nachbarn auf der Hut sein, und auch der Kellner, der neben dem Spülbecken gelangweilt Gläser polierte, sah nicht so aus, als wenn er jemals mit menschlichen Wesen Kontakt gesucht hätte.
Ich ging zu ihm hinüber und fragte: »Haben Sie schon mal was darüber gehört, ob es in London einen Klub russischer Emigranten gibt?«
Er sah mich wortlos an. Vielleicht hatte er nur eine lange Leitung – vielleicht stellte er auch eine ausgiebige Betrachtung darüber an, warum man ihn nicht in Ruhe ließ. Er brauchte gut und gern dreißig Sekunden, um den Kopf zu schütteln.
Ich kehrte zum Stehtisch zurück und betrachtete mein Bild im Spiegel. Die Art, wie er mich angestarrt hatte, machte mich nachdenklich. Saß meine Krawatte schief? War eine meiner Zahnkronen abgebrochen? Was war los mit mir? Was hatte ich hier verloren? Ich schlürfte mißmutig meinen kalt gewordenen Tee. Draußen mühte sich eine ältere schmuckbehängte Lady mit großem Fluggepäck ab, ein Taxi zu besteigen. Ihr Hut mit Federn und getrockneten Blumen fiel auf das Pfla-

ster, als sie den Kopf beugte, um einzusteigen. Ein zweiter Wagen überrollte das Monstrum aus dem vorigen Jahrhundert.
Ich dachte, so oder ähnlich hatten mich auch die Ereignisse überrollt. Vielleicht war ich ja genau so ein Monstrum aus der Vergangenheit, ein Relikt, das einfach nur Schwierigkeiten hatte, sich der schnellebigen Zeit anzupassen?
Warum flog ich nicht einfach nach München zurück und ließ die Angelegenheit auf sich beruhen? Beil war tot, es würde ihn nicht wieder ins Leben zurückrufen, wenn ich seine Ermordung aufdeckte. Nun gut, ich war enttäuscht und verärgert, weil man mich hinters Licht geführt hatte. Ich hatte mich lächerlich gemacht mit meinem Brief an v.R., diesen »besessenen Kunstsammler in Moskau«, der sowenig real war wie ein Potemkinsches Dorf. Man würde mich aus dem Dienst werfen. Sehlens dreiste Art, sich in meinem Haus einzunisten und Margrit gegen mich aufzubringen, wirkte wie ein dauernder Stachel, eine Demütigung von der Art, die niemand ohne innere Blessuren verkraftet. Und wenn es noch einen Funken Rechtschaffenheit in unserem Gewerbe gab, dann konnte es nicht verkehrt sein, Sehlens Täuschungsmanöver zu verhindern. Aber rechtfertigte das alles, mein Leben zu riskieren?
Als ich an diesem Punkt meiner Überlegungen angelangt war, tauchte der Kellner vor mir auf.
Er wischte sich die Hände an seiner weißen Schürze ab, sammelte mit dem Tablett die leeren Gläser ein und sagte wie beiläufig: »Drüben in Kensigton, ist mir eingefallen. Ihr Klub versammelt sich in der Wohnung über dem Textilmarkt. An der Fassade hängt eine blaue Neonreklame mit der Silhouette von Jeans. Sie können's nicht verfehlen, wenn Sie den Bus nehmen und an der Haltestelle Cromwell Road aussteigen.«
Ich hatte Glück, weil an diesem Abend der »Internationale Verein sowjetischer Emigranten und Freunde der UdSSR« – so das polierte Messingschild im Eingang – seine wöchentliche Versammlung abhielt. »Neue Mitglieder herzlich willkom-

men!« stand auf dem handgeschriebenen Pappschild, das am Sicherungskasten befestigt war. Im Treppenhaus roch es nach Borschtsch und feuchten Filzläufern.
Ein mürrisch dreinblickender Mann mit quer über den rosigen Schädel gekämmten Haarsträhnen versuchte mich davon abzuhalten, einen Blick in den Versammlungsraum zu werfen. Als ich eintrat, stand er auf und schob die Tür zu. Er sprach russisch, und ich antwortete ihm in derselben Sprache, was meine Chancen, doch noch ins Allerheiligste vorzudringen, um mindestens fünf Prozent erhöhte.
»Sind Sie angemeldet?«
»Ich habe eine eilige Nachricht für Kollokow«, sagte ich und zeigte auf meine Brusttasche.
»Geben Sie her.« Er streckte die Hand aus.
»Tut mir leid – nur an Kollokow persönlich.«
»Sie hören doch, daß er eine Rede hält.«
Tatsächlich waren laute Stimmen durch die Tür zu hören. Dann wurden Stühle gerückt, als seien alle aufgestanden. Jemand klatschte Beifall, und die anderen stimmten – erst zögernd, dann stärker, dann mit tosendem Applaus – in das Klatschkonzert ein.
»So? Wen imitiert Kollokow denn gerade? Margaret Thatcher?«
Er sah mich verständnislos an. »Was sagen Sie?«
»Ich warte, bis er fertig ist.«
Meine Bemerkung vertrieb den letzten Rest von Gutmütigkeit aus seinem Gesicht. Es war, als wenn seine spärlichen Haarsträhnen sich leicht anhoben, so hoch war plötzlich die Luftelektrizität über seinem Kopf. »Dies ist ein privater Klub. Ich muß Sie bitten, sofort das Haus zu verlassen.« Er legte seine altersfleckige Hand auf meine Schulter und schob mich zum Ausgang. Das Willkommensschild auf der Treppe war leere Versprechung.
»Hm, Kollokow wird aber gar nicht erfreut darüber sein, wenn

Sie hier auf seine Kosten den kleinen König spielen. Ich werde höchstpersönlich für Ihre Entlassung sorgen. Dann können Sie an der Victoria Station Schuhe putzen. In Ihrem Alter ist es gar nicht mehr leicht, Ersatz für so üppige Garderobeneinnahmen zu finden.« Dabei zeigte ich auf den halbvollen Teller mit Kleidermarken und Münzen. »Vielleicht machen Sie ja noch eine späte Karriere in den Bahnhofspissoirs?«

Er war einen Kopf größer als ich und doppelt so breit, aber jetzt fiel das Licht der Außenreklame vom Textilmarkt auf sein Gesicht, der blaue Streifen eines Neonrahmens, und er lachte leise. »Sie machen mir Spaß.«

»Also gehen Sie schon rein und sagen Sie dem Mann, sein Haus sei abgebrannt – oder seine Tochter sei von Palästinensern entführt.«

»Waren Sie mal als Scherzkeks auf Tournee – oder so was Ähnliches? Kollokow ist ledig und wohnt im Cumberland-Hotel.« Er schwieg, vielleicht, weil ihm der Gedanke gekommen war, daß er schon zuviel gesagt hatte.

»Ihnen wird bestimmt noch was anderes einfallen.«

»Wird es, wird es ...«, bestätigte er. Er nahm einen vorsintflutlichen Totschläger mit verbeulter Bleikugel aus der Thekenablage und zeigte ihn mir.

»Gut, dann warte ich unten im Pub auf ihn.«

Mein plötzlicher Rückzug brachte ihn vollends aus der Fassung. Anscheinend hielt er es für ausgeschlossen, daß sein Instrument solche Wirkung zeigte. Er kam mir bis zur Treppe nach und beobachtete meinen Abstieg durch das Treppenhaus. Als ich unten war, winkte ich ihm durch den Schacht zu, und sein schütter behaarter Kopf zog sich mürrisch über das Geländer zurück.

In der Hotelhalle des Cumberland gab es drei öffentliche Telefone, aber für meine Zwecke würde die Telefonzelle neben dem Taxistand am besten geeignet sein. Ich hatte zwei Stun-

den mit Kaffeetrinken in einem schäbigen Wettbüro zugebracht und mich dann an der Rezeption vergewissert, daß Kollokow inzwischen auf seinem Zimmer eingetroffen war. Mein Wagen stand hinter der Straßenbiegung. Selbst für den Fall, daß Kollokow sofort eine Taxe fand, würde ich wegen der gemächlichen Ampelschaltung am Taxistand noch genügend Zeit haben, mich von der einmündenden Seitenstraße aus an seine Fersen zu heften. Ich nahm das Tonbandgerät aus der Tasche, vergewisserte mich, daß die Kassette an der richtigen Stelle stand, und ließ mich mit Kollokows Zimmer verbinden. Als er abnahm, sagte ich auf russisch: »Moment bitte, verbinde weiter ...« und drückte die Abspieltaste.
Seine Stimme hatte der auf den Gorbatschow-Bändern nicht im mindesten ähnlich geklungen, sie klang eher wie ein weinerlicher Singsang. Aber es war wohl selbst für Stimmenimitatoren immer wieder überraschend, wie perfekt man es fertigbrachte, seinem Kehlkopf völlig fremde Laute abzuringen. Ich ließ die Passage des Bandes laufen, in der Gorbatschow sagte: »Der Mensch ist viel formbarer, als man gemeinhin glauben würde. Wir haben von den westlichen Werbestrategen, den Manipulatoren der öffentlichen Meinung, gelernt – lernen müssen, um nicht unterzugehen –, daß er ein Vielfraß ist, der alles verdaut. Was heute noch unmöglich erschien, ist morgen Realität. Hitler mit seinen bizarren Ideen wäre den Historikern sicher als die krankhafte Erfindung eines Phantasten erschienen, eines Romanschriftstellers, der von düsteren Visionen und Alpträumen verfolgt wird. Und trotzdem konnte er die halbe Welt in Schutt und Asche legen! Die westdeutsche Bevölkerung wurde durch den amerikanischen Einfluß in wenigen Jahrzehnten zu folgsamen Demokraten bekehrt. Der Mensch ist seiner Natur nach opportunistisch veranlagt. Er muß es auch sein, um in einer sozialen Gemeinschaft überleben zu können. Wir haben nie mit dem Gedanken gespielt, die alten stalinistischen Methoden wieder einzusetzen, wenn un-

sere Mission erledigt ist. Andererseits wissen wir sehr gut und ziehen daraus die Konsequenzen, daß der westliche Pluralismus niemals zu einer funktionierenden sozialistischen Gesellschaft führen kann. Das ist nur durch ein beträchtliches Maß an Disziplin, Einheitlichkeit und Zwang zu bewerkstelligen. Also wird auf die Periode der Öffnung eine der Schließung und Neubesinnung folgen müssen. Und dieser Prozeß ist durchaus heilsam, weil er den Menschen in den Sowjetrepubliken anschaulich vor Augen führt, welches Chaos die sogenannte Demokratie heraufbeschwört.«

Dann legte ich ohne ein weiteres Wort auf.

Vielleicht überschätzte ich ja seinen Eifer oder seine Nervosität, aber mein Gefühl sagte mir, daß meine Rechnung aufgehen würde. Ich nahm Kollokows Foto heraus, versuchte mir sein Gesicht mit den buschigen schwarzen Brauen einzuprägen und wartete darauf, daß er im Hoteleingang erschien.

Er brauchte weniger als fünf Minuten dafür. Auf den Portalstufen verlor er Mantel und Stockschirm, die er über dem Arm getragen hatte, und beim Vorbeugen seine Aktenmappe, und der Hotelpage half ihm, das Zeug und ein paar verstreute Papiere aus der offenen Mappe wieder einzusammeln.

Mag sein, daß auch jeder andere es in seiner Lage eilig gehabt hätte – aber der Russe bewegte sich mit solcher Hast über die Straße, daß er fast von einem Kleinlastwagen erwischt wurde. Es gab eine Notbremsung, die vollen Gasflaschen auf der Ladefläche schlugen klirrend zusammen, und der Mann am Steuer stieg aus, um ein Wörtchen mit Kollokow zu reden.

Er baute sich breitbeinig vor ihm auf und stemmte seine Fäuste in die Hüften. »Wissen Sie, daß meine Gasladung ausreicht, um das ganze Viertel in die Luft zu jagen?«

Kollokow reagierte nicht, er sah ausdruckslos durch ihn hindurch und ging weiter.

Er kam dicht an meiner Telefonzelle vorüber, winkte den Taxen und gab einen zornigen Kommentar zum besten, als sich herausstellte, daß der Fahrer an der Spitze der wartenden Schlange sich wegen eines menschlichen Bedürfnisses ins gegenüberliegende Café begeben hatte.

3 Kollokow war in Eile, das sah ich an seiner heftig gestikulierenden Gestalt. Aber der Taxifahrer schien ein Gemütsmensch zu sein. Er hatte eine unnachahmlich besonnene Art, sich in die Vorfahrtsstraßen hineinzutasten – wie jemand, der mit dem Blindenstock den Bordsteinrand sucht. Wenn er mitten auf der Kreuzung stand, legte er grundsätzlich erst einmal den niedrigeren Gang ein.

Ich folgte ihnen nach Norden. Wir fuhren an der Bahnlinie und dann an Rangiergleisen entlang, wo einzelne Waggons sich wie von Geisterhand mit Streckenarbeitern bewegten, die grüne Signallampen schwenkten. Dann überquerten wir den Damm. Hinter Waltham und dem Epping Forest, der einmal königliches Jagdgebiet gewesen war, bog Kollokows Taxi in einen schmalen Waldweg ein. Auf das Hinweisschild, daß die Gegend immer noch reich an jagdbarem Wild war, hatte ein Witzbold zwei einander in die Schwanzspitzen beißende Krokodile gemalt.

Ich stieg aus und parkte den Minicooper im Schatten zweier Trauerweiden. Die Gegend roch nach Fluß und feuchtem Laub. Am Ende des Weges stand ein verfallenes Backsteingebäude. Die beiden Namensschilder an der rechten Torsäule waren abmontiert, und das schmiedeeiserne Torgitter lag schräg über der Hecke. Als Kollokows Taxi weggefahren war, ging ich unter den großen alten Bäumen zum Haus.

Aus der Nähe besehen, wirkte es noch verfallener als von der Straße. Nur die untere Etage schien bewohnt zu sein. Zwei, drei Scheiben in den oberen Fenstern waren eingeschlagen.

Dafür besaßen die Parterrefenster schmiedeeiserne Gitter. Auf der Veranda stand ein großer Pfau mit langem Schwanzgefieder und verfolgte argwöhnisch jede meiner Bewegungen.
Ich umrundete ihn in respektvollem Bogen und ging zum Fluß, um durch das Salonfenster zu sehen. Aus dem Fensterviereck fiel helles Licht. Das Ufer war feucht und alles andere als ein gepflegter englischer Rasen. Meine Schritte federten auf dem weichen Grund und hinterließen tiefe Wasserlachen. Ich mußte auf den hölzernen Torfkasten steigen, denn der untere Teil der Scheiben war verhängt.
Vor dem Kamin stand Forum über einen hellen Kunststofftisch gebeugt, der mit Papieren bedeckt war. Der Mann, der mir den Rücken zuwandte, war Kollokow. Ich konnte seine Stimme durch das Oberlicht hören. Seine schwarzen Brauen wirkten noch düsterer als auf dem Foto. »Machen wir uns doch nichts vor«, sagte er. »Jemand hat von der Sache Wind bekommen, also wäre es viel zu riskant, das Material zu lancieren.«
»Kommt drauf an, wieviel er weiß«, widersprach Forum.
»Und ob es wirklich Ihr eigener Mann ist«, ergänzte Lexter, der bis dahin im toten Winkel gestanden hatte. Ich sah seinen Hinterkopf unter mir auftauchen und beugte mich instinktiv zurück. »Angenommen, es geht ihm nur um Geschäfte?«
Forum machte eine einladende Handbewegung, und sie setzten sich an den Holztisch unter dem Jagdgemälde. »Falls er wirklich für den Anruf verantwortlich sein sollte«, erklärte er und blätterte bedächtig in seinen Unterlagen, »dann spielen Geschäfte dabei keine Rolle.«
»Wir hätten niemals seine Hilfe in Anspruch nehmen dürfen«, sagte Kollokow. Er fuhr sich ärgerlich mit der Hand über den Mund. »Das war ein verdammter Fehler – ein Fehler, den Sie und Sehlen zu verantworten haben, keiner von uns. Ich werde den Teufel tun, in Langley meinen Kopf für Sie hinzuhalten, falls die Sache auffliegt.«

»Niemand verlangt das von Ihnen. Wir waren auf ihn angewiesen. Wir brauchten ihn, um das Projekt wasserdicht zu machen. Um uns abzusichern. Das wissen Sie genausogut wie ich, Kollokow.« Forum zog nachsichtig seine Brauen hoch. Er sprach ruhig und ohne Nachdruck. Ich kannte ihn lange genug und wußte, daß seine Gelassenheit nur gespielt war. »Wir wollten nicht ohne Netz arbeiten«, fuhr er fort. »Dabei haben wir ihn herausfordern müssen. Er wurde mißtrauisch, weil man ihn nicht eingeweiht hatte. Wir sind davon ausgegangen, daß er unseren Plan auf gar keinen Fall unterstützen würde. Dazu ist er nicht abgefeimt genug. Schon gar nicht, was seine Rolle in der Endphase anbelangt. Aber er wird uns keine Schwierigkeiten mehr machen – auf die eine oder andere Weise«, fügte er sibyllinisch lächelnd hinzu.

Hinter dem Haus war Motorengeräusch zu hören, und ich kletterte eilig vom Torfkasten, weil die Scheinwerfer eines Wagens über den Vorplatz huschten. Ich ging bis zum Ende der Hauswand und sah um die Ecke. Der Mann am Steuer war Bright, er warf beim Aussteigen seine Zigarette weg. Der andere wurde einen Augenblick vom Wagendach verdeckt, dann sah ich ihn nur noch von hinten, aber als über der Haustür das Licht anging, erkannte ich, daß es der Mann von der Autobahntoilette war.

Ich kehrte zum Fenster zurück und kletterte wieder auf den Torfkasten. Forum und die anderen saßen immer noch am Tisch unter dem Jagdgemälde. Forum machte den Eindruck, als wenn er sich lieber seinem Damenlikör oder Puddingdessert gewidmet hätte. Er blätterte zerstreut in seinen Unterlagen. Sitzungen wie diese waren ihm ein Greuel und immer eine Spur zu dramatisch – man verstand erst später, wo der entscheidende Fehler gelegen hatte. Lexter und Kollokow sahen ihn abwartend an. Sie schienen den anderen nicht zu kennen, denn als Bright mit ihm hereinkam, stand Forum auf und sagte:

»Das ist Arved, unser Mann für schwierige Fälle. Sein Nachname tut nichts zur Sache. Arved bürgt dafür, daß die Angelegenheit mit der nötigen Diskretion abgewickelt wird.« Er griff freundlich lächelnd nach seinem Arm, doch Arved bewegte keine Miene, sein Gesicht blieb so ausdruckslos wie das eines Autisten. Ich erinnerte mich, daß er in derselben starren Haltung aus Forums Wagen gestiegen war, um in die Autobahntoilette zu gehen. Und plötzlich dachte ich an Beil und begriff, zu welchem Zweck sie unterwegs gewesen waren.

»Ich bin dafür, einen radikalen Schlußstrich zu ziehen«, meinte Bright. »Keine Risiken mehr.«

»Wir wissen jetzt, daß sich die Bänder noch in seinem Besitz befinden«, sagte Forum. »Ron war davon ausgegangen, Haag habe nur seine Mitschriften gelesen. Er hatte das Band in dem Glauben herausgenommen, es sei bespielt.«

»Er hätte das Zeug nicht in seinem Hotelzimmer aufbewahren dürfen«, sagte Lexter. »Damit brachte er uns alle in Gefahr.«

Forum schüttelte ärgerlich den Kopf. Erklärungen, um vor Untergebenen irgend etwas zu rechtfertigen, kamen immer nur widerwillig über seine Lippen.

»Während der Ausschuß tagte, entdeckte er, daß die alte Fassung verschwunden war. Er rief mich an, und wir ließen nach den Bändern suchen, allerdings vergeblich. Das war nicht weiter überraschend. Haag mußte damit rechnen, daß so etwas passieren würde. Also hatte er sie an einem sicheren Ort hinterlegt. Demnach scheint er bei seinem Einbruch in Sehlens Hotelzimmer das Etikett auf ein leeres Band geklebt zu haben, um seinen Diebstahl zu verschleiern.«

»Fragt sich bloß, was dahintersteckt«, sagte Bright. »Für wen arbeitet er?«

»Über seine Motive wissen wir nichts, wir können nur Vermutungen anstellen.«

Forum breitete die Arme aus. »Aber soviel ist klar: Er hat *beide* Fassungen. Und das macht ihn gefährlich für uns. Unterschiedliche Fassungen wären in den Händen unserer politischen Gegner ein eindeutiger Beweis dafür, daß es sich um Fälschungen handelt. Niemand würde glauben wollen, Gorbatschow habe dasselbe Gespräch in leicht abgewandelter Form noch ein zweites Mal geführt. Sein Anruf bei Kollokow beweist, daß die Aufnahmen nicht, wie Haag behauptet, vernichtet wurden – und daß er beabsichtigt, seinen Trumpf auch auszuspielen.«

»Vielleicht sollte Sehlen ihn ja wieder unter seine Fittiche nehmen, wenigstens zum Schein?« sagte Arved. »Das würde meine Arbeit erleichtern.«

»Wenn er kein Narr ist, wird er Kopien der Bänder an einem sicheren Ort hinterlegt haben«, gab Lexter zu bedenken. »Das ist seine Lebensversicherung. Also sollten wir alles vermeiden, was seinen Argwohn provozieren oder seinen Mittelsmann dazu bringen würde, das Zeug an die Öffentlichkeit weiterzugeben.«

»Und wer, glauben Sie, könnte dieser *Mittelsmann* sein?« fragte Forum.

»Schwer zu sagen. Haags Bruder zum Beispiel? Oder Slava, seine Tochter?«

Ich stieg aus und ging ein Stück die Straße entlang, um nachzudenken. Ich schlug meinen Kragen hoch, weil es nieselte. Die Häuserfronten sahen in der Dämmerung wie unbewohnte Ruinen aus. Vielleicht war es nur ein gewöhnlicher Stromausfall, aber zwischen den wenigen kahlen Bäumen wirkten die Fenster und Hauseingänge, als seien alle Wohnungen Hals über Kopf von ihren Bewohnern verlassen worden.

Nur die paar weit entfernt stehenden Straßenlaternen warfen dunstige gelbe Lichtkreise auf das Pflaster. Unter der Laterne am Kiosk stand ein junger Stadtstreicher und verbrannte Zeitungen. Er rieb seine Hände, die in zerissenen Strickhandschuhen steckten, und trat von einem Bein auf das andere. Das

Papier loderte auf und erlosch sofort wieder. Es war ein lächerlich wirkungsloser Versuch, der nassen Kälte und dem Wind zu widerstehen.
Was war ihr Motiv? Warum versuchten sie Gorbatschows Politik zu schaden? Warum versuchten sie ihn als Wolf im Schafspelz dastehen zu lassen? Ich setzte mich in einen Hauseingang und versuchte zwei und zwei zusammenzuzählen.
Es gab nur einen plausiblen Grund für ihr Verhalten: Sie trafen Vorkehrungen, um sich für den Tag X zu rüsten, an dem der eiserne Besen der Rationalisierung durch die Dienste fegte. Wenn man es unter diesem Gesichtspunkt betrachtete, fügte sich alles wie die einzelnen Stücke eines Puzzles zusammen. Gorbatschows Politik war für die Betonkopfriegen in den westlichen Diensten eine ernste Gefahr, sie wollten nicht in die gleiche Lage kommen wie Quand und Haldo. Während des kalten Krieges hatte es in den Geheimdiensten genügend Aufgaben gegeben, um ein komfortables Leben mit vielen Privilegien zu führen und dabei auch noch Karriere zu machen. Aber was, wenn die Verständigung zwischen Ost und West ein nie dagewesenes Ausmaß erreichte? Würden die Geheimdienstapparate bei noch mehr Übereinkunft, gegenseitigem Wohlwollen und Kontrolle nicht zwangsläufig empfindlich schrumpfen müssen?
Als ich an diesem Punkt meiner Überlegungen angelangt war, begriff ich, daß ihre Protokolle und Tonbandaufnahmen von noch größerem Wert sein würden, als ich vermutet hatte. Sie gaben ihnen eine neue Existenzberechtigung. Sie ließen alle Versuche, den Apparat zu verkleinern, als voreilig und gefährlich erscheinen. Sie setzten das Klima des kalten Krieges auf einer neuen Ebene fort und machten die altvertrauten Methoden erforderlich.
Das alles mochten Spekulationen sein. Mir fehlten noch die Beweise dafür – aber ich war sicher, wenn ich sie bekam, würde die Erklärung so oder ähnlich lauten. Es gab keinen

anderen vernünftigen Grund für ihr Geheimdossier. Sie kämpften mit dem Rücken zur Wand. Sie hatten mit ansehen müssen, wie schmählich das Ministerium für Staatssicherheit in Ost-Berlin untergegangen war, wie ihre Akten von aufgebrachten Bürgern in die Höfe geworfen worden waren, in welcher Eile sie die Reste ihres Imperiums hatten nach Moskau schaffen müssen, und wenn sie auch nicht annahmen, dasselbe könne ihnen im Westen passieren, so hatten sie es immerhin als warnendes Beispiel vor Augen.

Mir wurde plötzlich flau bei dem Gedanken, mit welcher Leichtigkeit sie Beil für ihre Pläne geopfert hatten.

Daß Sehlen mir die wahren Hintergründe verschwieg, daß ich nicht zum engeren Kreis seiner Vertrauten gehörte, würde im Ernstfall weniger wert sein als eine Kerze in St. Paul's-Cathedral. Lexter hatte die Tonbandtexte entworfen, Version A, dann B, und ich hatte die passenden Analysen geliefert und abgezeichnet. Das sah nach Mitarbeit, ja Mittäterschaft aus. Wenn wir aufflogen, würde ich mich kaum damit herausreden können, nichts gewußt zu haben. Lexter war von Anfang an weggetaucht, weil der Verdacht der Fälschung früher oder später auf ihn als Ostexperten fallen würde, einmal vorausgesetzt, die Sache kippte auf, und weil man vermeiden wollte, daß er vor irgendwelchen Untersuchungskommissionen die Nerven verlor. Deshalb hatte man ihm eine neue Identität verpaßt. Sie hatten das Projekt streng von den übrigen Dienststellen abgeschirmt. Es war zu heikel, um es in den eigenen Mauern zu bearbeiten.

Ein besonders geschickter Schachzug waren Sehlens Kunstlieferungen nach Moskau gewesen. Er machte die Illusion eines Maulwurfs im Kreml noch um einiges glaubwürdiger. Erst recht die Pläne von Gorbatschows Arbeitsräumen, aus denen ich allerdings den falschen Schluß gezogen hatte, man brauche sie zur Vorbereitung eines Attentats.

Selbst die Briefe, die über Simons und Reykjavík an Beils Ein-

Mann-Postleitstelle in Amsterdam gelaufen waren, hatten seiner Legende gedient. »v.R.« war nur ein lächerlicher Mythos, eine Erfindung Sehlens.

Sie hatten mich wie einen blinden Tanzbären aufs Glatteis geführt.

VIERTER TEIL

Laßt die Bären auf dem Eis tanzen,
bis sie ihre Krallen abgeschliffen haben.

Spruchweisheit der Eskimos

ERSTES KAPITEL

1 Der Mann, der sich Arved nannte, graste die Hotelrezeptionen nach mir ab. Er verwendete viel Sorgfalt darauf, aber er konnte nicht wissen, daß ich einen Satz falscher Pässe besaß. Ich hatte in drei großen Hotels der City meinen Namen mit dem Hinweis hinterlassen, daß ich in ein oder zwei Tagen dort erreichbar sein würde, und die Portiers gebeten, sich Nachfragen zu notieren. Arved hatte nur *eine* Nachricht hinterlegt – darin gab er sich als Finder einer gültigen Kreditkarte aus, die auf den Namen »Adrian Haag« lautete. Wahrscheinlich nahm er an, daß mich das neugierig machen würde, gleichgültig, ob ich eine Karte besaß oder nicht. Beim zweiten Mal schien er das Spiel durchschaut zu haben und verzichtete darauf, mich mit einer nichtexistierenden Kreditkarte zu ködern. Beim ersten Mal hatte er sich noch als Jakob Holland ausgegeben, wenn auch ohne Adresse und Telefonnummer, doch danach hatte er sich strikt geweigert, an den Hotelrezeptionen noch einmal seinen Namen zu nennen. Das wäre ihm wohl als Eingeständnis seiner Niederlage vorgekommen. Er begriff schneller, als ich erwartet hatte. Aber der Portier war wegen meines großzügigen Trinkgelds gern bereit gewesen, sich trotzdem seine Nachfrage zu notieren. Seine Beschreibung entsprach dem Mann, den ich an der Autobahntoilette und im Epping Forest gesehen hatte.

Ich trat ans Fenster und sah hinaus. Er war irgendwo da draußen und suchte mich.

Und vermutlich war er gar nicht glücklich darüber, daß ich das wußte.

Für einen einzelnen Mann ist es so gut wie aussichtslos, den Flughafen und die Bahnhöfe zu überwachen, selbst wenn er einen Plan mit allen Abfahrtszeiten hat und einmal angenommen, daß sich kein Termin überschneidet. Natürlich hätte er sich leicht ein paar Leute besorgen können, die mit meinem Foto in der Hand die Sperren und Treppenaufgänge überwachten. Aber wenn er für alle Eventualitäten freie Hand haben und kein unnötiges Risiko eingehen wollte, mußte er den Kreis der Zeugen so klein wie möglich halten. Er mußte sich irgend etwas anderes einfallen lassen, um mich zur Strecke zu bringen. Ich war gespannt darauf, was es sein würde.

Ich hatte die Bänder, und sie waren der unwiderlegliche Beweis dafür, daß es sich um einen großangelegten Fälschungsversuch handelte. Ich saß, sozusagen, am längeren Ende des Hebels. Wenn sie mich umbrachten, liefen sie Gefahr, daß Haldo das Material weitergab. Dann war ihr Plan gescheitert. Natürlich konnte ich nicht völlig sicher sein, ob sie sich dieser Gefahr wirklich bewußt waren – und ob sie daraus die nötigen Konsequenzen zogen. Lexter hatte diesen Punkt zwar angesprochen. Er hatte ihn sogar als meine »Lebensversicherung« bezeichnet. Aber wie dachten Arved und Forum darüber? Und wie würde Sehlen auf die neue Situation reagieren?

Soviel war jedenfalls sicher: Sie mußten mich zum Schweigen bringen, auf die eine oder andere Weise.

Ich meinerseits konnte mich natürlich fragen, was mir die Aufdeckung von Beils Ermordung, was mir die Antwort auf meine Enttäuschung und Demütigung und die Vereitelung des Komplotts wert waren. Ob ich nicht lieber zu Kreuze kroch und ihnen die Bänder mit dem Versprechen aushändigte, von jetzt an das dreckige Spiel in ihrem Sinne zu betreiben.

Ich fand, daß es mir eine Menge wert war. Ich wußte, daß die Dinge niemals wieder so sein würden wie vorher. Sehlen und Forum hatten mich getäuscht, und ihr schlechtes Gewissen würde sie nicht etwa dazu bringen, mich von nun an mit beson-

derer Zuvorkommenheit zu behandeln. Wie ein beleidigtes Kind, das man mit Spielzeug zu bestechen trachtete. Ganz im Gegenteil, sie würden sich dieser lästigen Erinnerungen gern entledigen wollen.
War es nicht sogar denkbar, daß *sie* statt meiner zu Kreuze krochen? War es denn so abwegig, anzunehmen, ich könnte schließlich als Sieger aus diesem Kampf hervorgehen? Ich war bereit, meine Kräfte mit ihnen zu messen. Ich würde kein leichter Gegner für sie sein. Was blieb mir auch anderes übrig? Ich konnte nach München zurückkehren und Margrits Händchen halten. Ob sie dann immer noch der Meinung war, daß über zwanzig Jahre »Versteinerung« eines Mannes mit meinen Fähigkeiten unwürdig seien? Sie würde hysterische Krämpfe bekommen und achtzig Zigaretten am Tag rauchen, um mir zu zeigen, wie sehr ich meine Pflichten vernachlässigte. Und diese Aussicht war kaum verlockender, als sich noch ein gutes Weilchen mit einem halben Dutzend falscher Pässe in europäischen Hotelzimmern herumzutreiben.
Ich brauchte Verbündete. Ich brauchte Geständnisse. Es war wichtig, die Spuren zu sichern. Ich mußte soviel Material wie möglich sammeln, um Forum und Sehlen unter Druck setzen zu können. Wer auch immer sie später für ihren Mord an Beil und das Komplott gegen Gorbatschow zur Verantwortung ziehen würde – ein ordentliches Gericht oder ein parlamentarischer Untersuchungsausschuß –, er brauchte dazu nicht nur die Tonbänder, sondern auch Hintergrundinformationen. Er mußte sich ein vollständiges Bild machen können, und dieses Bild sollte durch Fakten und Daten belegbar sein. Also würde ich noch einmal nach Zandvoort zurückkehren müssen. Sehlen hatte zwar behauptet, der Schwerpunkt unserer Arbeit habe sich momentan in die bayerische Landeshauptstadt verlagert. Holland sei erst einmal passé, ich würde in Zukunft von meiner Wohnung aus arbeiten. Aber ich war ziemlich sicher, daß der alte Befehlsstand in Zandvoort noch intakt war. Ver-

mutlich gab es dort Material, das meine Behauptungen untermauern konnte. Inzwischen verstand ich etwas besser, was ihn zu seinem plötzlichen Ortswechsel bewogen hatte. Es war eine Vorsichtsmaßnahme. Er wollte, daß ich den Kontakt zu Beil und Bormann verlor.

Ich verbrachte den Vormittag in einem alten Café der U-Bahn-Station hinter meinem Hotel. Die beiden weißhaarigen Wirtinnen erinnerten an alt gewordene Glamourgirls. Sie kokettierten noch immer wie vor dreißig Jahren mit ihren Spiegelbildern, als seien sie von Kameras umringt. Das Foto der einen hing über der Theke, es zeigte, wie sie im einteiligen Badeanzug durch einen brennenden Reifen in den Swimmingpool sprang.

Die Einrichtung des Cafés war aus derselben Zeit. Hohe alte Küchenschränke, an deren Auffrischung sich ein begabter Maler versucht hatte, ein blumenverzierter Kachelofen und ausrangierte Kinoklappstühle. Ein Teil der Decke bestand aus ungefärbten Glasbausteinen, durch die man in eine Geschäftspassage mit ostasiatischen Läden sehen konnte. Es war ein günstiger Platz, weil man vom Tisch aus den Eingang und die Rolltreppen überblicken konnte. Ich fühlte mich dort sicherer als in den Straßenpubs. Die Stadtstreicher und Diebe warfen argwöhnische Blicke durch die Glasbausteine auf uns hinunter. Ich dachte, genauso verunsichert wie die armseligen Figuren dort oben würden auch Forum und Sehlen dastehen, wenn ich nur genügend *Glasnost* in ihre Geschäfte brachte. Mein Schlüssel waren die Tonbänder, die gefälschten Handschriften, das Trio aus Ostexperte, Schriftenfälscher und Stimmenimitator. Aber um ihr Komplott durchsichtig zu machen, brauchte ich Verbündete.

2 Die Hotelhalle des Cumberland hätte ohne seine Spielautomaten und Mini-Autoscooter für gelangweilte kleine Hotelgäste durchaus an die gute alte Zeit erinnern können, als man noch in tiefen Klubsesseln saß und den jahrtausendealten Staub der kunstvoll in Falten gelegten Samtvorhänge einatmete – während sich ein hinfälliger Pianospieler auf einem altersschwachen Konzertflügel als spontaner Komponist versuchte –, wäre der angrenzende »Klubraum« mit seiner durchsichtigen Trennwand nicht zur Vorführung von Videoclips zweckentfremdet worden.

Nach den verblichenen Schwarzweißfotos im Eingang hatten hier einmal kahlköpfige Millionäre mit ihren hohlwangigen Gattinnen residiert, um sich von den Auspuffgeräuschen der ersten Autos zu erholen. Die hintere Wand nahm ein großer Videoschirm ein. Das Vorführgerät glich einem Souffleurkasten auf der Theaterbühne. Es war schwarz und eckig, mit zwei vorgestülpten Objektiven vom Durchmesser eines Zylinderhuts, die unaufhörlich grelle Lichtreize versprühten. Kollokow saß ganz hinten im Schatten der Lautsprecherboxen und betrachtete das Spektakel mit so versteinerter Miene, als habe er es auf jugendgefährdende Stellen zu untersuchen. Das einsame Spotlight unter der Decke warf einen scharf abgezirkelten Strahl an seiner Nasenspitze vorüber.

Der Lärm war so, daß man gerade noch sein eigenes Wort verstehen konnte.

Ich setzte mich neben ihn und sah den rhythmischen Hüftbewegungen eines Mädchens zu, das sein Haar unter einem goldenen Stirnreif hochgebunden hatte. Ihre mageren Arme waren mit bunten Eloxalringen behängt, die sich unaufhörlich in das von der Decke flutende Licht schraubten. Der Hintergrund bestand aus hellem Wasserdampf und blauen Lichtreflexen. Kollokow hatte nicht einmal den Kopf bewegt, als ich mich setzte, vielleicht, weil ich einen leeren Platz zwischen uns ließ.

Ich sagte auf russisch: »Gestatten Sie ...?«
Er wandte sich fragend nach mir um und sah erst die Tüte mit Kartoffelchips in meiner Hand und dann mich an. Seine Miene erstarrte.
»Sie sind Haag, oder?« Seine Stimme klang, als sei ihm eine Tracht Prügel verabreicht worden. Er zog es vor, deutsch zu reden. »Man hat mir Ihr Foto gezeigt. Was wollen Sie von mir? Wissen Sie denn nicht, daß man Sie überall sucht?«
»Ich habe mich mit der Gilde der Unsichtbaren liiert, Kollokow. Ich tauche auf und verschwinde, wann immer mir der Sinn danach steht. Sie sollten sich auf meine Seite schlagen – unsichtbar werden, meine ich. Es wird bald eine Menge Ärger geben.«
»Was reden Sie da für einen Blödsinn?« fragte er aufgebracht.
»Sie stecken bis zum Hals in Schwierigkeiten.«
»So, glauben Sie?« Ich versuchte den weinerlichen Singsang seiner Stimme nachzuahmen, und dabei fuhr ich mir in Kollokows typischer Weise mit der Hand über den Mund: »Wir hätten niemals seine Hilfe in Anspruch nehmen dürfen. Das war ein verdammter Fehler – ein Fehler, den Sie und Sehlen zu verantworten haben, Forum, keiner von uns. Ich werde den Teufel tun, in Langley meinen Kopf für Sie hinzuhalten, falls die Sache auffliegt.«
»Was soll das? Ist das Ihre Masche, um uns Schwierigkeiten zu machen? Damit werden Sie kein Glück haben. Sie haben nicht die geringste Chance, Haag.«
Ich antwortete, indem ich Forums Stimme imitierte. Sie klang vielleicht nicht besonders ähnlich, aber für meine Zwecke würde es reichen: »Niemand verlangt das von Ihnen. Wir waren auf Haag angewiesen. Wir brauchten ihn, um das Projekt wasserdicht zu machen. Um uns abzusichern. Das wissen Sie genausogut wie ich, Kollokow.«
Er musterte mich ungläubig. Das reflektierte Geflimmer von der Leinwand auf unseren Gesichtern tat ein übriges, um ihn

aus der Fassung zu bringen. Dann schien ihm endlich zu dämmern, woher meine Zitate stammten.

»Sie waren ... im Epping Forest? Sie haben unser Gespräch belauscht?«

»Na, sagen wir mal, wir sind nicht untätig gewesen, und dabei ist einiges für uns an Informationen abgefallen.«

»Für *uns*? Was soll das nun wieder heißen?«

»Ich werde Ihnen nicht auf die Nase binden, wer meine Mitstreiter sind, Kollokow. Versuchen Sie sich selbst einen Reim darauf zu machen. Wir wollen verhindern, daß Sie mit Ihrem Komplott Erfolg haben. Und Ihre Stimme ist auf den Bändern. Sie kennen doch die Gepflogenheit, mit den Gerichten einen Handel abzuschließen, um die eigene Haut zu retten? Sie sind nur ein armseliger russischer Emigrant in Großbritannien. Von Ihrer Sorte gibt es Tausende, und einer ist so unwillkommen wie der andere. Man wird Sie aus dem Königreich jagen, sobald Sie Ihre Strafe abgesessen haben. Das dürfte Ihnen überhaupt nicht gefallen, hab' ich recht? Was glauben Sie denn, was bei alledem für Sie herausspringt? Man sagte mir, daß Sie sich als Stimmenimitator durchschlagen? Die Geschäfte gehen schlecht? Ihr Name wird niemals in den Akten auftauchen. Keine Belobigung, keine Beförderung. Offiziell existieren Sie gar nicht. Für einen Stimmenimitator ist in einer Desinformationskampagne wie dieser kein Platz. Sie werden totgeschwiegen, Kollokow. Vielleicht fallen ja außer Ihrem Honorar noch ein paar Krumen für Sie ab, irgendeine Gefälligkeit. Paßvergehen, ein paar Steuerhinterziehungen? – nun gut, dabei wird man vielleicht ein Auge zudrücken. Aber was ist das alles gegen die Schwierigkeiten, die Sie sich durch Ihr Schweigen einhandeln?»

»Durch mein Schweigen?«

»Ich biete Ihnen an, mit uns zusammenzuarbeiten.«

»Lächerlich. Sie haben nichts gegen mich in der Hand.«

»Ich habe die Bänder.«

»Und?« fragte Kollokow. Er taxierte mich unsicher. Dann stand er auf. »Was versprechen Sie sich davon?«
Ich folgte ihm zum Ausgang. Er ging langsam bis zur Rezeption und gab seinen Zimmerschlüssel ab. Er sah sich nicht einmal nach mir um dabei. Ein Fotograf versuchte von einem Podest neben dem Springbrunnen den Treppenaufgang mit den Fahrstühlen abzulichten. Hinter ihm reflektierten zwei Silberschirme das Licht der Fotolampen. Er sah verschwitzt aus, anscheinend hatte er Schwierigkeiten mit der Perspektive. Die palmenartigen Blattgewächse, die in großen Marmorschalen von der Decke hingen, waren ihm genauso im Wege wie der Kronleuchter und das lange Tuch der Nationalflagge. Kollokow riß im Vorbeigehen unabsichtlich ein Kabel aus den Steckverbindungen. Die Lampen erloschen, und es wurde ungewohnt finster in der Hotelhalle – wegen der Farbaufnahmen hatte man die Deckenbeleuchtung ausgeschaltet.
In diesem Moment kam jemand durch die Drehtür, und als er nahe genug heran war, sah ich, daß es Arved war.
Er schien weder mich noch den Russen bemerkt zu haben, aber vielleicht war er ja auf dem Weg, um sich mit ihm zu treffen? Kollokow verschwand durch den Seitenausgang. Ich machte ein paar schnelle Schritte und wartete hinter dem Podest des Fotografen ab, bis Arved an der Rezeption stand. Ich hatte Glück, weil ich wegen des Lichts vor dem Hintergrund der Rückwand kaum zu erkennen war. Der Portier hatte die Lampe über seinem Pult eingeschaltet. Er sah zum Schlüsselbrett und schüttelte auf Arveds Frage bedauernd den Kopf.
Neben mir tauchte die Gestalt des Fotografen auf. Er sagte ein paar ärgerliche Worte, weil er glaubte, ich hätte das Kabel aus der Steckverbindung gerissen. Ich gab keine Antwort, sondern ging um das Podest herum.
Gleich darauf flammten die grellen Fotoleuchten auf. Aber zu diesem Zeitpunkt stand ich schon in der sicheren Deckung der Podesttreppe.

Arved ging an mir vorüber und sah durch die Scheibe in den Videoraum. Dann wandte er sich langsam um und musterte die Halle. Er hatte hellblondes, fast weißes Haar, das streng nach hinten gekämmt war. Ich trat noch einen Schritt zurück – so weit, daß ich eben sein Gesicht erkennen konnte. Es war so ausdruckslos wie immer. Vielleicht war das ja sein Markenzeichen: keine Miene zu verziehen, ganz gleichgültig, was passierte. Oder waren seine Gesichtsmuskeln gelähmt? Wo sonst die Mundwinkel aufzuhören pflegten, setzten sich feine Linien oder Narben bis zur Kinnspitze fort. Im hellen Licht sah seine untere Gesichtshälfte aus, als sei sie von einem stümperhaften Chirurgen angestückelt worden. Durchaus möglich, daß ihm jemand irgendwann den Kiefer zertrümmert hatte und daß er jetzt eine Kunststoffprothese trug. Befriedigend zu wissen, daß er ein Mensch wie alle anderen war, dem man den Kiefer einschlagen konnte.
Gleich darauf war Arved im Fahrstuhl verschwunden. Ich verfolgte die Anzeige, sie blieb im zweiten Stockwerk stehen – Kollokows Etage. Ich ging ohne sonderliche Eile durch die Halle zum Seitenausgang. Der Russe stand im Schatten eines Hauseingangs. Er trat zwei Schritte vor und ließ seine brennende Zigarette in den Rinnstein fallen, als er mich sah.
»Wo bleiben Sie denn, zum Teufel?«
»Mußte mal für kleine Jungen.«
»Was Sie über die Bänder sagen, interessiert mich.«
»Lassen Sie uns bis zu dem Pub da unten an der Ecke gehen, Kollokow.«
»Na schön, wie Sie wollen.«
Er schwenkte mißmutig in meine Richtung ein. Ich sah zum Seitenausgang des Cumberland. Von Arved keine Spur. Dann blickte ich die Fassade hinauf. Nicht auszudenken, wenn er jetzt da oben an einem der dunklen Hotelfenster stand und zu uns hinunter auf die Straße sah. Die Schaufenster warfen soviel Licht auf den Gehsteig wie eine helle Zimmerbeleuchtung.

»Hier entlang.« Ich bog in eine schmale Geschäftspassage ein, die geradewegs zum *Shaftesbury Memorial* führte. Die Statue des Liebesgottes wirkte im Schein der Kugelleuchten auf diese Entfernung wie ein rätselhaftes Etwas, das sich vergeblich in die Lüfte zu schwingen versuchte.

Kollokow blieb mißtrauisch stehen. »Ich denke, Sie wollen zum Pub?«

»Der hier ist besser«, sagte ich und zeigte in das von rohen Holzleisten umrahmte Fenster neben uns. Der Eingang war mit billigen Bastmatten ausgeschlagen, aber als ich die Tür aufschob, sah man in ein ganz gewöhnliches Lokal mit Mahagoni und künstlich gealterten Spiegeln.

»Also gut«, seufzte er.

Wir stellten uns an den Stehtisch in der Ecke. Ich nahm ein dunkles Bier. Kollokow mochte kein *Worthington*, er sagte, es sei ihm zu bitter. Da es keine annehmbare Wodkasorte gab, bestellte er Gin, ein halbes Wasserglas voll, und leerte es in zwei Zügen. Er spielte den Russen, der erst einmal eine halbe Flasche klaren Schnaps trank und dann zur Sache kam. Tatsächlich wirkte er auch nach dem zweiten Glas noch keine Spur betrunken.

»Meine Leber ist so gut wie hinüber«, erklärte er strahlend. »Die Ärzte rätseln schon, ob bei mir der Alkoholabbau anders als bei normalen Sterblichen funktioniert. Sie können's sich nicht erklären, wieso ich noch unter den Lebenden weile.«

»Wie denken Sie über die politische Lage, Kollokow?«

»Mies, ziemlich mies.«

»Sie sind zu Breschnews Zeiten emigriert, oder? Was stört Sie eigentlich an Gorbatschows Politik? Warum machen Sie bei diesem Komplott mit?« Ich hob mein Glas und stieß mit ihm an. »Falls ich Sie vorhin etwas zu hart attackiert haben sollte, nehmen Sie das nicht persönlich.«

»Gorbatschow wird scheitern.«

»Wegen der wirtschaftlichen Schwierigkeiten, meinen Sie?«

»Er stürzt die Sowjetunion ins Verderben. Das Riesenreich zerfällt ihm zwischen den Händen. Jetzt versucht er schon seine eigenen Reformen zu reformieren. Dabei wird er zwischen den beiden extremen Polen zerrieben, den Radikalreformern und den Konservativen. Er erledigt sich selbst. Es ist politischer Selbstmord.«

»Wenn Sie so darüber denken, verstehe ich nicht, was Sie zu diesem Komplott bewogen hat?«

»Ich bin keiner, der aus politischer Überzeugung arbeitet. Ich tue einfach nur meine Pflicht. In meinem Gewerbe ist es verdammt schwer, sich über Wasser zu halten. Als ich vom KGB zur anderen Seite überlief – das war noch in Kopenhagen, kurz vor Breschnews Tod –, habe ich mich gegenüber Mitarbeitern der CIA verpflichtet, daß ich zur Verfügung stünde, falls sie mich brauchen würden. Ich konnte meine Moskauer Erfahrungen einsetzen. Sie zahlten gut, ich bekam sogar ein paar Rundfunkaufträge als Draufgabe. Unterhaltungssendungen für die reifere Jugend. Ich durfte die Garde der alten Hollywood-Schauspieler mimen. Dies hier ist mein letzter Auftrag, danach sind wir quitt.«

»Na, dann sollte es Ihnen doch nicht schwerfallen, die Seite zu wechseln? Zu Ihrem eigenen Vorteil?«

»Sie wissen ja nicht, was die drüben in Langley unter einem Treuegelöbnis verstehen. Von einem Russen verraten zu werden ist, als wenn man mit dem nackten Arsch in die Kakteen gesetzt würde. Ein Texaner kann sich viel erlauben. Selbst ein Mexikaner geht leicht als armer Irrer durch. Bei uns ist das was anderes. Wir verkörpern jetzt so etwas wie ein liebgewordenes Feindbild für Langley. Und je mehr Gorbatschow ins liberale Horn bläst, desto wütender werden sie auf uns.«

»Ihre Stimme auf den Bändern dürfte leicht zu identifizieren sein, wenn man sie elektronisch untersucht.«

Er schüttelte den Kopf. »Ist sie nicht. Wir haben die Aufnahmen mit einem neuartigen Frequenzgangverfahren überarbeitet. Das Neueste und Feinste aus Langleys Hexenküche. Es sind Gorbatschows Werte. Exakt die gleichen. Man wird keinen Unterschied finden. Von den täglichen Schwankungen mal abgesehen. Heiserkeit, Husten, Müdigkeit, ein paar Glas zuviel getrunken, das alles beeinflußt natürlich die Modulation.«

»Aber es war trotzdem vergebliche Mühe. Die beiden verschiedenen Versionen sprechen für sich.«

»Falls Sie die Bänder an die Öffentlichkeit bringen, Haag – dann allerdings. Ich finde, Sie sollten sich diesen Schritt gut überlegen.«

»Wie konnten Sie nur einen derart verhängnisvollen Fehler machen, Kollokow?«

»Wir steckten noch im Experimentierstadium. Da glaubt man manchmal, daß man schon zu Rande gekommen ist. Aber dann fand Lexter heraus, daß ein paar Daten falsch waren. Also wurden Sie in der zweiten Fassung geändert. Das war schließlich auch Ihre Aufgabe in dem Spiel, Haag – die Sache wasserdicht zu machen und Fehler zu finden.«

»Und warum zog man mich nicht genauso wie Sie und Lexter ins Vertrauen?«

»Keine Ahnung. Es wird schon irgendeinen Grund dafür geben, oder?«

»Man glaubte, ich sei ein unsicherer Kantonist.«

»Das haben Sie gesagt.«

»Warum weihte man Lexter ein, aber mich nicht? Wir sind beide Ostexperten. Lexter trinkt, er ist nicht besonders zuverlässig. Man sagt ihm nach, er liebäugele schon seit Jahren damit, irgendwo auf den Bahamas ein Spielcasino aufzumachen.«

»Vielleicht brauchte man ja einen neutralen Beobachter. Das ist wie beim Placeboeffekt. Die Ärzte machen einen Doppelblindversuch, um jeden Irrtum auszuschließen. Außerdem soll es Probleme mit Ihrer Beurteilung gegeben haben.«

»So? Was wissen Sie darüber?«
»Nur, daß man der Meinung war, Sie hätten zu viele Skrupel. Besonders, was die Ostpolitik anbelangt.«
»Hätte man dann nicht lieber gleich auf meine Mitarbeit verzichten sollen?«
»Ja, vielleicht. Sehlen wollte einen weiteren Experten für Ostpolitik, um das Material auf Hieb- und Stichfestigkeit überprüfen zu lassen.«
»Sie meinen das *gefälschte* Material?«
»Wir leben nicht im Kloster, Haag.«
»Und was ist der eigentliche Grund für das Komplott?«
»Der Grund für das ...? Lieber Himmel.« Er blickte sich unbehaglich um und umklammerte mit der Hand sein Glas. »Das dürften Sie doch längst wissen. Oder haben Sie nur geblufft?«
»Ich würd's gern noch mal aus Ihrem eigenen Munde hören.«
»Und wozu?«
»Wenn die Sache auffliegt, werden ein paar Leute große Schwierigkeiten bekommen. Ich möchte mich gern vergewissern, auf wessen Seite Sie stehen.«
Kollokow schüttelte voller Unbehagen den Kopf. »Lassen Sie uns lieber nach draußen gehen.«
»Wie Sie wollen.« Ich trank mein Glas aus und zahlte die Rechnung. Draußen schlug ich die Richtung zum Picadilly Circus ein, weil ich immer noch argwöhnte, Arved könne uns durch irgendeinen dummen kleinen Zufall über den Weg laufen. Kollokow folgte mir langsam durch die Passage. Es war, als müsse er über jeden seiner Schritte auf dem Pflaster nachdenken, so bedächtig setzte er einen Fuß vor den anderen. Vielleicht war ja etwas dran an meinen Drohungen. In so einer Situation sucht man nach Auswegen, man verfällt leicht in einen instinktiven Opportunismus, der wenig später in sein genaues Gegenteil umschlagen kann. Nach meiner Einschätzung war er nur ein armseliger Mitläufer, der seine Haut zu retten versuchte.

Als wir in Sichtweite der Doppeldeckerbusse waren, blieb ich unter einer Laterne stehen. »Also?«
Er schnaufte unwillig, seine schwarzen Brauen hoben und senkten sich wie Wellen in der nachtdunklen See.
»Himmel, was für eine Frage! Gorbatschows Politik soll ins Zwielicht gerückt werden, um den Hardlinern und Betonköpfen wieder eine Existenzberechtigung zu geben«, sagte er schließlich und warf ärgerlich seine Kippe weg. »Wie im guten alten kalten Krieg. Sie machen's mir wirklich schwer.«
»Ich war so etwas wie ein Versuchsobjekt für Sehlen?«
»Na ja, abgesehen davon, daß Sie tatsächlich an der Sache arbeiteten und Ihre Meinung beisteuerten. Natürlich sollte Ihre Kritik in die korrigierte Fassung aufgenommen werden. Man wollte sehen, ob die Sache standhalten würde, falls später irgendwelche Pressefritzen oder Untersuchungsausschüsse auf die kluge Idee kämen, ihre Hintergründe abzuklopfen.«
»Nicht besonders schmeichelhaft für mich, oder?«
»Ich kann Ihren Ärger verstehen. Aber warum haben Sie sich überhaupt mit Sehlen eingelassen?«
»Als ich zum erstenmal von ihm hörte, sagte ich mir, das ist einer, wie ihn sich die Politiker wünschen – der keine falschen Kompromisse macht. Er war wie vom Himmel gefallen, ohne Biographie, sah man mal von solchen Vagheiten wie Kambodscha ab. Alle beklagten seine Methoden, aber augenzwinkernd, als sei er nur halb so schlimm, wie behauptet wird. Ein Buhmann, fast schon das Maskottchen der Dienste. Man ist nun mal das Produkt seiner Umgebung. Also drücken wir besser beide Augen zu und sind dankbar dafür, daß einer die Drecksarbeit erledigt.«
»Ja, er ist gefährlich. Hatten Sie gehofft, er würde irgendwann zur Caritas überlaufen?«
»Sobald man selbst davon betroffen ist, fängt man an, die Dinge in anderem Licht zu sehen.«
»Deshalb kann ich Ihnen nur raten, der Sache ihren Lauf zu

lassen. Verbrennen Sie die Bänder. Springen Sie über Ihren Schatten, und schlagen Sie sich wieder auf unsere Seite. Drohungen würden Sehlen bloß zu unüberlegten Schritten provozieren, er gehört in den Zwinger wie ein hungriger Dobermann. Aber weit und breit ist keiner in Sicht, der das bewerkstelligen könnte. Er hat Rückendeckung aus Washington.«
»Ich werde ihn zur Strecke bringen.«
»Sie sind übergeschnappt.«
»Ich brauche Ihr Material, Kollokow. Bei Ihren Tonbandaufnahmen muß doch einiges an Bandmaterial und Notizen abgefallen sein? Es wäre eine wertvolle Unterstützung für uns.«
»Ich glaube, ich bin der falsche Mann für Sie. Wenn Sie *das* von mir verlangen, hätte ich mich nie mit Ihnen einlassen dürfen. Dazu steht zuviel auf dem Spiel. Sie steuern auf Ihren sicheren Untergang zu.«
»Falls Sie Bedenken haben, als Kronzeuge aufzutreten, könnten Sie später einfach behaupten, das Material sei Ihnen aus dem Hotelzimmer gestohlen worden.«
»Den Teufel werde ich tun.«
Wir waren auf der anderen Seite des Denkmals, und das Gedränge wurde so dicht, daß ich ihn für einen Moment aus den Augen verlor. Aber dann war er wieder vor mir. Ich griff nach seinem Arm, und er drehte sich stirnrunzelnd nach mir um.
»Sie scheinen mich immer noch nicht ganz verstanden zu haben, Kollokow. Das war keine freundliche Bitte.«
»Es ist Selbstmord, Haag.«
Ich folgte ihm, ich sah seinen Rücken im Gedränge und wie er zwischen zwei Frauen mit vollen Markttaschen hindurchging und einem baumlangen Marinesoldaten auswich, aber dann war er plötzlich verschwunden. Die Menge auf der anderen Seite hatte ihn einfach verschluckt.
Ich streifte durch die Straßen um den Circus, immer auf der Suche nach seinem auffallenden dottergelben Jackett mit den hochgekrempelten Ärmeln. Unter dem Standbild Karls II.

war ein Straßenfest im Gange, anscheinend ohne Genehmigung der Behörden. Ich machte kehrt, um den Knüppeln der Bobbies auszuweichen, und ging zu Kollokows Hotel zurück. Er hatte noch sein Gepäck auf dem Zimmer. Es war nicht ganz einfach, in der Halle einen Platz zu finden, an dem man alles überblicken konnte, ohne selbst gesehen zu werden.

Ich wartete bis nach Mitternacht. Die Autoscooter waren zur Ruhe gekommen, die Spielautomaten meldeten sich nur noch in langen Abständen mit ihren programmierten Melodien, und der Videoprojektor nebenan warf ein flimmerndes Standbild auf den Schirm. Es war beruhigend, den tanzenden Punkten zuzusehen. Der Brei aus Impulsen hatte bemerkenswerte Ähnlichkeit mit meinem Leben. Dann stand ich auf und ging an der Rezeption entlang, um einen Blick auf Kollokows Zimmerschlüssel zu werfen. Er hing am Brett.

»Kann ich Ihnen helfen?« fragte der Nachtportier. Sein Kopf tauchte aus der Versenkung des Schreibpults auf, über dem eine gelbrot schimmernde Neonlampe brannte. Er war rosig und kahl, mit einem durchsichtigen, in Leder gefaßten Schirm auf der Stirn, wie bei einem Eisenbahner der Jahrhundertwende oder als sei er Angestellter eines Wettbüros.

»Ich warte hier auf einen Bekannten, Kollokow. Haben Sie eine Ahnung, wo er stecken könnte?«

»Kollokow...« Sein Finger fuhr eine Liste entlang. »Heute abend ausgebucht.«

»Und sein Gepäck?«

»Das hat er sich zum Flughafen bringen lassen.«

»Haben Sie sich die Abflugzeit notiert?«

»Dreiundzwanzig Uhr acht, Washington DC.«

Ich sah zur Uhr, es war kurz vor eins. Er folgte meinem Blick und legte verständnisvoll seine Stirn in Falten.

»Warten Sie, hier ist noch eine Nachricht für... Herrn Haag aus München?«

Ich nickte, und er gab mir den zusammengefalteten Zettel.

Ich nehme an, daß Sie sich abgesichert und Kopien der Bänder bei einem Mittelsmann hinterlegt haben. Das macht es mir leichter, auf schäbige Tricks zu verzichten. Aber vergessen Sie nicht: Ich hätte Sehlen einen Wink geben können, daß Sie heute abend an der Rezeption nach mir fragen würden. Denken Sie daran, falls Sie tatsächlich bei Ihrem hirnrissigen Plan bleiben wollen.
K.

ZWEITES KAPITEL

1 Ich ließ mich an der Promenade absetzen und ging den Rest des Weges am Strand entlang. Das Hotel hinter den Dünen wirkte so verfallen wie eh und je, es hatte immer noch nichts vom Ambiente eines wilhelminischen Bordells eingebüßt. Ganz im Gegenteil: Seine Erkertürmchen sahen aus, als würde dem in den Dünen verirrten Wanderer gleich ein barockes, hellhäutiges Geschöpf mit roten Haaren zuwinken.
Das verwitterte Brett unter der Dachrinne war abgefallen. An der Tür lag angewehter Seesand. Ich ging zur Kellertreppe auf der Hofseite und probierte die Schlüssel am Bund durch. Der Benzingenerator stand noch wie früher in der Nische unter dem Treppenabgang. Sein Motor sprang ohne Zögern an, als ich den Einschalter drehte, und begann leise tuckernd zu arbeiten.
Mein Büro im Heizungskeller sah aufgeräumt aus. Ganz so, als habe sich jemand viel Mühe damit gegeben, es in seinen ursprünglichen Zustand zurückzuversetzen. Nur der grüne Ablagekasten mit meinen Notizzetteln erinnerte noch daran, daß ich einmal hier gearbeitet hatte. Ich nahm ein Blatt heraus – es war ein Entwurf über Gorbatschows politische Ziele – und

steckte es wieder zurück. Dann ging ich nach oben und schloß die grüne Eisentür hinter der abklappbaren Spiegelgarderobe auf. Ich horchte, ob sich unter der Wendeltreppe etwas rührte, und stieg zur Zwischenetage hinunter.
Als ich die Lichtschranke passierte, hörte ich den Summer in Sehlens Arbeitszimmer.
Ich blieb stehen. Der Eindruck, alles sei noch genau wie früher – gleich werde Sehlen mit dem Kopfhörer seines Funkgeräts aus der Zimmertür treten –, wurde einen Augenblick lang so mächtig, daß ich den Atem anhielt.
Es war überflüssig, die Schlüssel am Bund auszuprobieren, Sehlen hatte sein Büro immer abgesperrt. Im Nebenraum fand ich einen Margarinekarton mit Gartengeräten und rostigem Werkzeug. Die Tür zu seinem Zimmer bestand aus dem gleichen soliden Eisenblech wie die Zwischentür. Ich brauchte eine gute halbe Stunde, um das Schloß zu öffnen.
Ich verwendete noch einmal doppelt soviel Zeit darauf, mit Hammer und Meißel dem Blechschrank zu Leibe zu rücken. Was ich dort fand, stellte alle meine bisherigen Vorstellungen über das Projekt Schafspelz in den Schatten – und bedauerlicherweise betrafen diese Neuigkeiten ausschließlich mich!
Die oberen und unteren beiden Schubladen waren leer. In der mittleren Schublade lag eine rote Mappe mit maschinengeschriebenen Entwürfen und Notizen.
Sie lag dort wie auf dem Präsentierteller, sorgfältig nach der Längsachse ausgerichtet.
Ich konnte mich des Eindrucks nicht erwehren, daß man sie nur in der Schublade hinterlassen hatte, damit sie eines schönen Tages dort gefunden wurde ... wenn auch nicht von mir.
Die Originalfassungen mit meinen Unterschriften mußte Sehlen beiseite gebracht haben. Wahrscheinlich aus Sicherheitsgründen oder weil sie sich gut in meinem Münchener Schreibtisch machen würden. Was er dagelassen hatte, waren durchnumerierte Fotokopien meiner Analysen, außerdem Zusätze

und Einleitungen, die das Projekt in seinen politischen Folgen beschrieben, jedenfalls, soweit sie voraussehbar waren. Aus alledem konnte ein unvoreingenommener Betrachter nur den Schluß ziehen, daß *ich* und nicht Sehlen der Urheber des Planes war. Sehlens Rolle war die eines zweitrangigen Zuarbeiters oder »Sachbearbeiters«. Ich hatte sogar eine maschinengeschriebene Notiz angefügt, wonach er als wenig vertrauenswürdig für eine so heikle Aufgabe wie diese eingestuft wurde (es stellte die Verhältnisse wahrhaftig auf den Kopf). Danach ahnte er nichts von den wirklichen Zielen des Komplotts. Es grenzte fast an ein Wunder, daß sein Name überhaupt erwähnt wurde. Er glaubte, v.R. existiere tatsächlich und sei ungewöhnlich erfolgreich darin, Informationen aus dem Kreml zu beschaffen. Ich nahm an, daß seine Anwesenheit während möglicher späterer Verhöre dazu dienen sollte, einen steuernden Einfluß auszuüben. Schließlich hatte selbst ein so begabter Graphologe wie Haldo Brights Arbeit – dessen Name ebenso wie der Kollokows und Lexters in den Unterlagen fehlte – nicht auf Anhieb als Fälschung durchschauen können. Den Experten würde es genauso ergehen. Warum sollte man Sehlen, der zweifellos weniger qualifiziert war, einen Strick daraus drehen können?
Ein gelber Umschlag im Format DIN A5 enthielt meinen Abschiedsbrief, diesmal im »Original«. Er war undatiert, aber wie die Fotokopien mit meiner Unterschrift versehen. Sehlen mußte mir die Papiere irgendwann untergeschoben haben, als ich meine Analysen abgezeichnet hatte. Vielleicht gefaltet, zwischen anderen Unterlagen, so daß ich nicht erkennen konnte, was ich unterschrieb.
Danach würde ich den Freitod durch Kopfschuß in einem Waldstück oberhalb der Dünen wählen, nachdem man meine Täuschungen entlarvt hatte.
Der entscheidende Satz des Briefes lautete: *Es gibt niemanden mit dem Tarnnamen v.R. im Kreml, und es hat ihn nie gegeben. Ich*

bedauere, mich durch Ehrgeiz und Eitelkeit in eine Lage gebracht zu haben, aus der es keinen ehrenvollen Ausweg mehr geben kann. Bitte verzeih Deinem armen Vater, Slava!
Der Unterton des Melodramatischen in diesen Zeilen war unverkennbar.

2 Wenn man so weit gegangen ist, dann fordert jeder neue Affront auch eine neue Kraftanstrengung heraus. Bei aller Überraschung, vielleicht war ich sogar ein wenig dankbar für diese klare Kampfansage. Sie zerstreute meine Bedenken.
Ich war bestürzt, ich versuchte das Ungeheuerliche zu begreifen. Falls sein Plan scheiterte, wollte Sehlen mich als den eigentlich Verantwortlichen ausgeben. Er hatte seine schriftlichen Unterlagen so manipuliert, daß jeder Untersuchungsausschuß zu dem Ergebnis gelangen mußte, der wahre Schuldige sei ein überdrehter, von Minderwertigkeitskomplexen und Sorgen um seine Zukunft geplagter kleiner Ostexperte. Und weil ich diesen Vorwurf vor Gericht mit guten Argumenten leugnen würde, war er bereit gewesen, auch den letzten, äußersten Schritt zu riskieren, meine als Selbstmord fingierte Ermordung.
Jetzt verstand ich, warum er Zandvoort und das Haus in den Dünen als Operationsbasis gewählt hatte. Nicht allein, weil die Legende seines Maulwurfs durch angebliche Kunstlieferungen aus Amsterdam besonders glaubwürdig erscheinen sollte. Er hatte einen Ort möglichst weit weg von der Zentrale gewählt, wo er ungestört arbeiten und später nicht als derjenige verdächtigt wurde, der den Plan entworfen hatte. Darum war Riesenbaby, der Namenlose, lange Zeit unser einziger Mitarbeiter gewesen. Aus dem gleichen Grund hatte Sehlen später die Arbeit von meiner Wohnung aus vorgezogen, abgesehen

davon, daß er mich so auf eine perfide Weise kontrollieren und unter Druck setzen konnte.
Ich fragte mich, ob Forum von diesem Plan wußte. Für welchen Zeitpunkt war meine Liquidierung geplant? Erst wenn ein Verdacht auftauchte? Wenn es brenzlig für sie wurde? Oder schon früher, prophylaktisch?
Und wo würde man mich erledigen wollen? Hier, an Ort und Stelle? Etwa, indem man mich unter irgendeinem fadenscheinigen Vorwand nach Zandvoort lockte?

Als ich in München gelandet war, rief ich Slava an und bat sie, keinem Menschen gegenüber ein Sterbenswörtchen von meinen Problemen zu erwähnen. Ich verschwieg ihr die Existenz des Abschiedsbriefs. Sie war sehr gefaßt und hörte sich meine Geschichte mit jener Mischung aus Unglauben und Bestürzung an, die ich erwartet hatte, aber glücklicherweise machte sie keinen Versuch, mich davon zu überzeugen, daß es ratsamer sei, die Polizei einzuschalten.
Ich sagte: »Wir müssen sehr vorsichtig sein. Geh mit Herbert auf die Reise. Ihr könnt meinen Wagen nehmen.«
»Glaubst du wirklich, daß Ron mir oder Herbert etwas antun würde?«
»Er weiß, daß ich die Bänder habe. Er hat von meinen Drohungen Kollokow gegenüber erfahren. Also wird er alles unternehmen, um seine Haut zu retten. Wir kämpfen beide mit dem Rücken zur Wand.«
»Was wirst du jetzt tun?«
»Die Sache zu Ende bringen.«
»Kann ich ... dir dabei helfen?«
»Jemand in Bonn könnte vielleicht etwas für mich tun. Einer, der auf solche Probleme spezialisiert ist. Ich werde heute noch versuchen, mit ihm Kontakt aufzunehmen. Um sicherzugehen, werde ich alles belastende Material bei einem guten Freund hinterlegen. Das ist meine Lebensversicherung. Seh-

len darf nie erfahren, wer dieser Mittelsmann ist. Und er darf auch nicht glauben, daß ihr das Material aufbewahrt. Es würde euch in Lebensgefahr bringen ... *hörst du mir zu,* Slava?«

»Hab' verstanden, Paps.«

»Du mußt verschwinden. Sei ein folgsames Kind und mach dich aus dem Staube. Geht ein paar Tage in den Gasthof, wo ich Herbert letztens aufgegabelt habe.»

Danach kümmerte ich mich um ein möbliertes Zimmer. Das ist in einer Stadt wie dieser nur möglich, wenn man bereit ist, sündhaft teuere Hotelpreise zu bezahlen. Aber Geld durfte in meiner Lage keine Rolle spielen. Ich rief zwei Telefonnummern an und entschied mich für die erste, ein Zimmer, von dem man zu Fuß den Bahnhof erreichen konnte. Es lag unter dem Dach – neben meiner Tür war die eiserne Leiter zum Dachstuhl – und sah auf schäbige Backsteinmauern und den Innenhof einer Schreinerei hinunter, der mit altem Bauholz übersät war. Während des Oktoberfestes würde man die Dächer der Bierzelte zwischen den Hauseinschnitten sehen können.

Der Wirtin waren meine Papiere gleichgültig. Sie schob mir lustlos ein Anmeldeformular hin und kassierte die Miete für zwei Monate im voraus. Ich erklärte ihr, ich würde mich anmelden, sobald ich aus dem Ausland zurückgekehrt sei.

Beim Wort »Ausland« hob sie einen Augenblick lang interessiert den Blick. Dann kehrten ihre Lider wieder in dieselbe schläfrige Ausgangslage zurück. Ihre Hände steckten in den Taschen der Schürze. Obwohl sie kaum älter als dreißig sein konnte, trug sie ihr Haar in grauen, glanzlosen Strähnen zurückgekämmt wie eine alte Frau.

»Wenn Sie im Ausland sind, werden Sie ja wenig von dem Zimmer haben?«

»Allerdings – und das kommt Ihren Möbeln zugute, Gnädigste.«

»Der letzte Mieter war ein Strichjunge.«

»Alles, was ich will, ist meine Ruhe.«

»Sie können das Heißwassergerät in der Küche benutzen.«
»Danke, sehr zuvorkommend.«

3 Ich erinnerte mich noch gut an Karlo, aber bei seiner Statur konnte man das nicht unbedingt als Hinweis auf ein außergewöhnliches Gedächtnis ansehen. Er war ein alter Schulfreund, hatte sechs goldene Monate lang meine Abteilung geleitet und bekleidete jetzt den Posten des Staatssekretärs im Außenministerium. Er neigte zur Verfettung, seine Beine waren etwas zu kurz, was ihm – in frecher Verhunzung des Wortes »Tippelbruder« – den Spitznamen »Trippelbruder« eingetragen hatte. Doch wie alle, die so hoch in der Beamtenhierarchie aufgestiegen waren, wußte er den etwas lächerlichen Eindruck seiner Erscheinung durch kluge Reden wettzumachen. Er wirkte sehr überzeugend. Vor allem das ausdrucksstarke Spiel seiner Hände. Langer, schlanker Hände, die eher an einen Klavierspieler erinnerten und zu seinem übrigen Körper sowenig zu passen schienen wie die Arme einer Primaballerina zum Gewichtheber.
Wenn einer mir helfen und eine internationale Affäre auslösen konnte, dann war es Karlo. Er würde die politischen Konsequenzen abschätzen können, das war schließlich sein Geschäft, und er würde die Aufdeckung des Skandals betreiben, ohne daß unnötiges Porzellan zerschlagen wurde.
Mir mußte daran liegen, die Angelegenheit so abzuwickeln, wie sie ursprünglich geplant gewesen war. Als *streng vertrauliches Dossier*, das über die Schreibtische der Mächtigen wanderte und ausschließlich in geheimen Konferenzen beraten wurde. Diesmal allerdings mit umgekehrter Absicht. Ich hatte eine genaue Vorstellung davon, was zu tun war. Das Komplott sollte verhindert und die Verantwortlichen mußten zur Rechenschaft gezogen werden. Ich wollte keine Presse, keine Ge-

richte, keine Polizei. Ich wollte meine Rehabilitierung und die ehrenhafte Entlassung aus dem Dienst. Ich wollte meinen Namen nirgends in der Zeitung lesen, und ich wollte halbwegs sichergehen können, daß ich nicht ein paar Monate später wie zufällig von einem Auto überrollt wurde.

Aber einen Staatssekretär des Außenministeriums ans Telefon zu bekommen ist ungefähr so aussichtslos, wie in der Bundeshauptstadt ein billiges Hotelzimmer zu finden. Karlos Wagen wurde strenger bewacht als die Geldtransporte der Landeszentralbank. Vor seinem Haus standen vier Beamte in Zivil, und aus dem gegenüberliegenden Fenster war eine Videokamera auf den Eingang gerichtet. Wie jeder ernst zu nehmende Politiker hatte er mehr als drei Bombendrohungen erhalten, und irgendwann war sein Hund im Garten an einer Frikadelle verendet, die seine Frau eigentlich fürs Picknick unter dem alten Lindenbaum gebraten hatte.

Ich machte drei Anläufe, ich nannte Karlos Sekretärin alle Gründe, die ein vernunftbegabter Mensch zweifellos als ausreichend angesehen hätte. Daß ich sein Schulfreund sei; daß ich mich noch gut an unsere gemeinsame Arbeit in den Diensten erinnerte; daß seine Frau ganz reizende Urlaubsgrüße verschicke; daß die Angelegenheit, in der ich ihn zu sprechen wünschte, um Leben oder Tod ginge. Es veranlaßte sie nur zu dem spöttischen Kommentar, die Korridore seines Amtes seien von jeher mit Leichen übersät gewesen.

Beim dritten Mal ließ ich mich dazu hinreißen, meine Stimme zu verstellen. Karlos Sekretärin hatte wenig Sinn für solche Scherze. Sie fragte: »Ist es so dringend, daß Sie Probleme mit den Stimmbändern bekommen?«

»Mir fällt nichts Besseres ein, Verehrteste. Wie kann ich Sie denn dazu bringen, Karlo an den Apparat zu holen? Durch eine Einladung zum Abendessen?«

»Ich will Ihnen einen Tip geben – aber nur, weil Sie so schwache Stimmbänder haben.«

»Ja?«
»Er ißt heute abend gegen zwanzig Uhr im ›Alten Burghof‹. Hinten rechts, der Tisch unter dem Ölbild des fröhlichen Trinkers. Wenn Ihr Konterfei nicht gerade auf allen Fahndungsplakaten erscheint, haben Sie gute Chancen, einen Platz am Nebentisch zu ergattern.«
»Danke. Tut mir leid, das mit der Stimme.«
»Oh, wir hatten schon Verrücktere als Sie an der Strippe.«
Ich wanderte ein Stück zu Fuß durch jene Hauptstadt, von der ein deutsches Nachrichtenmagazin einmal behauptet hatte, sie tauge nicht als Schauplatz für Spionageromane, weil sie die verkörperte Biederkeit sei; aber für die wirklichen Geheimdienstgeschäfte war sie allemal gut, die spielten sich nicht vor, sondern hinter den Fassaden ab. Ich ging durch die Straße, in der Haldo einst seinem russischen Meister im Kurierdienst begegnet war (zwei Knochenbrüche und ein Bänderriß). Ihre rosafarbenen Fassaden und hellgestrichenen Fensterrahmen gaben viel für eine anheimelnde Provinzidylle her, aber wenn man mit der Nase auf dem Pflaster lag, schlug das Panorama leicht in schmieriges Grau um. Ich trank einen Aperitif im Alten Burghof, um den Oberkellner an mein Gesicht zu gewöhnen, gab ein großzügiges Trinkgeld und zeigte auf den Tisch in der Nische neben dem Bildnis des fröhlichen Trinkers. Er schlug ein ledergefaßtes Buch auf und notierte sich meine Bestellung für zwanzig Uhr dreißig.
»Sind Sie allein?«
»Je nachdem, das hängt ganz von den Umständen ab.«
Er lächelte verständnisvoll. »Wahrscheinlich wird es heute abend eine kleine Leibesvisitation geben, wegen der Politiker.«
»Ich werde der Dame ausrichten, sie soll ihre Schußwaffen zu Hause lassen.«
Danach probierte ich »Zwiebelsuppe provenzalisch«. Sie schmeckte nach Weißblech, wenn auch nur ganz unmerklich, aber für Karlo bedeutete Essen im Restaurant mehr als Aroma

und gemütliches Beisammensein. Es war sein Rezept gegen den Tod, die Fülle gegen das Nichts. Ich ließ ein großzügiges Trinkgeld auf dem Tisch liegen. Wegen des sonnigen Spätherbstwetters war es drinnen angenehm leer, die meisten Gäste zogen zum Mittagessen den Garten vor. Als ich auf die Terrasse trat, sah ich Arved im Schatten einer Platane sitzen. Er beugte sich zur Seite und nahm eine Zeitung aus seiner Reisetasche. Als er sich zurücklehnte, um sie aufzuschlagen, konnte ich den Fluganhänger am Griff erkennen.

Ich war so überrascht, auf ihn zu treffen, daß ich einen Augenblick ungläubig an meinem Platz verharrte. Der Kellner räusperte sich hinter mir und balancierte ein Tablett vorüber.

Wie hatte Arved mich hier finden können? Ich war von London nach Amsterdam und dann nach München geflogen. Danach hatte ich einen Leihwagen genommen. Um diese Strecke zu rekonstruieren, hätte er mit den Präsidenten der Fluggesellschaften verschwägert sein müssen. Daß er jetzt hier im Garten saß, grenzte an ein Wunder. Oder war es bloßer Zufall?

Arved wandte mir den Rücken zu, in seine Zeitung vertieft. Er hatte ein halbvolles Glas Weißbier vor sich stehen. Plötzlich begriff ich, daß ich zu leichtsinnig gewesen war. Ich hatte einen unverzeihlichen Fehler gemacht. Das Gespräch mit Slava. Sehlen ließ mein Telefon abhören.

Während ich Arveds Gestalt im Auge behielt, trat ich unauffällig in den Schatten des Eingangs zurück, um mir klarzumachen, was passiert war. Ich versuchte mich an den Wortlaut unseres Gesprächs zu erinnern ...

Jemand in Bonn wird das für mich erledigen, einer, der auf solche Probleme spezialisiert ist. Ich werde heute noch versuchen, mit ihm Kontakt aufzunehmen. Um ganz sicherzugehen, werde ich alles belastende Material bei einem guten Freund hinterlegen. Das ist meine Lebensversicherung. Sehlen darf nie erfahren, wer dieser Mittelsmann ist ...

Soweit ich sah, hatte ich weder Karlos noch Haldos Namen

erwähnt. Dafür aber den Namen der Stadt und daß es sich um jemanden handelte, der »auf solche Probleme spezialisiert« sei. Unwahrscheinlich, daß er daraus den Schluß gezogen haben konnte, dieser Jemand könnte Haldo sein. Und noch unwahrscheinlicher, daß er etwas von meiner Absicht ahnte, Karlo hier beim Abendessen zu treffen. Es war früher Nachmittag. Ich machte auf dem Absatz kehrt und beschloß, sein Auftauchen im Burghof als gewöhnlichen Zufall abzutun.

DRITTES KAPITEL

1 »Hast du die Tonbänder dabei?« fragte Karlo. Er stieß seine Gabel in das Lammfleisch, als sei es ein lebendes Tier, das man erst töten müsse, um es in Ruhe verzehren zu können. Sein Gesicht spiegelte die Anstrengung wider, die ihm das Essen abverlangte. Aber er würde niemals aufgeben – nicht, solange er, Karlo, eine Gabel zum Munde führen konnte, um sich gegen die Auszehrung zu wehren.

»Nein, das war mir zu riskant.«

»Dann solltest du sie jetzt hereinholen, Adrian.«

»Ich habe sie auch nicht im Wagen oder im Hotelzimmer.«

Karlo warf mir einen sichtlich irritierten Blick zu. Er war beim zweiten Gang angelangt und machte sich wieder über seinen Teller her. »Aber wo sind sie dann?«

»Versteh mich richtig. Die Bänder könnten so etwas wie meine Lebensversicherung sein.«

»Sind wir nun alte Schulfreunde oder nicht?«

»Ich möchte sie erst aus der Hand geben, wenn es wirklich ans Eingemachte geht.«

»Du hast doch sicher Kopien davon gezogen? Wäre ja noch

schöner, wenn mein pedantischer alter Freund Adrian keine Kopien besäße? Das widerspräche deinem Naturell.«
»Ich habe Kopien der Bänder und Notizen bei einem guten alten Bekannten hinterlegt. Und ich werde niemandem – nicht einmal dir – verraten, wer dieser gute alte Bekannte ist.«
»Verstehe.« Er lächelte milde. Er wußte nichts von meinem Abschiedsbrief und Sehlens Plan.
»Es könnte euch beide in Gefahr bringen. Heute mittag sah ich Arved hier im Garten sitzen. Zufall, mag sein. Aber als er mir beim letzten Mal in die Quere kam, hatte er gerade den Auftrag bekommen, mich zur Strecke zu bringen.«
»Arved? Nein ...« Karlo lachte ungläubig und legte die Gabel hin. »Arved ist harmlos – eine Seele von Mensch. Er mimt den Steuerprüfer und Feuerwehrmann, weil er den sechsten Sinn hat. Immer wenn etwas schiefläuft, macht Arved sich über die Bilanzen her. Er ist das Genie im Aufspüren von Indizien und Widersprüchen. Aber ein Killer? Ausgeschlossen.«
»Ich hoffe, du hast recht.«
»Mach dir wegen Arved keine Sorgen.«
Er aß weiter, und ich goß mir aus der Karaffe Wein ein, dann blickte er so unvermittelt auf, als habe die Sache in seiner Vorstellung plötzlich feste Gestalt angenommen. »Wir trommeln eine Untersuchungskommission zusammen. Keinen von Forums Leuten. In meinem Büro. Morgen vormittag. Ist dir das recht?«
»Einverstanden.«
»Keine Aktenträger. Nur Top-Leute aus den Führungsetagen. Ich setze mich gleich mit der englischen und amerikanischen Botschaft in Verbindung.«
»Ich will nicht, daß irgend etwas davon in die Presse gelangt.«
»Wer will das schon, Adrian?«
»Die Sache muß mit äußerster Diskretion behandelt werden.«
»Denen übergibst du dein Material. Die Sicherheitskopien bleiben in deinen Händen.«

»Wir könnten viel Schaden damit anrichten.«
»Mach dir deswegen keine Sorgen.«
»Es geht mir nicht darum, daß Köpfe rollen.«
»Nein, natürlich nicht.«

Ich tat etwas, das ich schon lange hatte tun wollen: Ich nahm ein ganz gewöhnliches Bad, nur etwas heißer als sonst. Ohne Badezusatz, aber dafür von der Temperatur, daß meine Haut krebsrot anlief. Ich verlor einen Teil meiner Energie in der Wanne. Als ich aus dem Wasser stieg, fühlte ich mich schläfrig und wie von einer übergroßen Last befreit. Karlo war nicht der Mann, der halbe Sachen machte. Um sich auf einem Posten wie seinem halten zu können, mußte man mit allen Wassern gewaschen sein. Man mußte besser sein als die anderen. Das gab mir die Zuversicht, von nun an würde mit gleichwertigen Waffen gekämpft.

Aus meinem Hotelfenster sah ich den leeren Marktplatz. Ein Stadtstreicher kletterte gerade aus dem Müllcontainer, zwei Tragenetze mit angefaultem Obst gefüllt. Das Wetter war umgeschlagen, über den Dächern lag eine weißgraue Wolkendecke – so niedrig, daß man glaubte, sie mit Händen greifen zu können. Ich öffnete den Kühlschrank und warf einen Blick in die Bar. Die Hausmarke sah zwar nicht sehr nobel aus, aber es gab Grund zum Feiern.

Als der Sektkorken gegen die Decke knallte, begann es zu schneien. Ich prostete den im Dunst verschwimmenden Leuchtreklamen zu. Manche Böen prallten mit solcher Wucht gegen die Fensterscheibe, als sei eine neue Eiszeit hereingebrochen. Doch das unpassende Szenario zerstob genauso schnell, wie es gekommen war, es hinterließ nicht mehr als ein paar feuchte Flecke auf den Pflastersteinen. Ich empfand eine ungewohnte Befriedigung, ja Beflügelung bei dem Gedanken, Sehlen zur Strecke zu bringen. Es sollte sein letzter Abend in Freiheit sein. Oder sein vorletzter. Jedenfalls hoffte ich das.

2 Der Raum ähnelte einem Festsaal, obwohl es nur ein breiter Korridor war. In der Mitte lag ein roter Läufer, der die beiden Doppeltüren aus Palisanderholz verband. An der rechten Seite standen fünf, sechs Stühle so wahllos verstreut, als seien sie ganz zufällig – während eines Konzerts oder einer Ansprache – an ihre Plätze gerückt worden. Die Stirnseite dagegen war ohne Möbel. Dafür gab es eine Absperrung aus goldener Kordel, um Besucher von den wertvollen Gobelins fernzuhalten.

Ich hatte erwartet, daß Karlo durch eine der beiden Türen an der Schmalseite des Raumes hereinkommen würde. Erst als ich hinter mir ein Geräusch hörte und ihn in der niedrigen Tapetentür neben dem stuckverzierten Kamin stehen sah, entdeckte ich, daß es noch einen weiteren Eingang gab.

»Hier herein«, sagte er und winkte mir amüsiert zu. »Hier ist die konspirative Versammlung, Adrian.«

Ich folgte ihm in ein Büro, das wie ein provisorisches Arbeitszimmer aussah. Die Regale waren voller gebundener Redemanuskripte. In der Mitte stand ein aktenbeladener Schreibtisch.

»Hast du das Material dabei?« Er streckte die Hand aus, um mir meine Tasche abzunehmen.

Es überraschte mich, auf der Ablage neben dem Schreibtisch ein bekanntes Tonbandgerät zu sehen. Er bemerkte meinen nachdenklichen Blick. »Frisch aus dem Allerheiligsten, Adrian. Das ist doch euer Standardmodell?«

Karlo legte eines der Bänder ein und lauschte dem Klang von Gorbatschows Stimme: »... Abrüstung weltweit, der Rückzug der US-Truppen aus Europa und drittens, dank unseres neugewonnenen Vertrauens in der Welt, großzügige und nachhaltige Wirtschaftshilfe. Punkt Nummer vier, der Technologietransfer ...« Er nickte zufrieden und nahm das Band heraus. Dann machte er eine schwungvolle Bewegung auf dem Drehstuhl und deutete zur Tür. »Nach dir, Adrian.«

»Ich dachte, wir würden uns die Bänder anhören?«

»Laß uns nebenan darüber reden.«
»Und die Aufnahmen?«
»Geschenkt.«
»Du solltest dir erst mal die beiden entscheidenden Stellen anhören ...«
»*Bitte*, Adrian.« Er hatte sich erhoben, hielt die Tür zum Nebenzimmer auf und winkte mir ungeduldig zu. Durch den Türausschnitt sah ich in Karlos eigentliches Arbeitszimmer – das für repräsentative Zwecke, wo er seine Besucher empfing. Anders als der Schreibtisch in diesem Raum war der andere aufgeräumt und unpersönlich. Außer einer Gegensprechanlage waren nur die üblichen Schreibutensilien wie Füllhalter, Terminkalender und ein vergoldetes Lineal darauf zu sehen.
»Nun kommen Sie schon, Adrian«, sagte Forum von nebenan. Ich stand zögernd auf, als ich seine Stimme hörte. Dann beugte sich Sehlens breitschultrige Gestalt in den Türausschnitt. Seine blaurote Narbe unter dem linken Wangenknochen funkelte wie eine Christbaumkugel, schwer zu sagen, ob vor Vergnügen oder Ärger.
»Wir warten, Amb ...«
»Ist das der Beweis für unsere alte Freundschaft?« fragte ich, während ich an Karlo vorüberging.
»Tut mir leid, Adrian.«
Forum saß in einem lederbespannten Freischwinger unter den sechs Schwarzweißfotos der Bundespräsidenten. Er wirkte ruhig und gelassen, und ich fragte mich, ob seine Beherrschung wieder nur gespielt war.
»Nun setzen Sie sich schon – und machen Sie nicht so ein verdammt beleidigtes Gesicht, Adrian.«
Ich schob einen Stuhl an Karlos Schreibtisch und blieb hinter seiner Lehne stehen.
»Wir möchten Ihnen einen Handel vorschlagen.«
Er sah mich aufmerksam an bei diesen Worten, die manikürten Hände über dem Knie seines übergeschlagenen Beins ge-

faltet. Ein lächelnder, gutfrisierter, gutgekleideter Mann um die Vierzig und in jeder Hinsicht die verkörperte Konzilianz.

»Alles ist nur ein einziges großes Geschäft für Sie, nicht wahr, Forum?« sagte ich. »Geben und Nehmen. Ohne Leistung keine Gegenleistung. Wieviel haben wir denn diesmal eingenommen? Fünfzehn Punkte Desinformation und dreimal Imagepflege? Wie sind die Meinungsbilder? Wer wurde heute mit unseren politischen Worthülsen aufs Kreuz gelegt? Waren ja billig zu haben, aber zur Existenzsicherung reicht's immer noch nicht...«

»Würden Sie uns für einen Augenblick allein lassen, Karlo?« bat Forum so höflich wie jemand, der Rücksicht auf die Empfindlichkeit seines Gegenübers nehmen mußte. »Momentan geht's nur um Interna bei uns.«

»Bin schon unterwegs. Sie finden mich unten im Klub, wenn Sie mich brauchen.«

»Netter Kerl, aber für einen Staatssekretär etwas zu fettleibig«, meinte er, als Karlo gegangen war. »Wir haben – na ja, wie sagt man? – immer noch gewisse ›gemeinsame Interessen und Verpflichtungen‹ aus alten Tagen. Sie dürfen ihm dieses kleine Täuschungsmanöver nicht zu übelnehmen. Ihm blieb gar keine andere Wahl, es gab da ein paar überraschend billige Baugrundstücke in den Bonner Vororten.« Er ersparte sich taktvoll den Rest. »Ich kann verstehen, daß Sie verärgert sind. Aber haben Sie nicht selbst mal bei einer unserer Wanderungen gesagt, es sei wohl dieses immerwährende *Theatrum mundi*, das Sie bei der Stange hielte? *Alles nur Spiel und Schein und schöner Augenblick?* Nun waren Sie auch nur eine mechanische Figur, die auf Laufschienen bewegt wurde, und dabei fanden Sie heraus, daß Sie doch lieber der Puppenspieler gewesen wären?«

»Was mich enttäuscht, ist die Unverfrorenheit, mit der Sie und Ihr Freund Sehlen mich aufs Kreuz legen wollten. Sie haben mir immer das Gefühl vermittelt, ich sei Ihr Mann. Schon von

Anfang an. Im Augenblick stehe nur Washington und irgendein mysteriöses Persönlichkeitsdossier zwischen uns.«

»Das war die Order, die Ron aus Langley bekommen hatte, Adrian, daran mußten wir uns halten.«

»Und haben Sie sich schon mal gefragt, *warum* man mich so knapp mit Informationen hielt? Warum ich nie vollständig eingeweiht wurde?«

Forum rückte unbehaglich auf seinem Stuhl hin und her und warf Sehlen einen hilfesuchenden Blick zu. Er schien noch nichts von meiner Entdeckung in Zandvoort zu ahnen.

»Darüber sollten Sie doch selbst am besten unterrichtet sein?«

»Ich bezweifle, daß es je ein Persönlichkeitsdossier von mir gegeben hat, in dem ich als nicht vertrauenswürdig eingestuft wurde.«

»Hat es. Hat es«, widersprach Sehlen. »Aber selbst wenn es keins gegeben hätte, was würde das ändern, Adrian? Ein Stück Papier, nichts weiter. Man glaubte, Sie könnten Schwierigkeiten machen. Sie haben es immer verschmäht, sich ganz nach oben zu dienen. Das läßt doch Schlüsse auf Ihren Ehrgeiz zu? Sie hatten die Chance, sich zu bewähren. Daß uns Ihre Mitarbeit immer noch viel bedeutet, kann man an der Geduld erkennen, die wir mit Ihnen haben. Sie machen es uns wahrhaftig nicht leicht.«

»Danke für die Blumen, Colonel.«

»Lassen Sie uns lieber zum Geschäftlichen kommen«, schlug Forum vor.

»Ich habe einige Mühe, mir jetzt noch ein Geschäft mit Ihnen beiden vorzustellen.«

»Sollten Sie aber, das wäre besser für alle Beteiligten. Die Sache ist ganz einfach. Sie pfuschen uns nicht weiter ins Handwerk und nennen uns denjenigen, der für Sie die Kopien der Bänder aufbewahrt. Wir fahren zusammen hin, und Sie veranlassen ihn, das Material herauszugeben. Sie leisten vor uns allen ein Schweigegelöbnis ...«

»Hübsche Wunschliste. Und Ihre Gegenleistung?«
»Volle Rehabilitierung, Adrian.«
»Kommt mir bekannt vor. Hab' ich das nicht schon mal zu hören bekommen?«
»Sie denken an Boden? An den Ausschuß? Na ja, das war nur ein Manöver, um den Schein zu wahren. Wir mußten Rücksicht nehmen. Diese Ausschußfritzen glauben immer, sie hätten den Stein des Weisen gepachtet und überblickten die internationale Politik von einem olympischen Standpunkt aus...«
»Aber diesmal...?«
»Jetzt sind wir unter uns. Wir können offen reden. Sie haben uns eine Menge Schwierigkeiten gemacht – Schwamm drüber. Wir Ihnen auch. Wir hatten Bedenken, Sie einzuweihen, zugegeben. Wir brauchten Sie, aber wir waren nicht ganz sicher, ob Sie die Sache mittragen würden. Vielleicht kein besonders guter Schachzug von uns. Ich finde, jetzt ist der Zeitpunkt gekommen, um endlich reinen Tisch zu machen.«
»Ich stelle zwei Bedingungen.«
»Bedingungen? Ah, ja...« Forum nickte bekümmert. »Die wären?«
»Sie blasen das Projekt ab, und wir liefern Beils Mörder der Polizei aus.«
»Sie sind ein Narr, Adrian«, sagte Sehlen.
»Nein, lassen Sie, Ronald.« Forum schüttelte unwillig den Kopf. »Wir sollten schon darüber sprechen. Ich finde, Adrian hat ein Recht darauf, zu erfahren, was wirklich an seinem Verdacht dran ist.« Er holte tief Luft und blickte mich an, als erwarte er Beistand von mir. »Also, wir waren in Amsterdam. Wir befragten Bormann wegen der Briefe. Ihre Schreiben brachten uns in Teufels Küche. Nur ein Glück, daß sie nicht den falschen Leuten in die Hände fielen. Sie gefährdeten alles, was wir bis dahin mühsam aufgebaut hatten. Nun ja, vielleicht gingen wir ja nicht allzu sanft mit ihm um, aber das gehört zum Geschäft.«

»Danach nahmen Sie sich Beil vor?«
»Wir befragten ihn, ja.«
»Ist ihm aber gar nicht gut bekommen, Ihre Art Fragen zu stellen?«
»Da sind wir am entscheidenden Punkt. Sie müssen mir einfach glauben, daß keiner von uns Ihrem Freund Beil auch nur ein Haar gekrümmt hat. Jedenfalls nicht in meinem Auftrag. Ich fuhr mit meinen Leuten nach München zurück.«
»Und Arved?« fragte ich.
»Sie glauben, daß Arved ihn auf dem Gewissen haben könnte?« Er lachte genauso ungläubig wie Karlo im Restaurant. »Nein. Wir waren die ganze Zeit über zusammen. Warum sollte er auch? Arved ist mein Spezialist für Verhöre und Recherchen, wenn Sie ihn etwas besser kennen würden, wüßten Sie, daß er sich einen Auftrag wie diesen verbeten würde.«
»Weil er so zartbesaitet ist?«
»Ich finde, Mord ist kein Thema für Scherze«, sagte Forum.
»Was werden Sie tun, wenn ich Ihren Vorschlag ablehne?«
»Das wäre eine große Dummheit.«
»Sie haben meine Frage nicht beantwortet.«
»Gott, ja... welche Befriedigung würde es Ihnen denn verschaffen, wenn Sie schließlich herausfinden müßten, daß Sie sich geirrt haben? Ich brauche Ihnen nicht zu sagen, mit welcher moralischen Legitimation wir arbeiten. Glauben Sie ernsthaft, der KGB sei seit Gorbatschows Amtsantritt ein Christlicher Verein Junger Männer geworden? Sie arbeiten so weiter wie immer. Die Akten des Ministeriums für Staatssicherheit wurden rechtzeitig nach Moskau ausgelagert. Schöne Fassaden, Adrian. Reden kann man viel. Und was passiert mit uns? Wir geraten plötzlich unter moralischen Druck. Weg mit der reaktionären Gesinnung, den Apparat auflösen oder reduzieren. Wer ist eigentlich der Nutznießer? Haben Sie sich schon mal überlegt, daß wir auf dem besten Wege sind, unser Militärbündnis in Frage zu stellen? Die NATO hat viele Jahre

lang unsere Sicherheit garantiert – und dieser Fellow aus dem Hinterland bringt es wahrhaftig fertig, an den Grundfesten der westlichen Allianz zu rütteln.«

»Es fällt mir schwer, Ihnen zu glauben.«

»Denken Sie an unsere alte Freundschaft. Haben Sie jemals Grund gehabt, mir zu mißtrauen? Der Mann ist durch einen Autounfall ums Leben gekommen. Und wir geraten in Verdacht, Adrian – weil es Ihnen gerade ins Konzept paßt. Sie sind wie ein beleidigter Star. Sie sind gedemütigt worden. Ron wird sich dafür bei Ihnen entschuldigen, nicht wahr, Ron? Aber damit sollte Ihr Streit auch erledigt sein. Selbst in einem so heiklen Gewerbe wie unserem darf es keine Vorverurteilungen geben. Na, wie denken Sie darüber?«

»Ich will, daß die Sache abgeblasen wird.«

»Ausgeschlossen. Das zu entscheiden liegt nicht in meiner Macht. Wir haben klare Vereinbarungen, und die sind in quälend langen Nachtsitzungen zustande gekommen. Ron hat den Eierköpfen immer wieder demonstrieren müssen, wie die Sache funktionieren könnte. Wir dürfen das, was damals im engsten Kreis beschlossen wurde, nicht einfach über den Haufen werfen.«

»Weil einer Ihrer Leute aus dem Ruder läuft, wollen Sie sagen?«

»Natürlich, Adrian, natürlich.«

»Dann muß ich passen – keine Einigung, keine Bänder.«

»Sie machen einen großen Fehler.«

»Vielleicht finden Sie ja wieder jemanden, der schnell genug mit dem Wagen ist, Forum. Viel Glück beim Suchen. Ich garantiere Ihnen, daß Sie diesmal selbst dran glauben müssen. Es werden eine Menge Köpfe rollen.«

Ich ließ die Kopien der Bänder, wo sie waren, und machte mich auf den Weg zur Tür.

Sehlen und Forum zu trauen war eher Glaubenssache als eine Frage von Beweisen. Erst recht, seitdem ich meinen Abschiedsbrief kannte. Aber ich war längst in dem Stadium angelangt, wo man sich klug bescheidet und sich jeder religiösen Äußerung enthält. Ich war endgültig in den sicheren Schoß des Atheismus zurückgekehrt, der Mißtrauen zum obersten Gebot macht und in weiser Abschätzung seiner Möglichkeiten davon ausgeht, daß die Welt ohne Hoffnung ist und die Menschen ein Pack von schäbigen Lügnern sind.

Es war ein dunkler, verlassener Abend draußen. Der Wind hatte nachgelassen, und die Regenflecke auf dem Pflaster waren zu kleinen, feuchten Inseln geschrumpft.

Aus den Panoramafenstern von Karlos Arbeitszimmer sah die Stadt so aus, als sei sie von allen Querköpfen und Querulanten gereinigt worden. Als habe eine große Kehrmaschine den Abschaum weggefegt und nur den sauberen Asphalt und die zwei, drei anständig gekleideten Bürger übriggelassen, die folgsam an den roten Ampeln warteten und mit Taschen und Paketen unter den Armen ihren gemütlichen Wohnungen zustrebten.

Es war tatsächlich eine anheimelnde Provinzidylle, die einen das Grausen lehren konnte. Ich drückte die Klinke und ging ohne ein weiteres Wort hinaus.

3

Wenn Arved noch hinter mir her war, dann bewerkstelligte er das mit bemerkenswerter Diskretion. Ich stieg in die Vorortbahn, fuhr den Rhein entlang und nahm das reguläre Boot zurück. Ich verbrachte diesen und den folgenden Tag in einer Pension, die so weit draußen zwischen den Äckern lag, daß man schon die Höhenzüge des Siebengebirges erkennen konnte. Vom Aufenthaltsraum ließ sich die Landstraße überblicken. Außer ein paar im Staub tobenden Hunden und einem klapprigen Gemüsewagen gab es nichts Bemerkenswertes zu entdecken. Dreimal am Tag tauchte der Linienbus an der Haltestelle beim Transformatorhäuschen auf. Die Fahrgäste schienen gewöhnliche Anwohner zu sein. Einmal glaubte ich weit entfernt einen offenen Landrover in den Feldweg abbiegen zu sehen, der Kläuschens Wagen in Zandvoort ähnelte. Aber als ich auf die Terrasse im ersten Stock ging, um über die Felder zu blicken, war nichts mehr von ihm zu sehen.

Ich streifte den Tag über durch die Vorortviertel. Die Cafés waren etwas schäbiger als im Zentrum, dafür ergatterte man leichter eine der ausgelegten Tageszeitungen.

Gegen Abend kehrte ich ins Zentrum zurück. Ich studierte die Plakate der Filmtheater und entschied mich für eine Weltraumoper, die das eigene Genre auf die Schippe nahm. Es war ein erfrischender Spaß, in dem Menschen mit Hundeschwänzen und Katzenohren eine Prinzessin zu retten versuchten und Weltraumschiffe mit »lächerlicher« und »wahnsinniger« Geschwindigkeit durch den intergalaktischen Raum flogen, je nachdem, welchen der beiden roten Hebel in der Kommandozentrale man umlegte.

Ich aß zwei Hamburger, die so weich waren, daß sie selbst dem wunden Kiefer eines Patienten, der gerade von seinen schlechten Backenzähnen befreit worden war, nichts hätten anhaben können. Als ich das Schnellrestaurant verließ, sah ich Riesenbaby an der Scheibe der gegenüberliegenden Geschäftspassage stehen.

Er lehnte dort mit seinen polierten Schuhen, den fleischfarbenen Gesundheitssocken aus Gummigewebe und seinem rosafarbigen Seidenhalstuch wie die Erscheinung aus einer anderen Welt, und er schien genauso überrascht über meinen Anblick zu sein wie ich über seinen.

Falls er auf mich gewartet hatte, mußte er mich im Gedränge der Gäste übersehen haben. Kläuschen machte kehrt und trottete in die entgegengesetzte Richtung der Passage. Ich folgte ihm ein Stück, aber als er merkte, daß ich hinter ihm her war, wurde er plötzlich auf seine unnachahmlich schwergewichtige

Weise lebendig und verschwand durch die Eisentür einer Tiefgarage.
Ich gab es auf und streifte eine Weile ziellos durch die Einkaufsstraßen. Dann setzte ich mich in ein Café, das zwei Ausgänge im Parterre und einen im Obergeschoß besaß, der mit der Brücke zum Parkdeck und dem Eingang einer Einkaufspassage verbunden war. Riesenbaby hätte unmöglich alle Ausgänge im Auge behalten können. Ich entschied mich für den Weg über die Brücke, und als ich sicher war, daß dort niemand auf mich wartete, kehrte ich durch die Passage zur Straße zurück. Danach versuchte ich herauszufinden, ob sich jemand im Hotel nach mir erkundigt hatte.
Ich hatte ein Zimmer auf den Namen Michael Cohn gebucht (einer meiner Pässe, die noch neu und jungfräulich waren), doch wer von Forums Leuten mich finden wollte, hätte an den Hotelrezeptionen leicht mein Foto zeigen können.
Niemand schien sich für mich interessiert zu haben. Ich ließ mir eine Flasche Rotwein aufs Zimmer bringen, und nachdem ich sie geleert hatte, legte ich mich in die Wanne – aber dabei fiel mir ein, daß es wie eine wenig anheimelnde Parallele zum wirklichen oder fingierten Selbstmord eines bundesdeutschen Ministerpräsidenten wirkte, der vor einiger Zeit durch die Presse gegangen war, deshalb fuhr ich lieber in den Aufenthaltsraum hinunter und sah mir die Spätnachrichten in der Tagesschau an.
Margrits Ermordung kam als letzte Meldung nach dem Routinebesuch des polnischen Außenministers in Bonn.
Sie war mit einem stumpfen Gegenstand erschlagen worden. Der Obduktionsbefund ließ offen, was genau es gewesen sei. Man zeigte nur ihr altes Hochzeitsfoto. In den letzten Jahren mußte sie wegen ihres raschen körperlichen Verfalls großen Widerwillen dagegen verspürt haben, sich ablichten zu lassen. Die Kamera folgte unstet schwankend dem Weg des Mörders durch die Wohnung.

Als Margrit starb, hatte sie eine ihrer langen Damenzigaretten mit goldenem Mundstück in der Hand gehalten. (Es hätte mich nicht gewundert, beim Aufbrechen ihrer Finger in der geballten Faust noch ein halbes Dutzend weitere zu finden.) Ob man daraus allerdings wie der Fernsehjournalist schließen konnte, daß sie ihren Besucher gekannt hatte und von seinem Angriff überrascht worden war, bezweifelte ich. Ein Nachbar, Kröder, mein pensionierter Polizeibeamter, gab zu Protokoll, erst verhaltene Stimmen und dann einen – allerdings nicht sehr lauten – Schrei gehört zu haben. Wenig später sei mein Wagen vom Grundstück gefahren, am Steuer ein Mann. Wegen seines ungünstigen Standpunkts am Fenster gegenüber habe er nicht erkennen können, wer es gewesen sei. Nur soviel: daß er mein auffallendes Marengo-Sakko trug. Derart »verrückte« Sakkos trage in der Gegend niemand außer mir. Tatsächlich hing ein Marengo-Sakko in meinem Kleiderschrank – oder es hatte dort gehangen. Kröders Frau ließ vor der Kamera keinen Zweifel daran, wen sie für den Täter hielt. Dann folgte mein Fahndungsfoto.
Ich weiß nicht, was mich tiefer in den Sessel sinken ließ, Margrits Tod oder mein Gesicht auf dem Bildschirm. Ich war der einzige Gast im Fernsehraum, und bei diesen Bildern spürte ich, wie weit ich mich schon von ihr entfernt hatte, wie kalt meine Gefühle für sie geworden waren und daß nicht einmal ihr Tod noch viel mehr als ein paar Funken des Mitleids oder des Bedauerns in meinem erstarrten Innern zu schlagen vermochte.

VIERTES KAPITEL

1 Ich veränderte mein Haar und ließ mir einen schmalen Oberlippenbart wachsen. Merkwürdigerweise *verjüngte* mich das eher. Meine Augen waren ausgezeichnet, und da ich keine Brille brauchte, erstand ich beim Optiker an der Ecke eine leicht getönte Sonnenbrille, die man auch abends aufbehalten konnte. Ich fand, daß mein Bild dem Fahndungsbild im Fernsehen sowenig glich wie irgendein x-beliebiges Alltagsgesicht.

Durch das offene Hotelfenster drang eine kühle Brise in den Raum und trug den Geruch von feuchtem Laubwerk herein. Eine Stimme, so unbeteiligt, als verlese sie nichtssagende Zahlenkolonnen, deklamierte im Zimmer unter mir aus einem modernen Theaterstück. Ich versuchte meine Lage zu analysieren. Wenn man sich eine Übersicht aus Stichworten machte, schien alles ganz klar und eindeutig zu sein. Ich zerknüllte den Zettel und verbrannte ihn im Waschbecken. Mein Zimmertelefon war nicht sicher genug, deshalb ging ich nach unten, um eine Telefonzelle zu suchen.

Es war als Drohung zu verstehen, kein Zweifel. Ich sollte unter Druck gesetzt werden.

Ich sollte belastet werden – und schweigen. Sie hatten die letzte, die entscheidende Runde eröffnet. Ich war angeschlagen, ich hatte wegen Karlo einen schweren Treffer einstecken müssen, und vielleicht glaubten sie ja, daß ich jetzt wie ein erschöpfter Boxer durch den Ring taumelte. *Sie machen einen großen Fehler, Adrian*... Ich sollte mir dreimal überlegen, ob ich bei meiner Forderung blieb, das Projekt abzublasen.

Aber wie stellte man sich die Gegenleistung vor? Was konnte man mir anbieten? Meine Freiheit? Dazu hätte man ein maßgeschneidertes Alibi gebraucht.

Ich rief Haldo an, um ihm zu sagen, es bestehe kein Anlaß,

mein Paket mit Bändern und Manuskripten den Staatsanwälten auszuliefern, was auch immer die Tagesschau über meine Verhaftung, mein angebliches Geständnis als Mörder oder meine Flucht aus dem Untersuchungsgefängnis berichten würde.
Es gelte einzig und allein unser vereinbartes Signal, und das sei meine Todesnachricht. Erst wenn er mir am offenen Sarg zur Probe in die Wange gekniffen habe und der Taschenspiegel an meinem Mund keinen Atem mehr anzeige, dürfe er das Zeug veröffentlichen. (Er würde Sinn für diese Art von Scherzen haben – ironische oder sarkastische Kommentare über den eigenen Tod waren für Haldo genau die passende Antwort auf die Schrecken des Lebens.) Ich brauchte gut und gern zehn Minuten, um einen Augenblick abzupassen, an dem sein Hörgerät so laut gedreht war, daß er das Klingeln des Telefons hörte. Er hatte es sich vor dem Fernseher bequem gemacht.
»Wo steckst du, Adrian? Die Zeitungen hier sind voller Mordgeschichten.«
»Jemand versucht mir den Schwarzen Peter anzuhängen.«
»Das ist niemals Forums Handschrift«, verkündete er skeptisch. »Damit dient man sich nicht so weit nach oben. Vielleicht war's nur ein Landstreicher.«
Ich erwiderte, wer auch immer dafür verantwortlich sei, hätte in Forums Sinne gehandelt, denn nun werde man versuchen, die Karten auszuspielen, ganz gleich, wer sie ins Spiel gebrachte habe. Es sei ein gutes Blatt.
Mein nächster Anruf war heikler. Ich meldete mich in der russischen Botschaft und gab vor, dringend mit jemandem sprechen zu müssen, der für den Export russischer Holzpuppen zuständig sei. Man nahm an, ich sei verrückt, weil ich mich deswegen an die Botschaft wandte. Das hinderte den Angestellten am anderen Ende der Leitung aber nicht, mir freundlich klarzumachen, daß weder er noch irgend jemand sonst sich mit dem Verkauf von Puppen befasse. Er wolle sich aber

gern darum kümmern. Heute sei Sonntag, am Montag oder Dienstag.

»Ich meine die kleinen, buntbemalten Puppen, die man ineinanderstecken kann.«

»*Matrjoschkas?*«

»Matrjoschkas, ganz recht ...«

»Wie ich schon sagte, da sind Sie leider an der falschen Adresse.«

»Tatsächlich? Einem Freund von mir ist vor zwei oder drei Jahren ein Importvertrag vermittelt worden. Über dreitausend lackierte Holzpuppen, rot, gold, schwarz. Ich erinnere mich noch an den Namen Ihres Mitarbeiters. Er hieß Gagarin, wie der Astronaut.«

Einen Moment lang war Schweigen im Hörer, und ich fragte mich, ob die Pause für die automatische Abschaltung der Aufnahmegeräte, die nach gutem altem Bespitzelungsbrauch an der Leitung hingen, nicht schon zu lange dauerte.

»Darf ich um Ihren Namen bitten?«

»Leo Muth. Aus Tauberbischofsheim. Sagen Sie Gagarin, daß ich immer wieder gern an unsere flüchtige Begegnung in der historischen Mühle zurückdenke. Vielleicht erinnert er sich ja noch an mich, das Büfett war ausgezeichnet.«

»Können wir Sie telefonisch erreichen, Herr Muth?«

»Leider nicht ... ich bin ... auf Reisen. Das Funktelefon meines Wagens ist ausgefallen. Ich rufe von einem öffentlichen Fernsprecher an.«

»*Verstehe*. Sie wollen zurückrufen?«

»In einer Stunde, wenn es recht ist?«

»Das dürfte sich einrichten lassen. Ich werde Herrn Gagarin Ihre Wünsche vortragen.«

»Sagen Sie ihm einfach, Leo habe wegen der Matrjoschkas nachgefragt.«

Gagarin arbeitete in der Dechiffrierung. Er wußte verschlüsselte Botschaften zu entziffern. Als wir uns beim letzten Mal

getroffen hatten, war es darum gegangen, ein paar »Matrjoschkas« gegen das westliche Äquivalent auszutauschen, anders gesagt, den *Handelswert* einiger Agenten zu taxieren, die aus unseren Gefängnissen nach Moskau und aus sowjetischen Gefängnissen in den Westen zurückkehren sollten, denn nur bei den kleineren Lichtern kann man von einem simplen Eins-zu-eins-Verhältnis ausgehen.
Aber das Wort »Matrjoschkas« hatte noch eine andere, zweite Bedeutung für ihn. Es war einmal das Schlüsselwort für einen besonders einträglichen Deal gewesen. Seit Muth stand es auch für Informationen.

Ich traf Gagarin am Ende einer Betonrinne, die unterhalb der Lagerhallen als Transportweg diente. Der Bereich zwischen den Wellblechwänden war durch hohe Drahtzäune abgesperrt. Die historische Mühle lag unten an der Straßenkreuzung. Ein Schild im Eingang teilte Besuchern mit, daß der Restaurantbetrieb seit dem Winterhalbjahr geschlossen sei. Es war weit und breit kein Fahrzeug zu sehen, Gagarin mußte sich genauso wie ich mit dem Taxi am Restaurant abgesetzt haben lassen. Von dort aus gelangte man unauffällig zu den Hallen.
In den Tanks rechts und links der Lagerschuppen wurde Getreide gelagert, und etwas weiter, am Ende der Betonrampe, war das Büro einer bulgarischen Export-Import-Firma.
»Hallo, Adrian, wollen Sie zur Gegenseite überlaufen?« Er streckte seine Hand aus, während er mit der anderen die Bürotür aufschloß und ihr einen Tritt nach innen versetzte. Sein Gesichtsausdruck war gewinnender als der eines Handelsvertreters. Es war das Lächeln des geborenen Diplomaten, der wenig andere attraktive Waren feilzubieten hat als gute Umgangsformen.
»Und Sie, Andreij, haben Sie die Nationalflagge gewechselt?«
»Wegen der Bulgaren?« Gagarin sah auf das Firmenemblem mit dem eingelassen Rechteck der weiß-grün-roten Querbal-

ken und schüttelte bekümmert seinen Kopf. Drinnen war es dunkel, die Deckenbeleuchtung funktionierte nicht, aber unter dem Stahlrohrtisch in der Ecke gab es ein Notaggregat für das Faxgerät. Er schaltete die Tischlampe an und setzte sich in den Drehsessel. »Diese kleine Klitsche war schon immer fest in russischer Hand, wir hatten nur ein wenig Rücksicht auf die Gefühle des Verfassungsschutzes zu nehmen. Jetzt, wo alles anders geworden ist und wir bald eine wirtschaftliche und politische Gemeinschaft sind – ein europäisches Haus, mein Lieber –, mußten unsere beiden bulgarischen Gewährsleute leider ihren Hut nehmen.«

»Das scheint Sie aber gar nicht besonders glücklich zu machen, Andreij?«

»Wer verliert schon gern seine Privilegien?«

»Was dachten Sie, als Sie den Namen Leo Muth hörten?«

»Na, an was schon ...« Gagarin beugte sich schlau lächelnd hinunter und öffnete die Tür des Barfachs. Aber das Fach war leer. »Daß da jemand an unsere Tür klopfen dürfte, der ein paar Matrjoschkas anzubieten hatte, vielleicht sogar einen ganzen Satz, Adrian? Wer weiß.« Er blinzelte verschmitzt. »Ich konnte natürlich nicht ahnen, daß Sie es sein würden – einer aus dem Allerheiligsten. Leider kann ich Ihnen überhaupt nichts anbieten«, sagte er und rang bedauernd die Hände. »Nicht mal einen ordinären russischen Wodka. Diese beiden bulgarischen Teufel haben alles mitgehen lassen.«

»Als Muth überlief, hatte er da nicht außer seinen Matrjoschkas noch etwas anderes dabei?«

»Er hatte eine riesige Sammlung davon, sogar ein paar uralte Erbstücke, die ein Vermögen wert waren. Er war etwas übergeschnappt, der arme Bursche. Seine niemals erlahmende Begeisterung für die russische Volksseele! Und russisches Blut der Urgroßeltern floß auch in seinen Adern. Als man ihm in Leningrad eine kleine Zweizimmerwohnung einrichtete, mußte er erst dazu bewegt werden, einen Teil des Zeugs vorübergehend in Kellern zu lagern, sonst hätte er keinen Platz mehr für das Bett und die Wohnzimmereinrichtung gehabt.«

»Ich meine etwas anderes, Andreij – eine Zusage.«

»Eine Zusage?«

»Ein hochheiliges Versprechen, um es genau zu sagen.«

»Ja, ich erinnere mich.«

»Er machte seine Mitarbeit von ein paar Bedingungen abhängig. Erinnern Sie sich daran auch?«

»Natürlich, Adrian, natürlich. *Ich* war es, der ihn in Empfang nahm. Ich lieferte ihn in Moskau ab, ich spielte den apostolischen Beistand für ihn und brachte ihn auf den rechten Weg. Ich erklärte ihm, warum Verrat unter gewissen Umständen moralischer sein kann als Schweigen. Sie meinen seine Forderung, nichts von dem Material, das er uns übergab, gegen den Westen zu verwenden, es sei denn, die Amerikaner würden sich auch unter Präsident Bush immer noch hartnäckig weigern, ihre hirnrissige Weltraumverteidigung aufzugeben? Warum fragen Sie?«

»Weil mich der Gedanke momentan sehr beschäftigt. Wer, glauben Sie, könnte jetzt in der Botschaft ein solches Versprechen abgeben?«

»Soviel ich weiß, ruhen Muths militärische Geheimnisse noch immer wohlverwahrt in den Tresoren des Kreml.«

»Weil die Amerikaner Zugeständnisse machten?«

»Sie sagten weder ja noch nein zu ihren Weltraumplänen, sie versuchten ihr Gesicht zu wahren, nachdem sie vorher mit soviel Getöse den Sieg der westlichen Technologie über die dumme sowjetische Technik verkündet hatten.«

»Wer gab damals in Moskau die Zusage, Andreij?

»Er machte sein persönliches Schicksal davon abhängig«, meinte Gagarin nachdenklich, als sei ich nicht mehr im Raum, und starrte versonnen zum Lichtschacht hinauf. »Er sagte, ein Vertrauensbruch der Militärs würde seinen guten Namen überall in der Welt verunglimpfen, was für ihn gleichbedeutend damit sei, die Seiten zu wechseln. Harte Worte im heiligen Kreml. Eine solche Drohung gegen die Führung konnte nur General Karamsin aussprechen. Gorbatschow vertraut ihm, er würde nie sein Wort brechen. Jeder andere, Jelzin oder Ligatschow zum Beispiel, bloß nicht er.«

»Das ist der Mann, mit dem ich reden muß, Andreij.«

»Leichter gesagt, als getan.«

»Ich werde ihm Material geben, das für den Osten einen großen propagandistischen Wert darstellt. Aber ich kann es General Karamsin nur überlassen, wenn er meine Bedingungen akzeptiert. Mein Paket – nennen wir es einfach ›Paket‹ – darf nur im Ernstfall und nur mit meiner Einwilligung geöffnet werden. Oder im Falle meines Todes.«

»Und was wäre dieser Ernstfall? Außer Ihrem Tod?«

»Darüber müßte ich schon mit General Karamsin persönlich sprechen.«

»Hm, ich will versuchen, ihm Ihr Angebot zu übermitteln.« Er kratzte sich ratlos. »Aber ob Genosse Karamsin auf so dürftige Hinweise reagieren wird ...? Er ist ein vielbeschäftigter Mann, besonders jetzt, in Zeiten der Perestroika, wo alles drunter und drüber geht. Die Rechte des Militärs müssen gewahrt bleiben, und man muß Gorbatschow vor den Folgen seiner eigenen Ideen beschützen. Nun gut, er wird sich berichten lassen, welche Rolle Sie in den Diensten spielen ... vielleicht macht ihn das ja neugierig.«

»Etwas Neugier reicht völlig aus, Andreij. Wiederholen Sie einfach, was ich gesagt habe.«

2 Mein Wärter war keiner von der Sorte, die Freude daran empfinden, Häftlinge ihre Macht spüren zu lassen. Er gehörte eher zum unauffälligen, sanftmütigen Typus und zog es vor, wie ein ganz gewöhnlicher Mensch mit mir zu reden.

Irgendwie mußte es sich in der Haftanstalt herumgesprochen haben, daß ich nicht nur meine Frau umgebracht hatte, sondern auch noch Angehöriger jener geheimnisumwitterten Organisation war, die man »Auslandsnachrichtendienst«, »Spionagedienst« oder einfach »Geheimdienst« nannte, und das verschaffte mir einen Status, der sich bis in die Zuteilung der Milch- und Kaffeerationen auswirkte.
Ich sagte: »Oleg« (weiß der Himmel, wer ihm diesen seltsamen Vornamen verpaßt hatte, in meinen Ohren klang er noch ein wenig überdrehter als »Ambrosius«), »Sie sehen heute morgen wieder aus wie die verkörperte Sanftmut, man möchte förmlich die Beichte bei Ihnen ablegen.«
»Es ist Abend. Zwanzig Uhr dreißig.«
»Nanu, so spät schon?«
Ich sah überrascht auf meine Armbanduhr. Aber da sie nur ein Zwölf-Stunden-Zifferblatt besaß, konnte man nicht ablesen, ob es Tag oder Nacht war. Wenn ich jetzt schon mein Zeitgefühl verlor – wie würde es sich erst entwickeln, wenn ich eine langjährige Strafe wegen Mordes absaß?
Da es dem Gefängnisdirektor an Betten mangelte, hatte man mich in einer Zelle ohne Fenster untergebracht. Ein eindeutiger Verstoß gegen die Regeln der Untersuchungshaft. Als Ausgleich dafür gab es zwei Stapel zerlesener Illustrierten, aus denen – wegen der sexuellen Hygiene unter den Häftlingen – alle barbusigen Fotos entfernt worden waren.
»Richtig, die belegten Brote eben könnten auch unser Abendessen gewesen sein. Hätt's fast für das Frühstück gehalten. Unser Speiseplan bringt mich immer durcheinander, weil es morgens und abends Rotwurst gibt.«
»Das liegt nicht an mir«, sagte Oleg so sanftmütig, wie er konnte. »In der Küche ist die Kühlung ausgefallen, deshalb verabreichen wir heute Wurst aus Dosen.«
Er sagte »verabreichen«, wie man zu einem Kranken spricht, der eine wertvolle Medizin benötigt. Er hätte auch als Kran-

kenpfleger arbeiten können, und das hätte seiner Mentalität eher entsprochen, als sich mit Schwerstverbrechern abzugeben. Krankheiten waren manchmal heilbar, aber Verbrechen ließen sich niemals rückgängig machen, obwohl sie nach seiner Überzeugung genauso krankhaft waren, Auswüchse der kranken Gesellschaft, die einer Behandlung bedurften.

Der Gefängnisdirektor war ein ebenso liebenswerter Mann, wenn auch etwas resoluter, was meine Freiheiten anbelangte. Und von überraschend phlegmatischem Gemüt, sobald ich ihn darum bat, außerhalb der regulären Zeiten mit meinem Anwalt reden zu dürfen. Seine Anlage firmierte unter der wohlklingenden Bezeichnung »liberaler Strafvollzug«, doch die Installationen, die Toiletten und Duschräume, die zerschrammten Blechspinde und die glanzlosen Kacheln der Gemeinschaftsküche verbreiteten eher den trostlosen Eindruck, im vorvorigen Jahrhundert steckengeblieben zu sein. Er trug karierte Sakkos und betrat das düstere Mauerrechteck zwischen seinen unauffällig neben den Dächern eingelassenen Wachtürmen nie ohne Fliege. Da sich sein Haar über den Schläfen stark zu lichten begann, pflegte er die verbliebenen Strähnen in einer raffinierten Knüpfweise über seinem sonnengebräunten Schädel auszuspannen. Das hatte ihm den Spitzname »Bastmatte« eingetragen, und weil ich so leichtsinnig gewesen war, den respektlosen Ausdruck in seiner Gegenwart zu gebrauchen (bei einer Informationsveranstaltung, als er gerade den Saal betrat), verhielt er sich mir gegenüber schon viel weniger liebenswürdig.

Er sagte: »Sie sind bei uns zu Gast, Herr Haag oder wie auch immer Sie wirklich heißen mögen, weil ein gütiges Schicksal Sie davor bewahrt hat, sich den Rest Ihres Lebens auf der Flucht mit falschen Pässen herumzutreiben. Daß Sie einem der beiden Beamten bei Ihrer Festnahme einen Tritt in den Unterleib versetzt haben, wirft kein gutes Licht auf Ihren Charakter.«

»Weil er versucht hat, mir seine Handschellen durch den Schritt zu ziehen ...«
Ich erntete ein paar Lacher im Saal. Aber das schien der Direktor eher als unverdienten Sieg nach Punkten denn als wahrheitsgemäße Aussage zu bewerten. Er versprach mit drohendem Unterton, sich noch mal meine Akte vorzunehmen. Diesmal standen die Lacher auf seiner Seite.
Ich versuchte zu kontern: »Die Bedingungen für meine Untersuchungshaft werden nach dem Gesetz ausschließlich vom zuständigen Richter festgelegt. Falls Ihnen das entgangen sein sollte, lesen Sie Paragraph 18, Absatz IV.«
»Haben *Sie* sich denn nach den Buchstaben des Gesetzes verhalten?« Seine Augen funkelten, und seine Fliege drohte unter der Kraft des anschwellenden Halses aus dem Kragen zu springen. »Soviel ich weiß, gaben Sie Ihre Sache nicht etwa verloren, als Sie vom Portier im Hotel identifiziert wurden. Sie sperrten ihn im Maschinenraum des Fahrstuhls ein, wo die Luft am stickigsten ist. Der arme Kerl ist Asthmatiker, er hätte dabei draufgehen können.«
»Habe ich deshalb eine Zelle ohne Fenster bekommen, Doktor? Zur Vergeltung?«

Meine Behauptung, ich hätte mir an jenem Abend in einem Kino der Bonner Innenstadt mit einer Tüte Popcorn und einem Pappbecher Cola in der Hand Mel Brooks' Weltraumabenteuer »Spaceballs« zu Gemüte geführt, wurde als wenig überzeugend angesehen. Ich konnte zwar Angaben über den Inhalt des Films machen, aber es war keine Erstaufführung, und das Mädchen an der Kasse wollte sich beim besten Willen nicht an mich erinnern. Sie sagte, schmächtige Heringe mit Dutzendgesichtern wie mich gebe es zu Hunderten, die Stadt sei voll davon. Sie habe es sich abgewöhnt, den Kinobesuchern beim Kartenverkauf ins Gesicht zu sehen. Das ermuntere sie nur dazu, ihr zweifelhafte Angebote zu machen.

Mein Wagen war in einem Feldweg am Stadtrand gefunden worden. Er lag zweihundert Meter hinter der Pension. Für den Staatsanwalt war es ein »Versteck«. Meine Beteuerungen, ich hätte öffentliche Verkehrsmittel benutzt, waren in seinen Augen nur Schutzbehauptungen. Wenn ich tatsächlich in den Linienbus am Transformatorhäuschen gestiegen war, dann einzig und allein, um den Gästen auf der Veranda vorzuspiegeln, ich besäße kein Fahrzeug.

Während der Vernehmung wurde mir vorgerechnet, in wieviel Stunden man München erreichte, mit welchem Zug ich zurückgekehrt und wann ich dem Zeitplan nach müde und erschöpft in mein Hotelbett gesunken war. Es waren lässige, sympathische Burschen, die wie Schlote rauchten und irgend etwas Alkoholisches aus Pappbechern tranken. Sie brachten viel Verständnis dafür auf, daß ich der Versuchung erlegen war, meine Frau ins Jenseits zu befördern. Ich fand weder meine Kinokarte (oder was davon übriggeblieben war), noch konnte ich mich an irgendeine markante Beobachtung erinnern – nichts, was darauf schließen ließ, daß ich während Margrits Ermordung ein paar hundert Kilometer von ihr entfernt gewesen war. Wie hatte der Kartenabreißer ausgesehen? Oder war es eine Frau gewesen?

»Eine Frau, glaube ich.« – »Gut geraten, aber was bedeutet das schon? Erinnern Sie sich noch an das Vorprogramm?« – »Nein, ich kam erst nach Beginn des Hauptfilms.« – »Irgendwelche Auffälligkeiten? Angetrunkene Randalierer, Film gerissen, lauter Ton?« – »Nein.« – »Wie bedauerlich für Sie.«

Das Mädchen im Café gab an, ich sei ihr unbekannt. Im Hamburger-Restaurant fand man den Gedanken abwegig, jemand könne sich bei soviel Gästen nach ein paar Tagen noch an ein einzelnes Gesicht erinnern. Der Nachtportier erinnerte sich zwar daran, mir eine Flasche Rotwein aufs Zimmer gebracht zu haben, aber seine Aussage war ohne Wert für mein Alibi. Selbst meine Frage, ob sich jemand nach mir erkundigt hatte,

wurde gegen mich ausgelegt (ich sei nervös und verschwitzt gewesen). Daß ich im Hotel unter falschem Namen abgestiegen war, sprach eindeutig gegen mich. Ebenso der Satz falscher Pässe in meiner Nachtkonsole. Mein Motiv war Eifersucht – Margrits »harmloses Techtelmechtel« mit Sehlen, der in den Akten als mein Arbeitskollege bezeichnet wurde.
Ich dachte an meine Begegnung mit dem Kurier General Karamsins in einem Abbruchhaus am Rande der Bonner Innenstadt kurz vor meiner Verhaftung und daß sie mir jetzt sowenig nützen würde, als hätte ich ihm ein Paket mit Lumpen überreicht. Vor dem 3. Oktober war dort eine kleine Dependance des KGB gewesen. Jetzt, fünf Wochen nach der Wiedervereinigung, funktionierte die Anlage im Keller immer noch, und Karamsin hatte mir über eine codierte Direktleitung aus Moskau versichert, wenn mein Material so brisant sei, wie ich behauptete, würde er sich persönlich darum kümmern. Das war weniger, als ich erhofft hatte, und jedenfalls nicht die Art von Zusage, die ich brauchte.
Ich sah sein Gesicht auf dem Bildschirm vor mir. Es hatte eine gewisse Ähnlichkeit mit Kollokow. Dieselben stark geschwungenen Brauen und die typischen langen russischen Wangen. Er würde mir genausowenig helfen können wie Forum. Mein einziger Entlastungszeuge wäre Riesenbaby gewesen.
Aber je länger ich über mein Problem nachdachte, desto wahrscheinlicher kam es mir vor, daß er mich nur beschattet hatte, um einen Zeitpunkt nach München zu melden, an dem es mir schwerfallen würde, ein Alibi zu finden.

Am neunten Tag meiner Haft bekam ich Post. Ich war gerade damit beschäftigt, den Zellengang zwischen den beiden Treppengittern zu fegen, weil mir das unter den älteren Gefangenen einen Bonus an Wohlwollen verschaffte, und der wiederum sicherte mir einen Platz bei der wöchentlichen Filmvorführung. In meiner Etage herrschte eiserne Disziplin (diese

Fragen erledigte ein kleiner Buchhalter, der mit einem Notizbuch unterwegs war und dem »Etagenrat« minutiös Bericht über alle Regelverstöße erstattete). Wie die Ironie des Schicksals es wollte, war am kommenden Samstag Mel Brooks' »Spaceballs« dran.
Ich stellte den Besen neben die Tür meiner Zelle und entleerte das Kehrblech in die Mülltonne, als Oleg mir einen Brief durch das Gitter reichte.
»Herzliche Grüße vom Direktor – Sie bekommen Hilfe. Er wünscht Ihnen viel Erfolg.«
Ich sah mir den Umschlag an, er war ohne Absender, aber geöffnet. Anscheinend hatte man ihn kontrolliert und trotz des fehlenden Namens für unbedenklich befunden.

Hallo, Amb,
ich bedauere sehr, was vorgefallen ist. Der Mord an Ihrer Frau ist eine Tragödie, mit der niemand rechnen konnte. Ich finde, wir sollten alles tun, um den Schuldigen zu finden und ihn seiner gerechten Strafe auszuliefern. Wenn Sie nichts dagegen haben, setzen wir den Apparat ein, um Sie rauszuholen? Forum wird sicher einverstanden sein. Nicht mal der Haftrichter kann es Ihnen verwehren, Beweise für Ihre Unschuld zu finden. Ich habe auch schon eine Vorstellung, wie das passieren könnte. Wir müssen jemanden auftreiben, der Ihnen ein Alibi verschafft – einen hieb- und stichfesten Beweis dafür, daß Sie an dem fraglichen Abend gar nicht in München gewesen sein *konnten*. Keinen gekauften Zeugen, um Gottes willen, unterstellen Sie mir bloß das nicht. Dieser Zeuge sollte seinerseits einen Zeugen dafür anführen können, daß er sich in Bonn aufgehalten hat. Na, wie finden Sie das? Hübsche Doppelvariante, oder? Der Haftrichter wird staunen, ich glaube, ich verspreche Ihnen nicht zuviel. Wir holen Sie aus der Haft, noch ehe der Prozeß begonnen hat, soviel ist sicher.
Wir brauchen Sie, Amb. Ohne Sie ist unsere Arbeit keinen

Pfifferling wert. Das wissen Sie natürlich genausogut wie ich. Und ich weiß auch, daß Sie sich für unsere Mühe erkenntlich zeigen werden – gar keine Frage! Ich finde, es ist jetzt höchste Zeit, klare Vereinbarungen zu treffen – und sich daran zu halten! Wie denken Sie darüber?
R.

Ein Meisterstück der Perfidie. Sehlen drohte mir. Er gab zu – wenn auch nur zwischen den Zeilen, durch die Blume –, welche Absicht hinter Margrits Ermordung steckte. Er spielte auf Riesenbaby als Zeugen an. Also war es doch kein Zufall, daß er mir über den Weg gelaufen war – es gehörte zu Sehlens Plan. Ich sollte *wissen*, daß es einen Entlastungszeugen gab. Riesenbaby mußte mich schon früher beschattet haben, als ich noch in der Pension gewohnt hatte (vielleicht war er seit meinem Treffen mit Karlo hinter mir her gewesen), sonst hätte Sehlen dort nicht meinen Wagen abstellen können, und er würde seine Aussage nur machen wollen, wenn ich bereit war, das Spiel nach den Regeln seines Herrn und Meisters zu spielen.

FÜNFTES KAPITEL

1 »Ist Ihnen schon mal aufgefallen, welchen Schatten eine Fliege wirft, wenn sie unter dem Schirm einer Halogen-Tischlampe durchfliegt?« fragte Forum. »Das armselige Ding nimmt riesenhafte Ausmaße an. Sie haben ein paar Beobachtungen, die Ihnen verdächtig vorkamen, auf solche Größe projiziert, daß ich jetzt als Ihr Intimfeind dastehe, Adrian.«
Er saß mir im Besuchsraum gegenüber und lächelte unglücklich, der Gefängnisdirektor hatte mit dem Ermittlungsrichter

gesprochen und trotz der Verdunkelungsgefahr (was für ein Wort! – Wer von uns versuchte hier eigentlich etwas zu verdunkeln?) eine Ausnahme erlaubt. So lautete die offizielle Begründung. Vermutlich genügte ein Fingerschnippen seiner Dienststelle, um die Genehmigung zu bekommen.

Forum hatte sich seines langen Mantels entledigt, er schwitzte, sein Gesicht sah übernächtigt aus.

»Sie denken, es war Arved, nicht wahr? Ich sehe Ihnen doch an, was in Ihrem Kopf vorgeht, Adrian! Erst Beil und jetzt Ihre Frau. Alle, die uns in dieser Geschichte gefährlich werden.«

»Warum glauben Sie, daß meine Frau Ihnen in dieser Geschichte gefährlich wurde?«

»Ja, Sie haben ganz recht.« Er nickte. »Wenn ich es mir recht überlege ... warum sollten wir das glauben?«

»Ist Ihnen schon mal durch den Kopf gegangen, wer meinen Wagen auf dem Feldweg abgestellt haben könnte?«

»Ich denke darüber nach, Adrian. Sie haben Herbert und Slava in Urlaub geschickt, um sie aus der vermeintlichen Gefahrenzone zu bringen. Aber die beiden glaubten wohl, sie seien besonders schlau, wenn sie sich in einer Pension am Stadtrand von München einmieteten. Und Slava fuhr zweimal nach Hause, um sich frische Wäsche zu besorgen. Sie gab bei der Vernehmung an, daß die Wagenschlüssel aus ihrem Handtäschchen verschwunden waren. In einem Café hinter dem Volksbad. Sie sei nicht ganz sicher gewesen, ob sie ihren Schlüsselbund verloren hatte oder ob er wirklich gestohlen worden war, und da sie noch Ersatzschlüssel hatte ...«

»Kurz darauf war mein Wagen weg?«

»Slava bemerkte den Diebstahl erst, als es schon zu spät war. Auf der Wache sagte man ihr, der Fahrer des Wagens stehe unter Mordverdacht.«

»Warum hätte ich meine eigenen Wagenschlüssel stehlen sollen? Ich besitze selber welche.«

»Der Staatsanwalt hält es für ein geschicktes Ablenkungsmanöver. Er hat die Geschichte durchgerechnet und glaubt, daß Sie kein Alibi haben.«
»Sonst wäre ich nicht hier.«
»Wenn Sie's nicht waren, und ich halte Sie für unschuldig, kann es nur jemand sein, der Sie belasten will. Arved ist schon seit ein paar Tagen von seinen Ermittlungen suspendiert – weil Sie ihn verdächtigen. Zu Unrecht verdächtigen, muß ich hinzufügen. Ich habe ihn nach London zurückgeschickt, damit dieser Verdacht endlich ausgeräumt wird. Lexter befindet sich auf Erholungsreise in der Karibik, er will sich nach einem passenden Kasino umsehen. Der alte Spleen, Sie wissen schon? Kollokow und Bright sind wegen dieser unseligen Affäre in die Staaten zurückgekehrt. Bright verkriecht sich irgendwo in Kalifornien. Ihre Manöver müssen ihm mächtig auf den Magen geschlagen sein. Sie sehen, ich bin ganz offen zu Ihnen. Kollokow wird in Washington und Langley Bericht erstatten, wie es gelaufen ist. Dabei wird auch Ihr Name fallen, Adrian, das ist nicht zu vermeiden.«
»Danke für den aufschlußreichen Vortrag.«
»Ich will Ihnen damit nur zu verstehen geben, daß mir Margrits Ermordung ein Rätsel ist.« Er strich ärgerlich seinen Ärmel glatt. »Was ist bloß in Sie gefahren?«
»Sie bringen mich dazu, meine Trümpfe schon vor dem Finale auszuspielen.«
»Ihre Trümpfe?« Er blickte interessiert auf. »Und was meinen Sie mit *Finale*?«
»Erinnern Sie sich noch an Ihre Worte in Epping Forest? Ich stand damals draußen am Fenster: ›Wir waren auf ihn angewiesen. Wir brauchen ihn, um das Projekt wasserdicht zu machen. Um uns abzusichern. Das wissen Sie genausogut wie ich, Kollokow. Wir wollten nicht ohne Netz arbeiten. Dabei haben wir ihn herausfordern müssen. Er wurde mißtrauisch, weil man ihn nicht eingeweiht hatte. Wir sind davon ausgegangen,

daß er unseren Plan auf gar keinen Fall unterstützen würde. Dazu ist er nicht abgefeimt genug. Schon gar nicht, was seine Rolle in der Endphase anbelangt. Aber er wird uns keine Schwierigkeiten mehr machen – auf die eine oder andere Weise.‹ Das waren doch Ihre Worte, oder?«

»Sie haben ein ausgezeichnetes Gedächtnis. Ja, Kollokow hat mir schon von Ihrem Bravourstück berichtet.«

»Was sollte das bedeuten: ›Er wird uns keine Schwierigkeiten mehr machen, auf die eine oder andere Weise‹?«

»Oh, warum fragen Sie? Ich dachte, wir seien so gut Freund miteinander, Adrian, daß sich diese kleinen Verständigungsschwierigkeiten durch ein paar klärende Worte schnell bereinigen lassen würden?«

»Und weshalb war dabei von *Endphase* die Rede?«

»Na, Sie werden sich doch denken können, daß es heiß her geht, sobald unser Dossier über die Schreibtische wandert? Die Sache wird einschlagen wie ein Bombe. Gorbatschow, das verhätschelte Lieblingskind der internationalen Politik, ein Wolf im Schafspelz. Und man wird daraus eine Menge politische Schlüsse ziehen. Nun gut, im eigenen Land steht er auf tönernen Füßen, wegen seiner wirtschaftlichen Fehlschläge. Die Rechten und die Linken graben ihm erfolgreich das Wasser ab, aber der Westen kann seine Politik nur unterstützen. Zum eigenen Vorteil – und zu unserem Nachteil! Wir leben zwar auch im Westen, aber wir sind die Leidtragenden in diesem Spiel.«

»Und die Rüstungslobby?«

»Die auch«, bestätigte er. »Warum fragen Sie?«

»Weil unsere armen Waffenschmiede jetzt bald am Hungertuch nagen müssen, und ich bin nun mal besorgt, daß der Sozialhilfesatz nicht ausreichen wird für ihren aufwendigen Lebensstil. Sagen Sie mir, wer das Komplott ins Leben gerufen hat. War es Sehlen? Oder hatte er Hintermänner?«

»Es war Rons Idee.«

»Aber er wußte sie den richtigen Leuten schmackhaft zu machen?«
»Man ist der Ansicht, daß Sie im entscheidenden Moment die Nerven verloren hätten, Adrian. Daß Sie Fehler machen oder auspacken würden. Stellen Sie sich den Spießrutenlauf durch die Untersuchungsausschüsse vor! Das Trommelfeuer der Presse! Immer den Ernstfall angenommen. Das meinte ich mit Endphase. Sie hätten schlappgemacht. Natürlich beruht unser Plan darauf, die Existenz der Bänder und Protokolle vor Gorbatschow geheimzuhalten und sie einem ausgewählten Kreis von westlichen Politikern als *Top-secret-Dossier* zugänglich zu machen. Mit strengsten Regeln für ihren Gebrauch und mit einer persönlichen Verpflichtung jedes einzelnen, sie so zu behandeln, als hinge sein persönliches Schicksal davon ab. Schon um unseren Agenten im Kreml nicht zu gefährden.« Er sah mich aufmerksam an. »Kapiert, Adrian? Aber auch, weil es Gorbatschow derart bloßstellen würde, daß er zurücktreten müßte. Und in welchem Pokerspiel läßt man sich schon ungestraft in die Karten sehen? Für den ungünstigsten Fall allerdings – daß jemand wortbrüchig werden könnte – mußten wir natürlich Vorkehrungen treffen. Gorbatschow bliebe dann nichts weiter übrig, als öffentlich Stellung zu nehmen und unser Material als Fälschung zu bezeichnen. Aber wäre das auch gleichbedeutend damit, daß man ihm glauben würde? In so einer Situation leugnet man natürlich – man *muß* sogar leugnen, wenn man politisch überleben will. Das wissen auch seine Gegner. Sie würden denken, er versuche nur seinen Hals zu retten. Seine Anhänger dagegen würden behaupten, man habe es auf ihn abgesehen. Selbst dann wären unsere Chancen gar nicht mal so schlecht, ungestraft davonzukommen. Und wenn es wirklich soweit käme, könnten wir immer noch einen falschen Zeugen aus dem Hut zaubern.«
»Wollen Sie mir weismachen, Sie hätten doch einen Agenten im Kreml?«

»Keinen von der Klasse Rembrandts.« Er lächelte müde. »Wir haben schon seit sechsundachtzig einen drittklassigen Mann im Innenministerium, aber er setzt dort langsam Staub an. Es ist ihm nie gelungen, in den engeren Kreis um Gorbatschow vorzudringen, von ein paar belanglosen Auftritten mal abgesehen, wo er ihm Akten reichen und die Hand schütteln durfte. Wir würden ihn zurückpfeifen und als Zeugen für die Echtheit der Bänder präsentieren. Finden Sie nicht, das könnte überzeugend wirken? Natürlich ließe sich argumentieren, dieser Mann sei nie ein enger Vertrauter des Präsidenten gewesen. Aber die Schlinge um Gorbatschows Hals würde sich noch ein wenig enger zusammenziehen.«
»Hört sich ja fast so an, als wenn Sie ihn gern zu Fall bringen würden?«
»Die politischen Folgen wären gar nicht mal so übel. Allerdings ist das Risiko zu hoch. Dann müßte Gorbatschow durch einen Erzkonservativen abgelöst werden, keinen Radikalreformer, der uns in noch größere Schwierigkeiten bringen würde. Andererseits scheint schon jetzt eines völlig klar zu sein, auch ohne unsere Bänder, Adrian. Sollte die Perestroika scheitern und es eine Rückkehr zur konservativen Politik geben, dann hätte die Sowjetunion von der militärischen Schwächung des Westens und der wirtschaftlichen Öffnung nach Osten profitiert, wie es in den Zeiten des kalten Krieges niemals möglich gewesen wäre. Sie sehen, das Bild vom Wolf im Schafspelz ist gar nicht so weit hergeholt. ›*Partner einer gemeinsam gestalteten Sicherheitspolitik*‹ – solche Sprüche geistern jetzt schon durch die Köpfe. Nein, bleiben wir lieber in der Sicherheitszone. Wagen wir uns nicht zu weit vor, das ist schon manchem schlecht bekommen. Bleibt immer noch der andere große Risikofaktor.«
»Sie meinen mich?«
»Nehmen wir mal an, Gorbatschow müßte seinen Hut nehmen. Nun gut, der Zweck unseres Unternehmens – der ur-

sprüngliche Zweck – wäre verfehlt. Was aber, wenn die Presse, die Untersuchungskommissionen oder Gorbatschows Leute im KGB ein wenig cleverer sind, als wir angenommen hatten? Ich sag's noch mal: Sie wären die Schwachstelle in diesem Spiel, Adrian.«
»Das dürfte Sehlen Ihnen eingeredet haben, oder?«
»Wir sind nun mal darauf angewiesen, Entscheidungen zu treffen. Wir müssen Prognosen abgeben. Wie wird sich jemand in einer Belastungssituation wie dieser verhalten? Wo ist seine ›Schmerzgrenze‹? Das alles würden Sie mir doch zubilligen wollen?«
»Und die anderen, Forum? Was war mit deren Persönlichkeitsdossiers?«
»Lexter als Ostexperte kommt gar nicht ins Spiel, auch Bright und Kollokow ließen sich da raushalten. Wir hatten das Ganze nach Holland ausgelagert. Also kein Verdacht, der zwangsläufig auf München oder London fallen würde. Irgendein Alleingang, das private Steckenpferd eines reaktionären Einzelgängers. So, und nun kommen wir zum entscheidenden Punkt: Wen würde man verdächtigen, ein derartiges Himmelfahrtskommando in Szene gesetzt zu haben? Vorausgesetzt, der federführende Dienst wären weder die Briten noch die Amerikaner. Gehen wir mal die Namen durch. Quand ist in den Ruhestand versetzt. Haldo? Nein, zu alt, zu gebrechlich. Bleiben Sehlen, Sie und ich, Adrian. Sie als Ostexperte.«
Ich dachte an Haldos Worte, das alles sei nicht Forums Handschrift.
»Sind Sie noch bei der Sache?« erkundigte er sich. »Oder hat's Ihnen die Sprache verschlagen?«
»Ich frage mich, warum ich Ihnen trauen sollte? Wo Sie mich doch ohne mit der Wimper zu zucken hereingelegt haben.«
Er nickte bekümmert. »Ich kann verstehen, daß Sie skeptisch sind.«
»Aber vielleicht hat man Sie ja auch in ein paar wichtigen Fra-

gen übergangen. Genauso wie mich – das wäre eine andere Sache.«

»Übergangen? Wieso?«

»Na, denken Sie doch mal nach.«

»Ich sehe keinen, der mir die Verantwortung abnehmen könnte, Adrian. Den Dienst zu führen macht einsam. Man muß *einsame* Entscheidungen treffen. Man muß dafür geradestehen. In den Konferenzen wird viel von Gemeinschaftssinn und Verantwortungsgefühl geredet. Schöne Worte. Und eines Tages, wenn die Lage brenzlig ist, entdeckt man, daß die Getreuen einen verlassen haben. Keiner, der bereit wäre, wegen einer falschen Entscheidung seinen Kopf hinzuhalten. Ich habe Sie immer für ein großes Talent gehalten, und genauso sicher war ich, daß Sie nicht wirklich für die höchsten Weihen taugen. Sie sind wie ein Bluthund, der das Beißen vergessen hat – oder der sich einfach nicht dazu durchringen wollte. Aus welchen Gründen auch immer. Skrupel, Schwäche, moralische Prinzipien. Ich bin mir nie darüber klargeworden.«

Er schwieg und dachte nach, den Kopf mit dem sorgfältig gelegten Haar in dieser unnachahmlichen Weise angeschrägt, als posiere er gerade für ein Porträt und müsse sein Gesicht dem Licht der Fotolampe zuwenden.

»Ich will Ihnen etwas anvertrauen, das ich sonst noch niemandem gesagt habe, nicht mal meiner Frau: Quand und Haldo, alle, die bis jetzt auf der Strecke blieben, Adrian, sind nur die Spitze des Eisbergs. Man hat mir zu verstehen gegeben, daß ich ohne die alten Ergebnisse – ohne vorzeigbare Erfolge – bald meinen Hut nehmen müßte.«

»Also gingen Sie hin und bastelten sich welche?«

»Sie haben zwar Verwendung für uns, aber mehr, weil wir da sind und bisher kein Ersatz eingetroffen ist. Nicht, weil wir noch eine Existenzberechtigung hätten.«

»Soll das heißen, man hat Druck auf Sie ausgeübt? Man hat Sie dazu gezwungen?«

»Es soll heißen, daß ich keine andere Wahl hatte. Das mögen abgegriffene Worte sein, aber unsere Politik wird nicht nur an meinem Schreibtisch entworfen, auch in Washington und London, in Bonn und Paris. Es sind globale Strategien, übergreifende Gesichtspunkte. Nicht jeder kann nach Gutdünken vor sich hin wurschteln. Dafür ist die politische Lage zu kompliziert. Wir sind zur Kooperation angehalten, zu gegenseitiger Hilfe.«

»Und Sehlen war der Postbote, der Ihnen diese Strategien übermittelt hat?« Ich beugte mich zu meinem Hosenumschlag hinunter, zog ein auf die Größe einer halben Streichholzschachtel zusammengefaltetes DIN-A4-Blatt heraus und gab es ihm. »Ist das auch eine von den Nachrichten, die Sie von ihm bekommen haben?

Er nahm zögernd meinen Abschiedsbrief, las ihn langsam – und dann noch einmal Wort für Wort – und schüttelte überrascht den Kopf. »Woher stammt dieses Papier ... ist das Ihr Ernst?«

»Von Ihrem Adlatus Sehlen. In Zandvoort war alles für mein baldiges Ableben eingerichtet. Meine Unterschrift ist echt, aber auf welche Weise er sie sich ergaunert hat, stammt genauso wie der Rest aus Sehlens Trickkiste. Wenn er der Erfinder dieses Komplotts ist, dann hat er damit versucht, für den Ernstfall vorzusorgen.«

»Falls die Sache auffliegt, meinen Sie?«

»Dann wären Sie beide, Lexter, Bright und Kollokow aus der Gefahrenzone gewesen.«

»Davon habe ich nichts gewußt, Adrian. Das müssen Sie mir glauben.«

»Und Beil?«

Forum schlug ärgerlich mit der Hand auf das Blatt. »Wenn dieser Brief von Sehlen stammt, dann muß er es gewesen sein, der Ihren Freund Beil auf dem Gewissen hat. Er war bei seiner Vernehmung in Amsterdam dabei – und er fuhr nicht mit uns

zurück ... er nahm das Flugzeug. Zeitlich wäre es möglich«, sagte er nachdenklich. »Er trennte sich von uns, um freie Hand zu haben.«
»Ich erinnere mich, daß ich sein Fluggepäck sah. Aber weil er den Fluganhänger abgerissen hatte, konnte ich nicht erkennen, woher er gekommen war.«
»Es dürfte Amsterdam gewesen sein.«
»Sehen Sie auch, welche Schlüsse daraus gezogen werden müssen?«
Er nickte und starrte eine Zeitlang schweigend an meinem Kopf vorüber, den Blick in weiter Ferne.
»Ich sollte geopfert werden. Ich war nicht nur die Schwachstelle in Sehlens Komplott und sein zweiter Experte. Ich war auch sein Sündenbock.«
»Das heißt, eigentlich müßte *er* hier sitzen?« Forum lächelte und machte eine vage Handbewegung. »Immerhin, hier sind Sie wenigstens sicher vor seinen Attentatsplänen.«
»Das will ich hoffen, ja. Allerdings war meine Ermordung nur für den Ernstfall geplant. Als letzter Ausweg, falls es Ihnen und Sehlen an den Kragen gehen sollte. Dann wollte man die Hintermänner aus der Schußlinie bringen – und wir beten doch darum, daß dieser Ernstfall nie eintreten wird, oder?«
»Sicher, Adrian, tun wir. Ich stifte einen ganzen Satz Altarkerzen, um das zu verhindern. Es wäre für alle Beteiligten eine Katastrophe. Und Sie würden auch nicht ungeschoren davonkommen. Dafür stecken Sie schon zu tief mit drin.«
»Dann sind Sie jetzt vielleicht reif dafür, auch noch seinen zweiten Brief zu verkraften?« sagte ich und zog das Blatt aus der Innentasche. »Dieses Angebot hat er mir vor ein paar Tagen in die Untersuchungshaft geschickt – nachdem mein Wagen gefunden worden war.«
»Einen zweiten Brief?« Forum warf mir einen vorwurfsvollen Blick zu, als sei nicht Sehlen, sondern ich dafür verantwortlich, daß er sich damit befassen mußte. Er überflog den Brief zwei-

mal, las ihn noch ein drittes Mal, wieder Wort für Wort, während sein Finger die Zeilen entlangfuhr – und seine Mundwinkel begannen leicht zu zucken, als er ihn auf die Knie niedersinken ließ.

»*Wenn Sie nichts dagegen haben, setzen wir den Apparat ein, um Sie rauszuholen* ... Was denkt dieser Kerl eigentlich, wer darüber zu entscheiden hat? Er glaubt wohl, ein Fingerschnippen von ihm würde genügen, und schon ständen wir alle Gewehr bei Fuß? Das ändert die Lage«, sagte er und stieß einen ärgerlichen Seufzer aus. »Ich blase das Projekt ab. Ich bin fest dazu entschlossen. Zwei Morde sind genug.«

»Sie gehen auf meine Forderungen ein?«

»Natürlich, ja – was bleibt mir anderes übrig?«

»Und wie wollen Sie das Langley gegenüber vertreten?«

»Ich weiß es nicht.« Er zuckte ratlos die Achseln. »Ich weiß es nicht, verdammt noch mal. Langleys Eierköpfe sind eine Sache, die bringen mich nicht so leicht zu Fall. Da müßten sie schon schwereres Geschütz auffahren. Aber diese unsäglichen Sitzungen mit unseren politischen Möchtegernen sind eine andere. Wenn ich den Leuten glauben soll, die über mein Schicksal bestimmen, könnte es das Ende meiner Karriere sein. Wir hatten ihnen schon ein paar kleine Sensationen über die Hintergründe der Gorbatschowschen Außenpolitik avisiert.«

»Glauben Sie wirklich, man hätte Ihnen diese Geschichte abgenommen?«

»Bis vor kurzem sicher. Momentan scheint er so in der Bredouille zu sitzen, daß man eher Mitleid mit ihm bekommt. Aber vergessen Sie auch nicht: Je schlechter es dem System geht, desto eher kann er auf Hilfe aus dem Westen hoffen. Und irgend etwas mußte schließlich passieren, um den orthodoxen Kommunismus zu retten.«

»Ziemlich halsbrecherisches Manöver, oder?«

»Die Zukunft sieht düster aus. Wir haben nichts mehr vorzuweisen. Der Apparat läuft wie immer. Öffentlich zugängliches

Material sammeln, sowjetische und osteuropäische Fachzeitschriften lesen, den Funkverkehr abhören, ein paar drittrangige Maulwürfe betreuen – damit kann man sich keine Meriten erwerben. Wir brauchen Erfolge. Aber dieser Narr wird noch das Gegenteil von allem erreichen.«

»Dann legen Sie ihm das Handwerk.«

»Wir müssen ihn jagen – *jagen* ist das richtige Wort«, überlegte er. »Wie einen ... ja, wie einen räudigen Hund. Er ist gemeingefährlich, er will Sie vernichten, Adrian.«

»Heißt das, Sie wissen nicht, wo er steckt?«

»Ich hatte keinen Kontakt mehr mit ihm seit Margrits Ermordung. In Ihrem Haus hält er sich nicht auf. Das habe ich überprüfen lassen.«

»Und im Hotel?«

»Weder da noch in seinem Büro.«

»Ist Ihnen auch klar, daß wir nicht den kleinsten Beweis gegen ihn in der Hand haben?«

»Sicher. Aber das wird sich alles finden. Was verspricht er sich bloß davon?« sagte er und sah kopfschüttelnd auf Sehlens Brief.

»Er will nicht wahrhaben, daß er verloren hat. Er geht bis zum Äußersten.«

»Ja, das wäre typisch für ihn.«

»Ich begreife nicht, wie man so einfältig sein kann.«

»Es ist keine Einfältigkeit, es ist Besessenheit. Wenn er diesen Brief geschrieben hat, dann muß er schon einen Entlastungszeugen haben«, meinte Forum nachdenklich. »Sonst ergäbe es keinen Sinn. Vielleicht sogar zwei.«

»Sehlens Adlatus, er hat mir in der Innenstadt aufgelauert. Sein Vorname ist Klaus – für mich heißt er Riesenbaby.«

»Weil er leicht debil wirkt? Sie meinen Kaminsky«, sagte Forum. »Er hat Sie in Bonn gesehen?«

»Er könnte bezeugen, daß ich nicht in München gewesen sein kann. Aber er steht auf Sehlens Seite.«

»Das ändert alles. Kaminsky wird tun, was ich sage.«

»Da bin ich gar nicht so sicher. «

»Kein Problem, dafür stehe ich gerade. Schon aus alter Freundschaft und weil wir Sie in diese schwierige Lage manövriert haben«, fügte er hinzu. »Wir werden ihn zur Aussage *zwingen.*«

»Wenn Sie das schaffen, bin ich draußen.«

»Sie *sind* so gut wie draußen, Adrian.«

2

Ich verbrachte drei ereignislose Tage mit Warten, dafür aber in der Gewißheit, daß Riesenbaby kaum eine Chance haben würde, Forums Apparat zu entkommen. Es sei denn, er flüchtete unter falschem Namen in irgendeinen entlegenen Winkel der Welt. Dazu hätte er fünfunddreißig Kilo weniger auf die Waage bringen, sich komplett neu einkleiden und sich eine Ersatzfarbe für das Eierweiß seiner Schuhe einfallen lassen müssen. Etwas zuviel auf einmal für einen Mann mit seiner Behäbigkeit.

Meine Freilassung am Abend des vierten Tages war der Lokalpresse nicht mehr als eine kleine Notiz wert. Anscheinend hatte sie von der Staatsanwaltschaft rechtzeitig einen Tip bekommen, denn Oleg reichte mir das druckfrische Abendblatt beim Essen, noch ehe ich die offizielle Nachricht erhielt. Seine Miene war religiös verklärt – er hatte schon immer an das Gute im Menschen geglaubt. Aber so aufmerksam, wie Sehlen jetzt den Gang der Dinge verfolgte, fürchtete ich fast, daß er darüber genauso auf dem laufenden war wie die Zeitungsredakteure.

Kaminsky war nach der Übergabe seines Landrovers an Sehlen vor dem Münchener Flughafen aufgegriffen worden. Derselbe Wagen, den er schon in Holland gefahren hatte. Forums Leute hatten eben noch die Rückleuchten am Ende der Ausfahrt sehen können, aber zu diesem Zeitpunkt ahnte keiner, wer am Steuer saß. Davon erfuhr man erst während Kaminskys Verhör. Er gab an, von allem nichts zu wissen. Er habe den Auftrag bekommen, mich zu beobachten. Sehlen hielt seinen neuen Aufenthaltsort geheim. Angeblich hatte er sich in den vergangenen Tagen in meiner Nähe aufgehalten. Oberhalb der Pension, wo man meinen Wagen gefunden hatte, gab es ein einfaches Gasthaus. Er war dort unter dem Namen Karl Braun abgestiegen.

Forum nahm mich an der Pforte in Empfang. Der Direktor schüttelte mir zweimal freundlich grinsend die Hand und hätte mich gern länger dabehalten, aber Forum sorgte dafür, daß die Formalitäten im Rahmen blieben. Ich bekam das übliche, in braunes Packpapier eingeschlagene Paket mit meiner Habe und bestätigte die Rückgabe des Wagens.

Forum schien über meine Freilassung weniger glücklich zu sein als ich. Er hatte die Hände in den Taschen seines langen Mantels versenkt und ging schweigend neben mir her.

»Sie machen nicht den Eindruck, daß jetzt bald alles überstanden ist«, sagte ich.

Ein paar Schritte vor meinem Opel blieb er stehen und zog eine Tageszeitung aus der Tasche. Er warf mir einen sorgenvollen Blick zu.

»Sehen Sie sich das hier an! Seite zwei, unten links. Jemand muß den Russen unser Material ausgeliefert haben. Sie haben prompt in Moskau eine kleine Pressekonferenz anberaumt und den versammelten Journalisten die beiden unterschiedlichen Versionen der Bänder vorgespielt. Um dem Westen zu zeigen, mit welchen unlauteren Methoden man versucht, die Perestroika zu unterlaufen! Noch ist es nicht in den großen Schlagzeilen – weil sie ein paar Stunden oder Tage brauchen werden, um die ganze Tragweite des Manövers zu durchschauen. Und um die Verantwortlichen zu finden. Aber es wird dazu kommen, unweigerlich. Ist das *Ihre* Handschrift?«

Er reichte mir das Blatt, aber als er glaubte, ich würde danach greifen, weil ich abwehrend die Hand ausstreckte, ließ er es los, und es flatterte in den Rinnstein. Gleich darauf war es von Regenwasser durchweicht und schwamm die Rinne hinunter.
»Ich habe Sie etwas gefragt, verdammt noch mal.«
Ich gab keine Antwort und ging langsam zu meinem Wagen. Über der Lehne des Beifahrersitzes lag mein Marengo-Sakko.
»Adrian.«
Ich öffnete die Wagentür, warf das Paket auf die Rückbank und stieg ein. Andreij Gagarin und General Karamsin hatten sich einen Dreck um meine Interessen geschert. Leicht zu erraten, was ihnen wichtiger gewesen war, mein Kopf oder die Veröffentlichung des Materials. Ich war ohne Bedeutung für sie, seitdem ich die Bänder abgeliefert hatte. Es gab keine Spielregeln. Oder nur welche, bei denen man den kürzeren zog – und vielleicht sollte ich mich ja ebenfalls einen Dreck um alles scheren?
Während ich in der Einfahrt wendete, sah ich Forums etwas zu elegant gekleidete Gestalt mit dem langen Mantel im Rückspiegel. Er stand unbeweglich da, die Hände in den Taschen versenkt, den pelzbesetzen Mantelkragen hochgeschlagen. Sein Gesicht drückte weder Ärger noch Verwunderung aus. Es war kühl geworden, zum erstenmal so kühl, daß man sich vorstellen konnte, bald würde die kalte Jahreszeit anbrechen. Am Ende der Fahrbahn stoben ein paar schmutziggraue Blätter über den Asphalt.
Auf halber Strecke sah ich die Zeitung liegen, sie war am Gullydeckel hängengeblieben.
Ich verzichtete darauf, ihm eine Frage zu stellen, die mir schon die ganze Zeit über auf den Nägeln gebrannt hatte: wer sich eigentlich die Kunstlieferungen für v.R. unter den Nagel gerissen hatte. Ich fuhr langsam die abschüssige Ausfahrt hinunter, und als ich in die Hauptstraße einbog, verschwand sein Bild für immer aus meinem Rückspiegel.

3 Während ich vor dem Haus parkte, sah ich zu Kröders Fenster hinüber. Er schien noch zu schlafen, die Gardinen waren zugezogen. Vermutlich würden weder er noch sein Dackel auch nur eine Spur von Verständnis für meine Freilassung aufbringen.

Das Haus wirkte ohne Margrit fremd und leer. Mag sein, daß es an jener Art von Erfahrung lag, die man schließlich für endgültig hält. Für die man mehr als nur ein halbes Eheleben braucht. Daß man weder *ohne* noch *mit* einer Frau wirklich glücklich werden kann. Erst recht nicht, wenn sie Margrit heißt. Sie hinterließ immer dasselbe Gefühl vollkommener Leere. Slava und Herbert mußten schon wieder zurück sein, denn in der Küche war alles für das Frühstück vorbereitet, und im Backofen fand ich zwei Baguettestangen, die nicht angerührt worden waren.

Auf Slavas Nachtschränkchen stand ein Foto vom Grab ihrer Mutter. Ich nahm den seidenen Trauerflor ab und steckte es ein, weil auf seiner Rückseite die Anschrift des Beerdigungsunternehmers notiert war. Der Untersuchungsrichter hatte mir nicht erlaubt, an ihrem Begräbnis teilzunehmen. Margrits Mörder bei sich zu sehen wäre den Trauergästen wohl als Affront erschienen. Ich wußte nicht einmal, auf welchem Friedhof sie lag. Aber ein paar frische Blumen und die Betreuung ihres Grabes durch den Friedhofsgärtner war ich ihr nach alledem schuldig. Selbst wenn das Wort Schuld schon lange aus unserem ernstgemeinten Wörterverzeichnis gestrichen wurde und nur noch ein Lippenbekenntnis ist, nach dem man wieder zur Tagesordnung übergehen kann. Ich duschte gründlicher als sonst, um den Geruch der Anstalt loszuwerden, dieser unverwechselbaren Mischung aus feuchtem Packpapier, WC-Reiniger und billigem Scheuermittel, dem ein Spritzer Salmiakgeist beigemischt war. Jedes Gefängnis scheint seinen eigenen Geruch zu haben.

Dann ging ich hinüber in mein Zimmer, um mich zum erstenmal seit langer Zeit wieder in mein eigenes Bett zu legen. Wegen der Nachtfahrt hatte ich noch kein Auge zugetan. Auf dem Flur fand ich Slavas Schuh...

Ich war ganz sicher, daß es nur Slavas Schuh sein konnte, denn ich hatte ihr das Paar an ihrem einundzwanzigsten Geburtstag in Barcelona gekauft, teuere Schuhe aus schwarzbraun meliertem Krokodilleder. Sie waren mir noch so gut in Erinnerung, weil das Lesegerät für meine Kreditkarte ausgefallen war. Die Ladeninhaberin hatte sich erst telefonisch bei American Express nach der Gültigkeit meiner Karte erkundigt.

Der rechte Schuh war nirgends zu sehen – aber von der Stelle, wo sie den linken verloren hatte, führte eine schwarze Absatzschleifspur zur Treppe.

Ich spürte, daß ich in Panik geriet. Ich lief die Treppe hinunter und versuchte mich mit der Vorstellung vertraut zu machen, daß Slava das gleiche zugestoßen sein könnte wie ihrer Mutter. Der Gedanke war so unfaßbar, daß ich ihn nicht wahrhaben wollte. Sie lebte. Es war eben erst passiert. Vor höchstens einer Stunde. Ich wollte nicht wahrhaben, daß Sehlen fähig war, so weit zu gehen.

Slava mußte den Käseauflauf für sich und Herbert angerichtet haben. Der Backofen war noch nicht kalt. Die Gewißheit, daß ich meinen Handrücken an die Scheibe gelegt und gefunden hatte, sie sei warm, nahm plötzlich in meiner Vorstellung einen geradezu überdimensionalen Stellenwert ein.

Hinter den Blumenbeeten im Garten entdeckte ich Reifenspuren. Anscheinend war er durch die Einfahrt bis an den Hauseingang gefahren, um sie, unbeobachtet von Kröder, in den Wagen schaffen zu können. Es waren die typischen Profile des Landrovers. Desselben chromblitzenden Ungetüms mit Allradantrieb, dicken Rohren und schwarzer Metalliclackierung, das Kaminsky in Holland gefahren und dann am Münchener Flughafen an Sehlen übergeben hatte. Ich lief ins Haus zurück, um irgendeinen Hinweis zu finden, wo Herbert steckte.

Ich wußte nicht genau, wonach ich suchte. Es war nur die Hoffnung, daß ich doch noch nicht zu spät gekommen war, um meinen Fehler wiedergutzumachen.
Der Zeitungsartikel fiel mir ein. Wenn Sehlen die Morgenzeitung gelesen hatte, was das der Grund für Slavas Entführung. Dann wußte er auch, daß man sich jetzt einen Reim darauf zu machen versuchte, wer für die Gorbatschow-Bänder verantwortlich war.
Ich suchte alle Räume ab. In Herberts Zimmer lag ein aufgerissener Brief.
Er war an mich gerichtet und mußte auf der Schreibmaschine in meinem Arbeitszimmer getippt worden sein, das erkannte ich an den Schrifttypen. Der Bogen des kleinen e war unregelmäßig, weil ich ihn irgendwann beim Reparieren mit dem Schraubenzieher beschädigt hatte, und das große G hing zwei Millimeter zu tief.

Passen Sie jetzt gut auf, Amb! Sie werden schnell herausfinden, was passiert ist. Ich habe von Ihrer Freilassung erfahren – und von Ihrem Verrat! Sie haben nur noch eine einzige, ich wiederhole: eine *allerletzte* Chance, die Angelegenheit in Ordnung zu bringen. Sie stecken bis über beide Ohren in Schwierigkeiten. Für mich gibt es überall auf der Welt einen Platz, wo ich untertauchen kann. Ich habe gute Freunde in Kambodscha, aber ich könnte genausogut nach Australien oder in den Fernen Osten gehen. Wer weiß, vielleicht wechsele ich ja sogar die Seiten, Amb! Sie und Forum werden die Geschichte ausbaden müssen. Kommen Sie in das Haus in Holland, wo wir uns zum erstenmal getroffen haben. Dort werden wir in Ruhe über alles reden. Ich werde Ihnen einen Vorschlag machen, wie wir den Schaden begrenzen können. Und unterlassen Sie jeden Versuch, noch jemand anders mit ins Spiel zu bringen – das würde unweigerlich ins Auge gehen!

Keine Anrede, keine Unterschrift. Er bewies wieder einmal seine Meisterschaft im »Durch-die-Blume-Reden«; doch was er sagte, war leicht zu übersetzen. Er würde dafür sorgen, daß Slava nicht zu finden war, falls ich mit der Polizei anrückte, und ich war sogar geneigt, ihm zu glauben.
Aber wo steckte Herbert?

SECHSTES KAPITEL

1 Ich besaß keine Waffe, und irgendwie erschien mir der Gedanke, wir könnten uns plötzlich nach Art eines »Zwölf-Uhr-mittags«-Duells gegenüberstehen, auch merkwürdig unwirklich und lächerlich. Es verkörperte alles, was ich ablehnte.
Sehlen war zweifellos im Vorteil, weil er mich erwartete, und er würde keine Skrupel haben, sich besser als ich auf unsere Begegnung vorzubereiten. Vielleicht hätte ich es ja fertiggebracht, ihn mit bloßen Händen zu erwürgen. Aber nur im Affekt oder wenn ich selber in Gefahr geriet. Und auch das war nicht das Ende, das ich mir für ihn gewünscht hätte. Obwohl ich keinen Augenblick daran zweifelte, daß er von seiner Waffe Gebrauch machen würde, falls er eine besaß.
Ich fuhr zur Tankstelle an der Kreuzung, und während ich volltankte, deutete die Frau des Pächters durch die Scheibe auf mich und redete gestikulierend mit den Kunden. Als ich ihr zunickte, sah sie weg wie eine ertappte Sünderin.
Ich ging hinein und fragte sie, ob sie den Mörder meiner Frau gesehen habe. Sie verneinte schweigend, die Augen so weit aufgerissen, daß man das feine rote Adernetz im Weiß ihrer Augäpfel sah.
»Er fährt einen schwarzen Landrover.«

»Großer Gott ... nein, Herr Haag.«
»Danke für die Auskunft. Falls er doch noch hereinschauen sollte, richten Sie ihm bitte aus, ich sei hinter ihm her.«

Ich versuchte immer das gleiche Tempo einzuhalten, soweit der Verkehr auf der Autobahn das zuließ, und dieser Vorsatz wirkte irgendwie beruhigend auf mich. Die langgestreckten Steigungen und Gefälle der Fahrbahn, die rechts und links von mir aufsteigenden Hügelkuppen und Wälder, die Talbrücken, das alles war nichts als ein schemenhafter Eindruck aus den Augenwinkeln. Die Welt schrumpfte auf ein vage strukturiertes Geflimmer. Manchmal glaubte ich schon den hohen Himmel der Küste, das vom Meereshorizont heraufstrahlende Licht wahrzunehmen, obwohl ich noch ein paar hundert Kilometer entfernt war und nicht einmal die Grenze erreicht hatte.
Ich sagte mir, daß ich vielleicht zu spät kam, aber niemand – nicht einmal Sehlen selbst – würde ganz sicher sein können, wann der Zeitpunkt gekommen war, um alles verloren zu geben. Als ich zum zweitenmal tankte, zwang ich mich, am Kiosk eine Kleinigkeit zu essen (drei Stunden später hätte ich kaum noch zu sagen vermocht, was es gewesen war). Ich zahlte mit deutschem Geld und bekam holländische Münzen heraus. Seit meiner Entlassung aus der Haft hatte ich keinen Bissen mehr zu mir genommen. Meine Konzentration auf das, was vor mir lag, war stärker denn je. Ich sah Sehlens gedrungene Gestalt vor mir, und ich versuchte mir vorzustellen, wie dieser grobschlächtige Affe meine Tochter behandelte. War sie mit irgendeinem Mittel betäubt oder niedergeschlagen worden?
Und was war dann passiert? Wie hatte er sie über die Grenze geschafft? Etwa unter der Klappe des Laderaums?
Als ich an dem Punkt meiner Überlegungen angelangt war (und ich bewegte jedes einzelne dieser Bilder in meinem Kopf wie ein buddhistischer Mönch seine Mantras), erschien mir die

Vorstellung, ihn auch ohne Affekt oder Lebensgefahr mit bloßen Händen erwürgen zu können, gar nicht mehr abwegig. Ich umrundete das Stadtgebiet von Amsterdam in weitem Bogen. Die Lastwagen und Wohnmobile krochen so aufreizend langsam auf der Überholspur vor mir her, als legten sie es darauf an, das ganze Land mit einer trägen, unüberwindlichen Masse aus flatternden LKW-Planen, Auspufftöpfen und Dieselgestank zu überziehen. Vor Haarlem lag ein geplatzter Reifen auf der Fahrbahn. Ich sah die Flugzeuge nach Schiphol zur Landung ansetzen. Dann kam das Meer.

2 Ich versuchte, so nahe wie möglich ans Haus heranzukommen. Der Fahrweg war nur noch für Geländewagen und Motorräder passierbar. Am Strand wären die Räder im Sand steckengeblieben. Ich fuhr über den Damm und dann so weit in den von schiefen kleinen Strandkiefern gesäumten Hohlweg hinein, bis ich den Wagen stehenlassen mußte. Vor mir zwischen den Dünen waren die Spuren des Landrovers.
Ich war erleichtert und wütend zugleich. Sehlen würde sich hüten, Slava etwas anzutun. Er brauchte sie, um mich unter Druck zu setzen. Der Landrover war nirgends zu sehen.
Das dämpfte meine Erleichterung etwas. Aber vielleicht hatte Sehlen ihn ja nur in die Dünen gefahren, damit er nicht entdeckt wurde? Ich sah zu den Dünenkämmen hinüber. Es war noch hell genug, um Reifenspuren erkennen zu können. Ich hielt mich in der Deckung der Kiefern, während ich ein Stück auf den ersten Hang zuging. Der Sand zwischen dem spärlichen Bewuchs war so locker, daß man bis zu den Knien einsackte. Ich kehrte um und ging wieder zum Haus zurück. An der Kellertreppe schüttete ich den feinen Staub aus meinen Schuhen. Mein Blick fiel auf die Tür. Sie war nur angelehnt, dahinter brannte Licht.

Als ich nach oben ging, sah ich, daß auch die grüne Eisentür hinter der abklappbaren Spiegelgarderobe nur angelehnt war. Ich kehrte in den Keller zurück, wo der Benzingenerator stand, und zog eine der beiden Eisenstangen aus den Halterungen, die zum Abstützen der Tankklappe dienten. Ich wog sie in der Hand, dann ging ich wieder hinauf und stieg über die Wendeltreppe zur Zwischenetage hinunter.

Diesmal war kein Summer zu hören, als ich die Lichtschranke passierte.

Aus Sehlens Arbeitszimmer fiel Licht. Er konnte mich unmöglich gehört haben, denn ich war sehr vorsichtig gewesen. Aber vielleicht hatte er mich ja durch den Hohlweg kommen sehen? Ich beschloß, genau das zu tun, womit in so einer Situation niemand rechnen würde: *abzuwarten*. Ich trat in die Nische nahe der Tür, die einmal während des Hotelbetriebs einen Wäsche- oder Geräteschrank beherbergt haben mochte.

Ich wartete vielleicht zehn Minuten, die Eisenstange in der erhobenen Hand, bis mein Arm lahm wurde, und horchte auf Geräusche. Es war totenstill im Haus. Das Schweigen einer Gruft hätte nicht beklemmender sein können. Die drei offenen Türen wirkten wie eine Einladung oder Aufforderung auf mich, wie ein besonders geschickter Schachzug seelischer Grausamkeit: *Hier bin ich, Adrian, ich warte! Noch ist nichts entschieden. Glaubst du wirklich, daß du gegen mich gewinnen kannst? Du bist der Verräter, und ich halte alle Trümpfe in der Hand.*

Ich wechselte die Stange von links nach rechts und nahm sie sofort wieder zurück, weil ich mich mit der Rechten zu unsicher fühlte.

Dann trat ich einen Schritt aus der Nische und blickte mich vorsichtig um. Das Fenster am einen Ende des Korridors ging auf die Dünen hinaus. Am anderen Ende war ein Wandspiegel, und ich sah mich dort mit der gesenkten Eisenstange in der Hand stehen, die Augen zu Schlitzen verengt und das Gesicht vor Anspannung gerötet. Plötzlich fand ich meine Vor-

sicht sinnlos und überflüssig. Ich hatte keine Chance, dem Kampf auszuweichen.
Ich beugte mich vor und warf einen Blick in Sehlens Arbeitszimmer.
Der Schreck, der mich durchfuhr, als ich Herberts zusammengesunkene Gestalt über dem Schreibtisch sah, schien Sekundenbruchteile früher dazusein als das Bild vor meinen Augen. Er wandte mir den Rücken zu. Ich kannte sein graues Straßenjackett, es hatte oft genug zu Hause an der Garderobe gehangen. In seiner Schläfe war ein ovales Loch. Es sah fast unscheinbar aus. Seine rechte Hand lag auf der Tischplatte und hielt eine verchromte Neun-Millimeter-Corra-Automatic umklammert. Sein Mund war leicht geöffnet, als habe er noch etwas sagen wollen. Trotz des großen Kalibers mußte die Kugel im Gehirn steckengeblieben sein, vielleicht, weil der Einschußwinkel angeschrägt war.
Das Bild war sorgfältig zurechtgemacht und drapiert, es hatte nur einen Fehler: Herbert war Linkshänder.
Ich legte die Stange weg und öffnete das Fenster. Ich brauchte frische Luft, ehe ich mich mit dem Rest des Zimmers beschäftigte. In Herberts Jackentasche fand ich ein Flugticket München–Amsterdam. Seine Maschine war erst am Nachmittag gestartet. Die Schubladen des Blechschranks waren herausgezogen. Rechts von Herberts Kopf stand der Ablagekasten mit den Notizen aus meinem alten Büro. Man brauchte nicht hellseherisch begabt zu sein, um zu verstehen, was passiert war.
Sehlen mußte mich mit Herbert verwechselt haben. Herbert war ihm nach Holland gefolgt, weil er wegen Slavas Verschwinden seinen Brief gelesen hatte, der eigentlich für mich bestimmt gewesen war. Sehlen hatte jemanden ins Haus kommen sehen, aber dieser Jemand war nicht ich gewesen. Wenn man einen Mord plant, ist man nervlich angespannt, und vielleicht konnte sich ja selbst einer, der so erfahren war wie Sehlen, nicht völlig davon freimachen. Er war sicher, daß ich kom-

men würde, und er hatte denjenigen gesehen, den er erwartete.
Er schien ihm im Dunkel des Kellers oder der Korridore aufgelauert zu haben, irgendwo, wo er ihn leichter überraschen konnte, denn um einen Selbstmord vorzutäuschen, mußte er die Waffe dicht an seinem Kopf abgedrückt haben, möglichst in einem Winkel, der später bei der Obduktion glaubwürdig wirken würde.
Als er ihn am Schreibtisch plazierte, um alles dafür vorzubereiten, daß man mich fand – vielleicht aber auch erst, als er entdeckte, daß mein Abschiedsbrief aus dem Blechschrank verschwunden war –, hatte er seinen Irrtum erkannt und war mit Slava geflüchtet.
Aber hatte Sehlen nach diesem Fehlschlag wirklich aufgegeben? Was, wenn er sich immer noch in der Umgebung herumtrieb, um mir aufzulauern?
Ich bog Herberts Finger auseinander und nahm die Waffe an mich. Das Magazin war bis auf den einen abgefeuerten Schuß voll.
Er konnte noch nicht lange tot sein. Ich vermied es, auf sein Gesicht mit dem leicht geöffneten Mund zu sehen. Die Leichenstarre hatte eben erst eingesetzt, und das verlieh seinen Zügen einen so eisgrauen Glanz, als sei er in einem gutbeheizten Zimmer erfroren.
Dann ging ich hinunter, um nach den Wagenspuren zu suchen. Ich war kein besonders guter Schütze, aber ich hatte zwei Anfängerkurse für den Ernstfall absolviert. Ich traf die Scheibe, das mußte reichen. Am Heizungskeller, wo mein Büro gewesen war, blieb ich stehen und warf einen Blick durch die offene Tür. Alles, was an meine Arbeit erinnerte, war verschwunden. Es gab keinen Hinweis mehr darauf, daß ich einmal hier gearbeitet hatte.

Ich ging zum Hohlweg zurück und dann bis zu der Stelle, wo ich die Abdrücke des Landrovers im Sand verloren hatte. Blieb nur noch die Frage, wie Herbert von unserem Stützpunkt in den Dünen erfahren hatte.
Angenommen, er war nach Hause gekommen und hatte Slavas Verschwinden entdeckt? Vielleicht aber hatte er Sehlen sogar mit Slava wegfahren sehen. Das kam mir wahrscheinlicher vor. In seinem Brief war zwar von einem Haus in Holland die Rede gewesen, aber ich hatte Herbert gegenüber nie seinen genauen Standort erwähnt. Die einzige Erklärung, die ich dafür fand, war Kaminsky. Wenn Herbert von seinem Verhör wußte und seinen Aufenthaltsort kannte, dann würde Kaminsky sich kaum der Bitte verschlossen haben, Slavas Entführung zu verhindern. Es war ein Pluspunkt beim Prozeß für ihn, wenn auch nur ein kleiner. Er steckte bis zum Hals in Schwierigkeiten.
Jenseits des Grabens mit niedrigem Gestrüpp waren ein paar Holzplanken ausgelegt, dahinter begann der Strand. Ich bog um die Düne, deren Kamm höher als die Kronen der Fichten war – dann sah ich ganz weit hinten, so klein, daß man eben noch seine Umrisse erkennen konnte, den Landrover. Die Luft über dem Meer schien stillzustehen. Es war überraschend warm. Fast tropisch schwül für diese Jahreszeit. Nicht einmal der typische Geruch von Tang, Salz und Teer drang jetzt noch herüber, während ich mit schnellen Schritten die weite Sandfläche zwischen mir und dem Wagen überquerte.
Seine Vorderräder standen im Wasser, die Wellen umspülten die Stoßstange des chromblitzenden Ungetüms.
Auf der Rückenlehne saß eine schmächtige Frauengestalt, den Kopf geneigt, die Hände vor dem Gesicht. Beim Näherkommen erkannte ich, daß es Slava war. Ich war bis auf fünfzig Meter heran, als sie mich bemerkte – sie winkte mir zu.
Ich begann zu laufen, aber der Boden war so trocken, daß ich bei jedem Schritt in den feinen Sand einsackte. Als ich nahe

genug heran war, sah ich ein mit dunkler Hose bekleidetes Männerbein aus der offenen Wagentür hängen. Ich versuchte in Slavas Gesicht zu lesen. Es sah blaß und übernächtigt aus.
»Was ist passiert?« sagte ich und schloß sie in meine Arme, dabei warf ich einen Blick auf die Männergestalt am Wagenboden. Man sah nur ihren breiten, staubbedeckten Rücken und das heraushängende Bein. Der rechte Jackenärmel war eingerissen.
»Mein Verlobter – oder das, was von ihm übrig ist. Hab' Ron eins auf die Nase geben müssen, Paps – mit diesem Schlagring aus dem Handschuhfach«, sagte Slava und hob den Metallring hoch. Sie lächelte unmerklich, als werde ihr jetzt erst bewußt, was für einen grandiosen Sieg sie über Sehlen errungen hatte.
Ich drehte ihn auf den Rücken. Seine Hand- und Fußgelenke waren mit dem Abschleppseil gefesselt. Das Nasenbein sah böse zugerichtet aus.
Sehlen erwachte blinzelnd aus seiner Ohnmacht. »Sie... Adrian?« Sein Bart mußte älter als drei Tage sein. Er spuckte etwas geronnenes Blut auf den Wagenboden.
»Schön, daß Sie mich noch erkennen, Ronald. Sie werden einen klaren Verstand brauchen vor Gericht.«
Er murmelte etwas, das ich nicht verstand, und versuchte sich aufzurichten. Ich drückte ihn sachte mit den Fingerspitzen auf den Wagenboden zurück. Sein wütender Blick wanderte zwischen mir und seinen gefesselten Handgelenken hin und her, aber ich verspürte keine Genugtuung dabei. Es war zuviel passiert in den letzten Tagen, als daß ich darüber hätte erleichtert sein können. Ich prüfte den Sitz seiner Handfesseln, zog den Wagenschlüssel ab und warf ihn in hohem Bogen ins Meer.
Sehlen drehte sich mühsam zur Seite. »Sie sind verrückt, Adrian. Was werden Sie jetzt tun? Dafür mache ich Sie fertig. Ich habe Leute, die das besorgen werden.«
»Sie machen niemanden mehr fertig, Ronald. Sie sind am Ende – toter als tot, falls es das gibt.«

»Er hat mir gedroht, er würde unsere ganze Familie ausrotten. Das da hat er mir eingeflößt, um mich über die Grenze zu bringen«, sagte Slava und zeigte auf die Medikamentenschachtel neben dem Beifahrersitz. »Wir sollten kurzen Prozeß mit ihm machen.« Sie löste den Handbremshebel, und der Landrover begann langsam über den abschüssigen Strand ins tiefere Wasser zu rollen. »Es ist ganz einfach, Paps. Wir können sagen, er habe versucht, sich zu befreien, dabei sei er an den Hebel gekommen.« Ihr Blick war so unnachgiebig wie nie zuvor in ihrem kurzen Leben.

»Nein.« Ich schüttelte den Kopf und zog die Handbremse an. Sehlen beobachtete mich schweigend, ein spöttisches Lächeln auf den Lippen. Als wir ausstiegen, standen wir bis zu den Knien im Wasser. Slava war barfuß, und ich ging auf den festeren Sand und goß das Wasser aus meinen Schuhen. Sehlen blickte uns über die Türkante nach, mühsam den Kopf angehoben. Sein Gesicht mit der angebrochenen Nase war in der einbrechenden Dämmerung nur noch ein heller Fleck.

Ich umfaßte Slavas Schulter, und wir gingen langsam den Strand zu den Dünen und der Deichstraße hinauf. Oben brannten schon die Straßenlaternen, und in den Fenstern sah man einzelne Lichter. Ich wußte, daß kaum fünfhundert Meter entfernt, hinter den ersten Häusern, eine Wache der *Rijkspolitie* war.